金允植 학 술 기 행

아득한 회색, 선연한 초록

金允植 학 술 기 행
아득한 회색, 선연한 초록

金允植 학술 기행

아득한 회색, 선연한 초록

문학동네

학술기행이란 무엇인가 아득한 회색, 선연(鮮妍)한 초록의 틈새

학문을 하겠다고 대학을 찾아온 시골 학생에게 이렇게 말한 사람이 있었다. "나의 친애하는 벗이여, 일체의 이론은 회색이라네. 생명의 황금나무만이 초록인 것을 (Grau, teurer Freund, ist alle Theorie, / Und grün des Lebens goldner Baum)"이라고. 괴테의 대작 『파우스트』의 제1부 '서재의 장'에 나오는 말이다.

시골서 갓 올라와 토끼눈을 하고 강의실 한구석에 앉아 있던 군을 향해 망설임도 없이 나는 이 말을 복창하곤 했다. 그러다 언제부터였던가. 이 말을 복창하긴 하되 망설임을 동반하기 시작한 것은. 어째서 『파우스트』의 작가는 이 말을 하필 악마 메피스토펠레스의 입을 빌려서 했을까. 이에 대한 의문이 점점 생겨나 서서히 내 목을 조르지 않겠는가. 지금도 나는 그 까닭을 잘 설명하지 못한다. 학문이란 악마 아닌 인간 파우스트의 영역일까. 그렇다면 그것은 생명의 황금나무와는 담을 쌓은 그런 물건일까. 초록이 악마의 영역이라면, 생명의 황금나무란 그만큼 악마스런 것에 관여된 것이란 뜻일까. 만일 그렇다면, 악마스러움이 어떤 것인지 잘 모르긴 해도 거기에서 벗어나는 길은 학문 쪽으로 향하기가 아닐 것인가. 만일 그렇다면, 학문이란 생명의 황금나무와는 담을 쌓은 그런 영역에 놓인 물건이 아닐 것인가. 회색이 그만큼 안전한지도 모를 일이긴 하나 그것은 초록이 없는 죽은 세계라 할 수 없겠는가. 한편 만일 초록이 생명의 황금나무라 해도, 그것이 악마가 관여하는 영역이라면 그 악마스러움은 대체 무엇일까. 과연 그것은 악마 메피스토펠레스가 대학생 손에 적어준 그대로일까. "너희가 신들과 같이 되어 선악을 가리게 되리라 (eritis sicut deus, scientes bonum et malum)."

악마 편에 서서 신과 같이 되느냐, 신에게 순종하는 착한 무리로 되느냐의 갈림길에 놓여 있는 군의 눈초리가 망설임의 수준을 지나 나를 숨가쁘게 하기 시작한 것은 언제부터였을까. 군들이 몸에 기름을 붓고 불붙여 꽃잎으로 떨어지던 그런 계절 속에서 그럴 용기는 없지만 그렇다고 가만히 있을 수도 없는 그런 틈새도 있는 법. 그런 틈새에 끼여 책가방과 신발을 가지런히 벗어놓고 한강에 몸을 던진 83학번의 한 여대생을 옆에서 지켜보았기 때문이었을까. 그런 뒤로 모르는 사이에 나는 회색이라든가 초록에 대한 언급을 삼가왔다.

삼가왔다고 하나, 강의실에서 그랬을 뿐, 이에 대한 회의를 나는 잠시도 멈춘 것은 아니었다. 이러한 멈춤 없음이란 새삼 무엇인가. 감히 말하건대, 군과 같은 대학생들도 비슷한 회의와 망설임을 거쳐 나와 비슷한 회색의 길에 접어들었음을 견줄 수 없는 안타까움으로 내가 지켜보았음과 결코 무관하지 않다. 한번 더 감히 나는 헤겔의 입을 빌려 이렇게 말해본다. "회색을 색칠하는 데 회색을 가지고 바르더라도 삶의 모습은 젊어지지 않으며 오로지 인식될 뿐"이라고. "미네르바의 부엉이는 황혼이 짙어져야 비로소 날기 시작한다"라고. "세계의 사상으로서의 학문이란 현실이 그 형성과정을 완료하고, 스스로를 완성한 후에 비로소 나타난다"라고. 이런 주장에 대해, 중요한 것은 완료형에 대한 해석이 아니라 '세계의 변혁'(마르크스)

에 있다고 외쳤던 대학생들의 세월을 군과 더불어 내가 어찌 모르겠는가. 세계의 형성과정의 완료란 한갓 비유이며 그 자체가 변혁임을 깨치기까지 군과 더불어 내게도 깊은 세월이 거쳐갔다.

이제 가까스로, 그리고 운명적으로 나는 내가 갈 수 있고, 가야만 할 길, 그리고 가버린 길목에 서 있다. 군에게 이 길목의 풍경을 보여주고 싶은 난데없는 충동이 이 책을 만들게끔 나를 이끌어갔다. 회색의 세계에 빠져 지내던 어느 세월, 문득 정신을 수습해보니 나는 한 마리 두더지가 되어 있지 않았겠는가. 눈먼 땅두더지 말이다. 그런데 기묘하게도 이 두더지는 저가 눈멀었음을 깨닫지 못하고 있지 않았겠는가. 이유인즉 단순명쾌한 데 있지 않았겠는가. 망막엔 저 초록색 생명의 황금나무가 선연했기 때문이다. 그런 환각에 빠져 있었던 까닭이다.

아득한 회색이었다. 선연한 초록이었다. 이 둘이 동시에 있었다. 회색이 내게 현실이라면 이를 둘러싼 무지갯빛 환각이 초록이었다. 신과 같이 되어 '선악을 가리게 되기' 따위란 안중에도 없었다.

2003년 3월

김윤식

Ⅲ. 발표문의 논리적 표정

학술발표의 현장감

시카고, 프롤레타리아문학, 델피 신전에의 행렬도

시카고 대학 주최, '동아시아에서의 프롤레타리아문학 심포지엄' 참관기

시카고에 이른 길

시카고 대학 동아시아학과(정확히는 동아시아 언어 및 문명학과)에 대해 군에게
말해볼 수 있어 기쁘다. 2002년 10월 31일 정오 10분 시카고행 KAL의 B777형
항공기는 만석이었다. 날짜변경선을 거쳐 세계 최대의 공항으로 소문난, 이곳 출신
의 제2차 세계대전의 에이스 조종사 이름을 딴 오헤어 공항에 닿자, 13시간 반이
지났음에도 여전히 같은 날짜인데 오전 10시였다. 출입국 절차가 무척 까다롭다는
소문과는 달리, 단 몇 분 만에 입국 절차가 끝나는 것이었다. 구두까지 벗긴다는 소
문이 과장이었을까. 혹은 이날의 경우만이 예외였을까. 인상적인 것이 있었다면 짐
찾는 데에 여자 직원 한 명이 개 한 마리를 몰고 다니는 것. 마약을 냄새 맡게 하는
절차였다. 내게 이 공항의 이름만은 낯익었다. 이 점부터 조금 말해보는 것이 순서
일 것 같다.

혹시 군은 내 기행수필집 『문학과 미술 사이』(1979)를 읽었는지 모르지만, 거기에도 적었거니와 1978년도 나는 이곳 공항을 몇 번 드나들었다. 그럴 수밖에 없었던 것이, 이곳을 거쳐야 아이오와 시 부근의 지방도시 시다래핏의 공항으로 갈 수 있었던 까닭이다. 아이오와 대학이 거기 있었으니까. I. W. P.(International Writing Program)란 것이 있었다. 이름 그대로 세계 각국 작가, 시인, 비평가 등을 모아 매년 한 학기씩 창작 워크숍을 했다. 세계 각국이라 했으나, 실상은 동구권, 아시아권, 아프리카 등의 제3세계권에 속하는 작가들이 중심이었다. 그도 그럴 것이 미국무성이 후원하고 있었으니까. 주관자는 시인 폴 엥글(P. Engle) 교수. 이 프로그램엔 최인훈, 황동규, 박희진, 정현종 제씨가 이미 다녀온 바 있었다. 또 알고 본즉, 이 대학엔 유별나게 문예창작 석사과정이 설치되어 있었는데, I. W. P.란 이 과정의 부설 기관이었다. 일찍이 김은국과 시인 고원(高遠)이 문예창작과 출신이었다. 김은국의 베스트셀러 소설 『순교자(The Martyred)』는 바로 석사논문이었다. 오늘날 미국의 250여 개 대학이 문예창작과를 경영하고 있음에 비추어볼 때, 아이오와 대학의 이 과정은 단연 선구적인 것이 아니었을까.

온통 강냉이밭으로 둘러싸인 인구 5만 명의 아이오와 시는 대학 도시답게 공부 분위기로 충만해 보였다. 공부를 뺀 다른 그 어떤 것도 할 수 없는 그런 곳이었으니까. 한 학기 동안 이곳에 머물면서 몇 번 시카고 구경을 했다. 존 헨콕 빌딩 전망대도 올라가보았고, 제법 인상파 그림 수집으로 이름난 시카고 예술연구소(박물관) 구경도 한 바 있었다. 그 뒤에도 나는 이곳 아곤 연구소를 장인순 박사와 함께 방문한 바 있었는데, 부소장인 저 유명한 이휘소씨가 교통사고로 사망한 직후였다. 그 다음은 언제였던가. 1985년 노스웨스턴 대학에 유학중인 장세장군을 만나러 들른 바 있고, 그때 나는 P. 엥글 씨가 죽고 없는 아이오와 시를 다시 방문, 부인 후알링(소설가) 씨의 후대를 받은 바 있었다.

이것이 내게 있어 시카고에 대한 기억의 층위의 하나이다. 기억의 층위라 감히 말했거니와, 묘사를 가능케 하는 층위가 바로 기억이며, 헤밍웨이의 말처럼 이 기억이란 타인에게 대필시킬 수 없는 영역이다(『킬리만자로의 눈』). 삶 속에 용해되어 있는 기억이란, 그러기에 서사성(敍事性, 줄거리)을 차단하는 장치의 일종이 아닐 수 없다. 서사문학(줄거리 중심)은 이 강력한 적의 출현으로 스스로의 체질을 강화시킬 수가 있었다. 묘사를 가능케 하는 기억이란 그러니까 이중적이다. 재현이자 동시에 창조의 동시적 진행인 까닭이다. 그러니까 내게 있어 시카고란 아이오와이고 I. W. P.이다.

이 첫번째 기억의 지평을 깨뜨리는 한 가지 계기가 주어졌음을 군에게 말해보고자 붓을 들었다. 금년 9월 뜻밖에도 나는 시카고 대학 동아시아학과의 초청장을 받았다. '동아시아에서의 프롤레타리아문학(Proletarian Literature in East Asia)'이란 표제의 국제 심포지엄이 계획되어 있는바, 이에 참가해달라는 내용이었다. 기조강연으로는 중국학자, 한국학자 및 일본학자를 각각 한 명씩 초청하되, 나머지는 그곳 현지 학자들로 구성된다는 것이었다. 이 제안은 나를 흥분시키기에 모자람이 없었다고 한다면 어떠할까. 군도 알다시피 내 전공은 한국 근대문학이다. 그 근대란, 물을 것도 없이 내겐 'KAPF문학'이었다. 민족주의(제국주의)와 사회주의(공산주의)가 이른바 십자포화를 맞고 있는 장면 속에 카프문학(신경향파문학→무산파문학→프롤레타리아문학→카프문학)이 놓여 있다고 내가 믿었던 까닭이다. 내 공부의 원점이라고나 할까. 내 첫 저술인 학위논문 『한국근대문예비평사연구』(1973)가 그 결과물이었다. 이만하면 왜 내가 흥분했는지 군은 짐작할 수 있지 않겠는가.

흥분이 조금 가라앉자, 참을 수 없는 의문이 나를 에워싸는 것이었다. 어째서 지금 이 마당에, 20세기의 산물이자, 이미 역사 저쪽으로 사라진, 그래서 망각의 저쪽에 있는 프롤레타리아문학을 새삼 논의하고자 하는 것일까. 주최측의 의도는 과연 무엇일까. 『한국전쟁의 기원』(1982)으로 고명한 B. 커밍스 교수가 이곳에 소속 되어 있다고 하나, 그는 역사학 전공이기에 문학과는 전혀 무관할 터. 그렇다면 누가 왜 이런 주제를 택한 것이었을까. 발표문을 작성하면서 내내 이 의문이 나를 괴롭혔다. 프롤레타리아문학이란 무엇이뇨. 내게 있어 그것은 '인류는 이성의 힘으로 세계를 바람직한 방향으로 바꿀 수 있다'는 신념이 작동하는 그런 영역의 문학이 아니었던가. 그것이 지금은 한갓 신기루 같은 허위의식으로 판명된 오늘의 현실이 아닌가. 그러니까 단지 지나간 한 사상을 검토하는 그런 수준의 심포지엄일까. 그렇다 해도 의문이 가시지 않았다. 다른 허다한 주제도 즐비해 있다고 생각되었기 때문이다. 군도 발표문을 써보아서 알겠지만, 그것은 중심 쟁점과 무관할 수 없다. 정확한 주최측 의도의 파악이 요망되는 것은 이 때문이다.

이런 형편에서 내가 취할 수 있는 것은 오직 한 가지. 내게 제일 익숙한 방식으로 말하기가 그것. 나를 감동시키고 나를 증명하기가 그것. 남이 나를 어떻게 보든, 나 자신을 알몸 그대로 드러내기가 그것. 한국 근대문학사의 시선에서 카프문학 바라보기가 그것. 군대에서 배운 방식으로 하자면, 상황을 모를 땐 언제나 정면 돌파하기인 것.「한국 근대문학사의 시선에서 본 카프문학」이라 할 수밖에.

모스크바의 깃발, 시카고의 노랫소리

지금껏 나는 내 개인사적인 영역의 두 가지 층위, 그러니까 I.W.P.의 층위, 카프문학의 층위를 벙어리 모양 토했다. 그렇지만 이보다 더 밑바닥의 기억의 장면을 아무래도 토해내지 않으면 안 될 것 같다. 실상 이 장면은 나 자신도 실로 뜻밖의 일이어서 한동안 당황한 바 있었으니까. 대체 이 현상을 어떻게 설명하면 적절할까. KAL기 시카고행 긴 항로에서 나를 제일 괴롭힌 것은 삼등칸의 좁은 공간이었다. 쭈그리고 앉아 있자니, 세 번씩이나 돌아가는 활동사진도, 두 번씩이나 주는 기내음식도 내 나이에 힘겨웠다. 맥주와 포도주를 마셔보아도 사정은 별로 호전되지 않았다. 신경이 날카로워질수록 육체는 힘겨웠다. 그 틈으로 놀랍게도 '시카고'가 등장했다면 군은 믿겠는가. 두 가지 '시카고스런 이미지'가 나를 송두리째 에워쌌던 것. 이는 기적과도 같은 순간적 일이었다.

그 첫번째는 이광수의 『무정』(1917)의 끝장.

"형식과 선형은 지금 미국 시카고 대학 사년생인데 내내 몸이 건강하였으며 금년 구월에 졸업하고는 전후의 구라파를 한 번 돌아 본국에 돌아올 예정이며……"
(『이광수 전집』 제1권, 우신사판, 208쪽)

어째서 이 나라 근대문학의 첫 장면에서 그 주인공들이 시카고 대학생이어야 했을까. 이광수는 어째서 하버드나 뉴욕 대학이나 기타를 제쳐두고 하필이면 시카고 대학을 지목했던 것일까. 당시로서는 시카고가 뉴욕 다음의 대도시인 만큼 그렇게 한 것일까. 당시로서는 상공업 도시 뉴욕의 잡스러움보다 시카고가 한층 미국적으로 인식된 탓이었을까. 미국 대학 사회에 대한 이광수의 인식 부족이 그런 결과를 빚었을까. 좌우간 시카고 대학은, 이 나라 근대문학과는 지척의 거리에 있었음만은 분명하지 않겠는가. 파리 대학, 런던 대학과 같은 범주의 미국 대학이 시카고 대학이라는 인식을 이광수가 품고 있었다면 이는 그 무렵의 일본 유학생 사회에선 모종의 공통된 인식이 아닐 것인가.

두번째는, 실상은 이것이 기적적 현상이거니와, 군은 이 장면을 두고 혹시 눈살을 찌푸릴 법도 하지만, 내겐 그야말로 시적 놀라움의 하나이다. 실로 기억의 아득한 저쪽에서 문득 이런 노래가 내 속에서 들려왔기 때문이다.

모스크바에 깃발 날리고

시카고에 노래 소리 크도다

　이 노래 구절은 대체 무슨 가곡의 한 대목이었을까. 분명한 것은 〈인민항쟁가〉(임화 작사, 김남순 곡) 〈적기가(赤旗歌)〉등과 더불어 해방공간 속의 내 유년기 귀에 익은 음절의 하나였다. 모스크바와 시카고만이 내 무의식 속에서 불쑥 솟아오르다니! 대체 이 제목도 길이도 모르는, 실로 밑도끝도없는 가곡 한마디의 솟아오름이라니! 이 노래가 던져오는 감동의 원천을 군이 이해한다면 이는 거짓말. 나 자신도 설명할 수 없으니까. 〈적기가〉나 〈인민항쟁가〉의 '그 깃발' 이란 무엇이뇨. 그야말로 붉은 깃발에 대한 노래이다. 20세기의 유물 중에서는 가장 황당무계한 것이지만 또 그것은 그만큼 깃대가 휘어질 만큼의 시적 환각이나 현실이었다. 해방공간(1945. 8. 15 ~ 1948. 8. 15)을 인식하는 기점이 다음과 같은 '가곡' 으로 비롯되었음을 내가 군에게 설명하는 길이 바로 〈독립행진곡〉(박태원 작사, 김성태 작곡)이었음을 기억하시는가. 술자리에서 문득 불렀던 그 노래 말이다.

　　어둡고 괴로워라 밤이 깊더니

　　삼천리 이 강산에 먼동이 튼다

　　동무야 자리 차고 일어나거라

　　산 넘고 바다 건너 태평양까지

　　아아 자유의, 자유의 종이 울린다

　　어둠아 물러가라 현해탄 건너

　　눈물아 한숨아 너희도 함께

동무야 어깨걸고 함께 나가자

광막한 시베리아 벌판을 넘어

아아 해방의, 해방의 깃발 날린다

군은 여기에서 주목해야 한다. '자유의 종'과 '해방의 깃발'의 양면성에 대해서 말이다. 전자가 태평양 저쪽에서 오는 울림이라면 후자는 시베리아 저쪽에서 오는 선연한 색깔이라는 사실을. 제2차 세계대전에서 예견된 양극체제(냉전체제)가 그것이다. 이 두 체제의 시적 드러냄이 '종'과 '깃발'이었다. 울림은 어디까지나 '자유' 그것이어야 했고, 색깔은 절대로 '깃발' 그것이어야 했다. 이 둘은 실상 동전의 표리관계가 아니었겠는가.

〈적기가〉란 무엇인가. 군도 기억하리라 믿는데, 언젠가 한국 근대문학사 강의실에서 나는 세 가지 깃발을 소개한 바 있었다. (A)붉은 깃발(좌익 계열), (B)흑기(아나키스트 계열), (C)녹색 깃발(에스페란토 계열). KAPF(Korea Artista Proletaria Federatio) 역시 에스페란토 성어였던 것. 그만큼 당시 에스페란토는 국제어 성격이었다. 이 세 가지 깃발의 식별력이야말로 이 나라 근대문학사의 사상사적 현주소라고. 색맹이라면 몰라도.

〈적기가〉는 이처럼 해방공간에서는 새삼 그 색깔을 선명히 했다. 그런데 자세히 보시라. 그 색깔 속에 어째서 '시카고'가 끼어들어야 했을까. 모스크바에서는 계속 '깃발'이어야 했고 '붉은 깃발'이어야 했다. 그것은 막바로 '해방'을 뜻했다. 그 해방 속에 시카고의 '노래'(울림)가 끼어들고 있음에 주목해볼 것이다. 모스크바에 깃발이 날릴 때 태평양 건너 저쪽 시카고에선 '노랫소리'가 크게 울린다는 것.

시카고엔 노동자들이 많아서였다든가, 기타 국제 공산주의 운동과 그 분포 지역 및 국제적 연대(코민테른) 등을 분석, 해석할 수도 있으리라. 그러나 중요한 것은 따로 있는데, 내겐 그것이 '시적 현실'이었다는 사실에 있을 뿐, 그 더도 덜도 아니다. 해방공간 그것은 내 현실이었다. 유년기의 내 현실은 나만의 것이며 뭣하면 '내 세대'의 것이다. 저마다 자기 세대의 유년기(꿈)를 즐길 권리가 있는 법. 이를 부정하는 것은 야만이 아닐 것인가. 아기에게 자장가를 불러야 할 대목에서 저도 모르게 일본 군가가 입에서 흘러나온 세대. 사회학적으로는 인격분열증 세대라 규정되겠지만, 문학에서는 현실 중의 현실이 아닐 것인가. 군도 이젠 이를 알아차릴 연륜에 이르렀지 않았겠는가.

시카고행 비행기 속에서 나는 내 유년기의 시적 현실 앞에 노출되었음을 지금껏 너무 일방적으로 말해버렸기에 조금 뭣하긴 하나, 만일 이에 대해 군이 굳이 내게 예의를 갖추고자 원한다면, 내가 20세기에 활동한 문학사가에 지나지 않음을 염두에 둘 것이다. 시카고에 대한 시적 현실에 대해 감상적으로 반응하는 나를 두고, 20세기적 센티멘털리즘이라 생각하기를 바랄 따름이다. 군이 속하는 21세기란, 그것이 무엇이라 규정되든 분명한 출발점이 군에게 주어져 있음에서 온다. 이 나라가 결코 약소국이 아니라는 것. 세계무역고 13위권에 속하는 강국이라는 것. 167개국 중에 13위권이란 무엇인가. 상위 강국에 속한다는 사실. 이른바 외우 안병직 교수가 말하는 '중진국 자본주의' 국가이다. 말을 바꾸면 군 자신이 '깃발'이자 '종소리'이다. 동전의 표리이다. 이를 인류사가 철없이 구분하고 경계선을 설치한 상태가 이른바 냉전(양극)체제였다. 군의 세대인 21세기엔 그런 '횡단선'(데리다의 용어)이란 없다.

다시 한번 내 기억의 심층을 확인해두기로 하자. 시카고란 내게 새삼 무엇인가. 『무정』의 시카고 대학이 그 하나이다. 모스크바의 깃발에 대응되는 '노랫소리'가 그 다른 하나이다. 그러고 보니, 시카고는 내게 고유명사의 허물을 벗고, 우화등선한 매미처럼 알몸의 실체로 다가오는 것이었다. 시카고, 그리고 또하나의 시카고.

그리하여 마침내 프롤레타리아문학의 시카고. 이 보이지 않는 삼박자.

중국 좌익 연극운동의 줄기

시카고 대학은 시카고 도시 남쪽 변두리에 위치해 있는 명문 사립대학. 원자탄 설계의 산실이자 뉴크리티시즘과 맞선 이른바 시카고 학파의 온상인 이 대학의 학생 수는 놀랍게도 학부 4천 명, 대학원 6천 명. 실로 소수 정예 대학으로 보였다. 백 년의 역사를 지닌 이 대학은, 이상하게도 실용성 위주의 공과대학이 없었다. 그만큼 이론 중심으로 관철한 모양이었다. 『무정』의 주인공들이 공부한 시카고 대학. 그중 고풍스런 사회학 연구소 건물인 존 호프 프랭클린 룸(John Hope Franklin Room) 224호실에서 이른바 Proletarian Literature in East Asia 심포지엄이 11월 1일과 2일에 열렸다.

첫날의 날씨는 맑고 찼다. 캠퍼스는 온통 은행나무, 단풍나무의 강렬한 색채와 낙엽으로 눈과 더불어 발길을 어지럽히기에 모자람이 없었다. 그것은 깃발과도 같았고 소리와도 같았다.

첫 발표는 B. 스크룩즈(Scruggs) 교수의 「식민지 대만 소설의 식민자와 자본가의 윤곽(Delineating the Colonizer and the Capitalist in Colonial Taiwanese Fiction)」. 식민지 기간중 대만소설에 나타난 대만인 자본가와 일본 통치자의 협력관계를 밝힌 이 논문의 주안점은 토착 자본가와 일제의 유착에 대한 소설사적 검토였다. 아마도 한국 근대소설사에 익숙한 나나 군의 처지에서 보면 조금 낯설지 않겠는가. 이른바 친일파의 소설 연구란, 우리의 경우 일고의 가치도 없지 않았던가. 적어도 지금까지는 그러하지 않았던가. 그렇지만 잘 따져보면, 이 양자의 유착관계의 소설사적 규명은 이른바 '국민국가'의 시선이 안고 있는 문학적 현상의 상관물이 아닐 것인가. 이 과제는, 뒤에 다시 언급하겠지만, 친일 작품으로 호가 난 최정희의 작품 「야국초」(『국민문학』, 1942. 11)를 논한 최경희 교수의 논문이 지닌 참신한 시각과 마주칠 것이다.

두번째 발표는 이른바 기조논문의 하나인 「근대 중국에 있어서의 좌익 연극 운동(On the Leftwing Drama Movement in Modern China)」. 발표자는 중국 사회과학원 문학연구소 소속의 류핑(劉平) 씨. 이 발표문에서 내 흥미를 끈 것은 다음 두 가지.

첫째, 압도적인 일본 좌익 연극의 영향하에서 중국의 그것이 전개되었다는 점. 그럼에도 중국엔 러시아의 RAPP의 계열인 NAPF나 KAPF와 같은 단일 조직이 없다는 사실. 루쉰(魯迅)을 비롯, 궈모루(郭沫若), 위다푸(郁達夫) 등의 『창조(創造)』파들도 모두 일본 유학생들이었으며, 그만큼 중국 근대문학은 일본문학의 압도적인 영향 밑에서 전개되었다. 연극운동도 마찬가지. 그럼에도 중국 근대문학사엔 CAPF와 같은 단일 조직체가 없다는 사실은 무엇을 가리킴일까. 물론 좌익문학연맹이라든가 기타의 조직이 없지는 않았으나, 국제적 단일 명칭 계열의 좌익 문예운동의 명칭이 결했다는 것은 흥미로운 일이다. KAPF나 NAPF를 논의할 적마다 이 점이 내겐 여간 신기하지 않았는데, 이번에도 이 점이 크게 눈에 띄었다. 중국다움의 현상이라고나 할까.

둘째, 레마르크의 반전 소설 『서부전선 이상 없다』에 관한 대목. 1930년(1933년의 오기가 아닐까?) 4월 상해예술극단이 이 작품을 상연하다 당국(국민당)의 탄압을 받았다는 사실. 원래 이 소설을 연극으로 만들어 도쿄에서 상연한 것은 일본의 좌익 연극 단체였다. 이를 도입하여 상연하고자 했을 때 당국의 반대로 상해의 일본인 경영의 극장을 빌려 상연했고, 큰 반향을 일으켰다. 그런데 두번째 공연 때, 경찰은 단원 5명을 체포, 구속했다는 것.

군도 알겠지만, 카프의 그다운 면모는 두 차례의 검거 사건에서 뚜렷하다. 첫번째 검거 사건은 이른바 재건공산당사건(1931. 8)으로 17명이 검거된 바 있다. 이 중 김남천만이 기소되어 복역했고, 석방 뒤 유명한 작품 「물!」(1933)을 쓴 바 있다. 두 번째 검거 사건은 이른바 전주 사건(1934~35) 또는 신건설사(新建設社) 사건인바 카프 문인 23명이 전주서에 구속되어 1년 반의 실형을 받고 전원 전향하여 집행유예로 석방된 것. 카프 소속 연극 단체 '신건설사'의 제1회 공연(1933년 가을) 레퍼토리가 『서부전선 이상 없다』였다. 충무로에 있는 일본인 소유의 극장에서였다. 일본의 주키지(築地) 극장에서 대성공을 거둔 이 작품의 서울 상연도 그에 못지않았다. 주최측 대변인으로 나섰던 백철의 기록에 따르면, 최초의 카프 연극 단체의 첫 작품 상연인 만큼 관중의 기대가 매우 컸다는 것. 상연 도중 약 50명의 병사가 무대에 오를 때 그 무게를 이기지 못해 무대가 붕괴되었으나 무대를 고치기까지 관중들은 잘 참아주었다(백철, 『인간탐구의 문학』, 창미사, 276쪽). 신건설사의 무대가 지방 공연으로 나아가자 일제는 이를 문제삼아 소위 전주 사건을 일으켰던 것이다.

이렇게 보면 중국의 경우 5명 구속에 그쳤으나 조선의 경우는 전원 구속으로 나타났음이 판명된다. 그렇기는 하나, 분명한 것은 프롤레타리아 문예운동이 이처럼 국제적인 연대 속에서 전개되었음이다.

류핑 씨의 발표문의 중심부는 저 창조파 시인 티안 한(田漢)에 놓여 있었다. 우익에서 좌익으로 전향한 티안 한이 어떤 곡절을 겪어 극작가로 되었으며 고전극 「백사전」 「문성공주」 등을 거쳐 「폭풍 속의 7여인」 「다시 오는 봄의 노래」 등의 걸작을 남겼으며, 또 그가 문화혁명 시절 어떻게 죽었는가는 과연 전공자인 류핑 씨의 그다운 소관으로 보였다. 같은 숙소에 머물렀기에 씨가 내 방으로 찾아와 한 권의 책을 주지 않겠는가. 『田漢在日本』(人民文學出版社, 1997)이었다. 일본인 고타니 이치로(小谷一郎)와 류핑 공편으로 된 이 책은 도쿄 고등사범 출신의 티안 한이 그 동안 사귄 일본인들의 기록을 원문과 더불어 중국어로 번역한 것이었다. 그 속엔 다니자키 준이치로(谷崎潤一郎), 사토 하루오(佐藤春夫) 등의 글도 수록되어 있었다. 류핑 씨는 나만큼 일본말이 서툴렀으나 필담이라는 기묘한 몸짓이 있어 우리의 대화에는 그 나름의 뜻이 통했는데, 무엇보다 동양의 근대문학사라는 공동의 마당에 서 있었던 덕분이 아니었겠는가.

한국 근대와 카프문학의 관련 양상

11월 2일(토). 아침 8시 50분부터 첫 발표가 시작되었는데, 기조논문으로 집필된 나의 「한국 근대문학사의 시선에서 본 카프문학(KAPF Literature in Modern Korean Literary History)」이 그것.

논문이기보다는 일종의 소개문이어서 잘 안 될 줄 알지만 그래도 일반론을 펼칠 수밖에 없었다. 한국에서의 근대란 무엇인가. 그 자체가 일종의 낯선 신이 아니었던가. 국민국가주의(nationalism)가 첫번째 낯선 신(타자)이라면, 그리고 이에 반응하고 또 문학적으로 수용하기 위한 노력이 얼마나 컸는가를 문제삼기가 먼저 있다. 어느 정도 국민국가주의가 수용되자 이번엔 또다른 낯선 신이 닥쳐왔는바, 사회주의 사상이 그것. 그 문예적 반응이 카프문학이라는 것.

이 두 바퀴 위에서 근대사가 굴러갔다면, 이를 바라보는 시선은 어떠했던가. (A)카프문학의 대외적 과제, (B)대내적 과제로 나눠 살펴보면 어떠할까. (A)에서는 이른바 국민국가주의와의 힘겨루기가 쟁점이었고, (B)에서는 사정이 조금 복잡했는데, 내가 이 글에서 강조한 것이 (B)부분이었다. 동양 3국의 프롤레타리아문학을 함께 논의하는 마당이기에 당연한 조치였다. (a)내용·형식 논쟁, (b)물 논쟁,

시카고 대학 심포지엄에서 필자의 발표 모습

(c) 전향론 등이 이에 잘 해당될 터이다.

이 세 가지 과제를 어떻게 외국인들에게 그럴 법하게 설명할 수 있을까. 군도 알다시피 강의실에서 내가 힘주어 또 자주 논의한 것들이 위의 세 가지 과제였다. 카프문학이 내 학문연구의 출발점이었던 근본 동기도 앞에서 이미 잠시 언급했지만 이 과제 속에 있었던 까닭이다.

(a)부터 보자. 내용·형식 논쟁의 이런저런 논의를 압도적으로 무화시킨 것은 집단의식, 그러니까 일종의 당파성이 아니었던가. 논리 이전에 '운동으로서의 필요성'이 우선했던 것. 유일한 ML당원인 김복진이 아우 김기진에게 '네가 져야 한다!'고 명령했던 것. 왜? 논리보다 운동이 앞서는 것이니까. (b) 김남천의 창작 「물!」을 두고, 카프 서기장 임화와 벌어진 논쟁에서도 같다. 감옥살이에서 아무리 목마르더라도 이를 누르고 이데올로기를 우선시켜야 한다는 것.

다시 한번 이 두 가지 과제를 음미해보기로 하자. 내가 이런 대목을 강의할 때 군들은 강의실을 뛰쳐나와 혹은 종로 거리에서 최루탄에 맞서 뛰어다니고 있지 않았던가. 혹은 도서관 옥상에서 몸에 기름을 붓고 불붙여 꽃잎처럼 떨어지고 있지 않았던가. 혹은 한강에 신발을 가지런히 벗어놓고 뛰어들지 않았던가. 이러한 70, 80년대의 현실이 (a)와 (b)에 커다란 무게를 달아주고 있었다. 논리, 사상, 작품보다 앞서는 것이 있다는 것. 이런 현실이 이른바 직접성, 운동으로서의 카프문학을 돋보이게끔 했던 것이다. (c) 전향론도 사정은 같다. 군부 파시즘에 저항하기와 이런저런 이유로 전향하기 사이에 놓인 무수한 인간적 약점의 노출을 측정하거나 단죄하거나 논의하는 데는 거점이 요망되는 법. 그것도 자생적(自生的) 거점이어야 하는 법. 카프의 전주 사건 이후의 전향과 그에 따른 전향 심리 분석이 이에 해당되는 것으로 판단되었다.

논문 표층에 나타나지 않은 이러한 내 의도를 알아차린 사람이 있었다고 군에게 말할 차례가 왔다. 질의 토의 시간은 논문 발표만큼의 긴 시간이 배정되어 있었는데, 탕샤오빙(唐小兵) 교수의 질의가 그것이다. 시카고 대학 동아시아과 교수인 씨의 질문인즉, 발표 내용 가운데 카프문학이 자연발생기에서 목적의식기로 진행하는 과정에서 나타난 소설의 내적 구조의 변화가 구체적으로 무엇인가에 관한 물음이었다. 이는 매개 인물의 등장으로 인한 소설 내적 구조의 새로운 창출을 가리킴이었다. 「농부 정도룡」(1926)이 그 대표적 사례이다. 한편 자유 토의 시간에도 날카로운 질문이 이어졌다. 테드 휴즈(Ted Hughes, 일리노이 주립대학) 교수는 어째서 카프문학이 70, 80년대와 그토록 긴밀히 연결되어 있는가에 대해 의문을 제기했다. 카프문학이 과거의 한 사건성이 아니라 살아 있는 운동이었다는 사실이 씨로서는 믿기 어려울 수도 있었을 터이다. 이런 질의에 내가 민첩히 대응했음은 물론인데, 이곳이 외국이라는 사실 때문이었다. 나 혼자의 생각, 느낌이 그러했을 뿐이라고 나는 급히 해명했다. 일반론으로 비약함은 한국 근대사에 대한 오해를 가져올 염려도 있겠기에 그러했다.

실상 내 심층이랄까 무의식 속에는 저 루카치의 『소설의 이론』(1916)이 자리하고 있었다. 강의실에서 자주 나는 이 책의 첫 줄을 원문으로 외곤 하지 않았던가. "우리가 갈 수 있고 가야만 할 길을 하늘의 별이 지도의 몫을 하는 시대는 복되도다"라고. 이 선험적 고향 상실을 다시 회복하여 그 목가적, 영웅적 황금시대로 향하기가 그것. 바로 인류사의 나아갈 길이 아니겠는가. 도스토예프스키는 『악령』에서 주인공의 입을 빌려 이렇게 외쳐 마지않았다. "이는 황당무계한 꿈이다. 인류는 이 망집 없이는 살기는커녕 죽을 수조차 없다"라고. C. 로랭의 풍경화 〈아시스와 갈라테아〉(드레스덴 점퍼 미술관 소장)가 바로 그런 세계이다. 내가 이 그림을 보고자 벼르다 벼르다 달려간 것은 동베를린이 무너진 직후였음도 군은 알고 있을 터이다. 이런 내 개인사적 사정을 어찌 발설할 수 있겠는가. 탕 교수의 질문에 우물쭈물한 것은 이런 사정에서 말미암았다. 이것이 두 시간을 소요한 발표와 토의 속에서 내가 심한 갈증을 느낀 이유이다.

이어서 「한일 프롤레타리아 미술운동의 교류에 관하여」 차례. 발표자는 기타 에미코(喜多惠美子). 홍익대학에서 유학한 기타 씨의 발표의 강점은, 카프문학 소속의 미술운동 분야라는 점. 한국에서 미처 개척하지 못한 영역인 까닭. 특히 NAPF 미술부와의 관련성이 돋보였는데, 구체적 자료가 이를 뒷받침하고 있었다. 박석정(朴石丁), 윤상렬(尹相烈) 등의 일본에서의 활동이 더욱 밝혀져 『우리 동무』 『붉은 주먹』 등에 실린 삽화, 만화 등의 분석은 앞으로의 과제로 보여 신선했다.

일본에서의 프롤레타리아문학과 그 주변부

이날 오후엔 일본측 발표가 이어졌는바, 첫번째 발표는 헤더(Heather Bowen-struyk) 씨의 「국가는 어디로? — 일본에서의 프롤레타리아문학」. 포스트 닥으로 이곳에 있는 헤더 씨가 실상 이번 심포지엄의 조직자였다. 이 미모의 여류학자가 문제삼은 데는, 제목에서 보여지듯 국가 인식의 정도 측정에 있었다. 프롤레타리아문학이란 무엇이뇨. 이는 전통사회에서 보면 여지 없는 낯선 신인 국민국가를 상대적으로 부정하는 또다른 낯선 신(계급사상)인 것. 과연 이 양자는 적대적인가. "프롤레타리아가 잃을 것은 쇠사슬밖에 없으며 얻을 것은 온 세상이다. 전 세계 노동자여, 단결하라!(The proletarians have nothing to lose but their chains. They have a world to win. WORKING MEN OF ALL COUNTRIES, UNITE!)"(『공산당 선언』 결말부)에서 보면 아주 적대적이다. 국민국가주의와 계급주의는 원리적으로는 '절대적 적'이다. 이 점에서 국민국가주의와 제국주의가 '상대적 적'으로 되어 있음과 구별된다. 그렇다면 일본에서의 프롤레타리아문학도 국가와 정면으로 대결하는 적대적 사상인가. 그들이 천황제를 부정한 점에서 일단 그러한 외관을 쓰고 있다. 그러나 과연 그러한가.

이 물음엔 깊은 뜻이 숨어 있는바, 문학작품이 지닌 심층, 복합적 의미층이 그것이다. 논리적 수준에서 천황제 부정을 얼마든지 내세울 수 있다. 그렇지만 작품은 이 논리적 차원을 넘어서는 한층 높은 진실(의미층)을 갖는 법. 만일 이 전제를 수용한다면, 이 과제를 증명하기 위해서는 일본 프롤레타리아문학의 최고작으로 평가되는 작품에 대한 분석이 요망될 터. 그런 작품으로 자타가 공인하는 것이 고바야시 다케지(小林多喜二, 1903~1933)의 「해공선(蟹工船, The Factory Ship)」(1929)이다. 1933년 특고경찰의 손에 의해 학살된 이 탁월한 작가의 「해공선」에서는 소위 국가가 어떻게 인식되어 있을까. 코민테른 지시와 이를 준수하는 이른바 국제주의가 과연 국가주의에 우선하고 있는 것일까. 헤더 씨의 분석에서 드러나는 장면은 과연 어떠했던가. 위기에 처한 선원들이 러시아령에 상륙했을 때 과연 그들에겐 국제주의가 우선했던가. 결과는 그렇지 않았다. 이 사실은, 국민국가 속에서의 계급운동이 지닌 일반적 한계라 할 것이다. 루카치 식으로 말하면 비판적 리얼리즘 범주일 뿐 사회주의적 사실주의(socialist realism)에 들 수 없다.

헤더 씨의 이 논문이 이 시점에서 새삼 음미되는 것은 과연 무엇 때문일까. 세계화라는 21세기적 과제가 지닌 한계 및 가능성에 대한 재음미라 할 수 없을까. 군은 이 점을 어떻게 보는가. 국민국가의 틀 속에 있으면서 이를 넘어서는 방도란 과연 없을 것인가. 군의 세대가 이를 장차 검토하고 해결해야 되지 않을까. 왜냐면 내가 속한 20세기란 그 한계성이 이제 뚜렷해졌으니까.

두번째 발표는 「프롤레타리아의 옷을 입은 소설 ― 장혁주의 「아귀도」」. 발표자는 샘(Sam Perry) 씨. 시카고 대학 대학원에서 일본문학을 전공하는 씨는 의외에도 한국어를 유창하게 구사했다.

대구에서 소학교 교사로 있던 26세의 장혁주가 일본 유수의 사상 잡지 『가이조(改造)』지 소설 응모에 나아가 2석으로 당선된 작품이 「아귀도(餓鬼道)」(1932. 4)이다. 경북 지방의 황폐한 농촌을 구휼하기 위해 당국이 베푼 사방 공사장의 인간 군상을 다룬 이 작품은 여러 가지 의미가 내포되어 있다. 조선인으로는 처음 정식으로 일본 문단에 데뷔했다는 점, 일본인과 조선 노동자의 대립을 다루었다는 점 등이 그것이다. 장혁주에 대해서는 시라카와 유타카(白川豊, 규슈 산업대 교수)의 학위논문 「장혁주 연구」(동국대 대학원)가 있거니와, 한국에서의 장혁주의 존재는 그의 후기 친일작품으로 말미암아 김사량의 경우와 대조적으로 인식되어 있다. 이에 대한 샘 씨의 견해는 어떠했던가. 「아귀도」에 국한시켜 논의를 전개했기에 씨의 논점은 선명할 수밖에.

씨는 두 가지 사례를 들어 「아귀도」의 의의를 이렇게 결론짓고 있었다. "장혁주는 아마도 권력과 사물 인식의 방법 사이의 관계를 만드는 기회를 포착한, 일본어로 창작한 최초의 한국인 작가가 아닐까"였다. 이에 이른 사례의 하나는 장혁주의 에세이 「나의 문학에 대하여」이다. 조선인을 게으른 백성이라고 모두 잘못 알고 있다는 것. 이는 사실과 다르며 조선인 노동자의 집단적 힘을 보여주고자 했다는 것. 다른 하나의 사례가 바로 「아귀도」이다. 도지사의 연설 장면을 씨는 들고 있었다. 자각에 이르는 조선인 노동자의 묘사 장면이 그것.

이 논문에서 불투명한 것은 「아귀도」가 프롤레타리아를 위장한 민족주의 작품인가의 여부이다. 샘 씨가 명시적으로 보여주지는 않았으나 논지상으로 보면 위장된 민족주의 작품 쪽으로 기울어져 있다고 볼 것이다. 당선작으로 뽑은 『가이조』지의 의도도 고려에 넣어보면 어떠할까. 문득 내 머리를 스쳐가는 것은 저 유명한 나카노 시게하루(中野重治)의 명제 '일본 프롤레타리아트의 앞잡이요 뒷군'(「비 내리는 品川驛」)이라는 시구이다. 조선 프롤레타리아트란 일본인 프롤레타리아트의 앞잡이나 뒷군 정도의 소모품이라는 것. 이 도저한 '민족 에고이즘'의 완고함이 그것.

질의 응답 시간에 흥미로운 점 하나. 「아귀도」의 대화 및 인명에 사용된 조선어의 노출에 대해서이다. '루비'(글자 위에 토를 달기)까지 사용된 조선어의 노출이란 장차 연구 테마로 볼 수 없을까.

마지막, 그러나 기조논문은 가와무라 미나토(川村湊, 法政大學) 교수의 「일본 프롤레타리아문학사에 대한 한 시점 ─ 노가와 다카시(野川隆)를 중심으로(On View of the History of Japanese Proletarian Literature ∶ On Nogawa Takashi)」. 부산 동아대학에서 4년간 강의한 가와무라 씨를 나는 도쿄와 서울에서 각각 한 번 만난 바 있어 구면이었다. 더욱 친근한 것은 씨의 밀도 높은 저서 『전후문학을 묻는다』(1995),

『이향의 소화문학 — 만주와 근대 일본』(1990), 『만주 붕괴』(1997) 등을 내가 읽었기 때문이다. 오늘의 일본에서 괴뢰국가 만주국의 사상사적 과제란 무엇인가. 이런 거창하고도 중요한 물음을 깊이 있게 파헤치고 있는 씨인지라 이번 발표문도 일반론을 떠나 만주국 사상 과제의 일환으로 정립되어 있었다. 씨의 논문이, 일반인에겐 매우 불친절해 보일지는 모르나, 전문가의 안목에서 보면 씨만이 할 수 있는 독창적 영역이다.

노가와 다카시는 누구인가. 그는 다다이즘에서 출발한 시인이었다. 전위주의의 일종인 NAPF에 가담 '혁명의 예술'에 나아갔다. 1935년 체포되어 징역 2년을 받았고, 전향자로 자임하여 그 뒤엔 만주로 갔고, 거기서 좌익 세력의 위장 단체인 북만합작사(北滿合作社)에 가담, 다시 만주국에 의해 체포, 옥사 직전에 석방되어 사망했다. 유고 시집 『구편시집』(2002)이 있다.

이러한 노가와의 존재란 무엇인가. 세 가지 점만은 쉽사리 지적될 수 있다. NAPF의 붕괴와 그 전향자들의 도피처가 가짜 국가 만주국이었다는 사실이 그 하나. 다른 하나는, 만주로 도피한 전향자들이 실상은 위장 전향이었다는 점. 셋째, 거기서도 그들이 탄압받아 옥사하거나 옥사 직전까지 이르렀다는 것.

가와무라 씨의 이 발표를 들으며 내겐 생각이 많았다. 그렇다면 이러한 소수의 전향자들이 갖는 의의는 무엇일까. 만주에 이주한 많은 일본인들이 저지른 행패와 그 상처를 이로써 속죄라도 할 수 있다는 것일까. 한편 만주에 수없이 몰려간 조선인들은 어떠했을까. 이에 대한 연구가 우리에겐 너무 미급함에 또한 생각이 미쳤다.

세계는 변해야 한다의 사상

짧은 커피 브레이크에 이어 종합토론이 벌어졌을 땐 낙엽이 쉼없이 떨어지고 있는 캠퍼스에 어둠이 에워싸기 시작했다. 내가 유독 정신을 집중시킨 것은 이 심포지엄의 주최측의 의도를 엿보기 위함이었다. 단상에는 주최측의 노마 필드 석좌교수(일본학 전공), 한국학 전공의 최경희 교수, 중국학 전공의 탕샤오빙 교수, 그리고 외부에서 온 앤더슨 교수가 배석해 있었다. 이중 노마 필드 교수는 한국에서도 이미 알려진 일본 고전문학 전공자로, 근자에는 근대문학에로 나아가고 있어 보였는바, 『죽어가는 천황의 나라에서』(창작과비평사, 1995), 「선망과 권태와 수난을 넘어서」(『창작과비평』 1994년 봄호) 등이 이미 우리말로 발표된 바 있다.

내가 파악한 이 심포지엄의 주최측의 의도는 대략 이러했다. 프롤레타리아 문학운동의 지향성은 사회의 변혁에 있다는 것. 그 지향성이 21세기에 접어든 오늘의 시점에서 새삼 요청된다는 것. 어째서 그러한가. 내 느낌으로는, 이 지향성 속엔 오늘의 미국 사회의 국가적인 보수화 현상에 대한 강한 비판의식이 작동해 있어 보였다. 테러와의 전쟁이란 명분으로 이라크 공격으로 치닫고 있는 오늘의 미국을 바람직한 방향으로 견제, 비판할 수 있는 세력이 그립다는 것. 그러한 세력을 역사 속에서 이끌어낼 수는 없을까. 20세기 20~30년대에 활성화되었던 프롤레타리아 문학운동을 재음미한다면 모종의 실마리라도 찾아낼 수 없을까. 대충 이런 뜻으로 내겐 느껴졌다. 지금 미국을 변혁시켜야 한다는 이 욕망이 소중하다는 노마 교수의 발언도 이런 문맥에서 나온 것이 아닐까. 산문이야말로 집단과 개인 사이를 연결시킴에 공헌할 수 있다는 지적도 음미될 만했다.

한편 최 교수의 발언에서 감지되는 것은 이른바 남성주의에 대한 비판이었다. 국민국가와 국제주의 사이에 놓여 희생된 것이 여성주의라면, 프롤레타리아문학

노마 필드 교수(왼쪽)

이란 어느 편인가. 최 교수가 작품 검열 문제에 민감한 것도 남근주의(男根主義)에 대한 여성주의적 비판의식으로 내겐 보였다.

탕샤오빙 교수의 시각은 좀더 날카로웠다. 프롤레타리아 운동과 상업주의의 관계를 문제삼았으며 미디어와 장르의 동시성에 대한 과제도 제기되어 있었다.

종합토론이 끝나자 주최측은 같은 건물의 고풍스런 접대실에서 만찬회를 베풀어주었다. 미국인스럽게 차린 음식이나 음료수들이 넘치지도 모자라지도 않게 간결하고도 격식에 맞았다. 이틀 동안 함께 한 우리들은 벌써 낯이 익었는데, 함께 술잔도 기울이고 사진도 찍으며 소리 높여 떠들어 마지않았다.

대체 이 심포지엄에 참석한 50여 명의 사람들은 무엇인가. 교수들과 대학원 박사과정생들이 각각 반반씩으로 보였다. 비로소 안 일이지만 시카고 대학 동아시아과의 페컬티 멤버는 중국학 4명, 일본학 2명, 한국학 1명으로 구성되어 있었다. 그래서인지 참석자 대부분이 중국어와 일본어를 구사했다. 특히 일본어는 거의 공용어 수준으로 내겐 보였다. 한·중·일의 동양 3국의 학자적 기반이란 물론 이 세 언어의 기반 위에 놓여 있다고 할 것이다. 미국에서도 또는 유럽에서도 그러하겠지만, 한국학은 중국학과 일본학을 떠나서는 성립되기 어렵다. 중국학과 일본학은 이미 그 나름의 학문적 기반이 20세기에 이루어졌다고 볼 것이다. 이 사이를 비집고들어간 것이 이른바 한국학이다. 이는 일종의 필연성이 아니겠는가. 세계 무역고 13위권의 나라인 까닭이다.

이 장면에서 나는 다음과 같은 예감에 가슴이 뛰어 마지않았다. 곧 한국어가 놓인 '강력한 위치'가 그것. 중국어, 일본어가 기초 공통언어로 군림하는 장소가 동아시아과의 현주소라면, 그리고 동아시아과의 비중이 점점 커지기 시작하는 추세에 비추어본다면 그 틈에 낀 한국어란, 중국학과 일본학을 잇는 고리 몫을 할 수밖에 없지 않겠는가.

이러한 내 예감에 대해 군은 아마도 고개를 갸웃거릴지도 모르겠다. 예감의 증거물을 제시하라면 나는 굳이 망설이지 않을 터이다. 「한일 프롤레타리아 미술운동의 교류에 관하여」의 발표자 기타 씨를 들면 어떠할까. 홍익대학 출신의 씨의 한국어는 참으로 유창했다. 장혁주론을 발표한 샘 페리 씨도 마찬가지. 일본학 전공의 샘 씨가 한국어를 구사한다는 것이 어찌 이상할까.

이 틈에 낀 한국 유학생이라면 어째야 할까. 군의 궁금증은 여기 있을 터이다. 이에 대해 이 자리에서 좀 말해보고 싶음이 반드시 군의 궁금증 때문만은 아니다.

「야국초(野菊抄)」의 사상 ─ 미국에서의 한국문학 연구의 한 시점

심포지엄이 끝난 다음날 최경희 교수의 요청으로 대학 도서관 회의실에 나아갔는데, 놀랍게도 거기에는 버클리대에 와 있는 정호웅 교수(홍익대)와 서울서 온 서경석 교수(한양대)가 최 교수와 함께 배석해 있었고, 그 앞에는 네 명의 연구자들이 발표와 토론을 벌이고 있지 않겠는가. 심포지엄과는 별도로 최 교수가 기획한 모임이었다.

첫번째 발표는 메리사 완다 씨의 「재일 한국인 문학론」. 하버드대 언더 출신의 이 유태인계 미국인 아가씨가 어째서 하필 시카고 대학에서, 그것도 재일 조선인문학 연구에 나아가 학위를 땄을까. 모르긴 해도, 본인에게 물어보아도, 그러니까 본인 자신도 이를 잘 설명하지 못할 것이다. 군도 알다시피 우리 삶에는 우연성이라 불리는 불가사의한 작용들이 도처에 놓여 있다. '그야 운명이다'라고 말해지기도 하는 것. 심지어는 아이가 태어나기 이전에 이미 그 아이의 운명이 점쳐지기까지 하지 않았던가. 유태인계라는 그녀의 실토를 듣고 나자 비로소 나는 이 장면에 참석했음에 마음 편한 상태에 놓이게 되었다. 그것은 미국에 있어서의 문학 연구란 무엇인가에 대한 모종의 가파른 인식에 대한 해답이 거기 있어 보였기 때문이다.

두루 아는 바와 같이 합중국 미국은 이민자들이 세운, 또 세워가는 나라이다. 정확히는 나라이기에 앞서 세계 자체이다. 내무부장관이 없는 것도 그 때문이리라. 물론 미국을 움직이는 중심 세력이 없지 않다. 이른바 WASP(백인, 앵글로색슨족, 개신교)가 그것. 그렇다면 이 중심부에 속하지 않는 종족이나 집단 또는 개인은 어째야 생존이 가능할까. 그렇다 생존이다. 혹시 군이 읽었는지 모르겠으나, 『하버드 대학의 공부벌레들』이란 소설이 있다. 이 대학 법대생들이 공부하는 것을 다룬 이 책의 원제목은 '리포트 추적자들(Paperchasers)'이었던 것으로 기억된다. 이를 TV 연속물로 만들어 한동안 국내에서도 방영했거니와, 거기엔 매회 노회한 교수 킹스필드 씨가 나와 던지는 말이 있다. '그대들이 변호사처럼 사고하지 않으면 생존할 수 없다'가 그것. 자주 강의 시간에도 이 말을 들먹이곤 했음을 군도 기억할 것이라 믿거니와, 개인 존중의 경쟁 사회에서 제일 첨예한 것이 욕망 사이의 충돌이다. 경쟁에서 지면 생존할 수조차 없는 법. 이처럼 가파른 사회가 합중국이고 보면 WASP가 아닌 소수 집단이나 개인은 어떻게 해야 생존이 보장될까. 평등성에 대한 본능적 감각 기르기가 그 '어떻게'의 하나일 터이다. 백 미터 경주에서 누구는 10미터, 또 누구는 50미터에서 출발한다면 성패는 자명한 것. 똑같이 출발해야 공평하지 않겠는가. WASP에 속하지 않는 모든 개인이나 집단에게는 이에 대한 동물적 감각이 생존의 으뜸 조건으로 길러질 수밖에.

동물적 감각이라 했거니와, 이를 잘 처리할 수 있는 영역이 예술 특히 서사문학이라면 어떠할까. 들뢰즈·가타리의 저서 『카프카』에서 지적된바, 소수민족의 문학이란 원리적으로 정치적이라는 명제는 결코 미국만의 현실일 수 없다. 소수민족이나 집단이란, 그들의 생존 자체가 정치적이기에 그들의 발언, 몸짓, 또 표정이 가파른 정치성을 띠지 않을 수 없게 되어 있다. 재일교포문학이 동북아 문화권 속에서는 제일 첨예한 정치성을 띨 수밖에 없는 것은, 그것이 최강국 일본 문화권을 충격한 데서 그 무게가 온다. 제1세인 김사량, 김달수를 비롯, 2세인 이회성, 김학영, 김석범, 이양지, 양석일, 유미리 등의 문학이 원리적으로 정치적임은 또 그 정치성의 강도가 일본 국가의 위상에 비례하는 것임은 이러한 정황에서 말미암는다. 재일 조선 교포 연구를 한 메리사 씨가 일어는 물론 한국어에도 귀가 뚫려 있었음은 새삼 말할 것도 없거니와, 소수민족의 문학적 현상을 사람들은 보통 '인종차별'이라는 큰 틀에 묶어놓곤 함이 예사이다. 그 앞에는 '차별'이란 틀이 있다. 남녀 차별, 지역 차별, 학력 차별, 체력 차별 등등이 이 원점에서 나오거니와, 그중 제일 큰 얼굴이 인종차별이다. 합중국 미국이 짊어진 업(業)인 까닭이다. 메리사 씨의 이런 연구가 놓인 위치는 따라서 그만큼 미국적 현상이 아니면 안 된다. 바로 이 때문에 나는 그녀에게 다음 두 가지 점에 대해 말해보고 싶었다. 일본에 있어서의 부락민

(部落民)에 관한 차별의식이 그 하나. 일본인이 어떻게 자국 내의 천민 계층을 문학적으로 처리하고 있는가. 그 연장선상에서 재일 조선인문학을 검토해볼 수도 있지 않겠는가. 다른 하나는, 노벨상 수상작가인 가와바타 야스나리(川端康成)의 소품「바다」에 대한 것. 절망에 빠진 조선인 처녀가 일본 청년과 결혼해야 될 장면에 놓였을 때 그녀가 요청한 것은 바다였다. 바다를 보이지 않게 내 눈을 가려달라는 것. 어째서 그녀는 바다를 몰각해야 일본화될 수 있었을까.

한국인 유학생 세 명은 어떤 상태였을까. 이현정양은 서울대에서 중문과 대학원을 마치고 이곳에서 한·중·일의 근대문학의 공통기반에 대해 공부하고 있었고, 연세대에서 국문학을 배운 양윤선양은 신소설연구에 나아가고 있었고, 러시아문학을 공부한 조희경양은 러시아문학이 한국 근대문학에 미친 영향관계를 테마로

앞줄 왼쪽부터 이현정, 정호웅, 필자, 뒷줄 왼쪽부터 서경석, 조희경, 최경희, 샘, 양윤선

잡고 있었다. 어느 테마이든 이곳 동아시아과에서의 공부라면, 앞에서 이미 지적했듯 중국어, 일본어가 기본항이리라. 이 세 명의 유학생들이 갖추어야 할 기초 체력도 이 두 외국어의 구사능력과 비례할 것으로 내겐 보였다.

이들 유학생을 총지휘하는 거멀못이 서울대 영문과(79학번) 출신의 최경희 교수. 최 교수의 논문 「식민지적 수사학으로서의 훼손된 육체 ― 강경애의 「지하촌」(Impaired Body as Colonial Trope ― Kang Kyongae's "Underground Village")」(듀크 대학 출판부, 2001)과 「친일문학의 또다른 내기꾼 ― 최정희의 「야국초」(Another Layer of Pro-Japanese Literature ― Choe Chonghui's "The Wild Chrysanthemum")」(1999) 등으로 미루어 보아 그의 관심사는 식민지 상황 속에서 벌어진 이른바 제국주의(국민국가)스런 편견들 중 여성 차별에 맞추어져 있었다. 씨의 관심 대상은 이중적인데, 식민지적 편견의 차원과 그것이 빚어낸 여성 차별이기에 그만큼 세분된 것이며, 현재로서는 최전선 영역이라 할 것이다. 이 이중성을 최 교수가 교묘히 분석해낸 논문이 후자이다.

「야국초」(『국민문학』, 1942. 11, 일문)는 친일문학의 하나로 분류되는 최정희의 단편이다. 사생아인 어린 아들과 젊은 조선인 어머니가 들길을 가고 있다. 모자는 시방 들국화가 핀 길을 따라 조선인 지원병 훈련소로 가고 있다. 왜? 아들에게 훌륭한 일본 제국의 군인 되기 공부를 시키기 위해서이다. 조선인 지원병 훈련소에서 모자는 이런저런 것을 목격한다. 어째서 젊은 어머니가 생명과도 같은 어린 아들에게 제국의 군인 되기 연습을 시키고자 덤볐을까. 이 물음이야말로 결정적인 대목. 아이의 생부에게 부치는 편지 형식으로 쓴 이 작품 결말에 이 점이 선명하다.

"이제 저는 아무것도 생각하지 않고 승일(아들 이름 ― 인용자)이를 키우듯이 승일이를 위해 들국화를 아름다운 꽃, 강인한 꽃으로 가꾸기로 했습니다. 그것이 나에 대해서의 당신에 대해서의 복수가 될 터이니까. 안녕히."(『국민문학』, 1942. 11, 146쪽)

이 작품에 대한 최 교수의 분석은 단연 신선하다. 두 가지 점에서 그러한데, 첫째
는 주제 면.

처자 있는 사내를 어쩔 수 없이 사랑한 처녀가 있었다. 임신, 출산. 사내아이를
낳았다. 갈 데 없는 사생아. 유산을 강권했던 남자는 저만치 물러났다. 이 어린 처
녀는 아들 키우기에 전념한다. 그 아들과 함께 지원병 훈련소를 견학한다. 왜? 제
국의 군인으로 만들기 위해. 들국화와 같은 이 사생아를 구할 길은 이 방도밖에 없
다고 판단한 까닭이다. 아이의 아비란 무엇인가. 이 남근주의는 다름아닌 국민국가
(조선국)이다. 그 조선 국가가 짓밟은 희생물이 바로 사생아를 낳은 처녀이다. 이
사생아 엄마가 복수를 할 수 있는 방도는 무엇인가. 조선 국민국가를 짓누를 수 있
는 것은 일본 제국뿐이 아니겠는가.

여기에서 주목되는 것은 제국에의 길이 남자에 대한 복수이자 동시에 '자기 자
신에 대한 복수'라는 사실이다(참고로 실천문학사판『친일문학 작품선집(Ⅰ)』의「야국
초」번역 중 끝부분 "그게 제게 하셨던 당신의 행위에 대한 복수" 부분은 지나친 비약이거
나 불투명한 번역으로 간주됨). 그렇다면 이 두 가지 형태의 복수란 대체 무엇인가.
이 물음에 대한 최 교수의 분석이 단연 돋보여 놀랍다.

둘째, 그러니까 바로 위의 두 가지 형태의 복수가 지닌 동시성의 제시에 대한 문
학적 통찰.

「야국초」가 지닌 형식적 조건이 이에 관여된다. 자기를 배신하고, 사생아를 낳게
만든 그 남자에게 편지 형식으로「야국초」가 전개되고 있는바, 이는 정상적인 서사
구조를 무시하거나 파괴하는 장면이 아닐 수 없다. 사생아를 구할 방도는 제국의 군
인 되기이다. 제국에의 선택이 그 길이 아닐 수 없다. 이는 친일문학일까. 그럴 때
그 친일문학이란 남근주의의 한 형태일 뿐. 여권주의 처지에서 보면 통렬한 복수다.
그렇기는 하나, 한편으로는 그것이 '자기 자신에 대한 복수'가 아니었던가. 대체 자

기가 자기 자신에다 대고 감행하는 복수는 어떠해야 할까. 그것도 제국에의 길밖에 없는 것일까. 두 복수에 대한 초월이 제국에의 길이라면 기껏해야 최정희의 여성주의는 최고의 남근사상인 제국주의에의 귀의가 아닐 것인가. 이 기묘한 아이러니.

이렇게 말해보는 것은 최 교수가 제기해놓은 「야국초」의 새로운 국면이 아닐 것인가. 군도 여기에 귀기울일 필요가 없을까. 중요한 것은 해답이 아니라 어떤 질문을 잘 하는가에 있는 것이니까. 한국 근대문학사 자체가 국민국가라는 남근상의 투영임을 군도 알게 모르게 어느 수준에서 인식하고 있지 않은가. 인류사의 나아갈 길, 그것이 우선 과제였으니까.

인류의 위대한 망집과 〈델피 신전에의 행렬도〉

11월 5일(화) 오후, 폭우 속으로 택시를 몰아 오헤어 공항 제5터미널에 이르기까지 실상 나는 제법 긴장 속에 있었음이 분명했다. 맥주 한 모금과 와인 두어 잔에 거의 정신을 잃고 잠에 빠져들었으니까. 잠길인 듯 꿈길인 듯 지난 며칠간 겪은 일들이 주마등처럼 스쳐갔다.

대체 프롤레타리아문학이란 무엇인가. 어째서 그것이 원자탄 설계의 산실인 이유서 깊은 시카고 대학에서 21세기의 문턱인 이 시점에서 논의되어야 했을까. 주최측 노마 교수의 설명으로는 어림도 없는 일. 그 의의를 한때 드레스덴 점퍼 미술관에서 나는 찾고자 했다. 도스토예프스키로 하여금, 또 젊은 루카치로 하여금 미치고 환장케 한 그림 한 장이 그것. C.로랭의 〈아시스와 갈라테아〉(드레스덴, 100×135㎝)가 그것. 황금시대, 그렇다, 이 황금시대에의 꿈이야말로 인류사의 위대한 망집이 아니었던가. 이 황당무계한 유토피아 사상이야말로 인류사를 이끄는 추동

력이 아니었던가. 시카고에도 그런 꿈이 잠겨 있지 않았을까. '모스크바에 깃발 날리고/시카고에 노래 소리 크도다'의 목소리. 세미나가 끝난 4일(월) 내가 이름난 시카고 예술연구소로 달려갔음은 물론이다. 전에도 방문한 바 있는 이 박물관은 그 모습 그대로였다. 미쓰비시 그룹이 기증한 '중국·일본·한국 조각'이 있는 일층을 급히 지나, 이층으로 올라선다. 로댕의 〈아담〉이 눈을 가리고 서 있는 복도를 지나 한달음으로 19세기와 20세기 초두의 인상파 그림이 펼쳐진다. 자, 이를 거슬러올라가자. 벽면 가득 펼쳐진 황금시대가 한눈에 들어왔다. C.로랭의 그림 〈델피 신전에의 행렬도〉가 그것. 로랭의 풍경화는 세계 각처에 흩어져 있거니와, 시카고는 이 그림을 보물인 듯 감추고 있지 않겠는가. 나는 〈델피 신전에의 행렬도〉를 〈아시스와 갈라테아〉에 겹쳐보면서 태평양만큼 바닥 모를 잠 속으로 빠져들었다. 문학과 그림이 내 영혼의 공명관을 증폭시키고 있었으니까.

C. 로랭, 〈델피 신전에의 행렬도(View of Delphi with a Procession)〉, 유화, 101.7×127.3㎝, 1673

이중어 글쓰기와 민족 에고이즘

텐리대 조선학회 공개 강연과 와세다대의 공개 강연

『조선학보』와 『한국학보』

2002년 10월 4일(금) 오후 2시 10분, 인천공항을 뜬 KAL기가 오사카 간사이(關西) 공항에 닿은 시각은 3시 20분. 맞바람도 뒷바람도 없었다. 오사카 만(灣) 한가운데, 흙을 쏟아 메운 땅 위에 세워진 간사이 공항의 상징인 대나무가, 인천공항의 상징인 소나무의 인조물과는 달리 청청했다. 내 이름과 동행 두 사람의 이름이 적힌 종이쪽을 들고 한 청년이 기다리고 있었다. 뒤에 안 일이지만 아사이 요시즈미(淺井良純)라는 분으로 연세대 대학원 박사과정을 수료한 현직 텐리(天理) 대학 강사. 한국 근대사 전공이었다. 우리의 렉스턴 모양의 지프차형 승용차가 공항에서 오사카 시내 고속도로를 훑어, 그 유명한 호류지(法隆寺)의 표지판이 나오고 드디어 텐리의 표지판을 지날 때까지 무려 네 군데의 톨게이트를 거치는 것이었다. 어둠이 스멀스멀 가을 들판을 가로지르며 몰려올 즈음에야 텐리 시내에 들어서는 것이었다. 닿은 곳은 텐리 역전 부근에 있는 텐리 관광호텔. 인구 약 7만의 이 도시의 유일한 호텔이라 했다. 이유는 단순명쾌한 데 있었다. 텐리 시 자체가 예사로운 도시가 아니었으니까. 비유컨대 이곳은 기독교에서의 예루살렘, 무슬림 교의 메카, 도교(道敎)의 태산(泰山)에 해당되기 때문. 텐리 교의 메카이기에 모든 신도들이 매달 26일, 한 차례씩 이곳을 참배하러 와야 하니까. 그렇다면 이 순례자들은 어디 머무는가. 300여 개의 '詰' 자가 들어 있고, 아라비아 숫자의 번호가 붙은 건물들이 여기저기 눈에 띄었는데, 바로 거기가 그들이 머무는 곳이라 했다.

다다미 깔린 일본식 호텔에 닿자 아주 인상 좋게 생긴 마쓰오 이사무(松尾勇) 교수가 맞아주었다. 조선학회 간사인 그는 명함에 텐리 대학 국제문화학부 교수로 되어 있었다. 내가 이상한 표정을 짓자 마쓰오 교수는 조금 심각하게 아래와 같이 덧붙이는 것이었다. 우리의 경우처럼 이곳 대학들도 학제 개편의 급물살에 휩쓸려 몸부림치고 있다는 것. 2003년 4월부터 텐리 대학 전체가 국제문화학부, 인간학부, 문학부, 체육학부로 개편된다는 것. 국제문화학부란 무엇인가. 현행 일본학과(유학생 대상), 조선학과, 중국학과, 타이학과, 인도네시아학과, 영미학과, 도이치학과, 프랑스학과, 러시아학과, 에스파니아학과, 브라질학과 등이 아시아학과와 유럽·아메리카학과로 갈라지고, 아시아학과엔 (1) 일본어 과정(유학생 대상), (2) 한국·조선어 과정, (3) 중국어 과정, (4) 타이어 과정, (5) 인도네시아어 과정이 포괄된다. 이러한 변화의 득실을 감히 따질 처지가 아니지만, 일본 땅에서 최초로 개설된 '조선학과'가 '한국·조선어 과정'으로 변화하는 것은 안타까움이라 하지 아니할 수 없지 않을까. 단지 명칭만 바꿨다 할지라도, '학과'에서 '언어과정'으로의 전환이 가져오는 심리적, 기타의 영향이 나올 법하지 않을까. 그런 어리석은 생각이 머리를 스쳤다.

이런 생각을 강요한 것이 내겐 유서 깊은 '조선학회'와 그 기관지 『조선학보』(최신호는 제184집)의 존재와 그 권위이다. 『조선학보』란 무엇인가. 일본에서의 조선학 수준의 어떠함을 보여주는 종합적인 학술지가 아닐까. 중국학의 중심이 교토(京都) 대학의 중문학과 및 인문과학 연구소이듯, 『조선학보』를 지탱하는 학문적 바탕의 하나는 자료의 확보에 있다. 곧 일차 자료의 확보가 그것인바, 이 점에서 『조선학보』는 단연 압도적이었다. 한동안 거의 매호마다 영인본으로 소개되었던 조선학 관계 자료 소개는 과연 일급이었다. 이 대학 도서관이 확보하고 있는 자료가 이를 뒷받침하고 있었던 것이다. 1972년 계간 종합 학술지 『한국학보』(일지사, 현재 108집)의 기획에 참가했을 때 내게 제일 부러운 것이 『조선학보』에 실리는 자료들이었다. 이 대학 도서관에는 저 유명한 조선 초기 최고 걸작으로 꼽히는, 안평대군의 명필을 양쪽 날개처럼 단 안견의 〈몽유도원도(夢遊桃源圖)〉가 소장되어 있지 않았겠는가. 이런 『조선학보』를 통하지 않고는 일본 내에서 조선학 전공자로 나서기 어려운 것도 이 학술지와 이를 버티고 있는 '조선학회'의 학문적 온축(蘊蓄)에서 말미암지 않았을까.

'조선학과'에서 '한국·조선어 과정'으로의 전환이란, 다만 명칭상의 것이라 할지라도, 20세기식 사고에 젖어 있는 내겐 안타깝게 느껴졌다. 그러나 한편 21세기의 시선에서 보면 어떠할까. 21세기엔 '조선학' 따위란 없는 법. '국제문화학부'가 있을 뿐. '조선학'이 '아시아학'이자, 곧 '국제문화학'인 것. 이 얼마나 대담하고 또 당연한 일이겠는가. 한국은 없다. 중국도 없고, 일본도 없다. 있는 것이라곤 국제, 세계, 인류, 그것이 아닐 수 없다. 20세기란 이미 흘러간 것. 오에 겐자부로(大江健三郎) 말마따나 이제 이르는 곳 도처가 세계의 중심이 아닐 것인가. 그러고 보니, 내가 텐리 대학 제53회 조선학회 대회에 참가하여 공개 강연을 하게 된 것은, 20세기와 21세기가 교차되는 그런 기막힌 틈바구니가 아닐 수 없다. 과거와 미래, 안타까움과 희망스러움, 그런 교차점이라고나 할까. 후쿠자와 유키치(福澤諭吉)의 말대로 한몸으로 두 세기를 살아야 될 세대는 이처럼 기묘한 감정에서 자유롭기 어려울 터이다. 마쓰오 교수의 표정에서도 나는 그런 감정의 스침을 놓칠 수 없었다.

조선학회 간사들과의 저녁 만남

일본식 다다미방으로 된 호텔에 짐을 놓고, 잠시 손 씻을 틈만이 주어졌다. 6시 30분. 호텔 식당에 올라가자, 뷔페가 차려져 있었고, 이미 조선학회 회장을 비롯, 각지에서 온 제53회 대회 준비위원 및 간부들이 배석해 있었다. 조선학회 회장은 당연직으로 텐리대 학장 하시모토 다케토(橋本武人) 씨. 부회장은 히라키 마코토(平木實) 교수.

60년대 서울대학에서 공부하고 외국인으로서는 처음으로 조선사 연구의 학위를 받은 히라키(서울대 한영우 교수와 대학원 동기) 씨를 처음 만난 것은 1987년 8월 초순의 어느 무더운 날이었던 것으로 회고된다. 염상섭의 자료를 찾기 위해 교토에 들른 나는 당시 교토 대학 중문학과에서 서지학을 전공하고 있는 제자 심경호(현재 고대 한문학과 교수)를 만났고, 그와 함께 텐리 대학에 와 있는 박갑수(서울대) 교수를 만나러 갔다. 박 교수는 『조선학보』 교정에 바쁜 참이었다. 마침 점심시간이었는데, 히라키 씨가 우리들에게 아주 근사한 점심을 사주었다. 직접 차를 몰아 갔던, 시내에서 제법 떨어진 곳에 있는 유서 깊은 전통 음식점이었던 것으로 기억된다. 씨의 우리말은 거의 완벽에 가까웠던 것으로도 회고된다. 또한 아주 당당해 보였으며 패기에 차 있어 보였다. 그만큼 전공에 대한 자부심의 어떠함이 배어나오고 있었다. 씨의 권유로 이 대학의 명물 박물관(오늘의 참고관)을 보았다. 제일 인상 깊었던 것은 중국 자료 전시관. 북경의 1900년대 거리 및 상점들을 복원해놓은 곳이었다. 우리의 장승이나, 탈의 수집도 그럴 법했고, 특히 남양 원주민의 각종 생활 도구의 수집도 대단해 보였으나, 유독 북경의 것이 인상에 남아 있었던 것은 웬 까닭이었을까. 6·25를 겪은 우리에겐 중국이란 냉전체제 저쪽의 현실이었던 것. 그러면서도 우리와 낯익은 그런 곳이었던 것. 이제는 어떠할까. 중국 드나들기를 열 번도 넘게 한 세월이 내 앞을 지나갔다. 패기에 찬 히라키 씨도 이제 갑(甲)을 훨씬 넘어서지 않았을까. 조선학회를 이끌고 있는 씨의 손을 가만히 잡아보았다.

시라카와 유타카(白川豊) 씨의 동안이 내게 다가왔다. 규슈 산업대학 교수이자 조선학회 간사. 도쿄 대학 출신의 이 재사가 무슨 연유로 조선 근대문학을 전공하게 되었는가를 헤아릴 바 없지만, 씨가 10여 년간 한국에 머물면서 공부하던 모습은 어제인 듯 생생하다. 내가 봉직하고 있던 관악산에서는 정부간에 합의된 유학생 외에는 받아들일 수 없는 내부 규정 때문에(지금은 해제되었음) 씨의 대학원 입학이 이루어지지 못했다. 대신 씨는 동국대학 대학원 국문과에서 조연현 선생을 지도교수로 하여 공부하였으며, 학위논문 작성 때의 지도교수는 시인 김장호 교수로 바뀌어 있었다. 김장호 교수로부터 논문 심사 위촉을 받아 그 말석에서 나는 씨의 정밀하고 실증적인 「장혁주 연구」(1989)를 정독할 기회를 가질 수 있었다. 조선인으로 일본 문단에 정식으로 그리고 또 화려하게 데뷔한 첫번째 사례가 장혁주. 사상계의 거대 잡지 『가이조(改造)』지 현상소설 2석으로 당선된 것이, 경북지방 사방(砂防) 공사 현장의 조선인 노동자와 일본인 감독관 사이의 갈등을 다룬 장혁주의 소설 「아귀도(餓鬼道)」(1932.4)였다. 그 뒤의 장혁주의 활약은 대단했다. 「빛 속으로」(1939)의 김사량과는 달리, 또한 국내의 이효석, 유진오 등과도 달리 일본화를 전제로 한 독특한 위치에서 왕성히 창작했으며 그 결과는 마침내 일본인으로 귀화하기였다. 일본인으로 한국 근대문학에 나아갈 때, 그 제1세대들(오무라 씨, 사에쿠사 씨 등)에 있어선 이광수가 먼저 문제적이었다면, 시라카와 씨는 이른바 제2세대인

왼쪽부터 시라카와, 필자, 세리카와 , 오무라

셈이다. 장혁주, 김사량 등이 그들의 관심을 끌지 않았을까.

　제3세대들은 어떠했을까. 카프문학을 비롯, 김남천, 이상, 김두용, 김동인, 염상섭 등 일본에서 문학을 공부한 조선 문인들에 대한 개별적 연구에로 나아감이 일반적이었다(세리카와, 후지이시, 와다 등). 이제 바야흐로 제4세대에 접어든 형국인데, 이들의 관심은 무엇일까. 두 가지 방향성으로 예측되는데, 모더니즘적 시각이 그것이다. 정신대 문제를 비롯한 페미니즘의 시각, 도시 공간과 문학의 관계, 번역이 가져오는 문제점, 포스트 콜로니얼리즘의 시선 등이 그 하나라면, 다른 하나는 작품 및 작가에 대한 비교문학적 과제이리라. 여기에는 상당한 모험이 뒤따르겠는데, 비교문학이 지향하는 목표의 섬세함이 그것이다. 소설치고, 세계 어느 것이나 닮지 않은 것은 없다. 주인공, 시대 배경, 플롯, 사상 등이란 카프카나 도스토예프스키를 빼면 거의 동일한 것의 약간의 변형이 아니겠는가. 김동인이나 전영택의 작품이 일본 작가 아무개의 작품과 닮았다든가, 하는 식의 비교는 대비적 연구를 넘어서기 어렵다. 시의 경우도 사정은 비슷하다. 향수, 애정, 자연, 술, 벗, 그리고 이데올로기 등은 동서고금을 통틀어 인간성의 동일한 바탕이다.

일본인 조선문학 연구진의 이러한 세대별 차이성은 따지고 보면 그들만의 경향이 아닐 터이다. 한국인의 자국 문학 연구의 추세도 이와 대동소이한 흐름으로 보이지 않겠는가. 이쯤에서 점쟁이는 아니지만, 이런 예측이 불가피해진다. 문학 연구상에서의 한·일간의 닮음이 그것이다. 대체로 그 동안의 한국 근대문학 연구의 특징이랄까, 주된 흐름은 거시적 연구였다. 역사·사회학적 거대담론으로 문학을 다루어왔고, 따라서 이데올로기적인 범주에서 벗어나기 어려웠다. 강점이자 약점이었다. 도끼 혹은 장검으로 문학작품이라는 유리그릇을, 혹은 수박이나 참외를 내리치는 그런 것이었다고나 할까. 얼마나 통쾌무비했던가. 그럴 만한 이유가 작품 및 작가에 먼저 있었기에 연구자들도 그럴 수밖에 없지 않았던가. 이에 비해 일본의 일본 근대문학 연구자들은 지나치게 미시적이었다. 작가의 사생활 하나에 또는 작품의 낱말이나 한 구절 해석에 전력을 기울이는 형국이었다. 21세기에 접어든 오늘의 시점에서 보면 거시적 연구와 미시적 연구의 만남이랄까, 절충이랄까 좌우간 접근되어가는 도상이 아닐까. 하얼빈과 이스탄불의 문학적 탐구라든가(사노 마사토), 김사량의 「빛 속으로」에 등장하는 사람, 이름, 지명 등의 연구(김응교)도 이런 사정을 새삼 말해주는 것이리라.

리셉션에서 노마 히데키(野間秀樹) 씨를 만날 수 있었던 것도 의외의 기쁨이다. 도쿄 외대 교수인 씨가 서울대학에 연구교수로 일 년간 머문 것은 지난 2000년이었다. 씨와 나의 만남은 실로 이상한 형태였다. 내가 담당한 '한국 현대문학의 이해'라는 학부 일학년 교양과목의 강의실이었는데, 어느 날 강의실 한구석에 낯선 중년 남자가 앉아 있지 않겠는가. 노마 씨였다. 어학 전공의 씨가 내 강의를 듣는 이유는 무엇이었을까. 그 이유를 나는 몇 주 뒤에야 비로소 알아내고 고소를 금치 못했다. 어학 전공인 씨의 관심인즉 내가 사용하는 경상도 방언의 발음에 있었던 것이다. 그 뒤로 가끔 복도에서 씨를 만날 적엔 미소 대신 내가 또다른 경의를 표했음은 물론이다. 씨의 언어연구의 어떠함이 나름대로 짐작되었음도 이 때문이었다.

　명함이 없는 나는 여러 분으로부터 명함을 받았는데, 그 역시 낯선 조선학회를 낯익게 함에 큰 도움을 주는 것이었다. 뒤에 안 일이지만, 이곳에 모인 대학원생들도 저마다 명함을 갖고 있지 않겠는가. 자기를 정확히 드러내는 순간적 방식으로 명함만큼 직접적인 것이 없음을 실감할 수 있었다. 그것은 미지를 향한 항해자의 해도와 흡사한 것이었다.

네번째로 본 텐리 대학과 그 주변

　텐리에 내가 처음 들른 것은 1970년 섣달 그믐이었다. 하버드 옌칭 장학금으로 연구지를 억지로 일본으로 택한 내가 도쿄 대학 동양문화연구소를 소개받아 그곳에 간 것은 작가 미시마 유키오(三島由紀夫)의 자살로 일본 열도가 떠들썩한 그런 무렵이었다. 그해 연말을 맞아 나라·교토를 여행할 참이었는데, 마침 텐리 대학에 초빙교수로 와 있는 정기호(인하대, 고전문학) 교수의 유혹도 있어 가방에 달랑 전기 담요 한 장 넣고 버스로 용감히 떠났던 것이다. 섣달 그믐과 신년을 맞는 전통적인 일본인의 민속적 의식을 알기 위해 지척에 있는 나라(奈良)에 나아가 도다이지(東大寺) 제야의 풍경을 지켜볼 수 있었다. 두번째는 1980년. 그 무렵 나는 일본국제교류기금(Japan Foundation)의 도움으로 체일중이었는데, 〈몽유도원도〉를 공개

텐리교 본부 입구

한다는 기사를 읽고, 달려갔던 것이다. 미술 전공도 아닌 내가 이 그림을 그토록 보고자 했던 까닭을 지금도 잘 설명할 수 없다. 텐리 대학 중앙도서관 이층 홀 한가운데 전시되어 있던 〈몽유도원도〉와 안평대군의 글씨를 동시에 보면서 한동안 넋을 잃고 서 있었던 기억을 나는 갖고 있다(졸저, 『황홀경의 사상』 속의 「몽유도원도」편 참조). 그 무렵 제31회 조선학회가 열리고 있었는데, 그 말석에 끼어 발표 광경을 엿보았다. 세번째는 앞에서 잠시 언급한 대로 1987년 한여름 며칠 머물 기회가 있었다. 텐리 시의 텐리 교 본부와 이곳에 있는 이소노카미(石上) 신궁을 구경했다. 그 유명한 칠지도(七枝刀)가 소장된 이 역사적 신궁의 기품 있는 지붕을 보고, 대나무 통으로 흘러내리는 냉수 한 모금이 아침 공기 속에서 시렸던 기억이 있다. 마을 공동탕에 들르면 남녀탕이 구별되어 있으나 입구에서 수납하며 감시하는 탕 주인은 여인이었다. 교환교수로 온 박 교수가 조선인 청년 주례에 모셔졌다. 공동탕 벽에는 부락차별(部落差別)에 항의하는 벽보가 크게 걸려 있었다. 천민과 조선인이 함께 그 차별의 대상이었음을 상기하는 대목이 아니었을까. 텐리가 의외로 민중적인 바탕을 갖고 있다고 멋대로 생각해버린 기억을 나는 갖고 있다.

대체 텐리 교란 무엇인가. 텐리 교 해외 포교 전도부(텐리 교 본부 부속 건물)에 들르면 한국어로 된 20분짜리 비디오를 볼 수 있다. 그 첫머리에는 이 종교의 목표가 제시된다. '세계 구원의 길'이라는 이름으로 아래와 같이 설명되어 있다.

"천리교는 1838년 10월 26일 어버이신 천리왕님께서 세계 인류를 구제하기 위해 교조 나까야마 미끼를 통하여 계시를 내리신 데서부터 시작되었습니다. 어버이신님은 우리 인간을 창조하셨을 뿐만 아니라, 우리들을 자애로운 어버이 마음으로 키워주시며 수호해주고 계시는 으뜸인 신, 진실한 신님이십니다.

어버이신님은 인간들이 서로 도와가면서 즐겁게 사는 것을 보고 함께 즐기시려는 의도에서 인간을 창조하셨습니다. 따라서 즐거운 삶이야말로 인간생활의 목표입니다.

우리들 인간의 몸은 어버이신님이 빌려주신 것이며, 마음만이 제 것입니다. 그러므로 어버이신님의 인간 창조의 의도에 맞는 마음을 쓸 것 같으면 언제까지나 즐거운 삶을 영위할 수 있다고 가르치셨습니다.

그런데 현실적으로 우리들이 질병이나 재난 등 여러 가지 괴로움에 시달리는 것은 왜 그럴까요? 그것은 우리들이 인간을 창조하시고 수호해주시는 어버이신님의 존재와 그 수호를 모른 채, 마치 제 힘만으로 살아가고 있는 것처럼 잘못 생각하고 있기 때문입니다."

　종교에 대해 아는 바 없는 내가 뭐라 감히 말할 수 없지만, 이런 설명으로 미루어 보면 썩 서민적임을 짐작케 한다. 인간의 질병이나 재난 그리고 여러 가지 괴로움에서 벗어나, 즐거운 삶을 운영하기가 강조되어 있음에서 특히 그러해 보였다. 교주는 나카야마 미키라는 가정주부. 본부 건물 중앙에 '터전'이 있어 이를 인류의 고향으로 신앙하며 신체(神體)는 신도(神道)에서처럼 '거울'인 듯했다. 신도 수백만 명을 헤아리는 이 종교는 매달 26일을 참배일로 삼고 있었는데, 바로 이곳이 '터전'인 까닭이다. 건물들은 한결같이 기와로 지붕을 했으며, 지붕 중간에 또다른 작은 처마를 낸 그런 형식이었다. 도서관과 박물관(참고관)을 비롯, 큰 병원과 고아원 등이 있고, 한국을 포함 해외에도 신도들이 적지 않은 모양이었다. 문득 이 장면에서 나는 미국 유타주에 있는 브리검 영(Brigham Young) 대학의 경우를 떠올렸다. 이 대학에서 한국문학 작품 번역 콘테스트가 열린 것은 1985년 10월이었다. 겸하여 한국문학 번역 세미나도 열렸는데, 이학수 교수의 기조연설이 썩 인상적이었거니와, 번역 일등상은 오정희의 「동경(銅鏡)」을 번역한 풀턴 씨에게 돌아갔다. 어째서 이 대학에서 이런 행사가 벌어질 수 있었던가. 종교가 그 이유였다. 주지하는바 브리검 영 대학은 말일성도 교회(통칭 몰몬 교)가 세운 것. 한국어 청강생이 당시로서는 제일 많은 대학이었다.

　잘 모르긴 하나, 텐리 대학의 조선학회는 다른 어느 나라에서도 볼 수 없는 외국인이 만든 조선학의 밀도 높은 조직체가 아닐 것인가. 텐리 대학의 중국회라든가, 기타 학회도 있는지 모르나, 그 명성으로 보아 조선학회가 단연 우뚝해 보였다. 학술지『조선학보』(184집)가 그 증거이다. 〈몽유도원도〉를 품고 있는 도서관의 위력이 이를 상징한다면 조금 과장일까.

텐리대 조선학회에서 필자의 발표 모습

조선어학회 사건과 이중어 글쓰기

10월 5일 하오 1시 정각에 공개 강연이 연구동 3층 제1회의실에서 열렸는데, 첫 번째가 하마나카 노보루(浜中昇, 간다神田 외국어대) 씨의 「고려에 있어서의 율령 (律令)의 계승과 공전(公田) 사전(私田) 개념」. 중국과 일본 및 고려 3국에서의 공·사의 개념 차이와 이것이 사회 경제 기반인 공전과 사전의 개념 구성에 어떤 작용을 했는가를 약 한 시간 동안 선 채로 강연하는 것이었다.

두번째 강연은 필자의 「해방 전에 있어서의 조선 작가의 일본어에 의한 창작에 대하여」. 내가 쓴 논문의 원제목은 '국민국가의 문학관에서 본 이중어 글쓰기의 문제'이며 그 부제로 삼은 것이 일본어 번역에서는 뒤바뀐 셈이었다. 이를 번역한 시

라카와 교수의 지적에 따르면 '이중어 글쓰기'란 일본어에 없기에 '이중어 창작'
이라 할 수밖에 없다 했으며 그래도 제목이 다소 낯설다는 것이었다. 이 낯섦이야
말로 내가 겨냥한 곳이었다면 어떠할까. '국민국가(nation-state)'라든가 '이중어
글쓰기(bilingual writing)'를 써야 할 이유라도 있는 것일까. '조선 작가들의 일본
어 창작'과 그게 뭐가 유별나게 다르단 말인가. 누구 말마따나 우동을 가락국수라
이름을 바꾸어 먹으면 맛이 달라지기라도 하는 것일까. 이런 물음에 대해 내가 익
숙하지 못하지만, 그렇다고 피해나갈 수 없음도 나는 잘 알고 있다.

　한 몸으로 두 세기를 살 수 있고 또 살아갈 수밖에 없는 나로서는 또는 우리로서
는, 아무리 앞게 살고자 해도 20세기적인 명제와 21세기적 명제의 동시적 수용이
불가피한 현실로 다가온다. 내게 있어 20세기의 기표는 무엇이었던가. '해방 전에
있어서의 조선 작가의 일본어에 의한 창작에 대하여'가 그것이다. 이는 단연 20세
기적이자 그 유물이 아닐 수 없다. 나는 이 명제 속에서 거의 평생을 살아왔는데,
이를 두고 '근대'라 불렀다. 근대란 새삼 무엇이뇨. 내가 이 물음에 나름대로 해답
을 모색하여 이른, 엉성하지만 그래도 최선의 잣대란 이러했다. (一) 보편성으로
서의 (A) 국민국가와 (B) 자본제 생산양식(Mode of Capitalist Production)과 (二)
특수성으로서의 (C) 반제 투쟁과 (D) 반봉건 투쟁 및 기타 등이 그것. 이 보편성과
특수성이 빚어낸 갈등의 첨예함이 삶 속에서 드러난 문학만이 조선의 근대문학이
라는 것. 그렇지 않은 것은 아무리 대단해도 '근대문학'과는 무관하다는 것. '근대
문학'보다 더 잘난 것일지 모르나 그런 것은 '근대문학' 범주에 들지 못한다는 것.
한국 근대문학사란 무엇이뇨. (A), (B), (C), (D) 등이 각 특정 시기에 따라 첨예
해지는 그 시기를 점검·체계화함이라는 것. 여기에서의 난점이란 보편성과 특수
성이 실로 번번이 '절대모순성'으로 작동한다는 사실이 그것. '국민국가'의 건설
과 상상의 공동체로서의 국민국가 되찾기가 그런 사례 중의 하나이다. 내게 있어

20세기는 바로 이 '절대모순성'을 둘러싼 과제의 공부에 다름아니었다. '국민국가'의 사상이 다름아닌 국민주의(nationalism)이다. 참으로 고약하기 짝이 없는 사상이 아니었던가. 자기 국민만이 제일이고, 진·선·미란 자기 동네에만 있다는 것. 자기 국민만 사람이고, 다른 나라 사람은 사람이 아니고 짐승(inhuman)이라는 것, 그러기에 잡아먹어도 된다는 것, 소위 카니발리즘의 근거이다. 이처럼 굉장한 왕따사상이 20세기 인류사 최대의 사상적 핵심이었다. '하느님, 우리나라만, 우리 여왕만 영원히 보호하소서'의 사상이 모든 국가(國歌)의 핵이 아니었던가. 매우 다행히도 '우리끼리는 잡아먹지 말자'는 대목이 없지는 않았다. 계급평등사상이 그것이다. 그렇기도 하나 그것은 어디까지나 부록이거나 토씨에 지나지 않는 것.

　21세기에 접어든 지금은 어떠한가. 이 도저한 왕따사상은 조금도 쇠하지 않고 더욱 기세등등하지 않은가. 세계 167개 국가 중, 단 하나도 이 식인(食人) 사상을 소홀히 한 사례는 없다. 왕왕 제국주의 국가의 학자들이 배에 기름기를 안은 채 저들의 국민국가가 지닌 못된 점을 지적·비판하고 있긴 하나, 잘난 아비에 대어드는 순진한 아들의 어깃장에 지나지 않을 터. 이렇게 말하면 눈살을 찌푸릴 사람은 있겠으나, 내가 살아오면서 체득한 20세기의 내면 풍경은 이처럼 가파른 것이었다. 특히 한국 근대문학에서 이 점이 그러했다. 그러면 '국민국가의 문학관에서 본 이중어 글쓰기 문제'라는 제목은 21세기적인가. 그렇지 않다. 내게 익숙한 것이 이 '국민국가'이기에 사람은 누구나 자기의 익숙함에서 벗어나기 어려운 법. 다시 한번 정리해보기로 하자. 한국 근대문학이란 무엇이뇨. 국민국가로서의 한국문학이 아닐 수 없다. 국권 상실의 시기에 전개된 한국문학이란, 그러니까 원리적으로 성립될 수 없지 않겠는가. 물론 '원리적'으로는 그렇다. 이광수가 러시아령 치타(Chita)에 갈 적에 일본국의 여권이 요망되었고(대신 그는 러시아 정교회 신도증을 갖고 갔거니와), 헤이그에서 분사한 이준 열사 시신을 국내에 옮기는 것도 헤이그 주재 일본

영사관의 허가 없이는 불가능했다. 적어도 원리적으로는 그렇다. 그렇다면 한국 근대문학은 성립되지 않는가. 이 물음은 건너뛰기 어려운 숙고의 대상이 아닐 수 없다. '원리적'으로는 말이다. 상해 임시정부(공화제 헌법 보유)가 엄연히 있었음을 내세울 수도 있긴 하다. 그렇지만 근대문학을 문제삼을진댄 '국어'(속어 혁명)를 으뜸 자리에 놓지 않으면 어떤 논의도 공허해지기 쉽다. 국어란 무엇이뇨. 국민국 가가 국가적 폭력으로 강제한 '국가어'의 준말이다. 국가가 '이런 말만 써라!'고 강요한 말을 두고 '국어'라 하거니와, 이를 최초로 인식한 학자는 『국문학사』 (1949)의 저자 도남 조윤제였다. "국문학의 국문학됨의 필수 조건은 국어로 표현 될 것"(『국문학개설』, 동국문화사, 1955, 33쪽)이라 봄으로써 조윤제는 비로소 국문 학사에 나아갈 수 있었다. 악명 높은 임화의 '이식문학사론'도 같은 문맥에 놓여 있었음은 또 덧붙일 것 없다. 바로 이 장면에서 '상상의 공동체'(B. 앤더슨)로서의 '국가의 언어'를 문제삼고, 이를 대행한 단체가 있었는데, '조선어학회'가 바로 그것.

조선어를 국어로 인식하고 이로써 근대문학을 형성해나갔을 때, 이 조선어를 주 재하고 여기에다 기틀을 세운 단체가 있었으니 민간 학술단체인 조선어학회이다. 조선어의 연구·발전을 위해 1921년 12월 3일에 장지영, 최현배, 김윤경, 이윤재 등이 중심이 되어 조직한 '조선어 연구회'를 1931년 '조선어학회'로 고쳤다가 1948년 '한글학회'로 다시 고친 이 단체는 '한글맞춤법 통일안'(1933), '외래어 표기법 통일안'(1940), 사전 편찬 등의 업적을 남겼다. 특히 '한글 맞춤법 통일안' 은 전 사회적인 관심을 받은 것으로 오늘의 한글 정서법의 기초를 만들었다. 조선 어 연구·발전을 위한 모임의 일종인 조선어학회의 역할의 어떠함을 대내외적으로 가장 잘 보여준 사례가 저 유명한 '한글맞춤법 통일안'이거니와 이로써 이 단체는 알게 모르게 근대국가, 곧 국민국가의 몫을 어김없이 수행한 형국을 이루었다. 이 점을 상징적으로 보여준 것이 세칭 '조선어학회 사건'이다. 1942년 10월 일제는, 일본어 강제 사용에 따른 조선어 말살을 꾀하여 조선어학회의 회원들을 민족주의자로 몰아 검거·투옥했다. 조선어학회를 학술단체를 가장한 비밀결사라고 본 증거로 이보다 분명한 일은 없다. 이 사건에 연루되어 심한 고문으로 불구자가 된 바 있고 대한민국 초대 법무장관을 역임한 이인(李仁)의 증언을 잠시 보이기로 한다.

"어학회 사건으로 저들 명단에 오른 이는 모두 33명이었다. 3·1운동의 33인과 숫자를 맞추려는 일경의 속셈인데, 이들 가운데 권덕기, 안호상은 병원에 입원중이라 검거를 면했고, 김종철과 신윤국은 홍원까지 끌려왔다가 풀려났다. 결국 일경이 구속한 사람은 29명이나 이중 장지영, 정열모는 형무소까지 왔다가 예심에서 면소가 되고 정인섭, 안재홍, 서민호, 서승효, 권승욱, 이석린, 김선기, 이병기, 이강래, 김윤경, 이만규, 이은상, 윤병호 등 13명은 불기소가 됐다. 이렇게 하여 공판에까지 넘어간 것은 옥사한 이윤재, 한징을 빼고 나와 최현배, 정인승, 이희승, 이극로, 김도연, 김양수, 정태진, 이중화, 김법린, 장현식, 이우식 등 12명이다."(이인, 『반세기의 증언』, 명지대출판부, 1974, 134쪽)

조선어학회가 조선 국가의 대행의 몫을 상징적으로 행하고 있었음을 간파하고, 이를 뿌리째 저지하기 위한 일제의 행동이 결정적으로 표면화한 것이 조선어학회 사건임을 이해한다면 제일 정확한 문학사적 시선일 터이다. 말을 바꾸면, 내가 주장하고 싶었던 것은 정치적으로는 국권 상실기가 1910년 8월이겠지만, 문학적으로는 최소한 1942년 10월이라는 것. '근대'를 문제삼는 시선이라면 원리적으로는 그럴 수밖에 없다. 일제는 조선어학회 사건에 이르기 전의 작업으로 이른바 '일본어 상용화'를 유도하기 시작, 1939년에 와서는 그 강도를 높였으며 조선인 징병제도 결정(1942. 5. 9)에 이르렀을 땐 더이상의 여유를 두지 않았다. 여기에 이르렀을 때, 국민국가로서의 조선어와 이를 사용하는 조선문학은 사실상, 그러니까 원리적으로는 종언을 고한 형국이 아닐 수 없다. 동아일보 조선일보 폐간(1940. 8), 『문장』『인문평론』 폐간(1941. 4), 『국민문학』의 등장(1941. 11)이 이를 새삼 말해주고 있다. 이 장면에서 조선 문인들 중 일부가 대응하는 방식은 아래와 같다. (1) 붓을 꺾기, (2) 계속 써서 땅에 묻어두기, (3) 친일문학 하기, 그리고 (4) 이중어(일본어·조선어) 글쓰기가 그것들.

이중 내가 문제삼고자 한 것이 (4)이다. 조선어가 사라진 마당에서도 계속 글쓰기에 나아가되, '글쓰기 그 자체'에 충실할 수 있는 길은 무엇인가. (4)가 그 열린 지평이다. 이중 봉황각 좌담회(1945. 12)에서 이태준과 김사량 사이에 벌어졌던 것처럼 제일 존경스런 것은 (2)이며 (1)과 (4)는 동등한 비중인지도 모른다. 그렇지만 문인이란 본능적으로 '쓰는 자'라는 시선에서 보면 (1)보다 (4)가 한층 적극적으로 평가될 수 있을지도 모른다. 그 (4) 범주에 드는 문인 셋을 내 나름대로 탐색해 보여줌으로써 (1)~(4)의 범주상의 위상을 드러내 보이고 싶었다. 이효석, 유진오, 김사량 등 제대(帝大) 출신의 이 세 명의 작품들의 어떠함은 과연 '문학스러움'의 범주에 드는 것일까(졸저, 『한일 근대문학의 관련양상 신론』, 서울대출판부, 2001 참조).

(4) 범주란 새삼 무엇이뇨. 한국 근대문학사에서 보면 수용될 곳은 없다. 그렇다고 일본 근대문학사가 이를 수용할 수 있을까(中央公論社 판 『일본문학대계』 속엔 김사량이 그들의 것으로 편입되어 있긴 하다). 그렇지만 만일 세계문학사라는 메타급 문학사가 고려된다면 그런 곳에나 수용될지 모를 사안이 아닐까. 영어로 『율리시스』(1925)를 쓴 J. 조이스가 『피네건의 밤샘』(1939)에서 영어를 초월해버린 사례도 있지 않았던가.

1시간 40분 동안 혼자서 멋대로 떠들고 나자, 목이 타올랐다. 임원들의 총회가 끝났을 땐 이곳 가을 태양도 어느새 저물었다. 목을 축이고 있자니 캠퍼스 여기저기에 어둠이 스멀스멀 몰려오고 있었다.

간담회장(심광관 식당)으로 옮기자, 이미 식당엔 참석자 전원이 착석해 있었고, 또한 거기엔 오무라 마스오(大村益夫, 와세다대), 세리카와 데쓰요(芹川哲世, 니쇼가쿠샤대), 후지이시 다카요(藤石貴代, 니가타대), 하타노 세쓰코(波田野節子, 니가타여자단기대), 호테이 도시히로(布袋敏博, 와세다대) 등의 반가운 얼굴이 웃고 있지 않겠는가. 130여 명을 헤아린다 했다. 참가비를 받는 이 학회에 참석한 학자 수가 이렇게 증가했음을 경하하고 있었다. 간사 마쓰오 교수는 리셉션 스피치를 내가 해야 한다고 했다. 어째서냐고 하자, 씨는 다만 미소할 뿐이었다. 내가 제일 고령이었음에 생각이 미쳤다. 이곳 역시 경로사상의 나라가 아니었겠는가. 창졸간이지만, 두 가지 점만 말해보았다. 새로운 연구진들은 조선학을 나처럼 20세기식으로 하지 말고, 방도를 모르지만 좌우간 21세기적으로 해야 한다는 것. 또하나는 조선 수신사 김기수가 『일동기유(日東記遊)』에서 말했듯 한·일 관계란 입술과 이(脣齒)의 관계라는 것. 이어서 최고령자 우메다 히로유키(梅田博之) 조선학회 고문의 건배 제안. 술과 음식이 풍성한 연회장에서 나는 많은 젊은 학도들의 명함과 더불어 소개를 받았다. 아직도 연회가 무르익고 있는 즈음, 밖으로 나오자 코를 스치는 강렬한 꽃 향기에 에워싸였는바, 마쓰오 교수의 설명인즉 교정 여기저기 있는 '긴모쿠세이(銀木犀)' 라는 나무의 꽃 향기라 했다.

조선학 연구진의 표정들

10월 6일 오전을 나는 제3부문 역사학·민속학·고고학 기타 분야 발표장에서 보냈다. 「구한말에 있어서의 유학생 감독에 관한 한 고찰 — 유학생 감독 신해영을 중심으로」(김범수, 도쿄 학예대학 박사과정)에 관심이 갔기 때문. 『이광수와 그의 시대』를 쓰기 위해 두 차례에 걸쳐 체일하며 이광수가 공부하던 1900년대에서 1910년대에 있어서의 일본의 신문, 잡지 기타의 자료를 검토하던 내게 자주 부딪힌 이름이 조선 유학생 감독 신해영(申海永)이었다. 구한말 한국 유학생은 관비생이 중심이었으며 사비생의 등장은 시기적으로는 그 뒤의 일이었다. 이에 대해서는 구한말 정부의 공식 문서들이 있거니와, 이들의 일본 유학 실태에 관해서는 유학생들의 기록(가령 유진오의 부 유치형의 기록, 미공간)이 거의 없는 마당이기에 시사일보(時事日報)라든가, 잡지『태양(太陽)』등 일본측 기록을 엿볼 필요가 있었다. 그런 문건에 신해영의 이름이 거론되곤 했다. 동학의 유학생으로 도일한 이광수는, 그러니까 사비생이었는데, 동학이 천도교로 바뀌는 혼란 속에서 학비 조달 불능으로 본국 소환되어 귀국하자, 동경 유학생 일동의 혈서 사건이 벌어진다. 이에 학부는 동학 유학생 20명을 전원 관비생으로 조치했다. 이광수가 메이지 학원(明治學院) 보통부에 들어간 것은 이로써 가능했다.

구한말 조선 유학생 연구의 선편을 잡은 학자는 아베 히로시(阿部洋) 씨였는데, 씨의 근무처(일본 국어연구소)로 내가 찾아가 인터뷰를 한 것은 1980년 가을이었다. 한국 정부는 상당수에 달하는 유학생을 보살필 감독관을 파견했으며, 이 보살핌이 한때는 감독관의 몫을 할 수밖에 없었는데, 유학생 중 반정부 세력이 크게 대두했기 때문이다. 이인직이 귀국한 것도, 정부가 유학생 전원을 소환했던 까닭이다. 망국 이후의 유학생들은 또 누가 보살폈을까. 주요한, 김동인 등이 보살핌을 받은 것은 동경주재 YMCA였다(주요한의 부 주공삼이 목사로서 유학생 담당이었다). 조선 유학생 회관이 생기고, 이를 중심으로 그들의 정신적 유대가 형성되었음은 『대한흥학보』『학지광』등을 통해서도 엿볼 수 있다. 수천 명에 이르는 청국(중국) 유학생의 경우와 어떻게 같고 달랐는가에 대해서도 알아둘 필요가 있지 않겠는가. 내가 아는 신해영의 이름은 이러한 언저리에 멈추어 있었다.

이번 발표에서 나는 신해영에 대한 새로운 사실을 듬뿍 알게 되어 기뻤다. 학무 편집국장(正三品)인 신해영이 감독관으로 부임한 시기는 1907년 4월이었으며 1909년 9월 귀국 도중 병사했음이 밝혀졌다. 사후 정부는 그를 從二品으로 올렸음도 함께. 뿐만 아니라 학부 소관 일본 유학생 규정 전문이 실려 있고, 신해영의 사상을 엿볼 수 있는 국권회복에의 염원도 밝혀져 있다.

두번째로 내 흥미를 끈 것은 「'국어 상용 / 국어 전해(全解)운동'의 재검토」(나가시마 히로키永島廣紀, 사가佐賀 대학 전임강사). 여기서 말하는 '국어' 란 물론 일본어이며 이를 전 조선인에게 강요한 운동이 이른바 '국어 전해운동' 이다. 한효, 김용제, 임화, 김사량, 유진오, 이효석, 최재서 등이 그토록 초조해 마지않던 바로 그 '일본어 상용화' 의 과제가 아니겠는가. 내 발표문과도 결코 무관하지 않기에 귀를 기울일 수밖에. 이연숙씨의 역저『국어라는 사상』(1996)의 독자라면 이 과제에 빠져들 법하지 않겠는가.

발표자는 먼저 경성제대 문학부 국어학·국문학 강좌와 국어교육을 문제삼았다. 다카기 이치노스케(高木市之助, 씨의 회고록『국문학 50년』(岩波新書, 1967) 속엔 술취한 학생 최재서가 너희들 일본인 교수가 아무리 강요해도 그렇게 우리는 호락호락하지 않을 것이라 행패를 부렸다고 적혀 있다), 도키에다 모토키(時枝誠記, 소쉬르를 오독한 덕분에 독창적 이론을 수립한 특출한 언어학자), 오쿠라 신페이(小倉進平, 향가 해독의 대학자), 쓰다 사카에(津田榮, 예과 교수, 화학) 등의 견해를 검토했고, 이어서 조선 총독부 '국어 교육' 담당 관료인 모리타 고로(森田梧郎, 1896~?)를 집중적으로 분석했다. 경성제대 법문학부(국어학·국문학 전공) 출신인 모리타(총독부 편수관, 고등관 7등)의 존재와 그의 활동이 본격적으로 연구된다면 하는 아쉬움이 남긴 했으나 중요한 과제로 보였다. 세번째로 검토된 것은 경성 대화숙(大和塾) 국어 강습회에 대한 것, 일본 정신교육 기관인 대화숙엔 이광수 등도 거쳐간 바 있다. 네번째는 국민총력 조선연맹과 국어생활운동. 징병제 실시에 따른 국어 전해운동(1944.8)이 구체적으로 어떤 규모와 양상을 지녔는지가 나름대로 검토되었다.

이상의 과제는 하도 큰 것이어서 20분 동안의 발표로는 불가능할 정도였다. 이를 들으면서 그 무렵 국민학교 2년생이었던 내 모습이 문득 스쳐갔다. 1학년 동안엔 학교에서 조선말을 예사로이 사용했으나, 2학년에 오르자 학교에서는 모두 일본말만 써야 했으며 그렇지 않을 땐 체벌 또는 모종의 제재를 받았다. 일본어 단어를 정히 모를 땐 조선말로 쓰되, 반드시 "조선말을 써도 좋은가"라고 상대방의 양해를 구한 다음이어야 했다. 이른바 '국어 전해운동' 속에 있었던 까닭이다. 젊은 연구자는 다만 역사적 고증에 일관되어 있고, 이를 학문이라 하리라. 그 속에서 살아온 '나'의 처지에서 보면 학문이란 대체 무엇일까. 이 기묘한 느낌이 온몸을 에워싸는 한동안 나는 나를 잊고 있었다. 경남 김해군 진영읍의 한 국민학교의 아동이 되어 어떻게 하면 그 체벌을 면할까 궁리하며 포플러가 늘어선 신작로 길을 혼자 걷고 있었다.

내 흥미를 끈 또하나의 발표는 공항에 나왔던 아사이 씨의 「한국 병합 전후에 있어서의 일본인 관료에 대하여」였다. '문인 고등시험 합격자를 중심으로'라는 부제에서 보듯 식민지 경영 고급 관리의 성분 분석은 발표자의 논문 「일제 침략 초기에 있어서의 조선인 관리의 형성에 대하여 — 대한제국 관리 출신자를 중심으로」(『조선학보』155집, 1995)에 이어진 것으로, 다음 두 가지 점이 흥미로웠다. 일본인 고급 관리의 71.25%가 동경제대(법학부) 출신이라는 사실이 그 하나. 다른 하나는 관료 중 야나베 에이자부로(矢鍋永三郎)이다. 이광수를 회장으로 한 조선문인협회 명예총재(제2대. 1941. 8)이자 조선 문인 보국회(1943. 4) 회장인 야나베는 과연 어떤 관료였을까. 발표자는 관리 80명 명단 중 제62번째로 그를 등재하고 동경제대 졸업(1907년), 황해도 도지사를 마지막으로 공직에서 퇴관(1925), 그 뒤에 조선 척

식은행 이사(1936), 끝으로 '공직 추방'이라 밝혔다. 대체 그는 어떤 활동을 했기에 전후에 공직 추방에 처해졌을까. 조선 문인보국회 회장직은 이 자료에 빠져 있거니와, 궁금한 것은 조선 문인협회와의 관련성이 아닐 수 없다. 이 점도 밝혀질 날이 쉬 오지 않을까, 라고 혼자 중얼거려보았다.

오후에 나는 문학분야(제2부문)로 발길을 옮겼는데, 「'번역에의 저항'으로서의 모더니즘 문학」(사노 마사토, 대진대 교수)이 흥미로웠다. 씨의 「1930년대의 이스탄불, 하얼빈」(2002)이 썩 참신한 시선을 보여주어, 이른바 한국문학에서의 디아스포라(diaspora, 망명자·난민·이민자)의 가능성을 엿보게 했거니와, 이번 발표 역시 어째서 모더니즘 문학이 번역 거부 현상을 일으키는가에 대한 탐색이어서 썩 참신해 보였다. 이른바 포스트 콜로니얼리즘의 시선에서 보면 종래의 연속성을 기반으로 하는 세계관이 분해될 수밖에 없는 법. 역사와 사회(인간)의 연속성 위에 선 리얼리즘에서 일단 벗어나, 그 해체과정에 드러나는 다양한 파편들이 새삼 빛을 발하는 경우가 많다. 그런 파편 중의 하나로 '번역에의 저항'은 이상 문학 또는 김기림의 시학의 위상을 드러내는 데도 유효하리라 느껴졌다. 21세기에 접어든 오늘의 한국의 위치, 이른바 중진 자본주의를 염두에 둔다면 연속적 세계관의 해체에서 벌어지는 문제점들은 색다르게 보여질 터이다.

민족 에고이즘을 이긴 신기수(辛基秀)씨

주최측에 대한 결례를 무릅쓰고 아직도 발표들이 남아 있음을 뒤로 했다. 택시로 텐리 역으로 달려갔을 때가 3시 반이었고, 한 시간 만에 교토 역에 닿고 신칸센 '노조미'(희망이라는 의미)에 몸을 실어 두 시간 반 만에 도쿄 역에 닿자 6시 40분이었다. 어둠이 여기저기 기웃거렸다. 택시로 와세다 대학 외빈용 '스텝 21'에 여장을 풀고, 일요일 밤이라 겨우 찾은 밥집을 찾아 요기를 하고 나자 열시가 훨씬 지나 있었다. 이렇게 잰걸음질을 한 까닭은 와세다 대학 어학교육연구소 주최인 공개 강연「한일 근대문학의 관련 양상 — 나카노 시게하루(中野重治)의 「비내리는 品川驛」을 둘러싸고」를 하기로 되어 있었음과 직접적 관련이 없다. 와세다 대학 22호관 203호실에서 열릴 이 강연회는 10월 7일, 시간은 4시 20분에서 6시 20분까지였는데도 그렇게 잰걸음질을 친 것은 웬 까닭이었을까. 와세다 대학은 내게 있어선 흡사 제2의 터전인 듯 낯익었다. 제1차 일본체류(1970~71)에서 내가 제일 많이 드나든 데가 이 대학 도서관이었다. 서고엔 연구자들을 위한 좌석과 기타 편의시설까지 갖추어져 있었고, 한국에서도 결여된『조선지광』을 비롯한 기타 자료들이 더러 있기조차 했다. 송진우, 김성수, 이광수, 이병도 등이 공부한 대학이어서 친근감이 더했다. 도쿄 대학 도서관과는 대조적이라고나 할까. 두번째 체일(1980)에서도 바로 이 도서관에 드나들었다. 도서관도 옮겨졌고, 새 건물도 들어섰지만 대체로 캠퍼스는 그대로였다. 특히 아름드리 고목들은 그때나 지금이나 나를 압도했다. 정문에는 그토록 많았던 데모대의 깃발과 대자보도 찾아볼 수 없어 격세지감이 없지 않았으나, 학생 5만 명을 헤아린다는 대학치고는 의외로 여유 있어 보였다.

지난 8월 오무라 교수로부터 강연 요청을 받았을 때 내가 머뭇거린 것은 다름이 아니었다. 김영삼 전 대통령쯤 되면 몰라도 한갓 교수의 문학 강연에 어찌 청중이 있겠는가. 한국의 대학에서 열리는 문학 강연회에 더러 가본 경험으로 비추어볼 때 일본은 더욱 그러하지 않겠는가. 그럼에도 여기까지 나아가고 만 것은 웬 까닭일까. 일본에서의 '한국어 붐'에 용기를 얻었다고 하면 어떠할까. 오무라 씨의 말에 따르면 월드컵 이후 현재 한국어 수강생이 800명에 이른다 했다. 규슈 산업대학의 경우 1천4백 명이라 했다. 한국어를 배우고자 하는 학생이 있다면 그들에게 '한일

문학의 관련 양상'이라는 과제의 제목만이라도 대학 게시판에 대자보 모양 붙여 보여줄 필요는 없겠는가.

4시 20분 강연장으로 가보니 의외로 청중이 많았는데, 예측대로 한국어 수강생들로 보였다. 뿐만 아니라 김윤(교포 시인), 김학렬(전 조선대 교수, 재일본 조선문학예술동맹 부위원장), 박재일(문화센터 아리랑 이사장), 손지원(조선대학 부학장), 문홍수(도서출판 crane사 대표), 아이사와 가쿠(愛澤革, 에세이스트), 세리카와, 후지이시, 호테이 등이 배석해 있었고, 주최측의 김응교, 오무라 두 분이 기다리고 있지 않겠는가.

내 발표문 「문학적 과제로서의 '민족 에고이즘'」은 일본 근대시 중에서 이른바 불경문학(不敬文學)으로 우뚝한 나카노 시게하루(1902~1979)의 시 「비내리는 品川驛」(1929.2)과 이에 화답한 임화(1908~1953)의 시 「우산받은 橫浜 부두」(1929.9)를

와세다 대학 공개강연, 오무라 교수(앞줄 가운데)

비교함으로써 이른바 ‘민족 에고이즘’을 음미함에 있었다.

　辛이여 잘 가거라

　金이여 잘 가거라

　그대들은 비오는 品川驛에서 차에 오르는구나

로 시작되는 이 시가 추방되어가는 재일 조선인 노동자에 대한 안타까움과 애착을 노래한 것으로 하도 유명하여 재일 교포 사회에서는 모르는 사람이 거의 없을 정도로 널리 알려져 있다. 이에 대해 “항구의 계집애야! 이국의 계집애야 / ‘독크’를 뛰어오지 말아라. ‘독크’는 비에 젖었고 / 내 가슴은 떠나는 서러움과 내어쫓기는 분함에 불이 타는데 / 오오 사랑하는 항구 横浜의 계집애야! / 독크를 뛰어오지 말아라 난간은 비에 젖어 있다”로 시작되는 임화의 「우산받은 横浜 부두」 역시 KAPF(조선 프롤레타리아 예술가 동맹)를 조금이라도 공부하거나 한일 근대문학의 관련성에 관심 있는 사람치고 모를 수 없게 되어 있다.

　현해탄을 가운데 둔 이 두 시의 비교에서 조선인측의 문제제기가 ‘민족 에고이즘’에 있었음도 널리 알려져 있다. 「비내리는 品川驛」 속의 다음 대목이 그것이다.

　오오!

　조선의 산아이요 계집아인 그대들

　머리끗 뼈끗까지 꿋꿋한 동무

　일본 푸로레타리아트의 압짭이요 뒷군

‘일본 프롤레타리아의 앞잡이요 뒷군’이란 대체 무엇인가. 조선인 처지에서 볼 때 이 대목은 참을 수 없는 민족 차별이 아닐 것인가. 조선인 프롤레타리아란 일본의 그것의 한갓된 도구란 말인가. 대시인 나카노란, 그러니까 한갓 민족적 편견에 사로잡힌 문사에 불과한 게 아닌가. 이런 지적에 대해서는 생전의 나카노는 스스로 '민족 에고이즘'의 노출이라 시인한 바 있었다. 이를 둘러싼 이런저런 논의가 끊임없이 오늘날에도 일본문학 내부에서 논의되고 있음을 본다. 그들 논의는 두 가지 계열로 볼 수 있는데, 이른바 불경 문학(천황 모독을 다룬 것)을 문제삼음이 그 하나인데, 이는 민족 에고이즘과는 전혀 무관한 영역이다. 다른 하나는, 민족 에고이즘을 둘러싸고 나카노 옹호론의 처지에서 나온 흐름이다(졸저, 『한일 근대문학의 관련 양상 신론』, 서울대출판부, 2001 참조). 이런 움직임을 새삼 확인하기 위해 내가 일부러 나설 필요까지는 없다. 방한한 노벨상 수상 작가 오에 겐자부로 씨를 만났을 때 묻지도 않았는데, 씨는 이렇게 말하지 않겠는가. "내 작품 속에 반한적 표현이 있다고 지적하는 분이 있는데 아마 사실일지 모르겠다. 일본인인 내 무의식 속에 그런 요소가 있었는지도 모르지 않겠는가"(1995)라고. 후쿠자와 유키치의 자서전 『福翁自傳』(岩波文庫, 1978, 제9쇄, 1985) 신정판(新訂版) 속의 소제목 가운데 '본번(本藩)'에 대해서는 그 비열함이 조선인과 같다'(258쪽)라는 게 있다. 그 동안 이 대목의 조선인을 ○○○으로 처리했으나, 지금부터 그대로 노출시킨다고, 아무리 위대한 사람도 이 민족 에고이즘에서 자유롭지 못하다는 징표로 삼기 위해서도 그럴 필요가 있다고 후기에 적혀 있다. 나카노라 해서 이를 초월하기는 어려웠을지 모른다. 바로 이것이 나카노의 전향 소설 『시골집』(1934)과 더불어 그의 문학이 갖는 깊이가 아닐 것인가. 내가 그의 문학적 생애를 기리는 것도 이런 인간적인 사실에서 왔다. 이런 소리를 하기 위해 일부러 내가 일본까지 가서 떠들 필요는 없다. 그렇다면 나는 무엇을 말하고 싶었을까. 다음 두 가지를 말하기 위함이었다면 어떠할까.

첫째, 임화를 위한 변명. 한동안 근대문학 전공의 논자들이 곤혹스러워한 것 가운데 하나로 '이식문학사론'이 있거니와, 이 악명 높은 개념에 임화의 신문학사 구상이 이루어졌던 까닭이다. 이 개념이 지시하고 있는 보이지 않는 지향성은 다름아닌 '일방적인 근대의 수용'이었다. 철도나 은행 제도 모양 완제품을 받기만 했다는 것. 요컨대 이 역부족론 앞에서 임화와 더불어 많은 연구진들이 머뭇거려 마지않았다. 그러나 자세히 살펴보면, 무의식 속에서 임화는 스스로 제기한 '이식문학사론'을 부정했거나 적어도 부분적으로는 극복하고 있지 않았을까. 「우산받은 橫浜 부두」가 이를 새삼 증거하고 있지 않겠는가. 현해탄을 가운데 두고, 한·일 양국의, 최고 시인이라 하기는 어려울지라도, 썩 중요한 시인들이 '주고·받기'를 했다는 사실은 '일방통행식 이식'과는 일정한 거리가 있지 않겠는가. 더구나 복자투성이의 문제적 시 「비내리는 品川驛」이 조선인 누군가에 의한(임화, 이북만, 김호영?) 조선어역이 있었기에 거의 완벽하게 복원(?)될 수 있었는지도 모르지 않겠는가.

둘째, 민족 에고이즘을 전면적으로 부정하는 어떤 재일 조선인의 변명. 네덜란드의 레이덴 대학에서 열린 제12차(1988) AKSE(유럽 한국학 대회)에서 나는 「한일 문학의 관계 ― 임화와 나카노 시게하루」를 발표한 바 있거니와, 나는 뜻밖에도 강력한 비판을 받지 않으면 안 되었다. 발표자도 틀렸고, 나카노 시인도 틀렸다는 것. 어째서? '민족 에고이즘'이란 한갓 허구이며 절대로 그런 것이 없다는 것이라 하여 비판자는 서슴없이 그 실례를 들지 않겠는가. 재일 조선인 노동자와 일본인 노동자 사이엔 형제간의 정이 넘쳐 흘렀으며 그 정의는 민족을 넘어서고도 남는 것이었다는 것. 자기 실생활의 체험이기도 하다고 비판자는 덧붙이지 않겠는가. 알고 보니 비판자의 이름은 신기수. 조선 통신사 연구자이며, 이를 영상으로 담아 보여주기 위해 주최측에서 특별히 초청한 재일 조선 교포였다. 훗날 씨는 『아리랑 고개를 넘어서』(解放出版社, 1992) 제5장에서 내 이름을 밝혀놓고 그 경박스러움을 비

て　イギリス、フランス、ドイツ等の人たちは、韓国のソウル大学で韓国語を習得していたそうで、流暢な韓国語の感想をきくことができた。

ライデン大学の日本・韓国学科の学生も春休みにもかかわらず、多く出席しているのが目についた。

金允植教授の「在日」イメージ

翌日から始まった各国の研究者の発表の中で是非ききたいと思ったのがソウル大学の金允植教授の「韓・日プロレタリー文学の関係に対する一考察——林和と中野重治」であった。

オランダで中野重治の「雨の降る品川駅」と林和の「雨傘さす横浜埠頭」の比較論を聞けるとは、予期しなかったことだと、隣のレニングラード大学のヴェ・アクティニン氏に語ると、彼は微笑してうなずくのみであった。

階段教室の壇上で金允植教授は、まず「韓国近代文学の日本留学生たちにより展開されたといっても過言でなく、韓国における近代文学の草創期の言文一致の問題、傾向文学、一九三〇年代中頃の問題は、日本の模倣に近いものだ」と述べ、「在日韓国人の渡航の歴史と、日本社会の底辺における悲惨な生活」を数字をあげ具体的に説明

『아리랑 고개를 넘어서』(解放出版社, 1992), 216쪽

판하면서 같은 논의를 격조 높게 재천명해놓고 있지 않겠는가.

강연을 마치고 질의·응답까지 끝나자 주최측인 오무라 교수는 일행 20여 명을 교수 회관으로 초청, 석식을 넉넉하게 베풀어주었다. 그리고 그 자리에서 지나가는 투로 이렇게 말하는 것이었다. "신기수씨가 어제(10월 6일) 폐암으로 사망했다"라고. 향년 71세. 조선 통신사 연구자이며 오사카 시 덴노지 구(天王寺區)를 중심으로 한, 한·일 문화교류를 위한 '청구 문화 홀'의 설립자. 씨의 명복을 빌며, 이광

수, 송진우, 김성수 등 많은 우리 유학생들을 기억하며 어둠 속에 우뚝한 와세다 대
학 상징인 시계탑을 바라보았다.

이조석인(李朝石人)을 찾아서

이튿날 부슬비가 내리고 있었다. 고마바
도다이마에(駒場東大前) 역에 내려 '일본
근대문학관'과 엇갈리는 지점에 있는 '일본
민예관'으로 달려갔다. 세계적 판화가 무나
카타 시코(棟方志功) 특별전이 열리고 있었
다. 그 유명한 〈여자 관음〉이 크게 걸려 있었
다. 설립자 야나기 무네요시(柳宗悅)의 저술
중 가장 많이 알려진 것이 『나무아미타불』
(大法輪閣, 1955)임을 염두에 둔다면 무나카
타의 저러한, 불교를 다룬 판화 수집은 당연
한 일인지 모른다. 야나기의 주저(主著)가
예술론을 넘어 종교였음을 단적으로 보여주
는 전시가 아닐까.

그야 어쨌든 내 마음은 이 년 전에 본 〈이
조석인〉으로 가득 차 있었다. 「한국 근대문
학사의 시선에서 본 김소운」(도쿄대 교양학
부, 2000. 11. 12) 발표차 왔다가 한나절 동안

일본 민예관

〈이조석인〉

〈이조석인〉과 함께 있었다. 그의 안부가 실로 궁금했다. 급히 이층으로 달려갔음은 새삼 말할 것도 없다. 상설 조선 민예품은 변함 없었다. 이 조선 민예품을 오롯이 지키기라도 하듯, 그는 그대로 있었다. 볼펜으로 대강의 길이를 재보았다. 높이 1m 39.5㎝, 두께 8㎝, 머리길이 15.5㎝, 어깨 23.3㎝. 두 손을 가슴에 모으고, 치마인지 바지인지를 균형감 있게 아래로 하여 발까지 감춘 이 석상은 그 자체의 받침이 38.8㎝이며 화강석으로 만든 별개의 받침을 누군가가 만들어 붙였다. 대리석으로 된 이 석상은 대체 무엇인가. 장승은 분명 아니며 그렇다고 무인석, 문인석도 아니다. 수집자 야나기도 다만 〈이조석인〉이라 할 수밖에 없었을 터이다. 대체 이 날씬한 키와 어깨의 균형감각이나 팔을 모은 대리석 형상은 어느 길가에서 지친 길손을 지켜주고 있었을까. 혹은 그리운 이의 무덤이나 집을 지켜주고 있었을까. 대체 여인상일까 남자상일까.

확실한 것이 있다면 만든 사람의 솜씨이다. 아름답게, 그러니까 세련되게 공을 들여 만든 것이 아니라는 사실이 그것. 이를 두고 소박하다고 해도 되는 것일까. 전체적 윤곽을 염두에 둔 장인이 아무렇게나 썩썩 대리석을 간추린 그런 것이 아닐까. 그러기에 민예품으로 자리매김된 것이 아니었을까.

확실한 것이 있다면 이 조각이 지닌 형언하기 어려운 이상함이자 친근함이다. 조각의 전문 감식가가 아닌 내 안목이란 별것 아니겠기에 나도 가슴 위에 둥근 원을 가진 이 석인이 이곳에 있다는 사실 앞에 가만히 한숨을 쉬어본다. 까마귀 나는 도쿄의 하늘이 문득 낯익은 곳인 듯한 환각에 내가 빠질 수조차 있었던 것도 이 석인이 여기에 서 있기 때문이 아니었던가. 1947년, 58세의 야나기는 「지금의 조선」이란 글에서 이렇게 적은 바 있다.

"조선을 생각할 때마다 이상하게 느껴지는 일이 두 가지 있다.

그토록 많은 사람들이 조선의 옛 작품을 사랑하고 있는데, 어째서 그 민족에 대한 경념(敬念)은 희박한 것일까. 이것이 첫째로 이상하다. 마음과 그 생활은 어떤 경우라도 그 작품의 원천이 아니겠는가. 물건을 통해서 사람을 보지 않는다면 그 물건도 충분한 경이가 아니어서는 안 된다.

좀처럼 전통을 무너뜨리지는 않는다. 구습을 존중하는 것은 조선의 성질이다. 예나 지금이나 그 만드는 방법에, 또는 만드는 마음에 별다른 차이는 없다. 그렇다면 어째서 옛 물건만을 돌아보고 새로운 물건을 등한시하는 것일까. 이것이 나로서는 둘째로 이상한 일이다."(『조선의 예술』, 박재희 역, 현암사, 1982, 222쪽)

끝내 야나기는 그 곡절을 알지 못했을 터이다. 야나기의 민예론의 핵심을 드러내고 그것이 갖는 한계점을 공예가의 처지에서 철저히 비판한 이데카와 나오키(出川直樹)의 『인간부흥의 공예』에 따른다면 야나기가 몰랐던 그 곡절도 절로 밝혀진다. 민예품을 야나기는 '시적 직관'으로 파악해버렸기에 그의 이론은 공예품과 무관한 허구적 창작론이 되고 만 것인지도 모른다.

"야나기는 '아름다움을 이해하지 못하는 민중'이라는 자신의 설정이 옛 민예의 아름다움과 모순될 때에 야기되는 문제점을 간파하지 못했다. 민예의 아름다움에

눈길을 두었다면 왜 그것을 '순수함' '반복에 의한 수련' '대를 잇는 창의의 궁리' '민중의 미의식'의 결과로 인정하지 않고 밖에서 '타력'을 갖고 온 것일까? 그의 확신은 그만큼 강했고, 또한 그의 민중을 보는 눈은 그만큼 차가웠다는 말이 된다."(『인간부흥의 공예』, 정희균 역, 학고재, 77쪽)

아마도 위의 비판이 사실에 가까울 터이리라. 야나기가 민예론의 미학에서 불교 미학적인 『나무아미타불』(1955)에로 나아간 것은 66세 때였다. 직관(내관)으로 파악한 민예론이 마침내 도달해갈 그런 길이었는지도 모른다. 오리엔탈리즘에 중독됐으면서도 스스로 그 사실을 몰랐던 탓이었으리라. 그렇기는 하나, 바로 그렇기에 나는 야나기의 민예론을 아직도 기린다. 그는 시인이었기 때문이다. 그는 상상력을 양식으로 하여 살아가는 작가였기 때문이다. 말을 또 바꾸면 그는 예술가, 사상가였기 때문이다. 민예품 그것은 삶이고 일상이 아니었겠는가. 야나기는 이런 일상적 삶을 예술로 보고자 했다. 간장 종지나 나물 담는 접시를 두고, "예술이 되어라!" "시가 되어라!"라고 주문처럼 왼 사람이다. 일상적 삶 쪽에 서 있는 사람의 처지에서 보면 실로 가관이 아닐 수 없으리라. 그러나 사람은 빵만으로 살지 않는 법. 나사렛 청년이 40일 동안 황야에서 헤맨 것도 그 때문이 아니었던가. 일상보다 밥보다 술이 필요한 시대도 있는 법. 한국 정부가 보관문화훈장을 야나기에게 수여한 것도(1984. 9) 이 때문이 아니었을까. 공항으로 향하는 내 마음이 가벼워진 것도 이 때문이 아니었을까.

북한문학 연구자들과의 어떤 만남들

'해방후 조선 · 한국문학 발전과 특징 연구 국제 학술회의' 참석기

네번째 연길행

2001년 7월 4일. 맑음. 아침 10시 인천공항을 출발, 심양행 비행기를 탔다. 일행은 김재용 교수(원광대 국문과). 실증적 태도와 자료에 대한 열정으로 무장된 한국 근대문학 연구진 중 밀도 있는 업적을 계속 보여주고 있는 김재용 교수와 동행이어서 마음이 한결 푸근했다. 1시간이 조금 지나 심양 공항에 닿았다. 심양은 일제 강점기엔 봉천(奉天)으로 불리던 곳. 인구 800만이 넘는 대도시이자 동북 3성의 상공업 중심지. 공항은 좁았다. 새로 청사를 짓고 있었다.

이 공항은 낯익었다. 첫번째는 한 · 중이 막 국교를 맺은 1993년 8월 연길시의 민국 문학관 개관 기념식 참가에 나선 연길행 일행 속(총인원 70명, 단장 이종찬씨)에 나도 끼어 있었는데, 기상 불안정으로 임시 정류한 곳이 이곳 비행장이었다. 그때 나는 일행과 더불어 약 4시간 동안 대합실에 머물다 떠난 적이 있었다. 두번째는

2000년 10월. 연변 작가단 초청 강연회에 참가하기 위해 시인 이근배씨와 함께 이 비행장에 내려 이튿날 떠난 적이 있었다. 650여 차례 연행길에 나서지 않으면 안 되었던 선조들의 희망과 한이 서린 심양을 언젠가 살펴보리라는 마음은 어찌 나만의 것이랴.

　　가노라 삼각산아 다시 보자 한강수야

　　고국산천을 떠나고자 하랴마는

　　시절이 하 수상하니 올동말동 하여라

— 김상헌

볼모로 잡힌 봉림대군(효종)의 고통, 삼학사의 절개, 천주교 신자들을 울린 변문의 목책, 호곡장(号哭場)을 읊은 연암의 허풍스러움, 이런 일들이 '열하'를 향한 선조들이 느낀 심양의 역사 감각 아니겠는가. 심양 공항에서 연길행을 기다리는 동안 나는 한 무더기의 한국 학자들을 만날 수 있었다. 모두가 연변 대학의 이런저런 세미나 참석이 목적이라 했다. 하기 방학 동안의 연변 대학의 소임의 활성화를 보인 징표이리라.

심양 비행장 활주로는 시멘트로 포장되어 있었다. 게이트에 이르는 길목이 모가 나지 않게 둥글게 되어 있음이 인상적이었다. MIG도 여기저기에서 보였다. 흡사 장난감 모조품 같았다.

국내선 항공기 좌석은 더욱 좁았으나 서비스나 운행 등 기타의 여건은 크게 향상되어 있었다. 한 시간이 채 걸리지 않아 어둠이 길게 깔린 연길 공항에 닿은 것은 저녁 7시경. 최웅권, 채미화 교수가 맞아주었다. 우리가 미처 버스에 오르기도 전에 공항 청사 전등이 일제히 꺼져 어둠 천지로 돌변하던 지난해와는 달리, 휘황한 불빛이 그냥 있었다.

"그들이 마침내 왔어요."

라고 두 교수가 말하는 것이었다.

마침내 그들이 온 것이었다.

마침내라 했거니와 여기에는 설명이 없을 수 없다. 과연 북한 학자들이 참석하느냐를 두고 그 동안 몇 달간 상당한 진통과 혼선이 있었던 까닭이다. 연변 대학 측과 접촉을 맡았던 김재용 교수는 번번이 내게 실망을 안겨준 바 있었다. 북측 학자들이 온다고 해놓고도 자주 번복되었고, 그럴 적마다 흡사 자기 잘못이나 되듯 김 교수는 내게 미안해했다. 실상 이번 연변 대학행은 출발 이틀 전에야 결정된 것이었다. 하도 창졸간이라 허겁지겁 나선 행차에 다름없었다. 북측은 물론 그들 고유의 사정이 있게 마련이었을 터이다. 이번엔 그들이 우리보다 먼저 연길시에 도착했다는 것이었다. 이상한 형국의 학술회의가 벌어질 전망이어서 젊은 김 교수는 조금 흥분한 듯했다. 마중나온 두 분 교수도 그러해 보였다. 적어도 근대문학 연구자의 모임은 연변대학 조선문학과에서도 처음이었기에 그럴 수밖에. 역사학이나 언어학은 문학에 비해 썩 자유로웠다. 문학 쪽도 고전과는 달리 현대문학 쪽이란 그만큼 어려웠음이 피부에 와 닿았다.

국제 학술회의가 지닌 매력

중국 길림성 연길시에 있는 연변대학 조선문학부 주최 국제 학술회의 '해방후 조선·한국문학 발전과 특징 연구'가 열린 것은 2001년 7월 5일이었다. 이 회의의 성격은 제목 자체에 의해 선명해져 있다. '조선'이란 '조선 민주주의 인민공화국'

을, '한국'은 '대한민국'을 각각 가리킴이기에 이 두 주체의, 해방 후에서 오늘에 걸쳐 이룩한 문학 발전 및 그 특성에 대한 연구란 넓게 말해 남북한문학 비교론에 해당된다. 연변대학 조선문학부 쪽이 구상한 이러한 학술회의에 참가할 수 있겠느냐는 통지를 받은 것은 4월경이었다. 햇볕정책 덕분이라면 어차피 언젠가는 서울이나 평양에서 해야 할 일처럼 느껴져 썩 내키지 않았음도 사실이다. 서둘 이유란 아무 데도 없었다. 이러한 생각은 한갓 정치적 감각이랄까, 논리적 사고에서 나온 것이어서 그리 신빙성이 짙은 것은 아닐 터이다. 좀더 확실한 것은, 그러니까 마음의 흐름이다. 어떤 일에 나름대로의 결단을 내릴 적마다 나는 마음의 흐름 쪽에 기울어졌다. 사람살이란 굳이 키에르케고르의 심오한 철학이 아니더라도 '이것이냐 저것이냐'의 갈림길의 연속이 아니었던가. 이 경우 중요한 것은 어느 쪽을 택하더라도 후회하기는 마찬가지라는 사실에 있다. 이 후회하기의 고통을 견디기 위해서는 논리 쪽보다 마음의 흐름 쪽이 한결 가벼웠다. 살아오면서 크고 작은 고비를 넘을 적마다 내가 터득한 한 가지 습성이라고나 할까.

서둘 이유가 없는데도 이 학술회의에 내가 참가하기로 작정한 것은 마음의 흐름에 맡겼던 까닭이다. 정년을 코앞에 둔 나로서는 어쩌면 이 학술회의가 공적인 삶의 마지막 사건일지도 모른다는 느낌이 그것이다. 이것은 누가 보아도 한갓된 모종의 허영심이 부추긴 초조감의 일종이겠거니와, 이러한 마음의 흐름은 몇 달 전의 그러한 초조감보다 한층 더한 것이었다.

몇 달 전이라 했거니와 그것은 2001년 4월 초, 런던에서 열린 제20차 AKSE(The Association of Korean Studies in Europe) 회의에 참가했음을 가리킨다. 외국 학자들에 의한 한국학 연구의 중심부가 유럽 지역임은 모두가 아는 일. 스킬렌드(런던 대학), 이옥(파리 7대학), 프랑스 국립과학연구원(CNRS, 부셰, 오랑주, 기유모즈), 발라벤(레이덴 대학), 부체크(찰스 대학, 프라하) 등이 중심이 되어 AKSE가 조직된 것은

1976년이거니와, 내가 이 대회에 참가하기 시작한 것은 제12차 대회(레이덴 대학, 1988)에서부터였다. 그 뒤로 20차 대회까지 한 번도 빠지지 않았다. 대체 어떤 매력이 나를 이끌어갔던 것일까. 다음 두 가지 까닭으로 회고된다.

하나는 내가 우물 안 개구리라는 사실이 그것. 무엇보다 내 전공이 그러했다. 내 전공이란 무엇이었던가. 한국 근대문학이다. 무엇이 한국 근대문학인가. 이 물음 하나에 매달려 평생을 살아온 형국이었다. 늘 나를 가로막는 것은 한국문학이되, '근대문학'이어야 한다는 사실. 문학이란 무엇인가에 앞서 '근대'의 벽이 가로막곤했음은 이 때문. 근대란 무엇인가. 이 물음은 나를 아득하게 함에 모자람이 없었다. 이러한 점에 고민하면서 길을 찾아간 선배들이 있었다. 최초의 국문학사(『국문학사』, 1949)를 쓴 도남 조윤제와 평론집 『문학의 논리』(1940)의 저자인 시인 임화가 그들이다. 이 두 저술이야말로 내가 살아오면서 항상 비석처럼 지켜주고 있는 문지기이자 바이블이거니와, 그 이유는 다름이 아니었다. 이 두 저술이 지닌 논리적 강점이라든가 허점에 앞서 그들 속에 배어 있는 고민의 무게에서이다. 도남도 임화도 똑같이 '근대란 무엇인가'에 형언할 수 없는 매력과 압력과 저항을 품고 있었다. 도남은 그의 저술 첫 줄에 이렇게 썼다. "국문학은 국어로써 한민족의 생활을 표현한 문학이다. 그러니까 국문학의 국문학됨의 필수 조건은 국어로 표현될 것이다. 이것은 아마 움직일 수 없는 사실일 것이다"(『국문학 개설』, 1955)라고. 그렇다면 '국어'란 무엇이겠는가. 일목요연한 해답이 주어진다. 국민국가(nation-state)가 국가권력이라는 미증유의 거대한 폭력으로써 강제한 획일주의로서의 표준어 사용의 산물이 국어이다. 그 더도 덜도 아니다. 근대란 무엇이뇨. (A) 국민국가와 (B) 자본제 생산양식(mode of capitalist production)이라는 쌍두마차의 진행이 아니었던가. 이 사실 중 (A)를 도남 조윤제만큼 분명히 느낀 국문학자는 일찍이 없었다. (B)에 대해서는 어떠할까. 『문학의 논리』의 저자만큼 이에 대해 고민한 문사가 과연 있었을까. 그는 문학사의 방법을 논의하는 마당에서 그 첫 줄에 이렇게 썼다. "무엇이 조선의 근대문학이냐 하면 물론 근대 정신을 내용으로 하고 서구문학의 장르를 형식으로 한 조선의 문학이다"(「신문학사의 방법」, 1940)라고. 근대 정신을 내용으로 하고, 서구문학의 장르를 형식으로 한 문학이 근대문학이라면 그것은 일본의 메이지(明治), 다이쇼(大正) 이래의 그것들도 마찬가지라는 것, 따라서 적어도 육당, 춘원 등이 시도한 이 나라의 근대문학은 이 범주에 드는 것이 아닐 수 없다. 악명 높은 임화의 '이식문학사론'의 진상이란 그 근거를 소급해보면 의외로 '근대'에 수렴되고 있었다.

　이들 두 선구자의 등불을 따라 내가 근대문학 연구에 나아갔음은 물론이지만, 매우 자주 나는 그 등불들이 흐리거나 심하게 흔들리는 장면에 마주치곤 했다. '우물 안 개구리 의식'이 그것이다. 나는 일제 강점기에 민족의식을 일깨우기 위해 식민지의 제국대학에서 배운 도남이 아니었다. 전위주의(아방가르드)에서 출발, 카프(KAPF) 문학에 인류사의 미래를 보고 매진한 명민한 『현해탄』(1939)의 시인도 나는 아니었다. 나는 겨우 분단 현실 속에 주눅이 들 대로 든, 중앙정보부와 보안사에 불려가기도 했던 한 문학 연구자에 지나지 않았다. '인간은 이성의 힘으로 세계를 바람직한 방향으로 바꿀 수 있다'는 실로 황당무계하기 짝이 없는 사상에 매료되면서도 자기 손톱의 상처에 온 우주를 느끼는 겁 많고 이기적인, 초라한 그런 연구자에 지나지 않았다. 이런 식의 우물 안 개구리 의식이 점점 견디기 어려운 것으로 나를 옥죄어오기 시작했지만 그렇다고 무슨 뾰족한 수가 있을 수도 없었다. 실낱같은 희망이 있을 수 있다면, 정작 나를 궁지로 몰아넣은 서양(서구) 쪽의 장본인들을 만나보고 그들이 이룩한 근대를 내 눈으로 보는 일, 그들의 반응을 살피는 방식이 있을지도 모른다는 점이었다. 도남도 임화도 이 점에서 제한적이 아니었을까. 그들은 갈데없는 우물 안 개구리 의식에서 고민했던 것으로 내겐 비쳤다. 그들 주변엔 AKSE라든가 PACKS(The Pacific and Asia Conference on Korean Studies)가 없었다. 그 대신 그들은 정작 그들의 공동의 적이었던 일제의 학자들에 의해 일방적으로 주도당하고 있지 않았던가. 그들의 스승 격인 제국대학 교수들은 정작 조국을 식민지로 삼은, 이른바 가해자인 제국주의 세력에 봉사하는 학자들이었다. 그들의 가르침을 통해 그들을 비판 극복하기란 무엇인가. 이른바 '네 칼로 너를 치리라' 라는 명제, 이 물음에 그들은 민첩할 수 없었다. 고작해야 스승들의 논리의 확대재생산에서 크게 벗어나기 어려웠다. 도남, 임화의 비극은 파농의 명징한 논리를 빌리지 않더라도 이 점에서 제한적이었으리라 생각된다. 나는 이 점에서 벗어나고 싶었지만 그 방도를 잘 알 수 없었다. 간접적이나마 AKSE에서 한국학 전공 학자들을 만나보고 그들의 목소리와 숨소리를 듣고 싶었던 까닭이 여기 있었다. 논리 아닌 생리의 차원, 그러니까 인간으로 부딪치기가 그것. 후생인 내게 주어진 한 가지 특권이라고나 할까. 그 결과는 과연 어떠했던가. 꼭 만족할 만한 수준은 아니라 할지라도 나는 AKSE에서 만난 학자들, 가령 『구운몽』 연구의 부세, 이기영 연구의 오가레트 최(바르샤바대), 북한문학 연구의 부체크, 무가 연구의 발라벤, 심청전 연구의 스킬렌드, 『토지』 번역의 피히테(훔볼트대), 『박씨부인전』 연구의 렌트너(훔볼트대), 고구려 연구의 이옥(파리7대), 이학수(UCLA), 마셜 필(하와이대), 매캔(하버드대) 등과 숨소리를 함께할 수 있었던 것은 메마른 내 연구 생활에 조금은 생기를 띠게 만들었다. 여기에는 따져보면 조금은 건방진 생각도 끼어 있었다고 회고된다. 외국인으로 한국학을 공부하는 학자들의 의식을 알아봄과 동시에 그들에게 뭔가 한 수 가르쳐주고 싶은 그 무엇이 무의식 속에 깃들이고 있었음이 그것이다. 집안 식구들로부터 멸시당한 가장이 바깥에 나가 유세하고자 하는 심정과 흡사하다고나 할까.

내게 있어 북한문학 연구자들은 무엇이었던가

앞에서 내가 AKSE에 한 번도 빠짐없이 쫓아다녔던 이유를 밝힘에 있어 첫번째로 '우물 안 개구리 의식'에 관련되었음을 들었거니와, 그렇다면 또다른 의식은 무엇이었을까. 북한문학 연구자와의 만남에 대한 기대감이 무엇보다 AKSE에 대한 매력으로 내겐 다가왔다. 실제로 북한문학 연구자들이 AKSE에 참가한 것은 제13차 대회(1989)였다. 김하명(사회과학원 문학연구소장), 전영률(동 역사연구소장)을 비롯, 정홍교(동 문학연구실장), 최정후(동 언어연구실장), 문병우(동 역사연구실장) 등 6명(1명 통역관)이 참가함으로써 단연 긴장감을 유발시켰을 뿐 아니라 AKSE의 위상을 높인 결과를 낳았다. 우리 쪽 참석자들에게 서울에서 출발할 때, 당국에선 북한주민 접촉 승인 절차를 밟아야 한다는 낯선 강제 사항이 있었다.

런던 대학 S.O.A.S.(아시아 아프리카 연구소)에서 열린 이 대회에서의 김하명과 전영률의 발표는 그 직함에 어울리는 권위와 품격을 아울러 갖춘 것으로 회고된다. 김하명의 발표문은 「방주의 노래」였다. 김려의 미완성 서사시 「장원경의 아내 심씨를 위해 지은 시(古詩爲張遠卿妻沈氏作)」가 그것인데, 김씨가 이를 내세우는 이유는 뚜렷했다. 문학사를 기술함에 있어 북한문학 연구진이 그 동안의 고심과 그 해결책 중의 하나를 세계 속에 알리고자 함이 그것.

문학사란 무엇인가. 물을 것도 없이 그것은 과학(학문)이다. 보편성이랄까, 인류 공통의 과제와 그것을 규정하는 일정한 법칙성에서 자유로울 수 없음은 그 때문이다. 조선문학사 기술에 있어서도 사정은 꼭 같다. 아무리 '우리식'이라든가 주체성을 내세울지라도, 조선문학사 역시 세계문학사(서구 중심)의 그것과 나란히 가지 않을 수 없고, 또 그쪽이 먼저 확립되었기에 그것을 모델로 체계적 모색을 함이 자연스럽다. 서구문학사의 체계는 어떠했던가. 대서사 양식 쪽에서 보면 서사시가 먼저 있고 그 다음에 소설이 나타난다. 이 경우 서사시는 영웅서사시를 가리킴이거니와, 이에 해당되는 조선문학사의 것으로는 「동명왕편」을 들 수 있다. 그렇다면 민중서사시는 무엇인가. 조선문학사에서도 응당 이것이 있음직하고 또 그래야 체계상의 균형이 맞을 터이다. 북한문학 연구자들이 고심 끝에 찾아낸 것이 바로 「방주의 노래」이다. 영웅서사시에 대응되는 이 노래는 비록 미완이나 천민의 딸의 사랑과 인간다움을 노래한 것으로 민중서사시로 손색이 없는 것이었다. 이 사실의 발견으로 말미암아 조선문학사는 그 체계 수립에 모종의 자신감을 얻은 것으로 내게 보였다.

이 사실의 중요성을 또 한 번 강조한 것이 제14차 대회(바르샤바)에서이다. 정홍교씨가 발표한 「서민 시인 조수삼의 문학사적 지위에 대하여」가 그것. 천민 출신인 조수삼의 작품(한시)의 발굴과 평가의 의의는 뚜렷한데, 그것이 양반시가와 대응되는 민중시가(서정시)라는 점에 있었다. 이로써 영웅서사시에서 민중서사시로, 또 양반시가에서 민중시가로 이행되는 문학사적 얼개가 이루어질 수 있었다. 적어도 그들은 조선문학사 체계 수립에 대한 이러한 고민과 노력을 AKSE를 통해 보여주고자 했다.

북한 학자 5명이 참가한 제14차 대회에 또하나 인상적이었던 것은 근대문학사가 류만씨의 참가였다. 당시 부박사이자 부교수이며 사회과학원 문학연구실장인 씨의 발표문은 「1920년대 조선 시문학에 형상된 조국애」. 김소월, 한용운, 정지용 등이 읊은 '향토애'를 '조국애'로 평가함으로써 민족의식의 주류 속에 포함시키고자 함이었다. 항일 무장 투쟁과 주체사상 일변도의 근대문학사 기술의 시선에서 보면 유연성이 조금 엿보인 발표문이었다.

어떤 이유에서인지 제15차(두르당)에서는 역사학자 2명만 왔고, 제16차(베를린)에서는 그들이 불참했고, 다시 문학 연구자가 참가한 것은 제17차 대회(프라하)에서였다. 정성무(사회과학원 문학연구소장), 정순기(동 언어연구소장) 등 거물급의 참가로 말미암아 단연 활기를 띤 그런 대회였다. 「최근 조선 민주주의 인민공화국에서의 문학예술의 혁신적 발전」이 정성무씨의 발표문이었다. 장중하면서도 긴 제목의 이 발표문은 의외로 단순명쾌했다. 북한이 세계에다 내놓을 수 있는, 그러니까 인류사의 발전에 공헌할 수 있는 여러 선구적 업적 중 '문학예술'(문예)의 성과는 무엇인가. 이렇게 스스로 묻고, 가극 장르를 내세웠다. 예술이란 인민에 봉사해야 하는 만큼 인민이 좋아하는 것은 무엇인가, 가극이었다. 가극은 서양에서 먼저 모델로 제시되어 있다. 그것에 준하여 창작해보니 조선 인민이 좋아하지 않았다. 이런저런 시행착오를 거쳐 마침내 해법을 찾아냈다. 절가(節歌)와 방창(傍唱) 형식의 도입이 그것이며 이로써 이루어진 것이 바로 〈피바다〉 〈꽃파는 처녀〉 등이다. 아리아를 지양하고 절가를 도입하기, 또 무대 밖에서 행하는 방창의 도입하기로 말미암아 이룩된 조선식 가극의 창출이야말로 북한이 세계 예술사에 기여할 수 있는 부분이라는 강한 울림이 이 발표문 속에서 감지되었다(졸저, 『북한문학사론』, 새미, 1996, 부록에 전문 수록).

어쩐 이유에서인지 제18차(스톡홀름), 제19차(함부르크)에 그들은 오지 않았다. 제20차 대회는 어떠할까. 지난해 나는 제20차 런던 대회에서 정성무씨를 다시 만날 수 있었다. 「20세기 초 조선의 반일 애국문학」이 씨가 발표한 논문이었는데, 류인석의 의병가사, 한용운의 시, 그리고 단재의 소설 등을 애국문학의 시선으로 정리한 것이었고, 남한 쪽의 연구 및 이해 수준에 비해 실증적으로나 이론상으로나 매우 뒤진 것으로 내겐 보였다. 그것은 나를 조금 슬프게 했는데, 그들이 내세울 뚜렷한 메시지의 결여로 인식되었기 때문이다. 생각건대 이러한 내 느낌이 AKSE에 대한 과도한 기대감에서 오지 않았을까. 또 그것은 북한에 대한 과도한 기대이기도 했을 터이다. 북한이 더 내세울 것이 문학사 속에서 별로 없다는 사실은, 잘 따져보면 그만큼 남북한의 문학사 인식이 어느새 동질성에 접근되어감을 뜻함이 아니었겠는가. 세계에 대한, 동시에 남한에 대한 강렬한 대결의식이랄까, 이른바 '위신을 위한 투쟁의식'(헤겔)이 소멸되기 시작하는 그러한 단계에 이른 것이 아니었겠는가. 새로운 단계가 요망됨은 이 때문이다. 정년을 눈앞에 둔 내 초조감이 이에 작동되었음도 감출 수 없는 사실이리라. 이것이 내가 연변대학 발표 대회에다 거는 기대감의 실감이랄까 내면 풍경이었다.

참석자들의 표정 읽기

'해방 후 조선·한국문학의 발전과 특징 연구' 학술 세미나가 열린 곳은 연변대학교 동방문화연구원(신축 건물)이었다. 7월 5일 청명한 하늘이었다.

참가자 등록이 아침 8시 30분에 있었고, 9시 정각에 개회식이 잇달았다. 사회자는 채미화(재중 조선·한국문학 연구회 비서장, 연변대학 교수)씨. 개회사는 김병민(연변대 부총장, 재중 조선·한국문학 연구회 이사장)씨.

해방후 조선·한국문학의 발전과 특징 연구 국제 학술회의(연변대학)

김병민씨와는 구면이었다. 비암산에 세워진 강경애 비석 제막식(1999. 8. 8) 때, 연변대학 작가회의 초청 강연 때, 그리고 씨가 한동안 머문 서울대학(2001. 8)에서 였다. 김일성대학에서 공부했고, 단재 연구의 권위자 중의 한 분인 씨의 화려한 경력과 업적에 대해 막연히 느끼고 있었지만 이번만큼은 그것이 실감으로 다가왔다. 씨의 추진력과 안목 없이는 이번 세미나가 당초 성립될 수 없었다. 평양측이 참가한 것도 따지고 보면 씨와 연변대학에 대한 신뢰에서 말미암았던 까닭이다. 개회사에서도 이 점이 느껴졌다.

개회사에 이어 축사의 차례. 연변을 대표하는 전설적 인물 중 한 분인 정판룡(재중 조선·한국문학 연구회 전임 이사장)씨. 『격정시대』의 작가 김학철옹과 더불어 전설적 인물로 평가받는 정판룡씨를 만나는 일이 내겐 감격적이었다. "어째 김 교수를 만나는 일이 이렇게 오래 걸렸는고!" 손을 내밀면서 씨가 내게 한 첫마디였다. 손이 따뜻했다. 연변대학 조선문학부를 창설한 그 손이 아니었겠는가. 이곳 대학에서 박사학위를 줄 수 있는, 국가가 허락한 유일한 교수가 정판룡씨였다. 모스크바대학에서 고리키 연구로 학위를 받은 씨인지라 국가가 씨의 권위를 보증해준 것이었다. 중국에서는 인정된 특정 교수만이 대학원에서 학위를 줄 자격이 주어진다고, 씨가 이날 저녁 만찬회에서 내게 들려주었다. 이 자격 얻기에 많은 애로 사항이 있었다는 것, 그만큼 큰 권위였다는 것, 그리고 그 휴계자가 지금의 김병민 교수라는 것.

정판룡 교수의 축사에서 강조된 것도, 개회사의 그것처럼 남·북한문학 연구자들의 만남이 처음으로 이루어졌다는 것, 그것이 연변대학이기에 가능했다는 것, 한국·북한·중국의 학자 모임이기에 국제 대회의 일종이라 하나 진실은 남북 학자의 모임이라는 것, 그러기에 성과 있기를 기대한다는 것이었다.

오전중의 발표는 세 가지였는데, 그 첫번째는 나로 되어 있었다. 제목은 「가능성으로서의 준통일문학사」. 자격은 서울대 국어국문학과 교수, 문학박사. 사회자는

필자의 발표 모습

리동윤(김일성종합대학 문학대학, 박사, 부교수). 아마도 발표자 중 내가 제일 연장자였음을 고려한 조치로 보였다. 이 우리식 경로사상에 나도 내 나름으로 반응해야 도리에 맞아 보였다.

먼저 나는 이곳에서 제일 뵙고 싶었던 한 분에 대해 언급했다. 앞에서도 잠깐 언급한 정판룡옹. 이 전설적 인물을 만난 일이 이 세미나의 무게에 버금간다는 그런 종류의 내 느낌을 전하고 싶었다. 어떤 학자나 사상가의 책이나 업적도 물론 소중하지만 그 인간에 비하면 실로 초라한 법. 기껏해야 관념의 허깨비, 조금 품위 있게 말해 정신의 장식물에 지나지 않는다. 진짜배기는 그 인간 자신이다. 그가 어디서 났고, 무슨 물을 마셨고, 어떤 공기로 숨쉬었으며 어느 골짜기에서 수행했는가

쪽이 훨씬 의미있는 것은 이 때문이다. 이 점을 말하는 내 방식은 의외로 간단할 수밖에. "정판룡 교수를 만나뵈서 영광입니다"라는 한마디밖에 더 할 말이 없었다.

그 다음은 김병민씨. 이 세미나를 기획, 수행한 주역임을 내가 알고 있다고 나는 말했다. 또 한 사람 부총장 이중(李中)씨. 연변 과학기술대학(지금은 연변 대학과 합쳐졌음) 부총장인 이중씨가 여기 와 있는데, 과학기술대학의 제법 큰 감투를 쓰고 있고, 또 과학자다운 풍모와 권위를 갖추고 있지만, 기실 씨가 왕년의 이름있는 시인임을 나는 말했다. 권위 있는『현대문학』시 추천을 정식으로 받고 나온 이중씨는 나와 동향인 마산 출신. 까마귀도 고향 까마귀가 반가운 법. 혹시 여러분 중에 사무 행정상 이중씨와 무슨 마찰이 생기거든 지체 없이 이렇게 말해보면 썩 효과가 있으리라는 모종의 처방전까지 넌지시 제시했다. "부총장께선 원래 시인이 아니었던가요?"라고.

김호웅(연변대 조선어문학부 부학부장, 박사, 교수)씨 역시 구면이었다. 1999년 8월 8일, 한국문학평론가협회 주최 한·중·일 국제회의 '동아시아문학에 나타난 만주 체험'이 연길시 민항 호텔 세미나실에서 열렸거니와 이 세미나에서 내게 인상적인 것이 김호웅씨의 「암울한 현실과 시인의 양면성— 윤해영론」이었다. 몸집과 그에 어울리는 굵은 목소리를 지닌 이씨의 논문은 굵고 선명한 골격을 갖추고 있었다. 「선구자」의 시인 윤해영과 「낙토만주」의 시인 윤해영을 정작 연변측에서는 어떻게 평가하고 있을까. 궁금하지 않을 수 없었는데, 왜냐면 일찍이 한국측의 한 연구자가 이렇게 평가한 바 있었음과 관련된다.

"설사 「선구자」가 문학성이 높은 시로 평가된다 하더라도 「낙토만주」「척토기」「오랑캐 고개」 등에 나타나는 반민족적 시의식으로 하여 그를 일제에 항거하고 그 투혼을 노래한 민족 문인의 차원으로만 이해되는 것은 문학사적 면에서 볼 때 올바른 자리매김이 아니다. 따라서『중국 조선족 문학사』의 기술과 같은 평가는 재고되어야 하고 우리 또한 이 문제는 감정적 차원을 벗어나야 한다."(오양호, 『일제 강점기 만주 조선인 문학 연구』, 문예출판사, 1996, 134쪽)

〈선구자〉의 신화가 형성된 것이 작곡가 조두남의 회고문에서 발단되었다는 것은 이젠 모두가 아는 일. 정작 이 사실을 총체적으로 밝힌 것은 권철씨의 「〈용정의 노래〉 작사자 윤해영과 그의 광복 전 시작」(『문학과예술』, 1996, 제5~6기)이며 김종화의 증언이 그 주요한 근거를 이루었다. 박천산, 류연산 등의 논문도 이와 같은 맥락에 있는데, 김호웅씨가 정리한 바에 따르면 윤해영은 1909년 함경도에서 나고, 1930년대 후반부터 시를 발표했고, 1940년대 초부터 1946년 6월까지 흑룡강성 영안현성에 있었다. 광복 후 그의 활동은 썩 뚜렷한데, 『인민신보』『효종』 등에 많은 작품을 발표했으며, 그후 북조선으로 건너갔다. 문제는 그러니까 「선구자」(「용정의 노래」)와 「낙토만주」의 평가에 있겠는데, 김호웅씨의 견해가 드러난 대목을 잠시 보이기로 한다.

(A) "이상의 자료와 증언을 미루어보면 윤해영을 그 무슨 '높푸른 기상을 지닌 독립투사'가 아니라 위(僞)만주국 시기에 활동한 평범한 문화인 또는 시인으로 보아야 할 것이다."

(B) "시 「해란강」에서 보던 명확한 역사의식과 민족의식과는 전혀 상반되는 작품 경향(「오랑캐 고개」)이다. 한 달 사이에 이렇듯 상반되는 시를 발표했다는 사실이 우리를 당혹케 한다. 윤해영은 독립투사적인 의식으로 시를 쓰다가 나중에 현실에 영합한 '안타까운 종말'을 보여준 시인인 것이 아니라 같은 시점에서 두 가지 대응 방식으로 살아온 작가가 아닐까."

(C) "분명 윤해영은 일제 강점기의 강압적인 정치와 살벌한 문화 풍토가 낳은 가장 모순되면서도 가장 보편적인 시인이라 하겠다."

조두남의 터무니없는(?) 회고록으로 만들어진 〈선구자〉 신화를 실증적 측면에서 해명한 것이 (A)라면, (B)는 오양호씨의 비판에 대한 응답의 형식이라 볼 수도 있겠다(최삼룡씨의 「한국에서의 중국 조선족 문학연구에 대하여」(『문학예술』, 1999. 3~4)가 이 점에서 좀더 구체적이다). 그렇다면 C는 무엇일까. '가장 모순되면서도 가장 보편적 시인'으로 요약되는 이 명제는 자못 음미될 사항이 아닐 수 없다. 문학예술의 존재 방식이 원래 그러하지만, 따지고 보면 어떤 개인도, 집단도, 그리고 민족조차도 그러한 모순성을 안고 생존해왔던 것이 아니었겠는가. 살아가면서 육체에서 정신을 분리시킨 데카르트적 사유가 지닌 한계를 조금이라도 알아차린 사람이라면 이 모순성이 지닌 의의에 무게중심을 두지 않겠는가.

이러한 해석을 가능케 하는 것은 새삼 무엇일까. 나는 이런 물음을 원로 연구가인 권철씨의 발표문에서 온몸으로 느끼고 있었다. 실증주의, 곧 자료 탐색 작업이 그것이다. 어떤 고귀한 해석도 이것 없이는 이루어질 수 없겠기 때문이다. 뿐만 아니라 자료라 불리는 것의 탐색이 지닌 미덕이 따로 있는데, 어떤 자료도 당대의 해석을 필요로 하는 객관성을 그 운명으로 안고 있음이 그것.

윤해영의 경우, 그 운명적 성격을 새삼 물을 수 있는 것도 이 실증주의가 지닌 미덕의 범주에 든다고 할 것이다. 곧 윤해영을 구 '만주국'의 시점에 놓아두고 바라보는, 이른바 동아시아 좌표계 설정이 그것이다. 1930~40년대에 걸친 한·중·일의 3국의 좌표계에 윤해영도 『싹트는 대지』(1941)도 『북향』(1944)도 함께 놓이는 것이 아니겠는가. 윤해영은 그러나 제3의 범주에 든다고 할 수 없겠는가. 한국문학의 범주도 중국문학이나 일본문학의 범주도 아닌 제3의 범주, 곧 '만주에 정착해 사는 사람의 문학'이 아니었을까.

이 제3의 범주란 '위(僞)만주국 문학'으로 규정되기 이전의 과제라 할 수 없을까. 이러한 사정을 음미케 하는 것이 자료가 지닌 힘이라고 나는 생각한다. 연구라 이름하는 객관적인 자리 검토가 자료에서 비로소 발단되는 만큼 이를 건너뛰는 어떤 논의도 빈곤해지지 않을 수 없다.

중국 조선족문학 자료는 무엇이며 언제부터 그것이 정리되기 시작했을까. 이 물음에 제일 권위 있는 해답은 권철씨의 발표문 속에서 읽어낼 수 있다.

"중국 조선족문학연구가 중국의 문학연구 분야에서 한낱 중요한 과제로 부상되어 본격적인 연구에 들어간 것은 1950년대 말부터이다. 그것은 1958년에 이르러 국가 유관 부서로부터 명실공한 중화민족문학사를 편찬하기 위하여 전국적으로 『중국 소수민족 문학사』(개황) 편찬의 발기와 때를 같이 하였다."

그 결과물의 하나가 임범송, 권철 주필 『조선족문학연구』(흑룡강 조선민족출판사, 1989)가 아니었을까. '쌀없이 밥짓기'의 속담을 들면서 권철씨는 그 동안의 세월을 이렇게 정리하고 있었다.

"그러나 이미 취득한 성과는 중국 조선민족 문학연구의 수요에 비추어볼 때 퍽 미비함을 승인하지 않을 수 없다. 비록 지난 시기에 생산된 자료들을 적잖게 수집, 정리하였지만 아직도 많은 작품이 수집되지 못하였고 또한 지난 시기에 높은 평가를 받았던 우수작과 일부 거편이 수집되지 못하였다. 그리고 부동한 역사 시기에 작가들이 많은 작품을 발표한 민성보 등과 같은 진보적 신문과 잡지 그리고 일제 치하 그런 무단 통치하에서 당국의 눈을 기이며 진보적 작품을 내보내는데 장기적으로 이용한 어용 신문들인 간도일보, 만몽일보, 만선일보 등의 대부분을 찾아내지 못하고 있다."

위의 인용에서 지적된 '우수작과 거편들'이란 1930년대 앞뒤 시기에 발표된 것으로 알려진 박계주의 소설과 시, 그리고 1930년대 후반에 만선일보에 발표된 염상섭의 장편 『개동(開東)』(이 작품에 대해 염상섭은 "관동군의 감시하에 있는 신문에 더구나 전시중에 쓴 것이니 별로 신통할 것도 없었고 분실하여 아까울 것도 없거니와"(「횡보 문단회상기(1)」)라고 자조한 바 있다. 1946년 귀국 도중 사리원에서 다른 짐짝과 함께 분실했다), 현경준의 「선구시대」, 중편 「건설보」 등을 가리킨다.

현재까지 기껏해야 민성일보의 1928년도의 것 10여 매와 2년 10여 개월분 만선일보(1939. 12~1942. 10)가 발굴된 형편인 셈이다(大村益夫·李相範 편, 『만선일보 문학관계 기사 색인』, 1995). 더욱 딱한 것은 『만주 조선 문예선』(신영철 편, 신경 조선 문예 출판사, 1941)조차도 입수하지 못하고 있다(이 자료는 한국의 모 장서가가 소장하고 있는데 모종의 연유로 공개를 않고 있음).

이어서 나는 김학천(중국 작가협회 연변분회장)씨에 대해 언급했다. 1999년 10월 20일, 시인 이근배씨와 함께 연변 작가협회 초청 문학 강연에 참가한 바 있었다. '한국 근대문학사의 시각'이란 제목의 강연을 연변대학 강당에서 한 바 있었는데, 주최가 작가협회였기에 문인들이 참석해 있었다. 강연을 마치자 나는 소형 버스로 '연변 민족문학원'(연길시 공원로 87호, 부원장 김기형)에 들렀다. 1993년 한국 정부와 중국에 진출한 기업체들이 당시 미화 50만 불로 지어준 건물이 연변 민족문학원이었다. 그 낙성식에 문인 대표로 나도 이호철씨와 함께 참석한 바 있었다. 황량한 곳에 우뚝 선 4층 건물의 위용이 눈에 선하게 남아 있었다. 그러나 막상 가서 보니 빌딩 숲속에 끼어 있는 그저 범속한 건물에 지나지 않았다. 연길시란 그만큼 격변하는 곳이었다. 소형 버스라 했거니와, 이 역시 그 무렵 '현대'에 부탁해서 기증된 바로 그 자동차였다. 작가협회와 연변대학의 관계의 어떠함에 대해서는 잘 알지 못하나, 분명한 것이 한 가지 있다면 '문학'이 이들을 연결시키고 있음이었다. 나는 이 점을 소중히 하고 싶었다. 김학천씨의 참석이 이를 새삼 증거함이 아니었겠는가. 그것은 작가회의 주최 세미나(1999. 10. 20)에 김병민, 최웅권 두 분이 참석했음도 같은 이치였을 터이다.

이번엔 우리 측 소개. 내가 이 자리에서 의외의 두 분 선배 학자를 만났음과 그 놀라움을 드러낼 차례.

먼저 정규복(고려대 명예교수)씨. 『구운몽』 연구의 권위자 중 한 분인 정 교수를 이 곳에서 대면한 것은 정말 뜻밖이었다. 프랑스 국립과학연구원의 D. 부셰 씨와 『구운 몽』 원판본(한글본이냐 한문본이냐)을 둘러싸고 벌어진 대논쟁과 그 전후 사정에 대 해서 비교적 소상히 나는 알고 있었다. AKSE에서 부셰 씨의 발표논문을 수차례 접 했음과(씨는 한글본이 원조판이라 주장) 그의 정식논문을 내가 관여하는 『한국학보』 (1992, 제68호, 69호)에 실었고, 그 반론인 정씨의 것도 실어, 이 국제적 논쟁의 전말 을 바라볼 수 있는 자리에 있었기 때문이다. 바야흐로 『구운몽』 서지학의 최고 권위 를 오늘 여기에서 다시 뵙게 되었다는 것은, 이번 세미나의 격을 높이기에 모자람이 없다는 사실, 이 점을 나는 말하고 싶었다.

뜻밖의 또 한 분은 소재영 교수(연변 과학기술대학 한국학연구소장, 연변대학 조선어 문학부 객좌교수, 숭실대학 명예교수). 회의장에 들어서자 소 교수가 빙긋 웃으며 "나 여기 와 있어" 하지 않겠는가. 소 교수가 이곳에 자리를 옮긴 것은 3년 전이라 했 다. 한순간 내가 한때 참고한 책 한 권이 스쳤다. 『연변지역 조선족문학연구』(숭실 대 출판부, 1992)가 그것. 저자는 소재영, 권철, 김동훈, 조규익. 소 교수의 출현이 란 이로 보면 결코 우연이 아니었다. 우리 고전문학, 특히 서지학 쪽에 깊은 조예가 있는 소 교수로 말미암아 이번 세미나의 무게가 감지된다는 점을 또 나는 말해야 했다. 끝으로, 그렇지만 중요한 학자의 소개가 남아 있었다. 소장 학자 김재용 교수 가 그다. 영문학 전공에서 국문학연구로 전환한 김 교수의 강점은 자료 탐색의 정 밀성과 정치하고도 열정적인 논리 전개에 있다. '열정적'이라 했거니와, 그것은 문 학과 이데올로기에 대한 인류사적 열정에 뿌리를 둔 것이어서 다분히 관념적이지 만 동시에 탐구적임을 특색으로 한다. 그가 유독 북한문학에 남다른 관심을 쏟고 있음은 이로 보면 결코 우연이 아니다. 자료가 제한적이고 또 비의적(秘義的)일수 록 열정의 강도가 증대되는 법이다. 이 소장 학자의 발표 내용을 해당 전공의 북한 학자들이 검토했으면 하는 바람을 나는 특히 드러내고자 했다.

이상과 같은 내 발언이 예외적이자 한갓된 수인사에 속하겠지만 실상은 내 마음의 흐름이었다. 내 발표문보다 이 마음의 흐름이 소중하다는 사실을 알 만한 나이에 나도 가까스로 이른 것이다.

8편의 논문 읽기

내 발표문인 「가능성으로서의 준통일문학」이 갖고 있는 의미랄까, 겨냥한 곳은 다음 두 가지.

하나는 내가 3년간 가칭 『통일문학전집』(문예진흥원 사업)에 관여하면서 느낀 점의 논리화라는 것. 남북한 문학작품 각각 50권씩을 편찬하는 사업이란 여간 난감한 일이 아니었다. 남북 각각 당대의 문제작으로 평가된 것들을 여론에 따라 뽑는 것이 원칙이겠지만, 통일 과제가 또한 고려의 대상이 아닐 수 없었다. 더욱 난처한 것은 북한문학에 대한 부분이었다. 그들의 문학사(원칙적으로는 국가용 사회과학원 문학연구소 계열 쪽과 교육용 김일성종합대학 문학부 계열 쪽)에서 평가된 작품들을 뽑는다고는 하나, 그 작품들의 원전 수집 또한 난감한 사업이 아닐 수 없었다. 그렇다면 이 전집이 의도하는 바는 무엇이며 문학이 통일에 기여할 수 있는 바와 그 방향성은 어떠해야 할까. 이런 과제에 대한 문제점들을 다섯 가지 항목으로 논의한 것이 이 논문의 내용이었다. 한동안 나를 에워싼 고민거리라고나 할까.

다른 하나는, 이 점이 중요한데, 『통일문학전집』을 편찬하기에 앞서 '통일문학사'를 먼저 문제삼아야 하고, 또 그것은 남북 문학사가들이 함께 머리를 맞대놓고 상당한 논의를 거쳐야 할 성질이라는 사실. 북한문학이란 원리적으로는 일종의 외국문학이라는 것, 비록 한글로 되어 있으나 삶의 경험을 공유하지 않았기에 엄밀히 따지자면 '통일문학사'란 불가능하다. 기껏해야 '준(準)통일문학사'의 범주 설정이 불가피하다. 적어도 이런 논의가 전집 편찬에 앞서 있어야 했을 터이다.

이번 세미나에 대한 내 기대는 개인적으로도 또는 다른 의미로도 매우 컸던 것은 이 때문이다. 곧, 그것은 북한문학사가와의 만남이되 진짜배기 근대문학사가와의 만남이어야 했다. 사회과학원 쪽이라면 류만씨, 대학 쪽이라면 은종섭 교수급이라야 했다. 『조선문학사』 제9권(1995)을 쓴 류만씨나, 김일성종합대학 교재용인 『근대현대문학사』의 집필자 은종섭씨와 대면한다면 상당한 성과가 있으리라 기대되었다. 주최측 김병민 교수의 의도 역시 여기에 있는 것으로 내겐 직감되었다. 적어도 김일성대학 문학교수 세 명이 참가한다고 했으니까. 햇볕정책의 문학사적 성과의 일환으로 기획된 대회로 알려지지 않았던가.

이러한 내 기대는 불행히도 이루어지지 않았다. 내 발표 내용이 초점을 잃었다고나 할까.

두번째 발표는 안희열(김일성종합대학 문학대학 교원, 박사, 부교수)씨의 「위대한 령도자 김정일 동지께서 밝혀주신 문학예술에서의 종자의 본질과 그 위대한 생활력」. 『문학예술의 종류와 형태』(1996)의 저자인 안씨의 논문은 북한 문예이론의 특성으로 평가받는 이른바 종자론(種子論)을 소개한 것.

"종자는 작품의 핵으로서 작가가 말하려는 기본문제가 있고 형상의 요소가 뿌리내릴 바탕이 있는 생활의 사상적 알맹이다"(『김일성선집』 제12권, 477쪽)에 바탕을 두고, 이를 이론화한 것이 종자론이다. 요점은 이렇다. 종전까지 어떤 사람들은 주제나 사상, 성격을 작품의 핵이라 보았고 또 어떤 사람들은 극작품에서 갈등을 작품의 생명이라 했다. 이에 대한 비판으로 제기된 것이 위의 김정일의 논점이다. 곧 종자란 주제도 사상도 성격도 아니고, 또 갈등도 아니라는 것. 그럼 뭐냐? 작가가 생활을 탐구하는 과정에서 '생활 속에서 찾아내어 형상에 심어놓은 것'이 바로 종자 곧 작품의 핵이다. 종자가 생활의 사상적 알맹이지만 모든 생활의 사상적 알맹이가 다 문학예술 작품의 종자로 되는 것은 물론 아니다. 작가가 말하려는 기본문제가 있는 생활의 사상적 알맹이만이 문학예술 작품의 종자로 될 수 있다. 작가가 말하려는 기본문제란 사회적 의의가 있는 인간문제로서 종자가 체현되어 있는 생활 속에서 제기된 것인 만큼 '사상적 의의'와 '생활 속의 일'이 동시에 강조되어 있음이 판명되거니와, 종자론의 새로움은 여기서 찾아진다. 그 동안 사상, 주제 따위에 지나치게 비중을 둔 나머지 추상적 도식적 경향에 빠진 창작계를 구체적 생활 속에 용해시키고자 하는 큰 방향전환의 시도로 종자론이 제기되었던 만큼 이를 올바로 이해, 평가하기 위해서는 문학사적 진행과정에 대한 단계적 이해가 반드시 요

왼쪽부터 김재용, 림덕길, 리동윤, 김병민, 필자, 안희열

망된다. 이상이 내가 느낀 요점이었다.

세번째 발표는 최웅권(연변대 연구생처 처장, 박사, 교수)씨의 「광복 후 조선의 고전소설 수집 정리 일고」. 남북한 고전문학의 서지에 대한 정치한 정리가 선명했다. 이 중 쟁점 사항의 하나가 김일성종합대학 소장의 『화몽집(花夢集)』. 김춘택의 『조선고전소설사 연구』(1986)에서 처음으로 자세히 밝혀진 『화몽집』(한문, 9편의 단편소설집)은 남한에는 없는 것. 이중 남한에서 잘 알려지지 않은 것은 「강로전」과 「금화령회록」. 「강로전」은 세 가지 이본이 있는바, 그 이본들은 남한에도 둘이 있다는 것.

오후의 발표 사회자는 필자. 첫번째 발표는 리동윤(김일성종합대학 문학대학, 박사, 부교수)씨의 「광복 후 우리나라 고전문학 연구에서 이룩한 성과」. 씨의 논문 요지는 고전문학의 현대화(개작)에 있었는데 이는 인민 교육용으로서의 고전문학 활용의 의의와 그 성과에 해당된다.

"고전문학 작품을 개작한다는 것은 본질에 있어서 지나간 역사적 시대 즉 고대와 중세 및 근대에 창작된 고전문학 작품에 표현되고 있는 시대적 및 계급적 제한성을 계급적 입장과 역사주의 원칙, 현대적 미감의 견지에서 분석 평가하고 그에 기초하여 원작의 사상적 지향을 살리면서 당대 현실생활을 우리 시대 인간들의 미감과 계급적 요구에 맞게 재창조한다는 것을 말한다."

사회주의적 내용과 민족적 형식을 원칙으로 하는 사회주의 체제 속에서 고전문학이 할 수 있고 또 해야 할 의의와 그 성과를 보여주는 이 발표문에서 발표자의 열정이 인상적이었다. '우리 시대 인간들의 미감'과 '계급적 요구'에 알맞게 고전을 개작(현대화)함이란 가극, 연극, 영화 등으로 향한다는 사실을 강조하기 위해 발표자는 '절가' 형식을 내세웠을 뿐 아니라 그것의 어떠함을 직접 노래해 보였던 것이다. 절가란 이렇게 부른다고 시범을 보임으로써 씨는 북한의 고전 교육의 의의를 부각시키고자 했다. 가극 〈꽃파는 처녀〉를 가능케 한 절가 형식의 창출에 얼마나 그들의 자존심이 걸려 있는가를 보여주는 장면이라고나 할까.

두번째는 김재용(원광대 국문과 교수, 문학박사)씨의 「남북의 근대문학사 서술과 프로문학 평가」. 북한문학사에서 카프(프롤레타리아 예술가 동맹, KAPF, 1925~35) 문학에 대한 평가의 세 단계에 걸친 시대적 추이를 검토한 이 논문은 카프문학이 북한문학사에 얼마나 큰 그림자를 드리우고 있는가를 밝힌 점에서 남다른 의의를 갖는다. 1976년 주체문예론이 등장하고 그 강력한 유일사상에 맞서고, 짓눌리고, 그러면서도 마침내 꿋꿋하게 그 생명력을 펼쳐 오늘에 이르기까지의 카프문학의 전개과정을 검토하는 일은 북한문학 이해의 핵심이라 할 것이다. 김정일이 쓴『주체문학론』(1992)에 오면 카프문학과 주체문학론이 거의 비등한 비중으로 평가되고 있었고, 이러한 평가는 점점 강화되는 쪽으로 나아가고 있음이 판명된다. 카프문학을 사회주의적 사실주의의 측면에서 평가함으로써 리얼리즘의 문제와 프로문학을 따로 보던 관행을 깨뜨린 장본인이 정작 김정일이었던 것이다.

세번째 발표는 림덕길(김일성종합대학 문학대학 부강좌장, 학사)씨의 「광복 후 조선문학 발전의 몇 가지 특성」. 30대 초반으로 보이는 씨의 발표문은 의외에도 상식적이자 소략한 것이어서 나로서는 취할 점이 없었다. 은종섭씨의 출현을 기대한 나로서는 더욱 그러했다.

네번째는 채미화(연변대 조문학부 교수, 박사)씨의 「1990년대 조선문학에 나타난 녀성 형상」. 여기서 '조선문학'이란 물론 북한문학을 가리킴이다. 연구 대상은 1990년에서 1997년 간에 나온 단편집 11개, 월간『조선문학』(1995~1998)에 실린 여성주인공 소설. 대지와 같은 어머니로서의 존재, 자아 희생적 아내의 역할, 충효일심을 다하는 창조적 능력으로 정리되는 여성상이 가져온 사회적 의의는 무엇이었을까. 씨는 다음 셋으로 요약해 보였다. 첫째, 주체문화를 받쳐주는 초석 같은 존재라는 것. 둘째, 여성 심리세계가 남성의 조수와 보조 역할을 했다는 것. 셋째,

'남성문화가 지정한 범위 내'에서 창조자, 혁신자로서의 능력을 발휘하고 있다는 것.

마지막 발표는 우상렬(연변대학 조문학부 교원, 석사)씨의 「광복 후 조선 현대문학에서의 수령 형상 창조문학 접근」. 일 년 동안 김일성종합대학에서 유학하고 돌아온 씨의 발표문은 패기뿐 아니라 날카로움이 번득였다. 수령 형상화 작품이 북한 문예계가 자랑하는 총서 『불멸의 역사』(15권)임은 모두가 아는 일. 3·25창작단이 주축이 되어 10여 년에 걸쳐 이룩한 이 총서의 내력, 집필과정, 그 성과 등에 대해서는 이미 상세히 알려져 있다. 그러나 우씨가 검토한 바에 의하면 밤의 세기(일제강점기)로서의 신화에서 소설로 나아가는 과정이 문제라는 것, 이를 보충하기 위

리동윤(왼쪽), 필자

해 총서 제16권에 준하는 『붉은 산줄기』가 요망되었다는 씨의 지적은 의의 있는 비판이었다.

씨의 두번째 논점은 썩 날카로웠다. 『불멸의 역사』 총서가 1925년에서 해방 전까지의 김일성의 항일 투쟁사이거니와, 그렇다면 해방 뒤의 수령 형상화 작업은 어떠해야 할까. 30편을 계획하고 있는 『빛나는 아침』을 비롯, 현재 8편이 나온 바 있

다. 어째서 계속 나오지 못하는가. 또 이것은 총서 쪽과 어떤 점이 다른가. 이 물음에 젊은 우씨는 썩 민첩해 보였다. '밤의 세계→신화→소설'의 도식이 총서 쪽이고 그 창작방법론이 간접화(작가 개입 불가)라면 해방 후의 형상화는 '낮의 세계→역사→비소설'이 아닐 수 없다. '역사→비소설'의 세계란 리얼리즘일 수 없는 법. 직설적으로 작가 개입이 불가피한 법.

이런 원칙 외에도 다음 두 가지 난점이 또 있다. 하나의 난점은 자명한 데서 온다. 수령 영생불멸화(영생문학화)가 그것. 다른 하나는 김정일 형상화 작품군인 총서 『불멸의 향도』(전50권 계획, 현재 9편이 나왔음)와의 변별성이 그것.

우씨의 이러한 비판에 대해 안희열씨가 나서 무슨 해명을 하였으나 요령을 벗어난 것으로 내겐 보였다. 모종의 이유 때문인지 유감스럽게도 우씨의 이 논문은 구두로 발표되었다. 이 논문이 간행되기를 내가 바라는 것은 이런 연유에서이다.

합창에 어울리는 〈휘파람〉

길고도 짧은 하루였다. 발표가 끝났을 땐 6시였고 아직 태양이 기세를 떨치고 있었다. 피로했지만 동시에 아직 모두 여력이 넘쳐흘렀는데, 모르긴 해도 이곳이 '조선족 자치주'인 사실에서 오는 모종의 힘이 아니었을까. 분명 중국 땅이지만 또한 윤동주, 송몽규 그리고 문익환을 키워내고 강경애를 품어준 땅이 아니었던가. 저녁 연회가 열리는 호텔 백산(白山)에 이르는 차 속에서 내다뵈는 거리의 표정은 한글 간판으로 빈틈이 없었다. 1993년 이래 이곳을 네 번 다녀왔거니와 그럴 때마다 몰라볼 만큼 거리는 변모되어 있었다. 무수한 택시, 솟아오른 건물의 숲, 빈번한 사람들의 물결이 옛사람들의 수사학이 말하는 격세지감을 막아내기 어렵게 했다.

대우 호텔에 눌려 둘째로 밀려났다고는 하나 백산 호텔은 옛 면모 그대로였다. 넓은 국제 홀에는 노래방 기기가 준비되어 있었다. 중국은 물론 남북한의 유행가들이 일목요연하게 입력되어 있었다.

주최측이 지정해준 내 자리가 정판룡씨 옆이었고, 리동윤씨와 마주 보게 배려되어 있었다. 김재용씨와 림덕길씨가 또한 나란히 앉게 되어 있었다. 암으로 투병생활중인 노학자 정판룡(2001년 작고)씨의 참석이 주위를 압도하고 있었는데, 근래에 보기 드문 출입이었음이 그 이유였다. 선구자로서의 씨의 위치의 어떠함이 새삼 감지되었다. 두번째 테이블은 김호웅 교수 등 소장 교수들의 차지였고 세번째 테이블은 채미화 교수 등 여류학들의 것이었다.

리동윤씨의 설명에 따르면 김일성종합대학의 문학부는 폐지되고 '문학대학'으로 승격되었다. 창작과 이론 공부를 함께 하게끔 규모와 밀도를 강화한 셈이라 했다. 리동윤씨와 김병민씨는 김일성대학 동기동창생임도 이 자리에서 비로소 알 수 있었다. 그들의 학창시절 회고도 엿들을 만했다. 잇달아 서로의 얘기꽃이 피어올랐다. 이곳이 중국이 아니겠는가. 갖가지 산해진미들이 일정한 간격으로 들어왔다. 도수 센 좋은 술도 잔에 넘쳤다. 좌장 정판룡씨의 건배에 이어, 잔들이 오르내렸고 어느새 무대가 마련되면서 귀를 찢는 전자악기의 기계음이 작동되기 시작했다. 사회자의 지명에 따라 무대에 나섬이었으나 때로는 자진해서 나서기도 했다. 남한의 최신 유행가도 중국의 그것도 불려졌지만 북한의 그것도 불려졌다. 그중에서도 인상적인 것은 김재용, 림덕길 양 씨의 합창. 무대에 나란히 선 두 사람은 흡사 형제 같았다. 그들이 합창한 것은 서울에서 자주 듣는 북한 유행가 〈휘파람〉이 아니겠는가. 더욱 인상적인 것은 두 사람의 합창이 어느새 참석자 전체로 번져 국제 홀이 떠나갈 듯한 대합창으로 울려퍼졌다는 사실. 『백두산』의 대시인 조기천 작사 리종오 작곡의 이 노래 위에는 '정답게'라는 작곡가의 당부 표시인 (♩=143)이 붙어 있음에랴.

1. 어제밤에도 불었네

    휘파람 휘파람

    벌써 몇 달째 불었네

    휘파람 휘파람

    복순이네 집 앞을 지날 땐

    이 가슴 설레여

    나도 모르게 안타까이

    휘파람 불었네

    (후렴)

    휘휘휘 호호호 휘휘 호호호

    휘휘휘 호호호 휘휘 호호호

2. 한 번 보면은 어쩐지

    다시 못 볼 듯

    보고 또 봐도 그 모습

    또 보고 싶네

    오늘 계획 300을 했다고

    생긋이 웃을 때

    이 가슴에 불이 인다오

    이 일을 어찌하랴

    (후렴)

3. 어제밤에도 불었네

    휘파람 휘파람

    벌써 몇 달째 불었네

    휘파람 휘파람

    혁신자의 꽃다발 안고서

    휘파람 불면은

    복순이도 내 마음 알리라

    알아주리라

    (후렴)

이튿날 아침 8시. 김병민, 최웅권 양 씨가 공항까지 전송해주었다. 연길시에서 인천공항까지의 임시 직항로였다. 두 시간 10분 만에 인천공항에 닿았다. 한 가지 할 일이 아직 남아 있었다. 창졸간의 출발이었기에 국민으로서의 국법 준수 사항 수행이 그것. 북한 주민 접촉의 사후 승인이 그것. 통일문학사란 가능한가. 또 그렇다면 어떻게 해야 가능할까. 내 전공인 '한국 근대문학사'에다 대고 나는 아직도 물어볼 수밖에 없다. 아니, 두고두고 물어볼 수밖에 없다. 원리적으로는 '준통일문학사' 밖에 없다고 혼자 계속 물어볼 수밖에 없다. 이렇게 혼자 중얼거리며 나는 뜨거운 인천공항을 빠져나와 리무진에 올랐다.

휘파람

정답게 (♩=143)
작사 조기천, 작곡 리종오
mp Am
C
G₇
C E₇
1. 어제밤에도 불—었네 휘파람휘파 람
Am
C
Am
E₇
Am A₇
벌써 몇달째 불—었네 휘파람휘파 람
mf Dm
Am
F
E₇
복순이네집 앞을 지날땐 이 가슴설레 여

Dm
Am
Dm6
E₇
나도모르게안타 까—이 휘파람—불었— 네
(후렴)
mp Am
Dm6
E₇
Am
휘 휘 휘 호호호— 휘휘호호— 호
Am
Dm6
E₇
Am
휘 휘 휘 호호호— 휘휘호호— 호

〈휘파람〉악보

유럽에서의 한국학의 표정들

AKSE 제20차 대회 참가기

인천공항의 소나무

인천공항 가는 길은 가깝지도 않았지만 그렇다고 먼 것은 아니었다. 싱가폴의 창이 공항이나 홍콩의 첵랍콕 공항 또는 일본의 간사이 공항과 경쟁관계에 놓일 허브(HUB, 연결중심지점)스런 모종의 사건성이 바야흐로 형성되어가고 있는 인천공항. 이미 그것은 지리적 거리감에서 유연하게 벗어나 있다. 심리적 공간 개념으로서의 인천공항이기에 심리적 거리감만이 지배하는 곳. 나는 벌써 심리적이라는 말을 암시적으로 또 명시적으로 세 번씩이나 되풀이했다. 공항이란, 그러니까 인천공항이란, 공항이기에 앞서 문화다. 대나무 정원을 투명한 유리 속에서 보여주고 있는 간사이 공항이 그러하듯 인천공항은 소나무로써 그것이 표상되고 있었다. 대나무도 그러하지만 소나무는 한층 동양적이다. 가을 들판이 불교적 표상이라면 유교적인 표상은 단연 소나무이다. 도산서원이나 병산서원은 물론 향교가 있었던 옛 터전에 가보면 이 사실이 몸에 그대로 닿는다. 이른바 십장생(해, 산, 물, 돌, 소나무, 달 또는 구름, 불로초, 거북, 학, 사슴) 중 다섯번째에 속하는 소나무란, 나무 중에선 유일한 존재가 아니었던가. 유학을 대표하는 서원을 병풍처럼 둘러쌌던 소나무, 그것이 인천공항을 표상하고 있음이란 이 나라 깊은 전통의 체취를 풍김에 손색없어 보여 마지않는다. 소나무와 최첨단 시설과의 조화의 꿈꾸기로 이 사정이 혹시 정리될 수 없을까.

AF(에어 프랑스)로 파리에 닿은 것은 12시간 만이었다. 드골 공항은 바야흐로 확장 공사중이었다. A, B, C, D, F지역(Hall)으로 구성된 이 공항은 E지역이 빠져 있었다. 목하 공사중이었다. 런던행은 새로 지은 거대한 F지역이어서 셔틀을 타거나 한참을 걸어야 닿을 수 있는 거리였다. 드골 공항이 처음 만들어졌을 때, 그 전의 오를리 공항과는 달리 위성 공항이라 해서 요란스러웠던 기억을 나는 갖고 있다. 제법 괴상한 인공위성을 닮은 시설로 되어 있었으나, 그런 장식적 구조물이 기능 위주의 현대식에 여지없이 밀려난 지 이미 오래다. F지역에 와보면 실로 기능주의적 감각이 바로 미학 자체임을 한눈에 알 수 있게 되어 있지 않겠는가.

런던까지는 1시간 10분 거리. 셔틀과 다른 점은 여권 보여주기 정도라고나 할까.

히드로 공항에 닿자 밤 8시. 이 거대한 공항은 터미널 1, 2, 3과 4로 분리되어 있었다. 4월 4일, 그러니까 일요일인데다 부활절 휴가가 마악 시작된 후라서 썩 조용했다. 이 조용함이 나를 압박해왔는데, 짐이 도착하지 않았기 때문이다. AF 수화물계에서는 두 가지 점에 주목해보자는 담당 여직원의 설명이었다. 만일 인천공항에서의 실수였다면 3일 정도 걸려야 도착할 수 있다는 사실이 그 하나. 다른 하나는, 드골 공항에서의 실수가 그것. 후자의 경우, 단 하루면 틀림없이 되찾을 수 있다는 것이었다. 문득 그 순간, 표를 사러 갔을 때 여행사 직원이 한 말이 떠올랐다. 아직 인천공항이 실험중인지라, 어떤 기계적 오작동이 있을지 모르니 중요 서류는 손가방에 넣고 가라는 것이 그것. 그야말로 중요한 서류가 그 가방 속에 들어 있지 않겠는가. 발표논문 60부가 고스란히 그 속에 들어 있었다. 난감한 일이 아닐 수 없었다. 그렇다고 묘수도 없었다. 머물 곳을 적어두고 나올 수밖에.

숙소인 런던 대학 기숙사까지 가는 길은 썩 멀었으나 의외로 가까웠다. 런던 대학이 있는 곳은 러셀 광장이며 지하철 삯은 4파운드 반(우리 돈으로는 약 8천원). 이렇게 비싼 대중교통에 우선 놀랄 것이며, 그 속도, 안전도, 편리함에 두번째 놀라게 마련. 50분 만에 목적지에 닿았다. 주최측의 안내도를 점검해보았으나 소략할 뿐 아니라 어둠 속이어서 지척에 있다는 기숙사가 분간이 되지 않았다. 지난날의 이곳에 대한 세 번의 기억도 별로 쓸모가 없었다. 가장 확실하다는 택시를 탈 수밖에. 과연 그러했다. 노기사는 주변을 한 바퀴 돌아 지척에 있는 숙소로 안내해주는 것이었다. 4월 4일 밤 11시에 겨우 닿은 것이었다. 대회 첫날의 기조연설 및 리셉션 파티가 끝난 지 무려 4시간이 지난 시각이었다.

AKSE와 PACKS

해외에서의 정규적인 한국학 학술단체의 제일 크고 역사도 오래인 대회가 금년엔 런던에서 열리게 되어 있었다. 해외에서의 한국학 관계 학술대회란 무엇인가. 여기에는 제법 긴 설명이 없을 수 없다. 정확히 말해 인문·사회학 중심의 한국학 관계를 가리킴이다. 또하나, 한국 정부의 정식 지원하에서 진행된다는 사실. 이러한 대회의 첫번째 조직으로는 AKSE(The Association of Korean Studies in Europe)가 그 머리에 온다. 런던 대학(스킬렌드), 파리 7대학(이옥), 프랑스 국립과학연구원(CNRS, 부세, 오랑주, 기유모즈), 레이덴 대학(발라벤), 찰스 대학(부체크) 등이 중심이 되어 1976년 런던에서 창립된 AKSE는 정회원 백여 명을 가진 유럽에서의 한국학의 중심 조직으로 성장, 오늘에 이르고 있다.

내가 AKSE에 참가한 것은 제12차 대회(레이덴 대학, 1988) 때부터이다. 그로부터 제13차(런던, 1989), 제14차(바르샤바, 1990), 제15차(프랑스 뒤르당, 1991), 제16차(베를린, 1993, 이때부터 격년제로 바뀜), 제17차(프라하, 1995), 제18차(스톡홀름, 1997), 제19차(함부르크, 1999) 등에 이르기까지 빠짐없이 나는 이 대회에 참가했다. 부셰 박사의 수준 높은 『구운몽』 텍스트 연구, 무가에 대한 발라벤 교수의 논문, 스킬렌드 교수의 『심청전』 연구 등을 접할 수 있었을 뿐 아니라, 제13차 대회에서(1989) 북한 학자 김하명(사회과학연구원 문학연구소장), 정흥교(사회과학원 문학연구실장), 류만(사회과학원 문학연구실장), 정성무(사회과학원 문학연구소장) 등을 만날 수 있었던 것도 AKSE가 지닌 매력의 하나였다. 김려의 민중서사시 「방주의 노래」, 조수삼의 민중서정시, 이상화, 한용운, 정지용 등의 조국애의 노래, 그리고 가극의 개척으로 세계 예술사에 기여했다는 〈꽃파는 처녀〉〈피바다〉 등에 대한 예술사적 의의 등이 여기에 발표되기도 했다. 남북한의 예술에 대한 견해 차의 뚜렷함이 모종의 긴장감조차 유발하는 것이었다. AKSE의 매력은 물론 여기에 그치지 않았다. 대회 때마다 신진 학자들의 눈부신 등장도 빼놓을 수 없는 장면이 아니면 안 된다. 프라하 대회(1995) 때, 파리 고등사범 출신의 신예 학자가 「80년대 서울 '공간(空間)' 사랑에 대한 연구」를 발표했던 것은 그러한 사례의 하나이다(자세한 것은 졸저, 『바깥에서 본 한국문학의 현장』, 집문당, 1998 참조).

AKSE가 이처럼 유럽 중심의 한국학 연구 조직체로 전통을 쌓아가는 동안, 이번엔 태평양 연안 중심의 또다른 한국학 연구체가 모색되기에 이른 바 있었다. PACKS(The Pacific and Asia Conference on Korean Studies)가 그것. 1992년 하와이에서 첫번째 대회를 연 이래 격년제로 시작된 제2회는 도쿄(1994), 제3회는 시드니(1996), 제4회는 밴쿠버(1998), 그리고 제5회는 북경(2000)에서였다. 내가 PACKS에 참가한 것은 도쿄 대회 이후부터이다. 저마다의 고유한 색깔이 있고 명암이 있었다. AKSE와 PACKS의 관계에서도 사정은 비슷하다. 굳이 말한다면 AKSE 전 회장 프로바인(영국 드람 대학) 교수의 축사에서 드러난 표현을 빌리면, AKSE 쪽이 '형님뻘'이라고나 할까. 형님뻘인지라 당연히도 AKSE 쪽엔 무게와 품격이 갖추어져 있다.

서양에서의 한국학이란 무엇이겠는가. 동양학 속 한 분야의 더도 덜도 아니다. 동양학이라면 단연 중국학이 중심부이다. 유럽에서의 중국학의 전문지『통파오(通報)』를 일단 염두에 둘 필요가 있다. 네덜란드의 레이덴 대학 슐레겔 교수와 파리 동양어학교 코르디에 교수가 발행한 이 학술지는 19세기에 이미 그 학문적 기반을 닦아놓고 있었다. 오늘날 레이덴 대학엔 AKSE 회장을 지냈고, 무당 연구의 권위자인 발라벤 교수가 군림하고 있으며, 동양어학교 이른바 INALCO엔 AKSE 창립 멤버인,『토지』(박경리) 번역자 A. 파브르 교수 및 이청준의「예언자」『홍길동전』등의 번역자 P. 뫼리스 교수 등이 포진하고 있다.

이『통파오』지의 동양학 연구의 수준이랄까 정보의 철저함이란 가히 놀랄 만한 것이었다. 김옥균을 상해에까지 가서 살해한 홍종우에 대한 상세한 정보인「정치적 암살자」(『통파오』, 1894, 제5권 잡보란)가 그 증거가 되고도 남는다(이 기록에서 기메 박물간 촉탁으로 파리에서 1890년부터 1892년까지 2년간 머물면서『춘향전』『심청전』은 물론 점성술책인『직성행년편람』등을 번역한 홍종우의 한국학 소개의 선구적 면모가 상세하다. 이에 대한 것은 졸저,『천지 가는 길』(솔, 1997) 제3부「상해와 김옥균」참조). 이처럼 동양학이라면 중국학이지만 이 틈을 비집고 일본학이 끼어든 것은 19세기 말에서이다. 런던과 파리 두 도시가 경쟁적으로 벌인 만국박람회의 개최와 이는 결코 무관하지 않다. 이 박람회의 열기가 제국주의적 세력의 소산이자 그 축제였음을 염두에 둔다면 그들이 어째서 미개지로 지목한 동양에 그토록 맹렬한 호기심을 던졌는가도 이해될 수 있다. 『한국과 그 이웃 나라들』(1897)의 저자 중년 부인 이사벨라 버드 비숍을 당나귀 등에 앉혀 추가령지구대를 뚫어 원산까지 가게 한 것도 이런 풍조의 반영이다. 홍종우가 동양어학교 일어 선생 로니에게 구술하여 낸 『춘향전』(1892), 『고목재화』(1895) 등도 이러한 사정과 무관하지 않다. 한국 고전 문학이 정치적 암살자의 손에서 소개되었지만, 우리 문학의 해외 소개로서는 단연 이 『춘향전』이 앞서고도 뚜렷하다. 대체 어떤 식으로 번역되어 있을까. 실물을 볼 수밖에. 기메 박물관에 있다는 것이었다. 1985년 체불중인 김화영 교수에게 부탁했더니 기메 박물관 소장의 『춘향전』의 복사를 거절당한 김 교수는 모종의 순발력을 발휘, 원본을 가진 분을 직접 만나 이를 입수, 내게 그 복사본을 보내온 바 있었고, 나는 이를 『한국학보』(제40호)에 표지 사진과 함께 소개한 바 있고, 당시 동아일보는 이 사진을 보도한 바 있다. 서양식 복장으로 그네 뛰는 춘향이의 모습이 그것.

　문제는 간단명료하다. 중국학 틈으로 일본학이 크게 끼어들었음을 뜻하는 사건성이었던 것이다. 『춘향전』이란 그러니까 일어밖에 모르는 홍종우와 일어 선생과의 합작품이었던 것이다. 일본학의 매력이란 무엇인가. 다음 두 가지 사실을 제시한다면 어떠할까.

　일본의 민속화인, 원근법이 제거된 우키요에(浮世繪)와 프랑스 인상파 미술과의 관련이 그 하나. 두루 아는 바와 같이 인상파가 우키요에에 큰 매력을 느꼈으며, 어쩌면 모종의 창작 모델로 그들 의식에 작동되지 않았던가. 반 고흐도 예외가 아니었다. 다른 하나는, 세기적 거장 로댕의 조각 중의 하나인 일본 무희 하나코(花子)의 머리 조각. 어째서 로댕은 만국박람회에 참가한 일본 무희에 그토록 매료되었을까. 그녀와의 관계는 또 어떠했을까.

　이 두 가지 사실의 중요성은, 일본의 서양에의 진입이 예술을 통해서였다는 점에서 찾아진다. 일본 곧 예술이었다. 대우(Daewoo), 삼성(Samsung), 엘지(LG)로 표상되는 한국 이미지와는 질적으로 다른 진입 방식이었음을 한눈으로 알 수 있다.

유럽에서의 한국학이란 새삼 무엇인가. 당초 동양학으로 중국학이 있었다. 만국박람회를 계기로 일본학이 끼어들었다. 이 무렵 홍종우를 매개항으로 한 한국학(고전)이 잠시 끼어들었다. 불행히도 그 한국학은 김옥균의 암살과 더불어, 그리고 한국의 운명과 더불어 소멸되어 마지않았다. 다시 한국학이 서양 틈에 끼어들기 시작한 것은 극히 최근의 일, 그러니까 대우, 삼성, LG의 위세에 의해서였다. 파리 제7대학에서 한국학과가 나름대로 창설된 것(이옥 교수)도, 런던 대학의 SOAS(아시아, 아프리카 학과)에서의 한국학(스킬렌드 교수)도 6·25가 끝난 지 거의 20여 년이 지난 70년대에 접어들어서였다. 이로써 런던 대

불역 『춘향전』 표지 사진

학, 파리 7대학, 레이덴 대학 등에 한국학의 발판이 가까스로 이루어졌다.

한편, 이와는 조금 다른 현상이 이른바 동구권에서 이루어졌다. 구소련의 위성 국가로 편성된 이들 동구권은 6·25를 통과하면서 북한과의 교류 확대에 나아갔다. 유학생들을 평양에 파견, 외교관 및 문화 교류의 사명에 나아가게 했고, 그 결과물로 이루어진 것이 동구권의 한국학(조선학) 연구기관으로서의 대학이었다. 바르샤바 대학의 오가레트 최 교수(이기영의 「땅」 연구), 체코 찰스 대학(프라하 대학)의 부체크 교수(「신소설 연구」), 독일 훔볼트 대학의 피이트 교수(프로 문학) 등이

반 고흐가 그린 우키요에(1887)

히로시게(廣重)의 〈가메이도(龜戶)의 매화〉를 모사한 것, 고흐 미술관 소장

이런 부류에 속한다. 그들의 전공이 한국 근대문학이란 사실은 결코 우연일 수 없다. 외교관으로서의 교양 쌓기이든 문화 일반의 교류이든, 두루 적용될 수 있음이 문학(사)의 지식이 지닌 자유로움인 까닭이다. 동시에 이는 문학사가 지닌 취약점이기도 한데, 전문성의 결여를 뜻함과 결코 무관하지 않다.

이들의 종주국인 구소련의 사정은 어떠했던가. 국가사회주의의 학문 체계는, 두 계열로 구성되어 있다. 동구는 물론, 중국과 북한도 예외는 아닌바, 곧 사회과학원계와 대학계가 그것. 국가 정책의 학문적 수행기관이 전자라면, 후자는 학문과 교육의 동시적 수행으로 고안된 장치인 까닭에 그 성격이 각각 다르다. 모스크바 대학의 동방학과엔 진작부터 상당한 분량의 한국학장서를 갖추었으며 미하엘 박(한국사) 교수를 비롯, 마르주 교수 등이 포진해 있었으며, 한편 모스크바 사회과학원의 콘체비치 박사(어학)를 비롯 이들 전공이 어학 및 역사학에 기울어져 있었음도 알려진 사실이다. 이들의 활동 양상이나 수준에 대해선 알기 어려우나 102개 민족으로 구성된 구소련(합중국)답게 조선족의 대표적 작가의 한 사람이자 스탈린 치하에서 옥사한 「낙동강」(1927)의 작가 『조명희(포석) 선집』(1959)이 사회과학원 동방도서출판사에서 간행된 사실로 미루어보면(이 선집으로 말미암아 명작 「낙동강」의 복자 부분이 복원될 수 있었다) 조선학의 수준과 그것의 전개 방식의 일단을 짐작케 한다. 근자엔 『삼국사기』 번역도 이루어진 바 있어 슬라브어권에서의 한국학의 위세를 보여준 바 있다.

이 구소련권 중 타슈켄트의 알마아타 지역의 경우가 이채롭게 보인 것은 웬 까닭일까. 나는 이 점이 오랫동안 궁금했는데, 그것은 죠브티스(알마아타 사범대학) 교수의 존재와 직결된다. 내가 이 키 작은 거인을 처음 대면한 것은 AKSE 12차 대회(레이덴, 1988)에서였다. 시조 번역을 둘러싼 스킬렌드 교수와의 논쟁을 불러일으킨 죠브티스 교수의 당당한 논법이 회장을 압도한 바 있었다. 두번째로는 체코

(포디브라디)에서 열린 '한국문학, 무엇을 번역할 것인가'(1992. 7. 5~11)였고, 세 번째는 파리에서 열린 '한국문학작품의 번역과 유럽에서의 보급 문제'(1994. 11. 24~26)에서였다. 내가 놀란 것은 조선시가집을 16권이나 슬라브어로 번역한 바 있는 이 대가가 기묘하게도 우리말을 전혀 모른다는 사실이 그것. 어떻게 이런 일이 일어날 수 있었을까. 그 이유를 이 자리에서 설명할 수는 없겠으나(졸저, 『바깥에서 본 한국문학의 현장』, 350쪽), 요컨대 번역이란 그들에겐 시학(詩學)의 일종이었다. 말의 옮김이란, 타슈켄트에 살고 있는 10여 만 명의 조선 동포들이 해주고 있었다. 그 초벌 원고를 시학 전공의 학자가 시가 되게끔 창조함이 바로 번역의 한 가지 유력한 형태였던 것이다.

이상이 내가 감지한 해외에서의 한국학의 뿌리 주변이거니와, 이러한 인식이 내 개인적인 AKSE와의 관계에 근거를 둔 것이어서 당연히 일면적임을 넘지 못한다.

AKSE와 북한 학자들

AKSE 제20회 런던 대회의 표제는 '한국의 역사, 언어 및 문화'(2001. 4. 4~8)로 되어 있었다. 출발 열흘 전에 북한 주민 접촉 승인 서류를 통일원에 제출하라는 당국의 지시가 있었다. 북한 학자들이 참석하기 때문이라 했다. 런던 대회란 묘한 것일까. 제13차 대회(1989)가 런던에서 열렸을 때도 꼭 같이 이러한 지시 사항을 나는 받았다. AKSE 생긴 이래 처음으로 북한 학자 6명(1명은 인솔 통역관)이 참가한 것이 바로 제13차 대회였다. 그때도 런던 대학 SOAS에서 열렸음은 물론이다. 김하명(사회과학원 문학연구소장), 전영률(동 역사연구소장)을 비롯, 정홍교(동 문학연구실장), 최정후(동 언어연구실장), 문병우(동 역사연구실장) 등이 발표했는바, 이

중 김하명씨의 「방주의 노래」(김려의 미완 서사시)가 돋보였다.

북한문학사 서술에서 모델로 삼은 것이 서양문학사인 만큼 영웅서사시로 「동명왕편」을 내세우면 되지만, 딱한 것은 민중서사가 찾아지지 않았다. 마침 그것에 준하는 것이 『담정유고』에 들어 있는 「장원경의 아내 심씨를 위해 지은 시(古詩爲張遠卿妻沈氏作)」라는 것. 이를 「방주의 노래」라 불러 문학사 기술의 뼈대를 삼을 수 있다는 주장이었다(이 한문으로 된 『담정유고』는 규장각에 소장되어 있음). 김하명씨와 나눈 대화도 지금 회고된다. 우리는 이광수에 대해 견해를 나누었고, 김씨는 내게 창경원 벚꽃의 안부를 물었다. 그는 서울대 1회 졸업생이었고 수년 전 작고했다.

이에 비할 때 전영률씨의 발표는 썩 명쾌하면서도 쟁점적이었다. 통일신라 부정론이 그것. 씨의 논점은 발해가 엄존하고 있을 뿐 아니라 신라의 영토가 기껏해야 추가령지구대 부근임을 들어, 남북 병행 시대라는 것. 그렇다면 언제부터 통일국가인가. 고려부터라는 것이 씨의 주장이었다. 이에 대한 질의 토론에서 씨의 여유 있는 답변이 인상적이었다. 고구려를 신라 우위에 놓으며 통일신라를 부정하고 고려통일론을 긍정함이 조선인민공화국의 국사에 대한 인식이라는 것, 이를 누구에게도 강요하지 않는다는 것. 잠시 머뭇거리다가 씨는 생각난 듯이 남한의 소장 학자들도 이에 동조하고 있지 않은가라고 반문함이 그것.

런던 대회를 계기로 북한 학자들이 제14차(바르샤바)에도 5명이 참가한 바 있었다. 여기엔 두 가지 점이 특이했다. 사회과학원의 두 사람과 김일성대학 교수 두 사람의 비율이었음이 그 하나. 다른 하나는, 근대문학 전공자의 참가가 그것. 이 대회에도 참가한 정홍교씨는 서출 시인 조수삼의 한시 번역을 들고 나왔다. 이번엔 이른바 '민중서정시'의 문학사적 갈래 세우기를 내보인 것이다. 이로써 북한문학사의 체계화가 서양문학사에 준한다는 것, 영웅서사시→민중서사시의 틀과 서정시에서도 양반서사시→민중서사시의 틀이 어느 수준에서 확보될 수 있다는 주장으로 내겐 보였다. 문학사도 과학이라는 것, 곧 인류사의 보편성에 바탕을 두고 있음이 어느 수준에서 증명된 셈이었다. 그렇다면 근대문학에 대한 북쪽의 태도는 어떠할까. 이 물음에 바르샤바 대회는 어떠할까. 근대문학 연구의 제일인자인 류만(사회과학원 문학연구실장, 당시의 직함 부박사, 부교수)의 참가는 그 해답을 엿볼 수 있는 기회였다(나는 이 대회의 문학 부문 사회를 맡고 있었다). 류만씨의 발표는 「1920년대 조선 시문학에 형상된 조국애」였는데, 김소월, 한용운, 정지용 등의 향토애를 문제삼은 것. 향토애＝조국애를 논의함으로써 종교 시인 한용운을 종교에서 구출해내었고 늙으면 아버지가 짚베개를 고이시던 곳과 사철 발 벗은 아내가 따가운 햇살을 등에 지고 이삭 줍던 곳을 읊은 정지용을, 멋쟁이 모더니스트의 감각에서 벗어나게 하였다. 이로써 그는 한용운, 정지용을 김소월과 나란히 민족시인의 반열에 올려놓고자 했다. 개인적으로 나는 이광수의 사망 일자, 한설야의 숙청 문제 등을 류씨에게 물어보았다. 정지용 전집이 없다고 씨는 내게 말했다. 공과대학 출신인 류씨는 현재 박사이자 교수이며 문학연구소 실장으로 알려져 있다. 최신 저술은 『조선문학사』 제9권(1995)이며, 카프문학사를 전면적으로 다룬 것이다. 전 조선대학교 김학렬씨의 학위논문 『조선 프롤레타리아문학운동 연구』(김일성종합대학출판사, 1996)와 더불어 류씨의 이번 저술은 김정일의 『주체문학론』(1992)에 기초된 것으로, 실증적 근거와 이념적 과제가 어느 수준에서 성과를 보인 것으로 평가된다. 이 점은 중시될 필요가 있는데, 그 동안 주체문학론의 그늘에 눌려 카프문학이 상대적으로 가려졌음과 관련이 있는 사항이기 때문이다.

제14차 대회가 파리 근교 뒤르당에서 열렸을 땐 두 사람의 북한 학자(역사 쪽)가 참가했을 뿐 문학 쪽은 없었고, 유감스럽게도 제15차 대회(베를린)엔 아무도 참가하지 않았다. 북한 학자 4명이 다시 참가한 것은 제17차 대회(프라하)에서이다. 역시 이번에도 거물급들이었는데 정순기(사회과학원 언어연구소장), 정성무(동 문학연구소장) 및 고고학 전문학자 한 분이었다. 고고학 쪽의 발표는 슬라이드를 갖추고 내세운 단군릉에 대한 것이었는바, 최태형(사회과학원 역사연구실장)의 「조선민족의 원시조 단군에 대하여」는 야유와 더불어 큰 반향을 일으켰다. 한편으로 허황해 보였으나 다른 한편에서는 고고학적 자료 제시의 강점이 돋보였다(상세한 것은 졸저, 『북한문학사론』, 새미, 1996 참조). 좌우간 최씨의 주장에서 감지되는 것은 민족(국가)의 기원에 대한 이론적 틀의 세움과 그 초조감으로 정리될 성질의 것이었다.

남북한 언어의 과제를 다룬 정씨의 주장엔 별다른 이질감이 느껴지지 않았다. 언어란, 이데올로기를 넘어서는 사고의 기본틀인 까닭에 50년 동안의 분단 현상이란 언어에 극히 미미한 차이를 가져왔을 따름이다. 그렇다면 문학예술 쪽은 과연 어떠할까. 이 물음에 정성무씨의 주장은 썩 그럴 법했다. 먼저 그는 시대 구분을 내세웠다.

"그 첫 단계는 1960년대 말부터 1970년대 말까지 우리 시대 문학예술의 본보기 작품들을 창조하는 단계였으며 두번째 단계는 1970년대 이후부터 오늘까지 문학예술의 본보기 창조에서 이룩된 성과와 경험들을 널리 일반화하면서 그것을 더욱 공고 발전시켜나가는 단계입니다."

이로 보면 60년대 이전이 빠져 있고 70년대에서 80년대 그리고 90년대 중반까지 같은 원칙 아래 서 있음을 알아차릴 수 있다. "시대와 인민 대중의 요구에 응하기"란 그러니까 약 20년간 변하지 않고 있음을 새삼 말해주는 것이 아니겠는가. 그 동안의 "시대와 인민의 요구에 응하기"란 궤적으로 어떤 것인가. 우선 내용의 측면. (1) 자주성 문제. 『불멸의 역사총서』(김일성 투쟁사의 소설화, 총15권)가 해당됨. (2) 생활 영역의 폭 넓히기. 이발사, 신발 수리공 등 직업의 귀천을 없애기가 이에 해당된다는 것.

그렇다면 형식상에서의 인민 대중의 시대적 요구란 어떠한가. 인민들의 감정 정서와 비위에 맞게 예술 형태와 형식들을 개조 발전시키기란 어떤 것인가. 그 성과를 다음처럼 강조했거니와, 실상 이 발표문의 중점은 바로 여기에 있었다.

그 동안 북한에서 널리 보급된 예술 형태 가운데서 북한 인민의 정서와 비위에 맞지 않는 예술 형태는 '가극' 과 '연극예술' 형태였다. 노래 속에 극이 있고 극 속에 노래가 있는 정서의 예술인 가극이 어째서 인민의 정서와 비위에 맞지 않았던가. 그 이유를 분석해본 결과 그 '기본 형상 수단' 에 문제가 잠복되어 있었다는 것. 곧 종래의 가극의 기본 형상 수단인 '대화창' 과 '아리아' 등의 노래 형식들은 조선 인민의 감정 정서와 노래극으로서의 가극의 특성에 잘 맞지 않았던 것이다. 주인공을 비롯한 인물들이 주고받는 대사에 기계적으로 곡을 붙여 부르는 '대화창' 은 말도 아니고 온전한 노래도 아니어서 부르기도 듣기도 어색하고 힘들었다는 것. 또한 아리아는 주인공이 혼자서 몇 분씩 부르기에 극의 흐름을 중단시키기에 알맞다는 것. 대화창과 아리아를 완전히 없애버리고 가극의 모든 노래들을 '절가' 일색으로 바꾸지 않을 수 없었다는 것. 이를 바탕으로 〈피바다〉〈꽃파는 처녀〉를 가곡화했다는 것이다. 말을 바꾸면 〈피바다〉〈꽃파는 처녀〉의 가극화 과정에서 '절가 형식' 이 발견되었다는 것.

이 '절가' 야말로 인민적 가요 형식의 정수이거니와 이와 버금가는 또하나의 형식이 발견되었는데 '방창' 이 그것이다. 무대 밖의 성악 형식인 방창(남녀 독창, 중창, 소합창, 대합창 등)을 도입한 것은 하나의 위대한 발견이라는 것이다. 아마도 김정일의 암시에서 발견된 것이 아니었을까. 연극 무대의 입체화 역시 인민 정서에 알맞는 것으로 혁명 연극 〈성황당〉에서 입증되었다고 정 박사는 힘주어 지적하였다.

문예이론가인 정 박사의 발표문은 물론 미술, 무용 등도 언급했으나, 중심이 혁명가극에 놓여 있었다. 문학에 대해서 기대를 갖고 있던 나로서는 썩 불만이었으나, 어쩔 수 없는 일이었다. 크리스탈 호텔에서 4일간 함께 먹고 자면서 나는 정 박사에게 사석에서 몇 가지 물어보았다.

(1) 임화의 저서 『조선문학』(1952)이 과연 새로운 저술이냐 아니면 그 동안 발굴된 글의 모음이냐. 그는 모음에 지나지 않는다고 대답했다.

(2) 한설야의 몰락 이유는 무엇이냐. 정씨는 침묵했다.

정 박사가 내게 물은 것은 이런 것이었다. 『창작과비평』에 무슨 이변이 생겼느냐였다. 왜? 라고 묻자 요즘엔 보이지 않는다는 것이었다. 우리의 대화는 그런 것들보다 프라하의 봄날씨, 음식, 그리고 환상적인 프라하만이 지닌 중세스런 도시의 아름다움에 관해서였다.

어떤 이유에서인지는 알기 어려우나 제18차 대회(스톡홀름, 1997)와 제19차 대회(함부르크, 1999)엔 북한 쪽이 불참했다. 이번 20차 런던 대회의 북한 참가가 AKSE의 위상을 한층 높이는 계기로 내게 보인 것은 이런 사정과 무관하지 않다. 대체 그들은 이번 대회에 무엇을 갖고 등장할 것인가. 이 물음이 지닌 긴장력은, 그들 논문이 사전에 제목만 알려지고, 내용이 발표 직전까지 비밀로 되어 있음에서 왔다.

평양이 말하고자 한 것

제목만으로 기대되는 논문은 단연 서태국(사회과학원 고고학연구소 실장) 박사의 「최근 평양 일대에서 발굴된 유적과 유물」이었다.

이 논문의 머리에 걸려 있는 명제는 다음 대목이다. "동방 최초의 고대국가의 창업이 이룩된 고조선의 수도도 평양이며 천년 강성 대국 고구려의 수도도 평양이다"가 그것. 이 사실을 증명함이 이 발표논문의 주지인바, 이는 고고학적 발굴이라는 과학적 사실 제시로써 비로소 가능해졌다는 것. 씨는 최근 발굴된 원시 및 고대 시기의 대표적 유적과 유물을 사진으로 공개해 보였다.

상원군 로동리 '몰이사냥터'의 발굴이 그것. 해발 62m의 고령산 줄기의 석회암 언덕에 놀랍게도 200m 정도의 구간에 석회암 균열로 이루어진 15개의 수직으로 된 굴이 발굴되었다는 것. 대체 이 굴이란 무엇인가.

결론적으로 말해 짐승을 잡기 위한 '몰이사냥터'라는 것. 그대로 옮겨보면 이러하다.

"이 언덕의 북쪽 부분 200m 정도의 구간에는 석회암 균렬로 이루어진 15개의 수직 굴이 마치도 하나의 '함정 체계'를 이루듯이 줄지어 배렬되어 있다.

여러 개의 수직 굴에서는 짐승 뼈 화석들이 발굴되었다.

복판에 위치하는 수직 굴을 발굴한 결과에 의하면 이 굴의 아구리는 긴 타원형으로 생겼는데 그 길이는 9m이고 너비는 3.5m 정도이다.

굴 안에는 9m 정도의 두께로 퇴적층이 쌓여 있었으며 그 지층은 4개층으로 구분된다.

짐승 뼈 화석은 굴 아구리로부터 8m 정도의 깊이에 쌓여 있는 석회암력이 섞인 진흙층 속에서만 나왔는데 그 수는 2000여 점이다.

그 감정 결과에 의하면 토끼, 족제비, 승냥이, 표범, 동굴이에나, 말, 큰쌍코뿔이, 복작노루, 노루, 누렁이, 큰꽃사슴, 물소 등이다.

짐승 뼈 화석화 정도는 구석기시대 전기 유적인 검은모루 유적의 것보다는 낮지만 구석기시대 후기 유적인 만달리 동굴 유적의 것보다는 훨씬 높다.

그리고 동물상의 종적 구성에서 사멸종이 차지하는 비률은 37.6%로서 승리산 동굴 유적의 것에 비정(34.9%)된다.(검은모루 유적 62%, 대현동 유적 50%, 만달리 동굴 유적 15.4%이다.)

그러므로 이 유적의 동물상의 중부 갱신세인 구석기시대 중기에 해당되는 것으로 인정된다.

이 유적을 몰이사냥터로 보게 되는 근거는

첫째로 : 유적이 짐승들이 즐겨 다니던 외롱길처럼 되어 있는 곳에 위치한다는 것.

둘째로 : 수직 굴들의 형태(굴 사이의 거리와 굴 깊이는 대체로 10m 정도이다)와 그 배렬이 인공적으로 파서 만든 함정과 같이 되어 있다는 것.

셋째로 : 사냥하기도 쉽고 여러모로 쓸모 있는 사슴과 짐승이 화석 수나 마리 수에서 압도적 비률(75%)을 차지한다는 것(특히 꽃사슴은 47.06%)이다.

넷째로 : 수직 굴에서 나온 짐승 뼈의 보존 상태에 의해 확증된다는 것이다.

자연적으로 우연히 굴 속에 빠져 죽은 짐승이라면 해당 짐승의 뼈가 그대로 남아 있어야 한다.

그런데 여기서 발굴된 짐승 뼈 가운데는 다리뼈는 없이 몸통뼈만 나온 것들이 적지 않다.

실례로 큰쌍코뿔이의 몸뼈는 3개체분의 것인데 그 다리뼈는 1개체분의 것만이 남아 있었고 사슴의 몸뼈는 32개체분의 것인데 그 다리뼈는 9개분의 것만이 남아 있었다.

이것은 식용으로도 쓰기 좋고 날라가기도 편리한 다리 부분을 주로 잘라간 데서 생긴 것이라는 것을 보여준다.”

‘몰이사냥터’의 발굴이 뜻하는 것은 이것이 구석기시대 중기에 해당된다는 점. 이것은 또 구석기시대 중기의 ‘생산활동과 사회관계’의 수준을 보여준다는 점.

그 다음으로 내세운 것은, 신석기시대 후기경부터 벼를 비롯한 오곡 농사가 지어졌다는 점. 그 증거로 (1) 움집, (2) 도구의 발견, (3) 그릇 발굴을 들었다. 이와 더불어 특기할 것은, 최근 발굴된 청동기시대 유적인 성천군 룡산리의 순장 무덤.

씨는 이 순장 무덤의 구조에 크게 주목하고, 거기서 나온 돌 거울, 인골, 청동 조각으로 보아 노예 순장 무덤으로 추정했다.

요점은 무엇인가. 이 무덤 발굴로 증명되는 것은 '단군조선 국가 성립 직전에 이미 평양 일대의 주민들 속에서는 계급적 분화가 이루어지고, 특권적 지위와 재부를 차지한 노예주들의 폭력적 기구까지 만들어졌다는 점'이다. 바로 그 다음 단계, 곧 강력한 고대국가 '단군조선'이 잇대어 있다는 점.

이 단군시대에 축조된 성과, 그 속의 '제사터'의 발굴까지를 제시함으로써 발표자는 '단군고조선'의 성립을 여지없이 증명하고자 했다. 고인돌 만여 기를 발굴한 성과가 이를 뒷받침한다는 것.

그렇다면 단군조선 시기는 언제인가. 청동 비파형 창끝, 청동 2인교예 장식품, 청동 방울과 단추 등으로 보아 청동기시대에 해당된다는 것.

고고학 및 고대사에 무지한 나로서는 이런 주장이 무엇을 가리킴인지 잘 알지 못하나, 분명해 보이는 것은 민족의 기원의 확립에 대한 모종의 의지(민족허무주의에서 벗어나기)이고, 다른 하나는 구석기, 신석기, 청동기시대가 한반도에서도 정확히 지켜졌다는 점.

정성무씨의 「20세기 초 조선의 반일 애국문학」은 새로움이 거의 없었다. 의병대장 류인석의 시가, 한용운의 시, 그리고 단재의 소설들을 논한 이 발표문은, 남한의 이들에 대한 연구 수준과는 겨눌 만한 것이 못 되는 것으로 내겐 판단되었다. 내 전공은 아니나 전하철(사회과학원 철학연구소장)의 「실학의 애국, 애족 사상」도 참신한 대목을 느끼기 어려웠다. 힘주어진 곳을 든다면 "실학파 사상가들은 이러한 애국적 력사관에 기초하여 사대주의 사가들에 의해 말살되었던 발해에 대한 연구에 커다란 힘을 돌렸다"는 점이라고나 할까. 박지원의 『연암집』(11권)과 유득공의 『오주연문장전산고』, 정약용의 『발해고』, 홍석주의 『발해세가』, 김정호의 『대동지지』

등을 그 증거로 제시했다.

AKSE와 북한 학자들의 관계의 어떠함은 그 역사성이 대체로 이와 같거니와, 짐작컨대 장차 AKSE의 다음 대회에서 전개될 남북 학자의 마음자리의 제1단계는 일단락을 지었다고 보아도 되지 않을까 싶다. 그 다음 단계가 요망될 터이다.

이런 점에서 남한 학자의 발표의 방향성도 새로운 전환기를 맞았다고 보아질 법도 했다. 문학의 경우 김대행(서울대) 교수의 「한국문학에서의 눈물과 웃음의 관계」, 서지문(고려대) 교수의 「곪은 상처로 뒤덮인 땅 ― 조국을 슬퍼한 6·25전쟁의 시인들」은 새로운 의의가 인정된다. 한국문학을 그 자체로 바라보기가 전자라면, 후자는 6·25를 읊은 한국 시인들의 작품의 영역이어서, 시 자체의 의미 부각과 그 전달에 씨 특유의 전문가적 실력이 발휘된 사례라 할 것이다.

이러한 경향의 연장선상에 오가레트 최 씨의 「한국전쟁의 경험적 상처와 베트남전에 반영된 안정효의 소설 『하얀전쟁』과 『은마』」, 피이트 교수의 「한국전쟁의 악몽적 후유증 ― 이기영의 『땅』과 박경리의 『시장과 전장』의 대비」가 놓여 있었다.

내가 발표한 것은 「통일문학사를 위한 시론(試論)」이었다. 요점은 이렇다. (A) 남북문학병행사, (B) 준통일문학사, (C) 통일문학사의 범주들을 고려할 수 있다는 것. 50년이나 병행되어온 것이기에 원리적으로는 통일문학사의 구성이 불가능하다는 것. 원칙적으로는 그러니까 (A)만 가능하다는 것. 만일 (B)를 모색해야 한다면 어떠할까. 남북한 문학사가들의 합의에 의한 공통분모 창출이 그 열쇠라는 것. 그런 공통분모 모색을 위해 내가 제시한 것은 다음 7가지. (1) 민족문학과 카프문학의 관계 인식, (2) 해방공간에서의 민족·계급 모순 인식, (3) 남북 빨치산문학 비교, (4) 남북 6·25문학, (5) 역사소설론, (6) 시금석으로서의 『임꺽정』, (7) 남북한의 장르 차이 등등.

이런 내 개인적 소감에 덧붙여, 나는 아마존 강의 비유를 들었다. 홍수 진 강물과

맑은 강물이 합쳐진 아마존 강이 수km까지 섞이지 않고 흐른다는 사실이 그것. 이런 내 발표에 대해 정성무씨가 조심스럽게 공개석상에서 질문해왔다. 준거를 좀더 구체적으로 제시해보라는 것. 나는 이 가설을 고집함이 아니라는 것, 중요한 것은 남북 문학사가들이 머리를 맞대어야 한다고 했다. 이 과제는, 그러니까 AKSE를 떠나 서울이나 평양에서 이루어져야 한다는 말까지는 하지 않았으나, 정씨가 이 점을 깨치지 못할 이유가 없고 보면 굳이 거기까지 말할 필요가 있었으랴. 이 점에 이제 AKSE가 지닌 모종의 소임의 일부가 나름대로 이루어졌다고 볼 것이다.

제20차 대회의 분위기

AKSE의 참된 소임이란 무엇인가. 그것은 이 모임 자체의 의의에서 이미 답변이 주어져 있다. 유럽에서의 한국학자의 모임이며 따라서 이름 그대로 그들만의 무대여야 마땅하다. 남북의 국내 학자들이 여기에 기웃거리는 것은 특수한 경우를 제하면 비본질적이라 할 것이다. 20차 대회까지 이른 AKSE가 아니겠는가. 20세라면 사람으로 치면 성년이다. 자기의 독자적 행보에 나아갈 수 있는 충분한 역량을 갖추었다고 보아 가히 틀리지 않는다.

이러한 성년기스런 징후를 이번 런던 대회에서 나는 조금 엿볼 수 있었다. 그 사례로 한국 불교 및 샤머니즘에 대한 연구자들의 관심 집중을 내세우고 싶다. J. 프랏센(보쿰 대학)의 「원효사상 연구」, S. 베르메르쉬(SOAS)의 「풍수지리설과 고려 불교」, T. 풋기오니(주한 이탈리아 대사관)의 「14세기 고려의 궁중부인 ― 기(奇) 황후의 불교에 대한 역할」, 남동신(덕성여대)의 「조선 후기 불교계의 동향과 '상법멸의경'의 성립」, 발라벤(레이덴 대학)의 「조그만 종교의식의 자국 ― 황해도 모당의 목표 성취」, 안지원의 「고려시대 팔관회의 역할」 등이 이런 사례에 든다. 불교, 무교 등 종교적 사상 및 제의에 대한 탐구가 한국적이자 세계적 보편성에 제일 민감하게 작동된다는 사실을 감안한다면, 이번 대회에서 이들 연구 업적은 의미 있는 부분이라 할 것이다. 뒤르당(파리) 대회에서의 환경 친화적이고 현대 서울의 수도 사정(물관리)에까지 나아간 논문들이라든가, 함부르크 대회에서의 도자기 중심의 실용적 연구에 기울어진 경우와 비교해보면 이번 런던 대회는 단연 정적이고, 종교적, 미학적이라 할 만하다.

이러한 정적, 미학적 분위기를 어느 정도 깨뜨리며 약간의 현실감각을 일깨운 것이 있었는데, 주최측의 양해를 얻어 감행된 「일본의 역사 교과서 문제와 네오내셔널리즘의 동향」이 그것. 한국사연구회가 주관하고, 역사학회를 비롯한 14개 학회가 작성한 이 문건은 '올바른 한일관계 정립을 위한 한국 역사학 관련 학회 공동 심포지엄'(3월 19일 개최)에서 정리한 것. 이원순, 하종문, 이찬희, 정재정, 김유경 등이 발제논문을 썼고, 이만열, 윤병석, 이태진 제씨가 토론에 참가했고 최병헌(서울대) 교수가 사회를 맡아 진행한 것으로, 이 문건의 끝에는 성명서까지 붙어 있다.

"역사 교과서가 가까운 나라와 관련된 역사적 사실을 왜곡하거나 부당하게 말살하지 않아야 한다는 것을 촉구한다. 검정을 신청한 종래의 일본 역사 교과서는 일본의 침략을 '진출'로 변경했을 뿐만 아니라, '종군위안부'를 비롯한 일제의 식민지 지배와 관련된 사실을 대폭 삭제했다. 더욱이 이 '새 역사 교과서'는 일제의 침략과 지배가 오히려 합법적이고 발전적이었다고 강변하고 있다. 이번에 검정을 받고 있는 교과서들은 한국 민족이 치열하게 전개한 항일 독립운동에 관한 서술을 대부분 생략한 것으로 확인되고 있다. 역사 교과서의 이러한 개악은 일제의 침략을 경험했던, 한국을 비롯한 이웃 여러 나라를 무시하고 모독하는 행위다. 우리는 일본의 미래를 위해서도 자라나는 청소년들이 자신의 역사에 대해 객관적이고 진솔

한 인식을 가져야 된다고 생각한다."

요점은 다음 세 가지. (1) 역사적 사실을 왜곡하거나 부당하게 말살하지 말 것, (2) 반인류적 범죄 행위라는 것, (3) 몇몇 자구를 수정하거나 사실을 첨삭하는 수준에서 해결되어서는 안 된다는 것.

여기에 주도적으로 관여했던 최병헌씨가 직접 AKSE에 와서 이 문건을 돌리고, 잠시 쉬는 시간을 이용해 AKSE 회원의 연판장까지 얻어낸 일은 의의 있어 보였다. AKSE에 참가한 학자들이라면 일본의 교과서 왜곡 사건에 대한 나름대로의 각자의 견해를 가졌겠지만 그럼에도 이러한 최 교수의 열정은 보는 사람으로 하여금 일종의 안타까움과 함께 숙연함을 안겨다주고 있는 것처럼 내겐 보였다. 학문이란 진리 탐구라는 것, 그것을 위해 행동까지도 해야 된다는 사실이 그것이다. 덧붙여 지적할 점은, 이에 대한 주최측의 관대함이었다.

내친 김에 이번 런던 대회에서 주최측의 안목이 두드러진 점 두 가지를 지적하면 안 될까.

첫째, 발표논문의 전부를 한 책자로 묶었음이 그것. 여기서 '책자' 라 함에는 설명이 없을 수 없다. 주최자인 SOAS 한국학 주임교수인 박영숙씨와 강사 연재훈씨가 편집한 *History, Language and Culture in Korea*는 Saffron사 출판으로 'ISBN 1. 872843. 27. 1' 로 정식 등록된 것이다. 이 사실은 강조되어 마땅한데, 내가 알기엔 AKSE 역사상 이런 일은 처음인 까닭이다. 발표문을 그냥 파일식으로 묶었음이 종례의 관습이었다. 이로써 AKSE 발표논문은 하나의 한국학의 정전으로 자리잡게 된 것이다.

둘째, 이 책자를 꾸민 두 분의 안목을 들 것이다. 겉표지에는 흙을 구워 만든 타일로 된 백제의 풍경화. 부여의 귀암면에서 출토된 이 풍경화의 제작 연대는 6세기경. 서울의 국립미술관에 보관되어 있는 것. 기품과 함께 그 그림이 상징하는 무게

제20차 대회 발표논문 책자의 표지 그림
부여 귀암면에서 출토된 흙으로 구운 6세기경 백제의 풍경화, 29×29×4.3㎝, 국립박물관 소장

는, 미술사에 조예 깊은 박영숙 교수의 배려가 아니었을까. 속표지 속의 훈민정음 해례본 속의 글자는 외국인을 위한 한국말 교재를 쓴 연재훈씨의 안목에서 나온 것이 아니었을까.

이로써, 이번 런던 대회는 하나의 스타일을 창출한 것으로 기억될 법했다.

대영박물관의 사천왕상

이상이 내가 옆에서 흘깃 본 런던 대회의 모습이다. 그러기에 그것은 나와는 직접적 관련이 없는 역사적 사실에 속할 터이다. 그렇다면 내게 있어 이 대회란 무엇인가. 그것은 단지 내 수화물이 삼천포로 빠져버린 기억과, 공항에서 SOAS까지의 지하철의 삯의 놀랄 만한 비쌈과, 점심때마다 주최측이 제공하는 샌드위치 맛으로 기억된다. 게으르게 노닥거리는 파리의 카페와는 달리, 런던의 펍에서는 사람들이 샌드위치를 먹고 있다고 한 여행가는 정중히 지적한 바 있거니와(모리 아리마사森有正, 『바빌론의 흐름의 기슭에서』, 치쿠마쇼호, 1968), 셜록 홈즈로 이름난 '베이커가 21번지'의 셜록 홈즈 호텔에서도 샌드위치가 으뜸 품목이었음을 기억하는 나그네라면 점심때마다 준비되는 샌드위치는 AKSE 주최의 자연스런 배려였으리라.

내가 처음 런던에 간 것은 1979년 1월 초였다. 미국 중서부 아이오와 대학의 WRP(World Writing Program)에 한 학기 참가한 것이 1978년도였는데, 그해 크리스마스를 틈내 유럽으로 갔었는데, 이는 두 친구의 유혹과 관련이 있다. 일 년간 연구교수로 파리에 머물고 있던 L교수(법대, 훗날 서울대 총장 및 국무총리 역임)와 H교수(인문대, 불문학)의 권유에 말미암았고, 여기서 나는 건축학 전공의 또다른 L교수(중앙대)와 단둘이서 도버를 건넜다. 건너자마자 워털루 브리지로 달려간 것은 지금 회고해도 설명하기 어려운 짓이다. 세기적 미남 배우 로버트 테일러와 영국이 낳은 살인적 미모의 여우 비비안 리가 등장한 활동사진 〈애수〉(원제 Waterloo Bridge, 1940)를 보아버린 세대가 아니라면 이 사정이 설명되지 않는다. 좌우간 워털루 브리지를 밤늦도록 걸었고 그 다음날 스트랫퍼드 어폰 에이번(셰익스피어의 고장)으로 갔던 것이다. 그 뒤에도 런던에 여러 번 들렀는데, 자료 하나 찾기 위함이기도 했다. 런던 시민의 자존심이 걸린 터너와 블레이크의 그림이 있는 테이트 미술관에도 몇 번 들렀고, 근대미술관도 헤매어보았지만 루브르 박물관과 더불어 제일 인상적인 것은 역시 대영박물관.

대영박물관(브리티시 뮤지움)이란 무엇인가. 남의 나라 기둥뿌리는 물론 시체까지 파다가 전시해놓은 보물 창고랄까 공동묘지라고나 할까. 이들 영불 두 제국주의가 국가적 규모로 스쳐 지나간 지꺼기를 훑어다놓은 것이 후발 제국주의 독일의 베를린에 있는 장대한 페르가몬 박물관이 아니었겠는가. 이 세 박물관을 비교해보면 그것들이 얼마나 정치적인가를 한눈에 알 수 있다. 루브르 박물관 지하에 전시된 〈밀

대영박물관 입구

로의 비너스〉, 이층 입구에 있는 〈승리의 날개(니케)〉 상이 지닌 상징성은 무엇인가. 대영박물관에 있는 이집트의 미이라군, 송두리째 옮겨놓은 희랍 판테온의 사변의 프리즈(frieze)의 부조물들이란, 어떻게 이해하면 적절할까. 페르가몬 박물관의 그 파괴된 조각들의 그로테스크한 모습이란 또 어떻게 이해하면 될까.

대영박물관이라면 내게 다섯 가지 점으로 다가온다.

첫째, 무료 입장이라는 점. 어떤 이유에서인지는 알기 어려우나 좌우간 무료로 되어 있었고 지금도 그러하다. 복도 한가운데에 작은 팻말과 함께 상자가 놓여 있을 따름. 팻말엔 무료 입장의 유지를 위해 2파운드(우리 돈으로 약 2천원) 기부하라고만 적혀 있다. 이 무료 입장이 지닌 의의는 단연 심리적이자 동시에 문화적이다. 길거리에 막바로 걸어서 들어와 인류 최고, 최귀의 작품 앞에 설 수 있음이란 얼마나 마음 편한 일이겠는가. 어떤 중간 장치를 통과하지 않고 막바로 작품 대하기, 이는 일상성 위에 내리는 정복(淨福)이 아닐 것인가. 아무렇게 입은 옷차림, 보법 그대로 작품을 대함이란 유다른 자유이다. 이 자유로움이 문화적임은 예술이 인간을 짐승스러움에서 자유롭게 하는 이치와 상통한다. 그것은 사랑방과 흡사하다. 길 가다 쉬고 싶으면 들를 수 있는 곳, 그럴 때마다 5천 년 전의 세계와 마주할 수 있는 곳. 이 점에서 대영박물관은 단연 그 이름에 상응한다.

둘째는, 저 유명한 로제타석(Rosetta 石). 나폴레옹의 원정(1799)으로 부상된 이 돌 조각이 이집트 문자의 해독에 열쇠를 제공한 것은 세기적 사건에 다름아니었다. 희랍 말과 또다른 말(고대 민중 문자), 그리고 이집트어 셋으로 기록된 이 돌 비석에서 이집트의 상형문자가 해독되었을 때 고대사가 비로소 현대 속으로 편입되었던 것이다. 검은 현무암으로 된, B.C. 196년에 만들어진 이 석비엔 이집트 왕 프톨레마이오스 5세의 치적이 새겨져 있거니와, 이를 해독한 사람은 프랑스인 샹폴리옹이었다. 때는 1822년이었다. 어째서 이 석비가 대영박물관을 상징하는가는 그것이 세계사라는 이름의 역사에 직결됨에서 설명될 터이다. 이른바 서구의 근대가 해독한 이 석비란 말을 바꾸면 수수께끼 해독이 아니라 고대상에 대한 근대인의 창조적 행위(참가)였던 것이다. 고대 이집트인과 근대인이 함께 세계사를 전개할 수 있었던 계기가 이 석비인 만큼 이른바 세기적 기념비가 아닐 수 없다.

셋째, 이른바 엘긴 마블(파르테논 신전의 대리석). 희랍의 것이라면 루브르에도 그 유명한 밀로의 비너스가 있지만 미적 평가가 낮게 되어 있음을 염두에 둔다면 엘긴 마블이야말로 현존한 희랍 예술의 정수로 보아 틀림없다. 알려진 바에 따르면 제2차 세계대전 중 다급해진 영국의 외무성이 희랍의 협력을 얻기 위해 이 대리석 조각의 반환을 약속했다 한다(가와나리 요 편, 『세계의 박물관』, 마루젠 라이브러리, 1999). 물론 실현되지 않았다. 국제회의에서 희랍이 영국 쪽에 투표하지 않는 것도 이와 무관하지 않을 터이다.

넷째, 장대한 도서관. 마그나 카르타를 비롯, 이른바 고전의 원본이 그대로 보관된 곳. 영국 망명중, 마르크스가 최선진국인 영국 정부의 제일급 자료를 이용해 『자본론』(1867)을 쓴 곳.

다섯째, 북문(러셀 스퀘어 쪽)으로 들어가면 복도의 벽에 걸린 거대한 조선의 사천왕상 두 폭.

이상이 내가 이 박물관에 대해 갖고 있는 선입견이다. 조선의 점성술을 적은 책 『직성행년편람』을 찾아 1984년 나는 이곳에서 보름 동안 머문 적이 있었다(이 책은 파리에도 한 부 있음. 『한국학보』 제37집의 졸고 참조). 그때 뜻대로 되지 않아 피로한 나를 그럴 수 없이 위로해준 것이 이 사천왕상 두 폭이었다. 그들이 나를 지켜주고 있다는 착각 속에서 나는 얼마나 큰 용기를 얻었던가. 이제 16년 만에 AKSE를 핑계로 다시 이곳에 섰다.

21세기를 맞이한 대영박물관은 어떻게 변했으며, 그 두 분의 사천왕상은 안녕

하실까.

2003년이면 창립 250주년을 맞는 이 박물관은 대변신을 하고 있었다. '위대한 안마당(The Great Court)'이 그것. 대영박물관 건물의 4할을 점유한 도서관(원형 열람실)을 헐고, 그 알맹이인, 3층 복도를 가진 원형 서가와 열람실만 살려놓음으로써 종래 건물이 차지했던 공간을 활용한 것. 이 공간에는 커피숍, 선물 가게, 간단한 음식들을 파는 거대한 휴식공간으로 개조되어 있었다. 5층 건물 높이의 이 원형 도서관 바깥의 층계 위에서 이 '위대한 안마당'을 바라보면 그야말로 여유로운 공간이어서 안마당스런 분위기를 자아내고 있지 않겠는가. 서민적이면서도 실로 기능적이어서 위압적이자 권위스런 감각은 찾아지지 않았다. 먹고 마시고 선물 고르는 곳으로서의 대영박물관이 원형 도서관을 가운데 놓고 거기 있었다.

이와는 달리, 내 마음이 조급해진 것은 웬 까닭이었을까. 로제타석도 아시리아의 날개 달린 사자상도 내 발목을 잡지 못했다. 그렇다고 1층 제18호실까지 그냥 지나친 것은 아니었다. 파르테논 신전의 내벽 프리즈가 거기 있기 때문이다. 이 제18호실은 다른 어느 방보다 넓고 크고 길었다. 그도 그럴 것이 양쪽 벽에다 신전에서 떼온 조각들을 그대로 부착해놓고, 제법 멀리서도 볼 수 있게 했기 때문이다. 5일간 머물면서 천천히 6번이나 이 부조를 관찰한 한 미술 애호가는 이렇게 적은 바 있다.

"북측 벽을 동쪽으로 전진하는 기마군은 전체적으로 보아 실로 장관이다. 반인반마 모습은 없다. 말은 말이고 기수는 인간이며 말의 격렬한 전 에너지는 인간인 기수에 의해 멋지게 통제되어 동쪽으로 나아간다. 거친 말과 이를 제어하는 인간의 조용한 자세가 그럴 수 없이 아름다운 대칭을 이루어 몇 백의 말들이 형성하는 거친 풍랑 위를 조용한 인간 군상이 나아간다. (……) 기수들의 얼굴은 확연한 목적지인 앞쪽을 향했고 그 몸 아래의 거친 세력을 의식하지 않는 듯 조용하다. 먼 앞쪽

으로, 공물을 받든 처녀들이 조용히 나아가고 있다.”(모리 아리마사, 앞의 책, 210쪽)

이는 기마군단의 조각에 대한 묘사이거니와, 이 군단의 앞에는 전차가 나아가고 다시 그 앞에는 관리, 사제, 희생에 바쳐질 소, 양을 이끈 사람, 그리고 주름진 옷을 걸친 처녀들이 나아간다. 실로 ‘조용한 미’라 할 것이다. 이 ‘조용한 아름다움’이 ‘여성의 본질’에서 나온 것처럼 창출되었음이야말로 실로 놀랍다고 모리 씨는 적어놓았다. 이 ‘조용한 아름다움’이란, 기쁨의 형태 속에 비애가 순수 상태로 결정되었기 때문이리라. 천박한 감정적 비애와 엄밀히 구별되는 형이상학적 비애가 아니겠는가.

제18호실이 아무리 대단하더라도 그다지 내 발목을 오래 잡지 못했다. 사천왕상의 안부가 앞을 가렸던 까닭이다. 21세기를 맞아 개축한 대영박물관엔 한국실이 따로 마련되어 있었다. 아시아 섹션 쪽엔 거대한 일본실과 함께 제법 큰 한국실은 실물 크기의 한옥 한 채(목수 신영훈씨의 작품)와 함께 운보의 그림, 박모씨의 도자기를 비롯, 부채, 옛 도자기, 불상 등등이 소박하게나마 나름대로의 품위를 지키고 있었다. 일본식 찻집, 칼, 병풍, 그리고 춘화 두 폭을 포함한 우키요에의 정수를 보여주는, 사진 찍기를 금하고 있는 일본실의 미술 중심주의의 전시 방식에 비해 한국실은 단연 생활적이었다(대영박물관 어느 곳도 사진 찍기를 금하는 곳은 거의 없다는 사실을 상기할 것이다). 바로 그 동쪽 벽에 내가 찾던 사천왕상이 모셔져 있지 않겠는가. 집안 어른을 만난 심정 그대로였다.

이 반가움은 그러나 다음 두 가지 아쉬움으로 내게 다가옴은 웬 까닭이었을까. 그림 아래의 해설의 불친절함이 그것. 부석사의 사천왕상의 사진과 해설로 일반화하였음이 그것. 다른 하나는, 전시된 위치가 2m가 넘는 이 그림에겐 부적절해 보인다는 점.

내가 예전에 본 이 사천왕상은 북문 복도의 거대한 공간에 걸려 있었다. 그 아래

한국실에 전시된 사천왕상

장의자가 놓여 있어 피로한 몸을 쉴 수 있는 그런 자리였다. 오른쪽이 북방호세다문천왕(北方護世多聞天王), 왼쪽이 남방호세증장천왕(南方護世增長天王)이다. 그러니까 불국토를 지키는 사천왕 중, 동쪽과 서쪽 두 분이 빠진 것이었다. 그 그림 아래의 해설에는 1796~1820년 사이에 제작된 것으로 기록되어 있고, 경북 대구 근처의 어느 절에서 1920년대 수집한 것으로 적혀 있었다. 이 사실을 다투어 증명이라도 하듯, 두 그림 모두에 무수한 낙서들이 대구와 관련하여 적혀 있지 않았겠

북방호세다문천왕 속의 낙서

는가. 그중 가장 뚜렷한 것은 '大邱居崔兵刑大監柔初八日下人金春吉過此(대구 사는 최병형 대감 유, 초파일 하인 김춘길, 여기를 지나가다)' 이다. 한글로 된 낙서도 즐비한데 '강원도 원주 소식면 원진골내 김경호 임월 삼일 과차라' 도 그중의 하나. 이런 무례한 낙서도 능히 감싸안고 있는 넉넉한 사천왕.

이 거대한 두 폭의 사천왕상은 누가 보아도 좁은 벽에 붙여둘 성질의 것이 아니다. 별도의 큰 공간이어야 하고, 없어진 다른 두 분의 사천왕도 모셔질 수 있는, 적어도 그런 공간이 요망될 터이다. 더욱 소망스러운 것은, 대구 모 절의 입구에 뚜렷이 걸려 있어야 하는 것.

이러한 느낌이란 한갓 나그네의 감상에 지나지 않으리라. 그렇지만 다음 한 가지만은 꼭 지적해두고 싶다. 이 두 폭의 그림 밑에는 대개의 불화가 그러하듯 돈을 낸 사람들의 이름과 제작에 참여한 사람들의 명단이 적혀 있다. 비록 흐릿하여 육안으로 판독하긴 어려우나, 전문가들이 동원된다면 능히 밝혀질 수 있지 않겠는가. 동시에 1920년경 대구 지방에서 수집했다니까, 대구에 있는 절들을 조사해볼 필요도 있지 않겠는가. 나머지 두 폭의 천왕상의 행방도 수소문해볼 만하지 않겠는가.

번역자와의 만남

AKSE란 무엇인가. 그리고 그 제20차 런던 대회란 무엇인가. 이 두 가지 물음에 나는 민첩할 수 없다. 다만 내가 할 수 있는 것은 '내게 있어' 그것들은 무엇인가일 뿐, 그 이상도 이하도 아니다. AKSE의 말석에 끼어 서투른 귀와 눈으로 보고 들은 풍월을 말해본 것이다. 그렇기는 하나, 내 개인의 처지에서 보면 일종의 역사에 속한다고 할 수 있다. 그것은 AKSE를 통해 친구를 얻었다는 사실과 무관하지 않다. 문학 전공의 부셰, 부체크, 오가레트 최, 피이트 제씨는 물론이거니와, 문학과 관련

왼쪽부터 피이트, 부체크, 오가레트 최

없는 분들과의 낯익음은 나를 고양케 한 계기를 만들어주었다. 이번 대회에서 만난 아그니타 텐난트(Agnita Tennant, 한국명 홍명희) 여사도 그런 부류에 드는 한 분이다. 여사는 일부러 찾아와 내게 『토지』 영역판(키간 폴 출판사, 1996)을 주는 것이었다. 20년 전 여사가 내 연구실로 찾아온 적이 있었다. 『토지』 번역에 착수했는데, 모르는 낱말이 너무 많아 문의하기 위함이었다. 노트 한 권에 촘촘히 적힌 낱말들을 일일이 검토한 그때 그 인연을 씨는 이제야 되새기는 것이었다. 617페이지나 되는 영역본 『토지』의 무게만큼 20년의 세월이 느껴지는 것이었다. 인천공항으로 오는 에어 프랑스 속에서 나는 이 책을 펼쳐보았다. 그 첫 대목은 이러했다.

"1897 *Chusok*, the festival of the harvest moon. Even before the magpies had come to the persimmon tree in the garden to give their morning greeting, the children in their colourful clothes, with ribbons in their plaits were scurrying through the alleys of the village, pine cakes in their mouths, and jumping with glee. For the grown-ups, it would already be mid-morning before they had offered the ancestral sacrifices and visited the family graves, and by the time they had shared food with their neighbours the day would be half over. From then on they would gather in the threshing yard and the excitement would grow.

The women folk were bound to fall behind the men and the old people on getting themselves ready, for they had to wait on the family and deal with the food before they could begin to think about their own embellishment. Meanwhile, out in the fields where the heavy heads of grain made golden waves, the flocks of birds, feeling unrestrained, were having themselves a banquet."

집에 와서 원본과 대조해본 것은 역자에 대한 내 나름의 예의 갖추기에 다름아니었다.

"1897년의 한가위.

까치들이 울타리 안 감나무에 와서 아침 인사를 하기도 전에, 무색 옷에 댕기꼬리를 늘인 아이들은 송편을 입에 물고 마을길을 쏘다니며 기뻐서 날뛴다. 어른들은 해가 중천에서 좀 기울어질 무렵이래야, 차례를 치러야 했고 성묘를 해야 했고 이웃끼리 음식을 나누다보면 한나절은 넘는다. 이때부터 타작마당에 사람들이 모이기 시작하고 들뜨기 시작하고 ─ 남정네 노인들보다 아낙들의 채비는 아무래도 더 디어지는데 그럴 수밖에 없는 것이 식구들 시중에 음식 간수를 끝내어도 저 자신의 치장이 남아 있었으니까. 이 바람에 고개가 무거운 벼이삭이 황금빛 물결을 이루는 들판에서는, 마음놓은 새떼들이 모여들어 풍성한 향연을 벌인다." (솔출판사 판)

태평양 연안 지역 한국문학 연구 현황

PACKS 제4차 대회 참가기

IMF 속의 벤쿠버행

1998년 5월 9일(토). 싱가폴 항공의 벤쿠버행을 탔다. 오후 5시. 토요일이어서 그랬는지, 으레 그런지는 알기 어려우나, 좌우간 만원이었다. 싱가폴에서 출발, 서울 경유의 이 노선이 이만하면 가히 황금 노선이라 할 수 없을까. B747보다는 조금 작은 비행기(양측 2석, 중앙 6석)였다. 세계 항공사 중 최신형 기종을 가장 많이 보유하고 있다는 이 항공사의 안전도는 문외한이라도 조금 짐작할 수 있으나, 기내의 서비스나 기타는 수수한 편. 조금 별난 것은 좌석마다 각자 조종할 수 있는 화면 장치가 장착되어 있다는 점이라고나 할까. 매우 작은 화면이지만 7개의 영화를 선택할 수도 있을 만큼 복잡했고, 그런대로 쓸 만한 장치여서 태평양 상공 10여 시간을 자주 잊기에 별로 모자람이 없었다. 또하나, 전에 경험하지 못한 것으로서는, 특별식 제도. 채식주의자라든가 자국 고유 음식을 고집하는 승객을 위한 이 제도(좌석 위에 스티커 붙이기로 표시)는 두 가지 맹점이 있어 보였다. 일반 승객보다 먼저 배식한다는 점이 그 하나. 다른 하나는, 이 점이 중요한데, 공복의 다른 승객들의 비위를 크게 상하게 한다는 사실. 카레라든가 기타 별난 향신료로 된 이 특별식이 옆 좌석의 승객에겐 견디기 어려웠다. 홍콩계, 인도계, 말레시아계 등등이 많았다. 어째서 벤쿠버행 승객이 이처럼 동양계 중심으로 되어 있을까. 이는 벤쿠버 이민사에다 물어볼 문제이겠지만, 홍콩 반환 문제와 맞물려 '홍쿠버'라는 말이 나돌았다는 풍문조차 들렸던 만큼, 이민사의 또다른 장이 펼쳐졌는지도 모를 일이긴 하다.

어째서 나는 벤쿠버행인가. 내겐 관광으로 무슨 매력을 가진 곳일 수도 없었고, 그렇다고 친지가 사는 곳도 아니었다. 더구나 이민자일 수도 없지 않는가. 그렇다면 사업관계인가. 그렇기는 하나 조금 별난 사업이다. 한국학관계 학술회의가 5월 10일에서 12일까지 이 도시에서 열리기 때문이다. 이른바 PACKS(The Pacific and Asia Conference on Korean Studies)가 그것. 1992년 하와이에서 첫번째 대회를 연 이래 격년제로 시작된 제2회는 도쿄(1994), 제3회는 시드니(1996)에서였다. 내가 PACKS에 참가한 것은 도쿄 대회 이후부터이다. 제4차 PACKS 대회가 바야흐로 벤쿠버에서 열리게 되어 있었고, 나는 지금 거기로 향해 달려가고 있지 않겠는가.

도쿄 대회 점묘

도쿄 대회의 조직자는 간노 히로오미(菅野裕臣) 교수(도쿄 외대 조선어문학과)였다. 아직 전통도 없고 틀도 만들어진 바 없기에 조직자 간노 교수가 서울을 방문, 이 대회의 조직 및 운영에 관해 이런저런 상의를 한 바 있었다. 명색이 한국학인지라 거기에는 응당 한국문학이 인문과학으로서는 역사학과 어학 다음으로 놓이게 마련이었다. 이 문학 분야에서 중간 조직자 몫을 한 학자에 사에쿠사 도시카쓰(三枝壽勝, 도쿄 외대) 교수가 있다. 70년대 경희대학교에서 석사과정을 마친 사에쿠사 교수의 한국 근대문학에 대한 남다른 시각과 열정을 옆에서 조금 지켜본 나로서는 씨가 PACKS 도쿄 대회의 문학 분야 조직을 어떤 '특정 분야에 집중화시킴' 으로 나왔다는 것은 놀랄 일이 아니었다. 씨는 그 구상을 내게 알려왔는데, '이광수론' 이 그것이었다.

이광수 문학이란 무엇인가. 사에쿠사 교수의 시선에서 보면 그것은 현해탄을 사이에 둔 한·일 양국에 걸린 하나의 시금석이 아니었을까. 이쪽에서 보아도 그러하지만, 저쪽에서 보아도 그러한 존재, 부정적이든 긍정적이든 하나의 시금석으로 놓인 존재이기에 한·일 양쪽에서 논의될 수 있는 최적의 존재라는 것. 적어도 공통된 논의점을 이룰 수 있는 대상이어야 한다는 사에쿠사 교수의 이러한 제안(제1부)에 내가 선뜻 동의한 것은 웬 까닭이었을까. 한·일 양국의 공통 토의 과제란 따지고 보면 한둘이 아니다. 김동인도 염상섭도 있고, 더욱이 KAPF와 NAPF에 이르면 그 밀도가 헤아리기 어려울 만큼 높지 않겠는가. 뿐만 아니라 저 악명 높은 대동아공영권을 둘러싼 교토 학파(京都學派)와의 관련 및 동양사론과 동양 고전(자국 고전에 대한 미학적 지향성)에 대한 열기를 문제삼는다면 훨씬 그 논의의 심도가 보장될 수 있는 일. 그럼에도 '이광수론' 에 주목한 것은, PACKS가 이제 겨우 걸음마를 뗀 사실로써 대체로 해명된다. 걸음마 단계의 한·일 양국의 공통 과제란, 범속한 이광수 문학 및 그 인간이어야 한다는 것. 그래야 논의의 공통점이 있다는 것. 각자의 개별적 주제의 발표는 별개로 설정(제2부)하여 거기서 소화하면 된다는 것이었다.

여기에는 사에쿠사 교수의 개인적 체험도 포함되었음이 지적될 수 있다. 이광수 탄생 100주년(1992) 기념 심포지엄이 서울에서 열렸을 때, 외국인 논문 발표자로 참가한 학자가 사에쿠사 교수였다. 씨는 이미 「『무정』에 있어서의 유형적 요소에 대하여」(『조선학보』 117집), 「이광수와 불교」(『조선학보』 137집) 등을 쓴 바 있기에 씨가 「시대 상황과 이광수」라는 제목의 발표를 한 것은 별로 놀랄 것이 못 되었다. 그만큼 씨의 학자적 엄밀성과 비판 정신의 특출함을 이미 증명해 보였기 때문이다. 이 발표엔 또다른 의의가 있었는데, 다름아닌 일본인의 시각이라는 점. "필자가 한국어를 배우기 시작했을 때부터 가장 궁금한 존재가 이광수였다"라고 시작되는 발표문에서 보듯, 사에쿠사 교수에 있어 이광수는 단순한 문인이기보다는 '대표적인 한국인'이었다. 씨를 중심으로 한 연구 모임에서 하타노 세쓰코(波田野節子) 씨의 「이광수의 민족주의 사상과 진화론」 같은 논문도 나온 바 있었다. PACKS 도쿄 대회 문학 분야는 '이광수론'을 주제로 함이 어떻겠느냐는 사에쿠사 교수의 제안은 이런 문맥에 놓이는 것이었다.

1994년 7월 26~28일 도쿄 지요다 구(千代田區) 간다(神田)에 있는 간다 외국어 학원에서 열린 이광수론 발표 대회는 서경석(대구대) 교수의 「이광수의 초기 소설」, 평론가 서영채씨의 「이광수의 사상에 대한 한 고찰」, 하타노 씨의 「『무정』에 있어서의 등장인물의 심리묘사에 대하여」, 그리고 나의 「동학에 관한 이광수의 기억에 대하여」 등이었다. 사회자는 사에쿠사 교수.

'이광수 전집에 대한 몇 개의 주석'이라 부제를 단 이 글에서 내가 밝히고자 한 것은 아주 사소한 문제에 지나지 않았다. 마침 동학 혁명 백 주년을 맞아 동학 재평가의 열기가 고조된 시점이기도 했다. 이광수와 동학의 관계란 각별한 것이었다. 『이광수와 그의 시대』를 집필하면서 내가 느낀 실감이기도 했기에 이번 기회에 『무정』 속에 나타난 동학에 관한 이광수의 태도를 살펴보고자 했다. 11세에 고아가 되어 동가식서가숙하던 이광수를 거두고, 사람 대접(人乃天)을 해주며 가르치기도 했던 은인이 동학의 접주 박찬명 대령이었다. 동학과의 인연으로 말미암아 그는 동

제2차 PACKS 대회(일본 도쿄), 왼쪽부터 서영채, 사에쿠사, 필자, 이선영, 하타노, 서경석, 정호웅

학이 주선한 일본 유학에 나아갈 수 있었을 뿐만 아니라, 자기 고백대로 개인의 이익보다 더 큰 것이 있다는 점(민족주의)을 배울 수가 있었다. 그런데 그의 대표작이자 이 나라 근대소설의 머리에 놓이는 『무정』(1917)에는 쉽사리 이해되기 어려운 동학에 대한 장면이 들어 있어, 이광수와 동학의 관계를 겉으로만 조금 아는 독자들을 당황하게 하기에 모자람이 없다. 곧 박 진사의 고명딸인 13세의 영채를 겁탈하려 달려든 자가 다름아닌 동학패였다는 점이 그것. 『무정』에서 직접 다음 두 가지를 인용해보기로 한다.

(A) "박 진사는 즉시 머리를 깎고 검은 옷을 입고 아들들도 그렇게 시켰다. 머리 깎고 검은 옷 입은 것이 그때치고는 대대적 대용단이다. 이는 사천여 년 내려오

던 굳은 습관을 다 깨뜨려버리고 온전히 새것을 취하여 나아간다는 표다."(『이광수 전집』제1권, 우신사판, 21쪽)

'머리를 깎고 검은 옷 입기'란 무엇인가. 이는 박 진사가 동학도임을 막바로 가리킴이다. 체일중의 동학 최고 지도자 손병희가 일본에서 지령한 진보회 회원의 표상(진보회 강령 제9항)이었기 때문이다. 박 진사가 단순히 자각한 유생이 아님을 이로써 알 수 있다. 고도의 정치적 감각을 지닌 손병희는 이용구로 하여금 동학이 전력을 다해 러·일전쟁시 일본군을 도우라는 지령을 내렸음은 물론이다. 진보회가 마침내 일진회와 합류, 동학의 파탄에 이르게 된 것, 이용구의 배신에 직면한 손병희가 동학을 포기, 천도교로 명칭을 바꾸지 않으면 안 되었다(1905. 12. 1)는 것 등은 역사적 사실이다. 『무정』에 나오는, 어린 영채를 겁탈하려 달려든 동학패거리란 이 혼란 속에서 일어난 사건이다.

（B）"그러나 갑진년에 동학의 세력이 창궐하여 무식한 농사꾼들도 머리를 깎고 탕건을 쓰면 호랑이같이 무섭던 원님도 감히 건드리지 못하였다. 이 악한(영채를 겁탈하고자 덤빈 자—인용자)도 그 세력이 부러워 곧 동학에 입도하고 여간 전래의 논밭을 다 팔아 동학에 바치고 그만 의식이 말유한 가난한 사람이 되고 말았다."(『이광수 전집』제1권, 30쪽)

일본군의 압력으로 정부의 동학 탄압이 중지되자 40년간 지하조직으로 지낸 '단발흑의(斷髮黑衣)'의 동학도가 햇빛을 받게 되어, 무려 20만(1904. 10. 15)에 육박했으며, 그들의 행패가 이렇게 보도되어 있을 정도였다.

"13도의 모든 군에서 동학당이라고도 하고 혹은 진보회라고도 하면서 도처에서 봉기하며 그 지방을 둘러싸고 모여 있으니 아 슬프도다. 이들은 어떠한 무리들이기에 우리나라가 문득 막혀서 백성들의 생명이 위태롭게 살해되는 것이냐."(황성신문, 1904. 10. 15)

이 자리에는 '조선문학의 모임'의 대표격인 오무라(大村益夫) 교수도 참석, 소감을 피력한 바 있었다.

문학 부문의 일반논문 발표(제2부)는 내가 사회자로 지명되어 진행되었는데, 조동일(서울대)의 「한국문학사, 동아시아문학사, 세계문학사의 상관관계」, 이선영(연세대)의 「1930년대 한국소설과 근대성 문제」, 조남현(서울대)의 「유진오와 이효석 비교」, 정호웅(영남대)의 「한국 역사소설의 인물 성격의 특성」, 최동호(고려대)의 「한산시와 한국 현대시」 등이었다.

이 자리에서 벌어진 사에쿠사 교수의 세계문학에 대한 견해와 질의가 퍽 인상적이었다.

시드니 대회 점묘

PACKS 제3차 대회는 1996년 7월 1일부터 4일까지 시드니 대학에서 열렸다. 규모면에서나 내용면에서나, 도쿄 대회에 못지않았고, 대회 운용면에서도 그러하였다. 대회 조직자는 이상억(서울대) 교수. 교환교수로 3년째 시드니 대학에 머물고 있는 이상억 교수의 개회사가 돋보였다.

"신사 숙녀 여러분! 이곳 호주에 오신 것을 환영합니다. 호주에는 다음 세 가지 보호 받아야 될 K자를 가진 사항이 있습니다. Kangaroos(캥거루), Koalas(코알라), Korean Studies(한국학)가 그것들입니다."

영국 본바닥 옥스퍼드나 캠브리지 대학의 캠퍼스를 모방하여 지은 시드니 대학 석조 건물 이층 본관 맥로린 홀(Mclaurin Hall)을 울리는 이 교수의 목소리에 힘이 실릴 수 있었던 것은, 생각건대 한국이 호주의 교역 상대국 중 제2위에 놓인다는 사실에서 말미암지 않았을까.

문득 이 장면에서 내 머리를 스치는 것은 1989년 11월 캔버라에서 만난 현지 한국 대사의 목소리였다. 한·호 포럼 제1차 회의(1989. 11. 20~22)에 참석차 캔버라에 머물고 있을 때였다. 일행을 맞은 대사 왈, 이곳 대사관의 주된 임무가 통상관계라는 것. 대사 자신이 상공부 출신이라는 것. 호주엔 통상부가 따로 없고 외무·통상부라는 것.

한·호 포럼에서 내가 발표한 논문은, 한국의 문화 정책 방향에 대한 것이었다. 내가 그런 대단한 의견을 가졌던 것이 아니라, 이 나라가 그 동안 주로 해온 문학관계의 해외 선양 방향에 지나지 않았다. 호주 수상의 방한과 노태우 대통령의 호주 방문에서 체결된 작은 기구로 한·호 포럼이 이루어진 바 있었다. 한·호 포럼의 첫 번째 회의가 시드니에서, 그 다음은 서울로 되어 있었다. 자원을 수출하는 호주와, 일본 다음의 자원 수입국인 한국이기에 문화 쪽의 교류도 추진하기로 한 것이 한·호 포럼의 설립 취지였다. 문학인 내 상대역으로는 C. 맥그리거(Mcgreger) 교수였다. 시드니 기술대학 디자인학과 과장이자 소설가이기도 한 씨의 발표문은 내 것과는 너무도 달라 당황하지 않을 수 없었다. "당신의 발표문은 너무 아카데믹하여 답답하다"는 것이 내게 던진 첫마디였다. 한편 그의 발표문은 어떠했던가. 색깔, 소리, 디자인, 그리고 포크 댄스 등 실로 얼룩덜룩한 무늬로 짜여진 것이었다. 이러한 현상은 어디서 말미암았을까. 일목요연한 해답이 주어진다. 우리에겐 긴 전통문화가 있음에 비해 호주엔 캥거루와 코알라만 있다는 것으로 이 사정이 요약된다. 이제 캥거루, 코알라와 동급에 한국학이 놓인 셈이라고나 할까.

내게 말해보라면, 시드니 대회는 문학 분야가 매우 빈약했다. 어학 부문이 지나치게 비대했음과 너무나 대조적이었는데, 그럴 만한 이유가 따로 있었다. 그 무렵 호주에서는 언어학 대회가 따로 열릴 예정이어서, 양쪽 대회 참석자를 고려한 주최측의 배려에서 말미암은 것이었다.

빈약한 문학 분야라 했으나, 그
것은 단지 양적인 문제. 질적으로
는 어느 대회에 못지않았다. A. 페
도토프(소피아 대학 출신, 정신문화
원 연구생)의 「한국 민화 속의 수목
신앙」, Chan E. 박(오하이오 대학)
교수의 「판소리의 서창조(敍唱調)
에 관하여」 등이 이색적이었다. 특
히 후자는 즉석에서 판소리를 연
출함으로써 그 음악성의 어떠함을
보여주었고, 그 실천적 통찰에 묘
한 매력을 풍기는 것이었다.

이성일(연세대) 교수의 「윤동주
시에 있어서의 죽음의식」은 독창
적 평론일 뿐 아니라, 영어로 씌어

제3차 PACKS 대회(호주 시드니)

진 윤동주론의 백미라 할 만했다. '어째서 윤동주 시에서 죽음의식이 지배적인 요
소로 작동하고 있는가'와 '윤동주 시의 중심점이 죽음의식에 있다'가 별개의 것이
긴 해도, 이 둘은 서로 빛을 던지지 않는다면 별 의미가 없는 법. 이 교수의 강점은
후자의 천착에 있었다.

조동일(서울대) 교수의 「이웃 지역과 비교해본 한국문학사 속의 서사무가」는, 조
교수가 개척하고 있는 큰 주제에 포함되는 것. 『한국문학통사』(전5권)를 끝낸 조 교
수의 관심이 동북아문학사에로 향한 것은 그 논리 발전상 자연스런 일이라 할 것이

다. 이런 논리로 나아간다면 세계문학사 모색에 닿을 것으로 예상되어, 조 교수의 착상의 패기를 엿보게 한다.

중국 쪽에서는 웨이 쉬셩(韋旭昇, 북경대 교수)의 「조수삼의 시에 대하여」였다. 조수삼(趙秀三, 1762~1849)은 서자 출신의 한시(「北行百絶」)를 주로 쓴 향토 시인. 북한문학사에서는, 이 조수삼의 시를 발굴의 형식으로 크게 내세운 바 있다. '서민의 서정시'라는 것이 그 이유였다. 웨이 쉬셩 교수는 이를 소재 수준에서 논의하는 인상을 주었다. 한편 임명덕(林明德, 대만 문화 대학) 교수의 「한·중 양국의 신화 속에 나타나는 황제 맞이 방식에 대하여」는 어떠했던가. 임 교수는 나와도 면식이 있었다. 서울대학교에서 임 교수가 공부를 했기 때문이다(그는 서울대학교에서 외국인으로는 고전문학 분야에서 처음으로 학위를 받은 학자이다).

내가 발표한 것은 「1930년대 한국 역사소설의 네 유형」이었다. (1)『임꺽정』형, (2)『무영탑』형, (3)『금삼의 피』형, (4)『젊은 그들』형 등을 정리한 것. 역사와 문학의 관련성에 대한 해명과 아울러 30년대의 시대성을 부각코자 한 데 그 목적이 있었다.

앞에서도 잠깐 엿보았지만 캥거루와 코알라만 있는 나라, 거기 한국학이 끼어 있는 형국으로 PACKS 제3차 대회를 기술할 수 있었다. 여기에다 힘을 보태어준 것은 현지 시인 윤필영(동아일보 호주지국 논설위원)씨의 조언이었다. 씨는 〈세계는 지금〉(KBS) 촬영팀을 안내하여 원주민 소개에 참가하는 한편 호주의 문학 안내도 겸하고 있었다. 씨의 안내로 호주가 얼마나 문화(문학)에 목말라하는가를 보여주는 현장을 답파할 수 있었음은 지금 생각해보아도 내겐 다행이었다. 그것은 다음 두 가지로 요약된다. 하나는 캥거루만 있는 이 땅에 처음으로 그림을 그린 화가, 방랑하는 시인들을 기리기 위해 곳곳에 세운 동상과 박물관의 그림들이 그것. 기껏해야 백 년도 못 되는 이주민 백인 화가 및 방랑 시인들의 글이나 행적이란, 당

왼쪽부터 조동일, 웨이 쉬성, 필자

시로 보면 영락없는 기인이자 거지들이지만, 이곳 문화의 뿌리란 그것밖에 없기에 오늘의 처지에서 보면 성스러운 존재가 아닐 수 없다는 것. 조개껍질형 음악당이 바라보이는 이쪽 공원에서 제일 눈에 잘 띄는 곳에 방랑시인 M.로손(Lawson, 1867~1922)의 동상이 거창하게 세워져 있음이 이를 잘 말해준다.

다른 하나는, 이 점이 내게는 썩 인상적이거니와, 노벨문학상 수상자 패트릭 화이트(P. White)에 관한 것. 1973년도 노벨문학상이 호주에 주어진 것은 이것이 처음이다. 70년대에 접어들어 노벨상이 변화되었음은 모두가 아는 일. 이른바 전위문학으로 그 취향이 기울어진 것이다. 화이트의 수상은 두 가지 점에서 특이했는데, 하나는 낯선 문학이라는 점. 다른 하나는 소외된 지역 호주 출신이라는 점. 이어서 마르케스, 옥타비오 파스 등이 수상을 했다.

호주에서 첫 수상자가 된 화이트의 대표작은 『태풍의 눈』으로 알려져 있다. 양친의 여행 도중 런던에서 태어난 그는 캠브리지 대학에서 수학, 제2차대전 때는 영국 공군에서도 활약했고, 귀국하여 시드니에 안주한 것은 1948년이다. 변경의식에 사로잡힌 호주문학의 전통에서 벗어나 개인의 문제를 다룸으로써 새로운 작가로 부상한 그의 면목이 드러난 것은 이른바 동성애에 관한 것. 그가 죽었을 때(1993) 호주 전 언론이 침묵을 지킨 것도 이와 관련이 있었다. 세계가 아는 바와 같이, 시드니는 세계 동성애자의 중심지. 시내 곳곳에 동성애 깃발이 꽂힌 주점이 즐비해 있는 곳. 이 동성애자의 최고 지도자의 하나가 바로 작가 화이트였다. KBS 〈세계는 지금〉 팀과 화이트의 집을 찾아간 것도 이와 관련이 있다. 세계 3대 미항으로 소문난 시드니 시내 동부에 위치한 호수 공원 언덕 위 고급 주택지에 그가 살았던 저택이 있었다. 현지인 설명에 따른다면 지금은 미망인(희랍인 동성애자)이 살고 있다는 것. 주인 허락 없이는 접근이 금지되어 있었다. 매년 이 도시에서 열리는 세계 동성애자들의 축제 기간엔 이 집이 성소 공간으로 변할 만한 것이었다. 대체 동성애란 무엇인가. 그것 자체에 대해서 나는 아는 바가 별로 없다. 다만 그것이 '인간이란 무엇인가'라는 물음에서 도출되었음을 짐작할 수 있을 따름이다. 문학이 이에 관여됨은 자연스런 일이 아닐까. 이른바 '타자' 개념의 소멸 장소가 그것. 헤겔주의에 대한 도전이라고나 할까. '타자'가 마모되어 '자기'와 거의 무한히 접근된 상태에 이르기야말로 '나'의 영원한 염원이 아니겠는가. 이런 시선에 선다면, 동성애 주제야말로 문학적 매력의 대상이 아닐까. 심도 있게 '자기'와 마주칠 수 있는 장소로서의 의미가 그것. KBS 팀과 더불어 호주의 일등 관광지 블루 마운틴 계곡에 있는 호주 작가촌까지 찾아간 것은 웬 까닭이었을까. 캥거루도 코알라도 보호되어 마땅한 땅이지만 화이트도 동성애도 보호받아야 될 그러한 땅으로 블루 마운틴이 있었고, 손님들에게 손수 만든 딸기잼을 선물로 주는 길가 찻집도 있었다. 그 옆으로 한국문학이 잠시 머물다 지나갔다.

UBC의 한국학연구소

　제4차 PACKS의 주관처는 브리티시 콜럼비아 대학(UBC)의 아시아연구소 소속 한국학연구소였다. 학부생 2만7천2백 명, 대학원생 6천백 명 규모의 거대한 캠퍼스로 되어 있는 UBC(두번째로 이곳에 온 김우창 교수는 많이 다녀보지는 못했으나 이처럼 크고 아름다운 캠퍼스는 처음 보았다 했다)는 그 남쪽 끝에 이른바 아시아 광장이 있고 거기 아시아연구소가 있었다. 도서관, 니토베(新渡戶稻造, 일본의 인류학자) 정원(일본식), 그리고 새로 만든 C. K. 채(蔡) 빌딩(1996)이 있었다. 중국계 채씨가 기증한 이 건물 입구에는 공자의 가르침을 새긴 제법 큰 돌비석 넷이 서 있어 인상적이었다.

仁：立身行道 愛己愛人 儒門至本 大孝尊親

義：毋偏毋頗 處事得宜 尊賢容衆 正直無私

智：見於未萌 能周萬物 辨別是非 有文有賢

信：五德齊備 信居中央 守之弗失 福澤攸長

禮：禮儀三百 威儀三千 規規矩矩 可以自立

　5천 파운드에 이르는 돌에 새긴 이 한자가 압도하는 힘이 아시아연구소를 에워싸고 있었다. 그 아래 깨알같이 번역해놓은 미미한 영어 문장이란 새삼 무엇이겠는가. 마쓰자키(松崎) 라이트 건축소의 설계로 만들어진 이 입구의 상징물은, 니토베 정원 및 도서관 입구의 두보(杜甫)의 시와 더불어 아시아의 중심부가 중국과 일본임을 새삼 증거하고 있는 형국이었다. 그 옆에 한국학 연구소가 어깨를 나란히 하고 서 있었다.

한국학연구소가 만들어진 것은 1993년 삼미그룹, 포항제철, 벤쿠버 한인회 등의 원조에 의해 가능했다. 물론 UBC에서의 환태평양 연구에서 한국학이 빠지지는 않았으나 한국학연구가 제법 본격적으로 그 자리를 굳힌 것은 한국학술진흥재단의 원조(1982)에 의해서이다. 본국에서 교수를 파견하기도 하고 재정적 지원도 했기에 한국학연구가 나름대로 체제를 갖추어 지금은 소장 장윤식 교수를 비롯, R. 킹, D. 베이커, 이성수, 허남린 등 15명의 교수 요원이 확보되어 있다. 이 연구소가 대학원 과정을 운용하고 있음도 교수 요원 규모로 능히 짐작할 수 있다. 대회를 치를 만한 곳이었다. 이번 대회의 조직 책임자는 장윤식(인류·사회학) 교수이며 사무국장은 로스 킹(한국학) 조교수. 내겐 모두 구면이었다. 시드니 대회에서 나는 장 교수를 보았고 AKSE 스톡홀름 대회(제18차, 1997)에서도 씨를 만났다. AKSE 대회에서는 그 아우격인 PACKS의 대표자(다음 대회 조직자)를 초청하게 되어 있었다(PACKS도 같은 방식으로 AKSE 대표를 초청하기 마련이었다. AKSE 회장 발라벤 교수 대신, 프로바인(Provine, 영국 드럼 대학) 교수가 이번 대회에 왔었다). AKSE 대회가 부활절 휴가 기간으로 고정되어 있음에 비해, PACKS는

UBC의 아시아연구소 입구의 돌비석

3회까지는 7월중에 열렸으나 이번 대회만은 5월 초순에 치러졌다. 장 교수 고충이 따로 있었는데, 그것은 벤쿠버가 관광지라는 사실에서 왔다. 성수기의 이곳은 항공편은 물론 숙박 시설 또한 난감하기 짝이 없다는 것. 그러나 정작 난감한 것은 우리 국내 사정에서 왔다. IMF 한파가 그것. PACKS 대회를 하느냐 마느냐의 고비에 직면했고, 겨우 하는 쪽으로 기울어진 것은 1월도 거의 지난 무렵이었다. 주최측의 고민이 어떠했는가도 이로써 짐작할 수 있었다.

문학 분야 (1) — 한국전쟁과 소설

이번 대회에는 어학 분야가 대폭 축소된 반면 문학 분야가 확대되었다.

문학 분야 (1)은 내가 사회자로 된 '한국문학과 한국전쟁'. 첫번째 논문이 서경석(대구대) 교수의 「『전선』과 『태백산맥』의 비교론」이었다. 6·25를 다룬 북한의 작품으로 이장후의 장편 『전선』, 남한의 그것으로 조정래의 『태백산맥』을 들고, 이 둘을 비교 검토함으로써 남북한문학의 동질성과 이질성을 이끌어내고자 한 것. 새로운 시도라 할 만했다.

정호웅(홍익대) 교수의 「한국전쟁에 대한 소설사적 접근」. 종래의 전쟁문학이 (1)이념적 이분법, (2)소박한 휴머니즘, (3)배경으로서의 6·25로 시종했음을 비판하고, 이를 넘어서기 위해 새로운 시선이 요망된다는 것이 이 논문의 요지였다. 정 교수의 주장에 따른다면 80년대 이후의 전쟁문학은 (1) 사회사적 시선이라는 것, (2) 일상사 속의 사건으로 취급되었다는 것, (3)6·25가 인간의 극한 상황으로 묘사되었다는 것, (4) 극단적 폭력 일반성으로 그려진다는 것. 요컨대 6·25란, 아직도 여전히 이 나라 문학자의 도전장으로 놓여 있다는 것이다.

서영채(한신대) 교수의 발표문은 「6·25와 임철우 광주 문제 — 임철우의 『봄날』에 대하여」였다. 제목이 말해주듯 광주 문제가 큰 사건으로 육박해온 80년대 이후의 이 나라 소설적 상황을 문제삼은 이 발표문에서 서 교수가 강조한 것은 장편 『봄날』(전5권)이 지닌 소설적 형상화에 있었다. 『봄날』(1997)이 최신작임을 염두에 둔다면 이 발표문의 참신성이 돋보일 수밖에 없지 않았을까.

내 발표문은 「남북한 현대문학사 기술 방향에 대한 한 시도」였다. 해방 이후 각각 다른 방향으로 뻗어나간 양쪽 문학사를 (1) 어떻게 이해할 것인가, (2) 이를 통합 기술할 수 있는 방도는 없는 것인가를 모색한 것이 이 발표문이 겨냥한 바였다. 이러한 겨냥이 가능하기 위해서는 무엇보다 북쪽 문학 50년사의 파악이 불가피한 법. 내가 파악하기로는 북한문학 50년사는 (A) 1945~1967년에 걸치는 20여 년과, (B) 그 이후의 오늘날까지로 양분된다. 전자의 문학사적 의의가 구카프계(한설야)의 주도로 진행되었다는 점에서 파악되어야 한다면 후자의 그것은 이른바 주

제4차 PACKS 대회(캐나다 벤쿠버), 왼쪽부터 정호웅, 필자, 서경석, 서영채

체문학론으로 파악될 성질의 것. 그러나 이 두 사상사적 흐름은 그 자체 내에서 하나의 합일점이랄까 교차점을 내포하고 있었는데, 김정일이 쓴 『주체문학론』 (1992)이 바로 그것. 김일성 사망 두 해 전에 나온 이 책이 지닌 의의는 매우 선명하여 인상적이었다. 시선에 따라서는 주체문학론 등장으로 숙청되거나 밑으로 깔린 카프문학의 전통을 이 책에서는 다시 살려야 한다는 논조로 보이기까지 했다. 주체문학론의 한계를 김정일 자신이 분명히 한 것으로 이 장면을 해석할 수 있다. 숙청된 한설야계의 복권을 의미하는 이러한 논지에서 주목되는 것은, 문학사의 연속성에 대한 나름대로의 재조정으로 볼 수 있다는 점.

이에 발맞춤이라도 한 듯, 최고 기관인 사회과학원 문학연구소에서는 현대문학사를 시기별로 재집필하고 있었다. 내게 제일 궁금한 것은 이 재집필해가는 시리즈 중 카프문학 부분이 아닐 수 없었다. 집필자는 류만(사회과학원 문학연구실장)씨였다. 나는 씨가 부박사 시절(지금은 박사) 바르샤바(1990년 AKSE 대회)에서 만난 적이 있다. 그러나 어쩐 일인지 제9권째로 계획된 이 책이 제11권(1994. 3)이 나온 시점에서도 간행되지 않고 있었다. 오정애 집필의 『조선문학사(10)』(1994. 2), 정명옥, 이근실, 김선려 집필의 제11권이 나왔음에도 아직 제9권이 안 나온 이유는 무엇인가. 평소 카프에 큰 관심을 갖고 있던 나로서는 조금 초조해지지 않을 수 없었다. 모종의 어려움 때문이었을까. 류만씨가 쓴 제9권(1995. 6)이 드디어 간행되었을 때 내가 다소 흥분했음도 사실이다. 앞에서 쓴 김정일의 『주체문학론』의 논지를 충실히 이행했음이 한눈에 들어오지 않겠는가.

"프롤레타리아문학은 민족문학의 고유한 특성을 살리어 우리 인민의 민족적 감정과 지향에 맞는 우수한 형식을 창조하였으며, 우리나라의 선행한 사실주의문학의 제한성에서 벗어나 생활을 역사적 구체성 속에서 진실하게 그림으로써 사상예술적으로 높은 수준에 이르렀다." (과학백과사전 종합출판사, 28쪽)

주체문학론이 쇠약해질수록 카프문학이 부상해 올라온 것임은 이로써 짐작할 수 있다. 주체문학론→카프문학론→예국계몽주의→실학사상(비판적 사실주의) 등의 문학사적 맥락이 이 시점에서 성립되고 있지 않았을까. 물론 카프문학의 제약점도 짚어내지 않을 수 없다고 류만씨는 주장한다. '위대한 당의 영도를 받지 못했다'는 것이 그것.

만일 당이 무너진다면, 또는 당의 지도력이 쇠약해진다면 어떻게 될까. 내가 제기하고자 한 문제점은 바로 이 부근에 있었다. 통일 문제가 바로 그것. 통일의 장면에서 단일문학사의 구상은 어떠할까. 두 개의 계기를 문제삼을 것이다.

하나는 해방공간에서 요란하게 울렸던 '민족, 계급 모순' 논쟁에 관한 것. 임화(남로당)도 안함광(북로당)도 이 과제에 골몰, 겨우 찾아낸 길이 '민족해방 없이는 계급해방 없다'는 명제였다. 그러나 오늘의 시점에서 보면 어떠할까. 노동계급독재(국가사회주의)가 무너진 마당에 이 명제가 지닌 의의란 무엇이겠는가.

다른 하나는 카프문학에 관한 것. 남북한문학이 카프문학에로 후퇴하여 그 시점에서 위로는 개화기, 아래로는 해방공간으로 나아가기에 관한 것.

통일문학사의 구상은 어떻게 가능한가. 이 화두에 매달린다면 위의 두 가지 명제에서 쉽사리 벗어날 수 없을 것이다. 조금 구체적으로 말하면, 남북 학자의 공통된 시발점을 카프문학에다 둘 경우 논의의 유연성이 획득되지 않겠는가. 내가 이 발표문에서 암시하고 싶은 것이 이 점에 있었다(1997년도 안동대학교의 통일 문제 심포지엄에서도 나는 이런 논지를 편 바 있었다).

문학 분야 (2)(3) ― 한국 근대소설의 문제점들

문학 분야 (2)는 김우창(고려대) 교수의 사회로 진행된 '식민지 기간 한국 근대소설의 근대성 문제'였다.

첫번째 발표는 이승희(워싱턴대) 교수의 「김남천의 전향 문학」. 이 나라 근대문학의 터전을 놓은 이광수의 손녀인 이 교수(하버드대 출신)는 일찍이 서울대에서 한 학기 동안 내 강의를 청강한 바도 있거니와, 이번 발표는 다소 대담한 것으로 내겐 느껴졌다. 대체로 한국 근대문학 전공의 외국인들의 접근 방법은 한국적(토속주의)인 소재에 기울거나 여성적 문제성에 편향되는 경향임에 비해 이씨의 이 논문은 과감히 한국 근대문학의 핵심에 정면으로 도전해온 것이었다. 말을 바꾸면 이승희 교수는 본국 대학원 국문과의 자리에 서 있는 형국이라 할까.

임화, 한설야, 이기영과 더불어 김남천은 단연 문제적 작가가 아닐 수 없다. 안막, 한식과 더불어 카프의 소장파(동경지부 출신) 출신인 김남천이 카프문학에 두각을 드러낸 것은 '물 논쟁'(1933)부터이다. 재건공산당 사건(1931)에 연루된 카프 문인 17명 중 김남천만이 기소되어(평양 고무공장 파업사건 관련) 1년 반의 옥고를 치렀고, 이 옥중 체험을 작품화한 것이 단편 「물!」(1933)이었다. 이념보다 생리적인 것이 앞선다는 이 작품에 카프 서기장 임화의 비판이 가해졌고, 이에 대한 김남천의 반론이 나왔으나, 운동권의 논리에 따른다면 김남천의 패배가 아니면 안 되었다. 그러나 이 물 논쟁이 일으킨 의의는 뚜렷한데, '이론과 실천'의 해석에 관한 한 가지 시금석 몫을 던졌음에서이다. 또하나 김남천이 던진 문제점은 루카치의 소설론을 처음으로 어느 수준에서 소화했다는 사실에서 찾을 것이다. 평론 「소설의 운명」(1940)은 장편 『대하』(1939)와 더불어 문제적이었다.

이러한 것들이 카프의 내부와 관련된 문제라면, 김남천이 제기한 전향론은 실로 전 문단적인 문제에 속한 것이었다. 카프문학의 전향이란, 카프문학 내부의 과제에서 벗어나 이 나라 문학사 전체에 걸리는 것이었다. 이론과 창작(실천)에 민감히 반응하던 김남천의 행보가 주목되었음은 이런 문맥에서이다. 그의 단편 「등불」(1941), 일본어로 쓴 소설 「어떤 아침」(1943) 등에서 그는 카프문학에서 벗어나 친일문학으로 전향하지 않을 수 없는 최소한의 타협점을 모색한 문인이었다. 이승희 교수가 김남천의 전향을 문제삼은 것은 이러한 국내 연구진의 것과는 달리, '전향문학' 이란 범주 설정에서 출발한 것이었다. 전향문학이란 무엇인가. 이 교수의 전제에는 일본문학에서 말하는 '전향문학' 개념이 전제되어 있었다. 서슴없이 이 교수는 '덴코(轉向)' 라는 일본식 표기로 나왔다. 일본의 전향문학과 비교할 때 김남천의 그것은 어떠한가. 이 논의에서 이 교수의 논점 제시의 비중이 일본의 전향 사상 배경에 기울어졌음에 주목할 것이다. 물론 이 교수의 결론은 온당한 것이었다. 김남천의 전향문학은 일제의 이념이기보다는 한국 민족주의의 표현(Kim Namchŏn wrote tenko literature that expressed korean nationalism rather than japanese imperial ideology)이라는 것. 이 교수의 이러한 연구 주제를 두고 착상의 당당함이라 부를 수도 있다는 느낌을 내가 물리치기 어려웠던 것은 웬 까닭일까.

두번째 발표는 '누구를 위한 한국문학사인가' 라는 당돌한 제목, 발표자는 서 캐롤라인(칼레몬트 멕켄나 대학, 미국) 씨. 한국명 서경린. 한국 근대문학(1910~1945)을 통틀어 그 문학의 주체가 남성 일변도라는 것. 이를 여성 쪽에서 재조정할 수는 없는가. 이러한 문제 제기엔 참신성이 깃들여 있음에 틀림없다. 그렇지만 그 방법론은 무엇인가. 이 점에 있어서는 발표자도 분명한 모델을 제시하지는 못하였다. 금후 연구 과제로 보였다.

세번째의 것은 김영희(하와이대) 교수의 「일제 강점기의 '신여성' 에 관하여」. 김 교수와의 첫 대면은 지난해 스톡홀름(AKSE 18차 대회)에서였다. '이광수의 여성관'에 관한 것으로 발표를 했기에 내겐 친근한 것이었는데, 이번 발표 역시 여성주의에 관한 것이어서 씨의 관심의 방향을 짐작케 했다. 이번 발표에는 두 가지가 주목되었다. 하나는 많은 사진 자료의 활용. 신여성에 관한 자료의 광범한 수집과 이에 대한 해석이 여성 풍속사의 일환으로 전개되었다는 점. 다른 하나는, 이 점이 중요하거니와, 신여성의 실체 파악의 중심부가 예술가에 한정되었다는 점. 김명순, 나혜석, 김원주(일엽) 등으로 신여성을 대표시켰다는 것은 무엇을 뜻하는 것일까. '신여성'이란 물론 당시 저널리즘에서 사용된 용어로 이른바 '모보'(모던 보이)에 대한 '모거'(모던 걸)를 가리킴이다. 새로운 서양식 근대 교육을 외국(일본)이나 국내에서 받고, 그것에 상응하는 위상과 몸짓 및 언어를 사용하며, 그들의 이념의 하나인 '자유 연애'를 실천하는 신여성의 대표적 존재가 예술가였다 함은 무엇을 의미하는 것일까. 평소 내가 궁금한 것은 이 점에 있었다. 이구열 씨의 역저 『에미는 선각자였느니라』(동화출판공사, 1974)를 대했을 때도 이 물음이 내 주변을 맴돌았다.

김 교수의 발표문의 중심부도 선각자로 자처한 에미였던 나혜석에 있었다. 시 「노라」를 쓰고 『폐허』파의 동인으로 활약했고, 이 나라 최초의 여류 화가였으며, 도쿄 유학생 출신이라는 사실만으로도 저널리즘의 조명 아래 놓일 수 있었는데, 게다가 교토 제대 출신이자 동아일보 창간 멤버이며, 일본국 외교관(만주 영사)인 김우영(『청구회고록』, 신생공론사, 1953)과 결혼한 것은 과연 사건일 수조차 있었다(염상섭은 이를 소재로 소설 「신혼기」를 썼고, 그녀가 죽었을 때 또한 단편 「추도」를 쓴 바 있어 그녀와의 친분관계의 각별함을 드러내었다). 그러나 나혜석이 3·1운동 총지휘자격이자 천도교의 최고 지도자의 한 사람인 최린과 유럽 체류중에 벌인 스캔들은 조선 사회를 흔들기에 모자람이 없는 사건의 하나였다. 어째서 이런 사건이 일어날 수 있었느냐를 밝히는 일은 경험과학이 능히 감당할 몫이 못 될지 모른다. 그렇지만 사건의 결말 및 그것이 미친 영향에 관한 정리(해석)는 어느 수준에서 가능하다. 김원주

는 청춘을 불사르고 난 다음 중이 되었고, 김명순도 불우한 삶을 마쳤고(전영택,
「김탄실과 그의 아픔」 참조), 나혜석도 그러하였다. 김우영으로부터 이혼당한 나혜석
은 가족과 단절, 문자 그대로 고립무원 속에서 생을 마감했던 것이다. 가부장적 사
회제도 탓이었을까. 식민지적 조건 탓이었을까. 예술가였던 탓이었을까. 인간 자체
의 결함 때문이었을까. 신여성이라는 존재가 그들 시대에서 안 맞을 뿐 아니라, 시
대를 상징하는 사건이기도 하다는 김 교수의 결론을 들으면서 내 머리를 오고간 생
각은 이런 것에 있었다.

끝으로 김우창 교수의 「일제 강점기에 있어 소설에 나타난 모럴, 윤리성 및 정치
성」. 일제 강점기의 한국문학의 출발점이 욕망 정서 및 감각의 해방에 있다고 볼
때, 그 중심점은 정치적 해방이 아닐 수 없다는 것이 김 교수의 논의의 출발점이었
다. 일제의 강압과 이에 응전하는 작가의 자세가 저항민족주의로 귀결되는 것은 당
연한 것. 작가가 택한 주제가 이 민족적 요청(정치성)과 예술적 자유 사이의 갈등으
로 이루어지는 것도 당연한 일이 아닐 수 없다. 김 교수가 여기서 날카롭게 문제 제
기에 나선 것은 이 갈등의 정밀화이다. '정치적 자유 대 예술적 자유' '정치성과 모
럴' '윤리성과 모럴' 등이 그것. 이 세 쌍의 갈등 중 전자의 둘에 대해서는 논자들에
의해 제법 논의되었으나 끝의 갈등 곧 '윤리성과 모럴'의 갈등에 대한 논의가 아직
도 거의 이루어지지 않았다는 것. '윤리성과 모럴'의 갈등이 변증법적으로 전개되
지 못했음이 한국 근대소설의 가장 큰 취약점이라는 것. 염상섭의 『삼대』를 예로 들
수 있다는 것.

김 교수의 발표문에서 특히 크게 들린 울림은, 그러니까 논의의 표준은 헤겔에
놓여 있었다. 변증법이 문제되는 한 당연한 귀결이겠으나, 공동체, 집단의 윤리성
(ethics)과 모럴(morality)의 변증법이 어째서 이 나라 소설에서는 그렇게 둔감했던
가의 문제는 일제 강점기에 그치지 않는다. 내게 인상적인 것은 헤겔의 고차적 이론

보다도 김 교수가 지나가는 말로 지적한 다음 대목. 『상록수』(심훈, 1935) 주인공의 지도자적 자세와 「객지」(황석영, 1973)의 그것이 너무도 흡사하다는 것. 그만큼 이 계몽주의적 과제의 둔감성이 한국소설 속에 병집으로 놓여 있다는 것.

문학 분야 (3)의 표제는 '한국문학의 연속성과 변화성'. 강금숙(UBC) 박사의 사회로 진행된 이 발표회의 첫번째 발표는 김경수(서강대) 교수의 「현대 한국 역사 소설」. 여기서 역사소설이라 함에는 설명이 없을 수 없다. 박경리의 『토지』, 박완서의 『미망』에 관한 논의이기 때문이다. 뿐만 아니라 이 두 작품은 구한말에서 일제 강점기에 걸쳐 전통적인 가문의 부침을 다루되, 여성 주인공을 중심으로 되어 있기 때문이다. 김 교수가 여성 역사소설(female historical novel)이란 표현을 사용한 것도 이와 무관하지 않다. 여기에 최명희의 『혼불』까지 연결시킨다면 어떠할까.

두번째 발표는 김현실(한신대) 교수의 「현모양처형 모티프의 현대적 변형론」.

세번째 발표는 현 테레사(요크 대학, 캐나다) 교수의 「19세기에서 20세기에 있어 여성적 글쓰기와 번역」. 이 발표문의 참제목이 '여성적 이념을 해체하기'로 되어 있는 만큼 매우 야심차고 또한 시선의 참신성이 돋보였다. 1910년대의 한국 독서계에 번역된 『애국부인전』『라란부인전』, 그리고 이광수 소설에도 크게 언급된 엘렌 케이(여성 교육자) 등이 미친 영향 분석은 단순한 여성주의 연구에서 끝나는 과제가 아닐 것이다.

마지막 발표는 R.포우저(구마모토 학원 대학, 일본) 교수의 「한·일 문학 언어의 대화성」. 제목에서 보듯 바흐친의 대화성론을 주축으로 하고, 일본 평론가 가라타니 고진(柄谷行人)의 이론을 원용한 야심적인 논문이었다. 뿐만 아니라 씨는 북한 학자 김영환의 18세기 속어론도 언급하고 있었다. 또 씨는 나와 조동일 교수의 한국 근대문학관에 대해서도 언급하고 있었다. 북쪽도 남쪽도 근대문학이 넓은 뜻에서 서구적인 것의 변종으로 파악함에 대한 나름대로의 비판의식을 안고 출발한 이 발표문에서 씨의 논점은 무엇이었던가. '18세기의 가능성'이라고 씨는 주장한다. 18세기에 이르러 한국문학사가 중대한 고비를 맞게 되었다는 것. 그것은 이른바 언어 혁명에 다름아니라는 것. 새로운 언어의 출현으로 묘사되는 18세기의 상황이란, 한문학, 구비문학 및 다양한 구어들이 이른바 '문학적 언어의 대화체'를 이룩했다는 것. 씨의 주장에 따른다면 이러한 바흐친적인 문학 언어 대화의 광장은 18세기 일본 문학에도 그대로 나타났다는 것. 이러한 18세기 황금기간론에서 씨의 야심은 좀더 비약하고 있었음도 인상적이었다. 70년대에서 80년대에 걸친 한국의 이른바 '민족문학론'이란, 그러니까 18세기 언어에로의 연결이지 미국제국의 세계화에 대한 반론은 아니라는 것. 뿐만 아니라 이 18세기 문학 언어의 대화성이 일본식 서구주의자들의 노출을 잠복케 했다는 것. 설사 고증이 결여되어 있어 설득력이 모자란다 할지라도 이러한 대담한 가설이 지닌 패기는 기릴 만하지 않을까.

PACKS의 몫과 나의 몫

PACKS 제4차 대회에서 발표된 논문은 역사, 사회, 문학, 언어, 종교, 정치 등 모두 91편. 그야말로 다양하고도 대단한 발표회라 할 만했다. 우메다(梅田博之, 도쿄 외대 명예교수) 교수를 비롯 일본 학자들의 참석도 조금 이색적이라 할 만했다. AKSE의 대표격으로 온 프로바인 교수가 환영회 석상에서 한 말도 재미있었다. AKSE란 PACKS의 '형님격'이라는 대목이 그것.

이번 발표 대회에서 느낀 전체적 인상 몇 가지를 적음으로써 이 엉성한 보고서를 나는 접고 싶다.

첫째, 주최측이 지닌 자연스러움. 대회마다 그 나름의 품격이 있는 것이라면 이번 대회의 그것은 자연스러움 혹은 티를 내지 않음이라 할 것이다. 자기들의 수고스러움이나 공적 따위를 내세우는 권위주의적 태도를 수없이 보아온 나로서는 이 점이 유독 눈에 띄어 즐거웠다. 조직 책임자인 장 교수가 평소의 방식대로 가방을 맨 채, 학생 식당에서 일행과 꼭 같이 젓가락으로 혹은 손으로 빵과 반찬을 퍼담는 모습에서도 이 점이 감지되었다. 둘째는, 해외 한국학 연구자의 성적 분포도의 일방적 비대 현상이 표나게 드러난 점. 문학 분야에서 보았듯 현지 연구자 대부분이 여성이었다. 페미니즘의 시선에서 한국문학을 바라보고 있음은 따라서 필연적이 아닐 수 없다. 모르긴 해도 이러한 경향은 상당 기간 지속될 것이며 그 나름의 성과를 기대해도 좋으리라는 생각이 들었다. 연구자의 의욕에 비례하여 성과가 이룩되기에 특히 그러하다. 셋째, 이 점이 중요하거니와, 한국문학 연구의 경우 그 연구 대상이 여전히 일제 강점기에 집중되어 있다는 점. 연구자의 신분이 대학과 관련되어 있음과 이 사실은 분리되지 않는다. 어느 정도 역사적 대상으로 되어 있지 않은 해방 이후의 문학에 대한 연구에는, 어떤 평가의 준거가 아직도 형성되어 있지 않은 만큼, 연구해봤자 객관적 평가를 얻기 어렵다고 그들이 판단했기 때문이다. 이러한 점은 상당한 기간 지속될 것으로 예상된다. 이른바 아카데미시즘이 지닌 속성이라 할 것이다. 그것은 평론과 구별되는 아르바이트의 일종이 아닐 수 없다.

이상의 모든 것은 오로지 '한국 근대문학'에 관련되고 해당되고 속한 것이 아니겠는가. 그렇다면 나 아무개 개인의 몫은 아예 없는 것일까. 그런 것이 있어서는 안 되는 것일까. 어떤 이유에서인지는 알기 어려우나, 소설가 박상륭씨가 장기간 머물면서 '갓 잠 깬 단풍나무 숲의 공주'(『길』, 1997. 7·8)라 부른 이곳 벤쿠버의 공주스런 모습을 내가 조금 엿본다 해서 그게 큰 잘못일까. 사면이 바다로 둘러싸인 숲의 도시, 많은 동성애꾼들이 활개를 친다는 이른바 '문화적 자연'이 숨쉬는 잉글리시 베이도, 나체주의자의 성소인 렉 비치도 나는 엿보고 싶었다. 겨우 백 년의 역사

부차트 가든에서, 왼쪽부터 황창윤, 서경석, 정호웅, 필자

밖에 못 가진 이 도시가 지닌 헤이스팅 가의 창녀와 환쟁이의 모습도, 씨암탉만큼이나 큰 갈매기떼도 나비처럼 모여들어 리치몬드(Rich만으로도 부족해서 Diamond까지 겸한 명칭) 마을을 이룬 홍콩인의 표정도 나는 보고 싶었다. 그리하여 사슴 갈비와 염소젖 치즈 프리터도 붉은 포도주와 함께 먹고 싶기도 했다. 스탠리 공원의 거대한 토템 폴(Totem Pole)도, UBC 박물관에 가득 찬 토템 폴도, 인디언들의 생활상에 대한 상세한 유물들도 빠짐없이 구경해보고 싶었다.

어찌 여기에 멈추겠는가. 관광명소로 알려진 빅토리아 섬 크루즈(1시간 반짜리)도 해보고 싶었다. '자연의 빛과 색이 모두 모인 꽃의 나라'(『길』, 1995. 3·4)라고 유재천 교수가 감탄한 빅토리아 섬 중간에 있는 명소인 부차트 가든(The Butchart

Gardens)도 보고 싶었다. 거기 일본식 정원 앞에서 독사진도 한 장쯤 찍고 싶었다. 뿐만 아니라 백 년이 넘었다는 이 정원의 명물인 4분마다 형상을 바꾼다는 '로스 분수' 앞 의자에 앉아 아이스크림을 혀로 핥아먹고도 싶었다. 그래도 시간이 남는다면 내친 김에 브리티시 컬럼비아의 수도인 빅토리아로 가서 그곳 시 청사도, 수족관도, 그리고 밀납 인형관도 보고 싶었고, 항구에 망아지처럼 밧줄에 매여 있는 수상 비행 기도 타보고 싶었다. 부둣가 잔디밭에 앉아 구두도 벗고 맨발로 잔디도 밟아보고 싶 었다. 또한 올 때의 항구 스와츠 베이 쪽과는 달리 나나이모 쪽의 베이에서 벤쿠버 시내로 돌아가고 싶었다.

이만하면 나도 이제 혹시 박상륭 소설가를 만나더라도 씨의 『죽음의 한 연구』(1975)를 비켜가면서 공주 애기를 할 수도 있을 것 같다. 또 잘만 하면 우리 마을에 살고 있는 유재천 교수를 지하철 역에서 만나 더라도 옹색한 대화에서 조금 벗어 날 수 있지 않겠는가. 뿐만 아니라 이제 나는 종교학자 정진홍(서울 대) 교수와 만나도 겁이 나지 않을 것 같다. 무수한 토템 폴 앞에 나도 제법 오래 서 있어보았으니까.

UBC 박물관의 토템폴. 정진홍(왼쪽)교수와 필자

작품의 근원을 찾아서

이광수와 더불어 바이칼 호에 가다

이르쿠츠크에서의 『유정』 읽기

어째서 울란우데인가

1997년 7월 25일(금) 울란우데 중앙역에서 이르쿠츠크(Irkutsk)행 밤차를 탔다. 오후 9시 45분. 하늘엔 노을과 더불어 날갯짓 연습하는 제비떼의 군무가 어지럽게 벌어져 있었다.

어째서 울란우데인가. 여기에는 설명이 없을 수 없다. 울란우데는 러시아령. 울란바토르에서 MIAT 전세기로 한 시간 거리의 북쪽에 있었다. 인구 10여 만의, 강을 낀 아름다운 도시. 상공에서 내려다본 이 도시에는 거대한 공항이 있었으나, 우리의 전세기가 내린 곳은 초라한 국제공항이었다. 그렇다면 상공에서 본 그것은 무엇이었을까.

원래 이곳은 항공 산업으로 번창한 도시. 그 잔해였다. 지금은 모두 정지된 폐허였던 것. 이 도시에도 시청 광장이 있고 거기엔 어김없이 레닌 동상이 있게 마련.

울란우데 광장 앞의 레닌 두상

어이없게도 이 광장의 그것은 레닌 선생의 두상이 아니겠는가. 두상이되 엄청나게 큰 두상이었다. 구소련 전역에서 제일 큰 두상이라 소문난 것. 두상일수록, 또 클수록 그것은 그로테스크한 느낌을 주는 법. 이젠 그 경지도 넘어서 유머러스한 것이었다.

이 지역의 주민 삼십 퍼센트가 몽골 족이라 했다. 이름하여 부랴트(Buryat) 족. 바이칼 호 유역과 아무르 유역에 걸쳐 살고 있는 이 종족은 약 25만 명. 동시베리아의 이르쿠츠크 주와 바이칼 주에 각각 소속되어 있는 이 종족의 내력이 어떻다든가, 그들이 샤머니즘을 믿고 있다든가(샤머니즘은 아프리카 토종들도 인디언들도 믿는 것. 애니미즘의 일종이니까), 그것이 혹시 우리의 샤머니즘의 원조일지 모른다든가에 관해 아무런 흥미도 느끼지 못하는 사람이라면 이곳까지 와야 할 이유는 없다.

그럼에도 여기까지 전세기까지 내어 온 까닭은 무엇인가.

울림 때문. '울림'이란 울림이 '우데' 위에 붙어 있기 때문이었다.

그것은 몽골 수도 '울란바토르'로 나를 이끌었던 바로 그 울림이었다. 울란(Ulan) 바토르(Bator)로 구성된 이것은 '붉은' '영웅'이라는 의미와는 아무 관련 없는 것. 울림만이 내겐 문제적이었다. 몽골 수도가 있었을 따름. '울란우데'의 경우도 사정은 마찬가지. 우데가 설령 문(gate)을 가리킴이라 할지라도 역시 마찬가지. 고통받는 민중을 구출할 미륵불의 화신이 '붉은 영웅'이라는 믿음은 공산주의자들이 창출한 이미지와는 무관한 것. 몽골 족의 오랜 민간 신앙에 바탕을 둔 것. 그러니까 전설에서 온 것이었다. '우데'의 경우도 사정은 마찬가지. '붉은 문'이란 그러니까, 붉은 영웅이 드나드는 문이 아닐 수 없는 것. 붉은 영웅이 거처하는 성채의 대문이 아닐 수 없는 것. 그야 어쨌든 문제는 울림에 있었다. 울란우데, 울란바토르, 시베리아 상공을 가로지르는 유럽 여로에서 나는 이 울림에 마주칠 적마다 뭔가 아득하였고, 신비로웠고, 요컨대 형언할 수 없는 영혼의 떨림에 마주치곤 했다.

이러한 울림에의 그리움이란, 잘 따져보면 여로에서 빠지기 쉬운 일종의 센티멘털리즘이 아니었을까. 그도 그럴 것이 막상 이곳에 와보니, 문득 허망하였다. 거대한 레닌 선생의 두상이 맞이할 뿐이었다. 지나가는 승용차를 세워보았다. 기사도 나도 벙어리이기는 마찬가지.

"아카데미!"

이것이 내 입에서 나온 첫마디였다. 내가 아는 러시아어는 이것뿐. 이 말만은 통하리라 믿었던 것. 기사의 눈빛이 순간 빛났다. 낡은 소련제 라다였으나 맹렬한 속도로 달리는 것이었다. 과연 이곳 아카데미(사회과학원)의 낡았으나 큰 건물에 닿은 것이었다. 기다리라 손짓하자 고개를 끄덕이는 것이었다.

샤머니즘에 대한 세미나가 열리고 있었다. H교수가 즉석에서 유창한 영어로 한국 샤머니즘과 부랴트 샤머니즘과의 관계에 대해 열변을 토하고 있었고 몽골의 학자 남질 교수의 발표문 「몽골과 한국의 전통 가정교육의 공통점과 차이점」이 이어졌다.

밖으로 나오니 택시 아닌 승용차는 그대로 서 있었다.

"바자르(시장)!"

아는 러시아어는 또 이것뿐이었다. 넓은 공터에 세워진 시장 바닥엔 이런저런 물건이 널려 있었다. 제일 많은 것이 식품들, 과일 종류들, 그리고 여름옷들이었다. 대낮인데도 보드카에 취해 고래고래 외치는 덩치 큰 사내도, 쓰러져 있는 사람도 눈에 들어왔다.

이제 이곳을 떠날 시간이 된 것이다.

밤열차 속의 『흙』

이르쿠츠크행 야간열차. 밤새도록 달려 새벽 6시에 닿게 되어 있었다.

야간열차를 타본 것이 얼마 만일까. 맨 처음 사회주의 국가의 야간열차를 타본 것은 장춘(長春)에서 연길(延吉)까지. 아직 국교가 열리기 전인 1993년 8월이었다. 연길시에 세워진 '민족문학원' 낙성식 참석이 이 여로의 목적이었다. 기업체 및 정부 보조 50만 달러(약 4억 4천만원)로 세워진 대지 757평, 연건평 606평의 5층 건물 '민족문학원'에 들른 것은 이곳 조선족 문학자들을 격려하기 위함이었음을 새삼 말할 것도 없었다. 장백산 천지행은 그 다음의 과제였다. 북경에서 비행기로 장춘까지밖에 가지 못한 것은 연길 비행장이 수리중이었던 탓. 일행이 70여 명이었으니 장대한 규모라고나 할까. 침대차 한 칸 전부를 차지할 수밖에.

몽골 초원의 겔

장춘역에는 밤비가 내리고 있었다. '도문강 2호'란 명찰을 단 이 열차는 밤 열시에 덜커덕하는 소리와 함께 출발했고, 한두 시간쯤 뒤에 나는 작가 이문구씨와 마주 앉아 고량주를 겁도 없이 마시고 있었다. 고명한 『관촌수필』(1977)의 그 작가.

"제가 작가가 됐으면 하기 이전부터 막연하나마 '문학가'가 되는 것이 꿈이었지요."

'도문강 2호'의 덜커덕거리는 바퀴 저편으로 들려오는 이씨의 목소리는 일종의 속삭임. 속삭임이기에 쇠바퀴 소리조차 저만치 물리쳤던 것. 어느새 우리는 아득한 유년기에 헤매고 있었다.

"무슨 문학적 포부가 있어서가 아니었지요. 시를 쓰건 시조를 쓰건 무엇을 쓰건 그저 '문학가'란 이름만 나면 된다는 생각이었지요. 제가 그런 꿈을 꾸게 된 데는 어린 생각에도 말 못 할 이유가 한 가지 있었지요. 중학교 이학년 여름, 한번은 여러 문인들 글을 한 권에 모은 책에서 참으로 고전적인 수필 한 편을 읽게 되었지요. 그 내용인즉 경북지방의 한 시인이 난리 속에 부역을 했다가 검거되어 내일을 모르는 신세가 되었더니 대구 일원의 문인들이 일어나서 대통령에게 구명을 탄원하였고, 마침내 경무대에서 비서관으로 있던 문인 모씨가 적극 힘써 다 죽게 된 목숨이 쉽게 풀려나게 됐다는 것이었지요."

'말 못 할 이유'가 그로 하여금 문학으로 내몰았다는 것. '말 못 할 이유'는 이씨의 작품 『유자소전』(1991년)에 소상하다. 그렇지만 이런 속삭임 속엔 어째서 하필 시인이나 시조시인 아닌 소설가로 스스로를 추슬렀는가에 대한 설명이 들어 있지 않았다. 어째서 『관촌수필』인가. 내 표정에서 이 뜻을 읽어낸 이씨의 말은 이렇게 거침없었다.

"춘원 때문. 『흙』(1933년) 때문이었지요."

중학 3학년 적 『흙』을 읽었다. 이만한 것쯤이면 나도 하는 심사였다. 그러나 점점 공부를 해본즉 '이만한 것쯤'이 아니었다. 가령, 주인공 허숭이 살여울에 내려와 맹한갑의 집에서 저녁 대접을 받는 장면이 그것. "된장에 있던 구더기가 뜨거운 것을 피해서 잎사귀의 가장자리로 기어나오기 때문"에 호박잎 두 장으로 된장찌개를 끓인 대목. 춘원 아니고는 할 수 없는 장면이었던 것. 『흙』의 다음 장면은 어떠할까.

"늙은이도 젊은이도 여편네도 처녀도 한 손에 모춤을 쥐고 한 손으로 두 대씩 석 대씩 넉 대씩 갈라서는 하늘과 구름 비친 물을 헤치고 말랑말랑한 흙에 꽂는다. 꽂은 볏모는 바람에 하느작하느작 어린 잎을 흔든다. 인제 그들은 며칠 동안 뿌리를 잃고 노랗게 빈혈이 되었다가 생명의 새 뿌리를 애써 박고는 기운차게 자랄 것이다."

『관촌수필』의 작가 이씨는 말했다. "이만한 표현을 해 보일 능력은 아직도 제겐 없습니다"라고. 씨는 또 다음처럼 덧붙이기에 여유를 두지 않았다.

"춘원의 친일행각은 누가 재판을 하더라도 상 유죄이겠지만 춘원의 문학적 전적(前績)은 나 같은 것이 '이 정도는' 하고 넘봐도 좋을 고개턱 낮은 등성이 따위는 결코 아닌 것이지요."

'도문강 2호' 속의 대화가 어째서 춘원의 『흙』에서 시작되고 또 여기서 멈추고 말았을까.

1995년 7월 30일. 돈황 막고굴을 뒤로 하고 섭씨 42도의 사막을 달려 유원(柳園)역에 닿고, 에어컨도 없는 밤열차에 덜컹거리며 손오공도 혼이 난 화염산이 뻗어 있는 화주(火州) 투르판으로 향했다. 포도의 고장 투르판 역에 내리자 아침 6시. 차창 밖으로 밤새도록 별떨기가 어지럽게 오르내렸다. 시도 시조도 없었고 『흙』도 없었다. 갈증만이 앞뒤를 가로막을 뿐. 어둠 한가운데 놓인 석유시추선 탑의 불꽃이 지옥의 불길과 흡사했다. 『관촌수필』의 작가와 마주 앉았다 해도 이 사정은 변하지 않을 터였다. 막고굴을 보아버렸기에 그것은 그러하다. 지옥 도생이 수많은 굴 속의 벽화 속에 펼쳐져 있지 않았던가. 이 기묘한 지옥도 속에서 부처님의 자비로운 미소도 어쩔 수 없지 않았을까. 마음 어지러움을 다스릴 방도가 과연 있었던가. 명사산에서, 막고굴에서, 이 지옥변에서 한시바삐 도망치는 길이 장땡. 문학 따위가 끼어들 장면이 아니었다. 문학보다 훨씬 수위가 높은 그런 영역이었다. 숨이 가빴던 것은 이 때문.

세번째 밤열차는 어떠한가. 문학의 개입이 불가피한 장면. 그것도 문학사적 개입이었다. 이르쿠츠크행이란 무엇이뇨. 일목요연한 해답이 주어진다. 『흙』의 작가 춘원 이광수의 『유정』(1933)이 그것이다.

최석과 이광수

"초조한 몇 밤을 지나고 이르크트스크(이르쿠츠크의 당시 표기 ― 인용자)에 내린 것이 오전 두시. 나는 B호텔로 이스보스치카라는 마차를 몰았다. 죽음과 같이 고요하게 눈 속에 자는 시간에는 여기저기 전등이 반짝거릴 뿐. 이따금 밤의 시가를 경계하는 병정들의 눈이 무섭게 빛나는 것이 보였다.

B호텔에서 미스 초이(최양)를 찾았으나 순임은 없고 어떤 서양 노파가 나와서

'유 미스터 Y?'

하고 의심스러운 눈으로 나를 보았다.

그렇다는 내 대답을 듣고는 노파는 반갑게 손을 내밀어서 내 손을 잡았다.

나는 넉넉하지 못한 영어로 그 노파에게 최석이가 아직 살았다는 말과 정임의 소식은 들은 지 오래라는 말과 최석과 순임은 여기서 삼십 마일이나 떨어진 F역에서도 썰매로 더 가는 삼림 속에 있다는 말을 들었다."(『이광수 전집』 제4권, 우신사판, 81쪽)

『유정』은 『무정』(1917)의 작가이자 동아일보 편집국장에서 조선일보 부사장으로 자리를 옮긴 42세의 이광수가 조선일보(1933. 10. 1~12. 31, 76회)에 연재한 장편. 장편이라 하나 장편이기엔 짧다. 더욱 특징적인 것은, 구성상으로 보아 단편스럽기 그지없다. 단숨에 갈겨쓴 소설임을 한눈으로 알 수 있는 그런 소설이기에 장편이되 단편이 아닐 수 없다. 사람이 있어 『유정』을 소설이라 하지 않고 한 편의 '서정시'라 우기더라도 반론을 펼 논자는 많지 않을 것이다. 작가 자신도 다음처럼 서슴없이 말해놓고 있을 정도다. "순전히 정으로만 된 이야기"라고.

"22~23세의 도무지 아무것에도 구속받지 않는 열정에 타는 어리던 시절로 돌아가서 열정이 쏟는 대로"(「작가의 말」)라고. 또 그는 말했다. "외람한 말이지만, 만일에 내 작품 중에서 후세에 남을 만한 것이 있다면 그것은 『유정』일 게요. 그리고

춘원 이광수(왼쪽)

또 외람한 말이나 외국어로 번역될 것이 있다면 그 역시 『유정』이라고 생각해요"
(『이광수 전집』 제10권, 524쪽)라고.

　『유정』이란 그러니까, 사상 계몽을 위해 쓴 『무정』도 아니고 흥사단(동우회)의
이념을 심기 위한 『흙』도 아니고, 민족주의를 일깨우기 위해 쓴 『이순신』도 『원효
대사』도 아니고, 오직 '정' 만을 그렸다는 것. 따라서 제일 '순수한 소설' 인 셈이었
다. 이 경우 '정' 이란 무엇이겠는가. 일목요연한 해답이 주어진다. '사랑' 이 아니
라 '열정' 일 따름. 앞뒤를 분간치 않는 이 열정이란 괴물은 과연 무엇일까. 사회적

으로 지도급에 속하는 중학교 교장인 중년의 최석이 친구의 딸 남정임을 사랑하다 견디지 못해 마침내 아내와 딸 순임을 헌신짝처럼 팽개치고 시베리아로 도피한다는 것. 아득한 눈 덮인 숲속 통나무 오두막에서 숨을 거둔다는 것. 이런 얘기는 누가 보아도 희극적이라 하지 않을 수 없다. 더욱 희극적인 것은, 남정임과 최순임이 최석을 찾아 이르쿠츠크로, 바이칼 호로 온다는 것. 그리고 마침내 작품의 화자인 최석의 친구 '나'가 이들의 뒤를 쫓아온다는 것. 임종을 지킨다는 것.

앞뒤 분간도 못 하는 이러한 인간 군상이란 과연 무엇일까. 이들이 희극적으로 보이는 것은 웬 까닭일까. 이 물음은 기묘하게도 이광수 문학 이해에 중요할 뿐 아니라 이 나라 근대소설사 이해에도 빛을 던지게 된다. 소설과 이데올로기의 관계가 그것. 특히 이광수의 문학과 그 역방향에 선 카프문학이 그러하였다. 근대문학 출발점인 『무정』에서부터 그러한 계몽적 성격을 타고났던 것. 그 장본인 이광수가 이 이데올로기의 중압에서 벗어나고자 한 최초의 시도가 『유정』이었다. 그는 오직 '열정'으로만 된 소설을 쓰고 싶었다. 그렇게 하면 소설이 되지 않는다는 사실, 그렇게 하면 문학이 되지 않는다는 사실을 이광수가 몰랐을 이치가 없다. 그럼에도 그는 한순간 그렇게 하고 싶었고 용감하게도 그렇게 했다. 외국어로 번역할 수 있는 유일한 작품, 후세에 남을 유일한 작품이라 외쳐 마지않았다. 그의 이러한 헛소리의 근거는 무엇일까.

삶의 '피로함'이 그 정답이다. 신문 연재소설, 사설, 횡설수설(동아일보), 논설 등 이른바 사설(四說)을 혼자서 써내기에 지칠 대로 지친 이 자칭 천재는 피로의 극에 달해 있었다. 뿐만 아니라 그 동안 오래 몸담아왔던 동아일보 편집국장직에서 조선일보 부사장직으로 자리를 바꾸지 않으면 안 되었다. 그 동안, 사회적 지위에 알맞은 글쓰기로 말미암아 이 열정적인 평안도의 야성스런 천재는 주눅이 들 대로 들어 있었다. 고아의식에 짓눌린 그의 야성. 방랑에의 형언할 수 없는 그리움. 그

야성이 드디어 분출구를 찾은 것. 이데올로기라든가 홍사단, 곧 사회적 지위에 걸맞는 글쓰기란 이 야성(본성)에 비하면 한갓 남루이자 허위이자 위선이요 가면에 지나지 않았던 것. 동경 유학생 사이에서 자유연애 사상의 기수로, 또 그 실천가로 평판이 자자했던 청년 이광수의 처지에서 보면 이 남루, 이 위선, 이 가면이란 무엇이겠는가. '열정' 그것만이 그의 것이었다. 야성스러움 그것만이 이 평북 정주군 갈산면 익성리 한미한 집안 출신의 천재에겐 어떤 진짜였다. 『유정』을 두고 스스로 '후세에 남을 유일한 작품'이라 한 것은 이런 문맥에서이다. 이를 두고 '순수함'이라 부르는 것.

다시 한번 '순수함'을 설명하기로 하자. 곧 이르쿠츠크란 무엇인가. 『유정』의 무대가 된 곳. 사회적 윤리적 무게에 지친 중년의 사내가 그를 억압하는 모든 속박에서 벗어나 오직 '그만의 것'을 찾기, 요즘 말로 하면 '헛것'을 찾아 헤맨 곳, 거기가 이르쿠츠크다. 사회적 윤리적 의무에서 벗어남이란 무엇인가. 다시 한번 더 '헛것'을 설명하기로 하자. 그것이 무엇이든간에 그 끝에 죽음이 닿아 있다는 사실만큼 확실한 것은 없다. 그것은 공포의 비롯함. 이를테면 '미'도 또한 그러한 것이 아니었겠는가. 어째서 사람은, 혹은 이광수와 최석은 이 죽음에 닿아 있는 '헛것'을 찾아 헤매는 것일까. 일목요연한 해답이 주어진다. 죽음만큼 사치스러움, 호사스러움이 없기 때문. 『에로티시즘』의 철학자 G. 바타이유의 탁월한 통찰이 이 점을 잘 설명하고 있다.

12월당원들의 땅 이르쿠츠크

이르쿠츠크란 무엇인가. 바이칼 호를 서쪽으로 낀 채 밤새도록 헐떡거리며 달린 열차가 이르쿠츠크 역에 닿은 것은 아침 6시. 거대한 문자가 역사 꼭대기에 솟아 있었다.

NPKYTCK.

찬 공기가 팔소매를 에워싸는 것이었다. 형편없이 낡은 버스에 올라 닿은 곳은 호텔 앙가라(ANGARA). 바이칼 호가 외부로 흘러나가는 유일한 강가에 있기에 그 이름을 딴 것. 덩치 큰 호텔이었고, 그 주변에 인구 65만 명을 거느린 칼 마르크스

호텔 앙가라에서 바라본 석양

광장이 있었다. 정부 청사, 레닌 동상, 2차대전 영웅전사 기념비 등등 사회주의 국가 도시의 일반적 모습 그것이긴 하나 뭔가 세련된 느낌이 스며 있었다. 앙가라 강이 빚어낸 분위기였을까. 그런 것 같지 않았다. 강이란 기껏해야 자연에 불과하니까. 이 세련성은 사람만이 만드는 것. 이를 문화라 부른다면 이 도시엔 그런 분위기가 감돌고 있었다.

이 도시에 대해 내가 아는 정보는 단 두 가지. 하나는 『유정』의 무대의 일부였다는 것. 이광수 연구에 많은 시간과 힘을 쏟아온 나로서는 막연하나 이르쿠츠크가 기억에 남아 있었다. 다른 하나는 책(김학준, 『러시아혁명사』, 문학과지성사, 1979, 제1장)에서 읽은 이른바 '12월당원(Dekabrists, Decembrists)' 사건이 그것. 1825년, 귀족 청년 장교들이 12월에 일으킨 황제에 대한 반란 사건이 중요한 것은 그것이 단순한 반란이 아니라, 황제체제 자체를 부정한 점에 있었다. 훗날 레닌이 이를 두고 "12월당원들은 헤르첸(러시아 사회주의의 아버지)을 각성시켰고 헤르첸은 혁명적 선동을 시작했다. 그 이후의 혁명은 이것이 점차 확대되고 강화되어나간 것이다"라고 한 것은 이런 문맥에서이다. 황제는 이들을 가혹하게 다루었다. 사형 5명, 121명이 투옥 및 시베리아 유형에 처해졌다. 이들의 시베리아에서의 '30년에 걸친 기묘한 세월'이 이르쿠츠크에서 진행되었던 것.

기묘한 30년이란 무엇일까. 당초 그들은 감옥에서 형벌생활을 했다. 그 다음엔 시베리아 이곳저곳에 흩어져 유형생활에 처해졌다. 공평하게 시베리아 전역에 퍼져 있던 이들이 점점 이르쿠츠크 근처로 모여졌다. 유형이 끝날 쯤엔, 그들과 그 가족들의 이르쿠츠크 시내로의 이주가 허용되었다. 이들이 시베리아 전역에 퍼져 보낸 30년의 세월이란 무엇인가. 12월당원의 한 사람인 니콜라이 바사르긴(Basargin)은 이렇게 적었다.

"우리들이 시베리아 전역에서 오랫동안 살았음이란 시베리아의 도덕 교육 범위

내에서라면 매우 쓸모 있었다고 결정적으로 말할 수 있다. 뿐만 아니라 주민들의 사회생활에 대한 새로운 사상의 소개에도 그러하였다. 이 도덕적 교육과 사회관계에 대한 새로운 사상의 결합이 마침내 금광의 발견과 공업 및 무역의 발전을 촉발케 한 많은 훌륭한 지식층을 낳기에 이른 것이다."(야코브 브로드스키, 『이르쿠츠크와 바이칼 호』, 프라네타 출판사, 1980, 14쪽)

이 도시의 기품은 이러한 혁명 귀족의 입김에서 말미암았던 것. 귀족 청년 장교들이 피아노까지 갖춰놓고 그들의 교양과 문화적 세련성과 정치 사회적 사상을 30년에 걸쳐 어둡고 추운 시베리아에다 서서히 퍼뜨렸던 것. 이 도시의 세련성이랄까 문화적 분위기는 여기에서 말미암은 것. 그렇다면 아마도 헤겔이 그의 『미학』에서 "모든 예술은 왕자적이다"라고 갈파한 것도 이런 문맥에서 이해됨직하다고나 할까.

"귀족적, 왕자적 분위기에서 비로소 예술이 존재할 수 있다"(『미학』, 레크람 판, 1971, 279~280쪽)는 헤겔미학의 선 자리를 도시 이르쿠츠크에서 새삼스럽게 느낀 사람이라면 응당 제일 먼저 12월당 박물관을 향할 것이다. 그는 이 도시의 명물 제1호인 1972년에 건조된 목조 건물 자나멘스키 수도원을 건성으로 보면서 혹은 제치고 12월당 박물관으로 발걸음을 재촉할 것이다. 12월당원의 지도자 중의 한 사람이었던 세르게이 트루베트코이(S. Trubetskoy)와 세르게이 볼콘스키가 살았던 집이 그것. 이 목조 건물엔 족쇄도 있었고, 피아노도 있었고, 이런저런 생활도구 속에 시집을 포함한 서적과 시의 원고들이 잘 보관되어 있었다. 인상적인 것은 영하 40도의 혹한을 막기 위한 나무로 된 덧창문의 장치들과 땅 속으로 파내려간 지하 건물들. 그러나 더욱 인상적인 것은 피아노.

시베리아 횡단철도가 이 도시를 통과한 것은 1898년. 이 무렵 한 여행객은 이 도시를 시베리아 제일의 사치와 세련성, 예술과 과학의 도시라 적었다. 지식인 중심의 취향이 배어 있다는 것. 동양의 파리라는 별칭까지 붙여놓았다. 영하 40도를 오르

12월당 박물관 앞의 필자

내리는 황량한 시베리아의 도시치고는 제법 놀랄 만하다는 표현이었을까. 모르긴 하나, 적어도 그들은 바이칼 호와는 전혀 무관하였다. 12월당원들도, 오래된 수도 원도, 도시의 세련성도, 시베리아 철도도 그리고 마르크스 레닌 광장도 바이칼 호와 는 무관한 것이었다. 그렇다면 『유정』의 작가 이광수에겐 이 관계가 어떠했을까.

비디오 속의 바이칼 호

이르쿠츠크에서 바이칼 호까지는 버스로 한 시간 반의 거리. 늙은 당나귀 같은 버스와 그보다 더 늙어 뵈는 이곳 봉고차에 나누어 탄 우리 일행이 바이칼 호를 향 해 떠난 것은 오전 10시. 길은 반달처럼 생긴 거대한 호수를 오른쪽에 끼고 계속 달려가는 것이었다. 호수의 기슭이 보이다 사라지고 또 보이는 숨바꼭질 삼십 분 만에 호수의 한 자락이 이번엔 아무런 가림 없이 나타났다.

바이칼 호는 꼭 바이칼 호처럼 거기 있었다.

세계에서 둘째로 큰 담수호라는 둥, 저수량이 세계 담수량의 이십 퍼센트라는 둥, 수심이 어떻고 둘레가 어떠하며 또 맑기론 세계 제일이라는 둥, 무슨무슨 물고기가 살며 또 여사여사하다는 등등을 안내서마다, 안내인마다 기계처럼 외쳐대고 있었다. 그러한 외침과는 무관하게 바이칼 호는 다만 거기 있었다.

호텔도 있었다. 해당화도 새빨갛게 피어 있었다. 그 옆에 장승도 셋이나 서 있었다. 선창가도 있었다. 튀긴 물고기도 팔고 있었다. 털옷도 팔고 있었다. 배도 탈 수 있었다. 이른바 관광 크루즈. 여객선이 호수 한복판에 이르기까지 꼭 이십오 분이 걸렸다. 말없는 선장이 호수 물을 퍼올려 먹어보라 했다. 먹었다. 찼다. 그저 물이었다. 해수욕장도 있었다. 보트도 있었다. 자갈도 있었다. 햇볕 쬐는 가족들도 여기저기 보였다. 헬리콥터 한 대가 요란한 소리로 스쳐갔다. 우리도 그 속에 끼어 놀았다. 햇볕도 쪼였다. 바지를 걷고 물 속으로 걸어도 가보았다. 찼다.

다시 늙은 당나귀 버스를 탔다. 그렇게 하지 않고 어쩔 터였던가. 귀로에 박물관에 들렀다. 박물관도 꼭 박물관처럼 있었다. 사회주의 국가가 세운 박물관이기에 그 규격, 그 분위기, 그 과학성이 고스란히 지켜져 있었다. 더구나 러시아 아카데미 소속 연구소를 겸한 곳.

뚱뚱한 여관장이 우리를 압도했다. 유치원 아이들 모양 우리는 바닥에 주저앉아 귀를 기울였다. 여관장은 동식물 표본들을 하나하나 살피며 흡사 집안 식구를 소개하듯 설명하는 것이었다. 그들의 기호로 잘 분류되고 정리되고 해설된 바이칼 호와 그 주변의 동식물 표본이 이 박물관의 특징이자 존재 이유이며 또 특권임엔 틀림없었다. 그렇지만 이 대단한 과학적 표본들이 아무리 세계적인 보물창고라 할지라도

바이칼 호

무식하기 짝이 없는 얼치기에겐 한갓 잡동사니에 지나지 않았다. 죽은 것들이니까. 흔적에 지나지 않는 것. 껍데기니까.

"박제가 되어버린 천재를 아시오?"

라고 「날개」(1936)의 작가 이상은 외친 바 있다. 그렇지만 누가 그런 천재를 두려워하랴. 당대의 그 누구도 이 박제 이상을 두려워하지 않았다. 그렇지만 이 박제인 천재는, 이 박제에 생명의 핏줄이 돌기를 열망하였다. 진짜 천재를 그가 꿈꾼 까닭. 현실에서는 불가능한 그 꿈을 그는 문학이라 불렀다. 이 문학에다 그는 그의 전 생애를 쏟아넣고 마침내 그것을 마감하고자 하였다. 그것이 작품 「종생기」(1937)이다. 그때 그의 꿈은 이러하였다.

"나는 시체다. 시체는 생존하여 계신 만물의 영장을 향하여 질투할 자격도 능력도 없는 것이라는 것을 나는 깨닫는다.

정희, 간혹 정희의 후틋한 호흡이 내 묘비에 슬쩍 부딪는 수가 있다. 그럴 때 내 시체는 홍당무처럼 화끈 달으면서 구천을 꿰뚫어 슬피 호곡한다."(「종생기」 끝 부분)

박제의 꿈은 이런 것이다. 박제(문자)로만 제시되는 것, 문자로만 존립하는 것, 그것이 문학(기호론)임을 측량기사인 그는 기하학의 논리를 통해 알고 있었다.「종생기」의 독자 모두란 그러니까 정희가 아닐 수 없다. 변덕스럽고 그지없는 탕녀 정희로서의 독자들. 무수한 그런 독자들을 획득했다면 천재 이상의 천재스런 전략이 여지없이 성공하는 셈.

박물관이란 무엇인가. 그것은 누가 보아도 시체 보관소다. 책(작품)도 이와 꼭 같은 원리 위에 서 있는 것. 그러니까 박물관은 바이칼 호의 실체이자 그 꿈이다. 이 꿈의 전략을 판독하기야말로 바이칼 호의 본질에 부딪치는 가장 확실한 길이요 방법론이 아닐 수 없다. '내' 몸을 빌려주기만 하면 가능한 그런 길. 바이칼의 기호를 판독할 수 있는 능력이 있어야 비로소 가능한 길. 기호를 해독하는 길고도 복잡한 과정이 거기 고비 사막처럼 가로놓여 있었다. 바이칼의 기호 앞에 완전히 노출된 당달봉사들에게는 어림도 없는 일. 그렇다면 절망인가.

"그렇다!"

라는 울림이 들렸다, 돌아보니 송아지만큼 큰 바이칼 철갑상어의 박제가 허연 이빨을 드러내고 있지 않겠는가. 멍하니 서 있자니 이번엔 또하나의 목소리가 울리지 않겠는가.

"진짜는 아니나 다른 방편이 하나 있긴 있다"라고, 뒤돌아보니 뚱뚱하여 인자하게 생긴 여관장이 아니겠는가.

우리는 지시에 따라 유치원 생도가 되어 그녀의 널찍한 치맛자락 아래 옹기종기 모여 앉았다. 치마폭보다 큰 커튼이 내려지고, 어둠 속에 스크린이 나타나는 것이었다. 바이칼 호의 사계를 찍은 이십 분짜리 다큐멘터리.

총천연색의 살아 있는 동식물 세계가 펼쳐지지 않겠는가. 얼음덩이 속에서 혹은 호수 밑바닥을 훑기도 하고, 청명한 여름의 미풍을 보여주기도 하는 것이었다. 바다표범도 유유히 헤엄치고 있지 않겠는가. 저 커다란 철갑상어떼를 보라. 얼마 전에 선창가에서 튀겨 먹은 물고기 오물도 떼지어 헤엄치고 있지 않겠는가. 풍우 몰아치는 호면(湖面), 얼음덩이의 두께, 이따금 호수로 찾아드는 산짐승 들짐승. 그리고 무수한 철새의 날갯짓이 모두 생생히 살아 있지 않겠는가. 심지어 이곳을 방문한 대통령 옐친의 감탄하는 모습조차 비디오 속에 들어 있었다.

이 모든 것 중에서도 제일 인상적인 것은 무엇이었을까. 얼음장이었다. 반 년 동안 얼고 반 년 동안 풀리는 바이칼이었던 것. 5월에 가서야 비로소 얼음이 풀린다는 것. 대체 얼음이란 무엇인가. 담수호인 바이칼이 아니었던가. 세계 최대의 담수호이기에 그럴 수밖에. 투명도가 43미터이기에 그럴 수밖에. 장대한 얼음덩이, 이것만큼 신비로운 것이 따로 있을까. 이것만큼 놀라운 것이 따로 있을까. 이 얼음덩이야말로 아무리 표면만 언다 해도 세계 최대의 얼음덩이가 아니겠는가.

얼음, 그것은 절망이다. 그것은 극한이다. 그것은 헛것이 아닐 수 없다. 그것은 순수이되 실체가 없다. 죽음에 닿아 있기에 그것은 대단한 사치가 아닐 수 없다. 호사스러움의 극치가 아닐 수 없다. 『유정』의 작가가 본 '헛것'도 이 범주에 드는 것이 아니었는가.

여관장의 치마폭에서 벗어난 유치원생들은 그후 어떻게 되었을까. 귀가할 수밖에. 엄마가 저녁을 지어놓고 기다리는 집으로 향하기, 다시 늙고 큰 당나귀와 작은 당나귀에 올라탄 유치원생들이 온 길을 되짚어 덩치 크기로 소문난 호텔 앙가라로 향한 것은 오후 4시. 당나귀 버스는 당나귀처럼 투덜거렸다. 길은 길처럼 길고 지루

하였다. 이 단조로움은 위험하다. 이 단조로움은 특히 유치원생들에겐 그러하다. 유
치원생들은 워낙 민감하기 때문. 사람들이 이들을 시인이라 부르는 것은 이 때문.

"강물이 풀리다니 / 강물은 무엇 하러 또 풀리는가"

돌아보니 포항 토산 작가 S씨였다.

"……"

아무도 대답하지 않았다.

"우리들의 무슨 설움 무슨 기쁨 때문에 / 강물은 또 풀리는가"

"……"

아무도 대답하지 않았다. 어째서? 모르니까.

"기러기같이 / 서리 묻은 섣달의 기러기같이 / 하늘의 얼음장 가슴으로 깨치며 /
내 한평생을 울고 가려 했더니 // 무어라 강물은 다시 풀리어 / 이 햇빛 이 물결을
내게 주는가"

"……"

"저 민들레나 쑥이풀 같은 것들 / 또 한번 고개 숙여보라 함인가"

"……"

"황토 언덕 / 꽃상여 / 떼과부의 무리들 / 여기 서서 또 한번 더 바라보라 함인가"

"……"

"강물이 풀리다니 / 강물은 무엇 하러 또 풀리는가 / 우리들의 무슨 설움 무슨 기
쁨 때문에 / 강물은 또 풀리는가"(서정주, 「풀리는 한강가에서」, 1948)

유치원 원아들에게 박물관의 비디오가 얼마나 교육적이었는가 이로써 짐작하고
도 남지 않았을까.

몽골아기와 필자 그리고 공룡알

기행소설의 세 층위

비디오의 교육적 효과란 무엇인가. 그것은 오직 유치원생의 멘탈리티에 관련된 것. 꿈을 꾸는 자의 대명사로 유치원생만큼 그럴싸한 존재가 따로 있을까. 없다. 나는 이 꿈꾸는 자의 신분에서 벗어나고 싶지 않았다. 호텔 창가로 드러난 거대한 마르크스-레닌 광장도, 그 서쪽 끝에 솟아오른 니콜라이 성당의 뾰족탑도 나로 하여금 꿈을 잇게끔 강요하는 것이었다. 게다가 황혼이 서쪽 하늘 가득 북국 특유의 황혼을 장대하게 펼쳐 보이고 있지 않겠는가. 순간 "아이야, 꿈을 깨지 마라. 여기가 이르쿠츠크라는 동네란다"라는 환청을 나는 들었다. "아이야, 『유정』의 작가도 너와 꼭 같은 아이였단다"라고. "그러니 조금도 겁내지 마라"고. "모두가 꿈이었으니까"라고.

『유정』의 주인공 최석은 과연 이르쿠츠크에 왔던가. 바이칼 호 어디까지에 왔던가. 그리하여 그는 어디서 죽었던가. 이 물음은, 작가 이광수가 과연 이곳에 온 적이 있었던가와는 별개의 과제이다.

『무정』과 쌍을 이루는 『유정』의 첫 대목은 이렇게 시작된다.

"최석(崔晳)으로부터 최후의 편지가 온 지 벌써 일 년이 지났다. 그는 바이칼 호수에 몸을 던져버렸는가. 또는 시베리아 어느 으슥한 곳에 숨어서 세상을 잊고 있는가. 또 최석의 뒤를 따라간다고 북으로 한정없이 가버린 남정임(南貞姙)도 어찌되었는지. 이 글을 쓰기 시작할 이때까지에는 아직 소식이 없다. 나는 이 두 사람의 일을 알아보려고 하르빈, 치치하르, 치타, 이르크트스크에 있는 친구들한테 편지를 부쳐 탐문도 해보았으나 역시 마찬가지로 모른다는 회답뿐이었다."(『이광수 전집』제4권, 15쪽)

이렇게 시작되는 『유정』에서 주목되는 것 중 하나는 작중화자인 '나'의 태도에 있다. '나'란 누구인가. 최석의 제일 가까운 친구라고 스스로 말하고 있는 것으로 보아 그 역시 최석만큼 가정 및 사회적 지위를 갖춘 인물임엔 틀림없다. 세상이 최석을 이해하지 못해 손가락질하더라도 '나'만은 그를 이해할 뿐 아니라 동정하는 처지인 만큼 '나'는 그러니까 최석의 분신이자 작가 이광수의 분신임을 쉽사리 짐작할 수 있다. 작가는 자기의 분신을 최석과 '나' 속에다 심어놓았던 것. 이는 누가 보아도 상식적 판단에 바탕을 둔 것이다. 그렇지만 『유정』의 작품다운 특이성은 그 구성상의 묘미에서 찾을 것이다. 중년 사내와 친구의 딸과의 사랑이라는 문제란 그것이 아무리 당사자들에겐 절박하고 절대적이더라도 윤리적 판단 앞에선 패배하게 마련. 까닭에 이 표층주제만으로는 소설다운 범주에서 벗어나는 것. 42세의 동아일보 편집국장이며 대언론객이며 『흙』의 작가인 이광수가 이 사실을 몰랐을 이치가 없다. 말을 바꾸면 작가의 의도가 실상 '불륜의 사랑'을 그리고자 한 것이 아니라는 사실을 이 구성상에서 이미 엿볼 수가 있다. 그렇다면 그 구성법은 무엇인가. 그것은 다음 세 층으로 되어 있다.

(가)층 : 최석의 시베리아 헤매기

(나)층 : 남정임 및 최순임의 시베리아 헤매기

(다)층 : '나'의 시베리아 헤매기

이 세 층이 부채꼴 손잡이처럼 한 곳에 맺히는 곳에 최석의 '죽음'이 놓인다. 구성의 완벽성이 이로써 마침내 달성되었는바, 이 구성법은 다섯 명의 각각 다른 주인공(이형식, 김선형, 박영채, 신우선, 김병욱)이 삼랑진 수해 장면에서 '민족주의'라는 한 점으로 귀착되는 것과 꼭 같다.

『유정』의 이러한 구성법이 『무정』의 그것과 동일형이라는 사실은 과연 무엇을 뜻하는 것일까. 이 물음이 『유정』을 규정하는 거멀못이다. 『유정』이 겨냥한 것, 곧 『유정』의 참주제란, 이 물음 속에 있기 때문이다

표층적으로는 '남녀의 불륜(사랑)'을 다룬 것이지만, 심층적인 측면에서 보면 별개의 주제, 곧 '방랑, 죽음, 사치'에 있음을 가리킴이다. 만일 이 표층적 주제만이라면 그것은 문제적이긴 하나 결국은 미학으로 승화되기 어렵다. 자칫하면 스캔들 범주의 통속물에 떨어지기 쉽다. 이 통속적 주제를 한층 심화시키는 방식이 바로 심층적 측면인데, 작가는 이를 구성상에서 이루어낸 것이다. 이광수의 작가로서의 솜씨가 이로써 분명해진 셈이다.

(가)층부터 살펴보기로 하자.

최석이 일 년 전에 서울을 떠나 시베리아로 간 것은 여름. '나'가 받은 편지(소포)의 발신지는 바이칼 호반의 어떤 마을. 이르쿠츠크 주의 수도가 이르쿠츠크이며 바이칼 호가 이 주 속에 있는 만큼 편지의 주소엔 이르쿠츠크의 바이칼리스코에

로 되어 있기 때문이다.

"믿는 벗 N형. 나는 바이칼 호의 가을 물결을 바라보면서 이 글을 쓰오. 조선은 아직도 처서 더위로 땀을 흘리리라고 생각하지마는 고국서 칠천 리 이 바이칼 호 서편 언덕에는 벌써 가을이 온 지 오래요. 이 지방의 유일한 과일인 야그드의 핏빛조차 벌써 서리를 맞아 검붉은 빛을 띠게 되었소. 호숫가의 나불나불한 풀들은 벌써 누렇게 생명을 잃었소. (……) 오직, 성내어 날뛰는 바이칼 호의 물과 광막한 메마른 들판뿐이오."

바이칼 호 근처의 한 마을에서 최석이 머문 곳은 '부랴트 족인 주인 노파'의 집. 여기 나오는 부랴트 족은 부랴트(Buryat)를 가리킴이다. 몽골 족의 한 갈래인 이 종족은 울란우데, 이르쿠츠크 등지에 약 15만(1831년 당시) 정도 분포되어 있었다 (지금은 약 25만).

먼저 최석은 비행기로 만주 대련에 도착, 하얼빈으로 향했고 거기서 R을 찾아갔다. R은 실상 목릉에 있던 추정 이갑(李甲)이다(이광수는 여기서 한 달간 머물며 추정의 비서 노릇을 한 바 있다). 여기서 다시 모스크바행 급행열차로 송화강을 건넌 최석은 국경 근처 홍안령의 풍경에 반해 발작적으로 F역에 내려 들판을 헤매다 뜻밖의 조선인에 의해 구출된다. F역을 떠나 홍안령을 넘어 바이칼 호까지 온 것이다.

"편지를 쓰기 시작할 때에는 바이칼에 물결이 흉흉하더니 이 편지를 끝내는 지금에는 가의 가까운 물결에는 얼음이 얼었소."

이 바이칼 호에서 최석은 V라는 삼림지대로 옮겨간다. 왜? 죽기 위해 가장 알맞은 곳이 V삼림지대이기 때문, 어째서 그곳이 알맞은 곳일까. "만일 단순히 죽는다 하면 구태여 멀리 찾아갈 필요도 없지마는 그래도 나 혼자로는 내 사상과 감정의 청산을 하고 싶소"라는 최석의 편지에서 보듯, 그는 다만 핑계를 찾고 있음이 분명해진다. V지대가 어딘지 모르지만, 좌우간 미지의 아득한 '어떤 곳'을 찾아 헤매었던 것. 그 V지대란, 이르쿠츠크에서 만난 금광 캐는 조선인 광부들에게서 들었던 곳. V삼림지대는 F역에서 내려 썰매로 한 시간 거리. 최석이 손수 지은 통나무집. 거기 죽어가는 최석이 있었다. 그는 거기서 소원대로 죽었다.

이상이 (가)층의 구조라면 대체 그 핵심은 무엇인가. 일목요연한 해답이 나온다. 최석의 입을 통한 시베리아 풍경담이 그 정답. 더도 덜도 아닌 풍물기인 셈. 최석은 '불륜의 사랑' 따위엔 아무런 고민도 관심도 없다. 오직 흥안령 근처의 자연풍경에 반해 이성을 잃고 헤매기에 온 힘을 쏟은 형국. 이는 일종의 발작이 아닐 수 없다. F역에서 내려 무턱대고 걷는다. 왜? 이유란 없다. 발작이니까. 몽유병 환자만이 할 수 있는 행위가 아닐 수 없다. 몽유병 환자의 장면이 이광수의 문장력으로 장대하게 솟아오른다.

"나는 거의 무의식적으로 차에서 뛰어내렸소. 정거장 앞 조그마한 아라사 사람의 여관에다 짐을 맡겨버리고 나는 단장을 끌고 철도 노선을 뛰어 건너서 호수의 수은빛 나는 곳을 찾아서 지향 없이 걸었소. 한 호수를 가서 보면 또 저편 호수가 더 아름다워 보이오. 원컨대 저 지는 해가 다 지기 전에 이 광야에 있는 호수를 다 돌아도 보고 싶소.

(가자, 끝없는 사막으로 한없이 가자. 가다가 기운이 진하는 자리에 나는 내 손으로 모래를 파고 그 속에 내 몸을 묻고 죽어버리자. 살아서 다시 볼 수 없는 정임의 '이데아'를 안고 이 깨끗한 광야에서 죽어버리자.)

나는 허리를 지평선에 걸었소. 그 신비한 광선은 내 가슴으로부터 위에만을 비추고 있소.

문득 나는 해를 따라가는 별 두 개를 보았소. 하나는 앞을 서고 하나는 뒤를 섰소.

나는 자꾸 걷소. 해를 따르던 나는 두 별을 따라서 자꾸 걷소. 별들은 진 해를 따라서 바삐 걷는 것도 같고 헤매는 나를 어떤 나라로 끄는 것도 같소.

아니 두 별 중에 앞선 별이 한 번 반짝하고는—최후로 한 번 반짝하고는 지평선 밑에 숨어버리고 마오. 뒤에 남은 외별의 외로움이여! 나는 울고 싶었소.

'아 저 작은 별 저것마저 넘어가면 나는 어찌하나?'

'정임이! 정임이' 하고 나는 수없이 정임을 부르며 헤매었소."(『이광수 전집』 제4권, 56~57쪽)

이처럼 (가)층이 '헛것' 찾기로 요약되거니와 이로써도 부족해서 작가는 (나)층을 마련하였다. 최석의 딸 순임과 정임을 동행시켜, 작가는 다시 시베리아 풍경을 읊어 마지않았다. 이들의 시베리아 행로를 보이면 이러하다. 서울→하얼빈→송화강→홍안령→바이칼 호→F역→V삼림지대→최석의 통나무집→이르쿠츠크 B호텔 다시 통나무집→바이칼 호의 노파집.

이도 부족해서 작가는 (다)층을 마련하였다. '나'의 시베리아행이 그것. 그 행로를 보이면 이러하다.

서울 여의도(비행기)→만주리(滿洲里)공항→기차로 이르쿠츠크 B호텔→F역 통나무집.

그렇다면 최석이 죽을 장소로 택한 F역은 어디쯤일까. 홍안령 국경지대로 추정된다. 지평선 속으로 사라진 두 별에 절망한 그런 지점이기도 했다. 이 모두는 한갓 헛것이다. 풍경의 환각에 지나지 않는 것. 작가 이광수가 아는 시베리아엔 어떤 인간도 문화도 사상도 없다. 오직 풍경만 아득히 펼쳐져 있을 뿐. 사치로서의 시베리아 식 방랑의 열병(hysteria siberiaca)이 거기 있었다. 인간 최대의 호사스러움인 죽음이 그 끝에 놓여 있었다.

이광수는 과연 어디까지 갔던가

객 최석의 임종을 지킨 사람들은 모두 네 명이더군요. '나', 순임, 정임 그리고 노파.

주 그렇지만 아무도 임종의 순간을 못 보지요.

객 참, 그렇더군요. 바이칼 호의 노파집에서 앓고 있던 정임이 약과 먹을 것을 사러 간 '나'와 이르쿠츠크에서 만나 통나무집에 도착하자 최석의 숨은 멈추었더군요. 최석의 죽음은, 경찰의의 검진 결과 심장마비였고.

주 ……

객 장례 뒤, 순임과 '나'는 귀국하지만 정임은 바이칼 호의 그 노파집으로 돌아가더군요.

주 작가는 이렇게 소설 끝에다 적었지요. "나는 정임이가 조선으로 돌아오기를 바란다"고.

객 또한 이런 군소리도 태연히 적어놓았군요. "여러분은 최석과 정임에 대한 이 기록을 믿고 그 두 사람에 대한 오해를 풀라"고. 대체 누가 무슨 오해를 품었단 말인가.

주 ……

객 제일 궁금한 것이 하나 있는데요.

주 과연 이광수가 바이칼 호에 간 적이 있는가, 이르쿠츠크에 간 적이 있는가, 그것이겠는데요?

객 선생의 열정적인 저서 『이광수와 그의 시대』(한길사, 1986)에 보면 치타(Chita) 행까지만 언급되어 있으니까.

주 그렇소. 제가 쓴 이광수의 평전은, 그러니까 어떤 평전도 확실한 근거(자료)에서 벗어날 수 없는 법. 『이광수 전집』 어느 곳에도 그가 바이칼 호에 간 기록은 보이지 않지요. 어떤 대담 속에서 이르쿠츠크까지는 갔다고 하긴 했으나.

객 가능성은 있지 않습니까? 이르쿠츠크에서 바이칼 호까지는 가까우니까.

주 가능성은 부정하지 않습니다. 실상 이광수가 오산을 떠나 시베리아에 간 것은 1914년. 상해에 도착한 이광수는 미국에 있는 교포신문 편집일로 초청받아 떠났던 것이나 이런저런 이유로 우선 치타에까지 갔었지요. 치타 주의 수도 치타에 그가 도착한 것은 1914년 2월. 여기서 그는 같은 해 6월 말까지 머물렀지요. 조선 교포들이 내는 신문 대한인정교보(大韓人正敎報, 오산학교 교사였던 지사 이강李剛이 편집인, 1913년 8월 창간, 한 달에 한 번 낸 것, 활판이 아니고 손으로 쓴 것) 편집일을 맡았지요. 그야말로 가난한 삶이었지요. 제1차 세계대전이 터지자 그는 귀국하게 됩니다.

객 선생이 보기엔, 그러니까 당시 이광수는 바이칼 호까지 갈 마음의 여유도 별로 없었다는 투인 듯한데요.

주 그보다는, 바이칼 호의 인기도랄까 명승지로서의 성가가 별로 없었다는 뜻이지요. 실상 따지고 보면 『유정』에서 이광수가 제일 공들인 대목이 자기 말대로 '시베리아의 자연 묘사' 아닙니까.(『이광수 전집』 제10권, 524쪽)

객 '시베리아의 자연 묘사'라 했지만 선생의 말투로 보면 시베리아이기보다는 '북만주'의 그것이렷다? F역의 V삼림지대니까.

주 당초 작가는 『유정』을 기행문으로 쓸 참이었지요. 그 자신의 말을 직접 들어볼까요.

"하르빈을 거쳐 국경도시 만주리로 갈 때 보주선(寶州線, 만주서부선)의 그 일망무제한 넓은 벌을 석양에 지나가게 되는데, 붉은 낙조의 세례를 받은 광야의 특유한 풍경은 실로 한 장관을 정(呈)하고 있어서 그것을 꼭 한번 기행문으로 쓰려고 (……) 그후 이야기를 집어넣어서 소설화시키는 것도 좋으리라 생각하고 '유정'이

치타의 조선교포신문 대한인정교보

라 한 제목을 붙여 소설화시킨 것이다."(『이광수 전집』 제10권, 541~542쪽)

객 『유정』의 배경이, 실상은 바이칼 호도 이르쿠츠크도 아니고 기껏 북만주 국경 근처라는 것. F역이란 만주의 보주선의 한 정거장이라는 것.

주 정작 『유정』에서 소중한 대목은 무엇일까. 대사상가이자 『부활』의 작가인 톨스토이가 가출해 아스타포보라는 작은 시골역에 갔고 그 역장 집에서 최후를 마친 역사성이 아닐까. 평생 톨스토이 숭배자였던 이광수로서는 이 사건만큼 미해결의 수수께끼는 없었을 터.

객 그 대(大) 톨스토이 선생의 가출 동기도 따지고 보면 기껏해야 바가지 긁는 마누라가 무서워서였던 것. 이 때문에 일본에선 저 유명한 '사상과 실생활'의 논쟁이 고바야시 히데오(小林秀雄)와 마사무네 햐쿠조(正宗白鳥) 사이에서 벌어지지 않았던가요. 그리고 보니, 『유정』의 작가의 심층에 놓인 것은 톨스토이의 가출 문제겠군요. 최석(이광수)과 대톨스토이의 등가성이 그것. 그렇다면 이광수의 야심도 대단한 것이군요. '톨스토이는 나다'라는 명제가 그것.

주 잘 보셨습니다. 그 문제는 따로 논할 성질의 것이겠지요. 지금 우리는 여행 얘기를 하고 있으니까. 각설하고 이광수만큼 그 무렵 여행을 많이 한 사람도 드물었지요. 그의 전집 속에는 그가 여행한 곳마다 기록으로 남기지 않은 것이 없지요.

객 ……

주 이광수의 수필에 「그리운 쌍동미인」(1930)이 있지요. 치타의 공원에서 본 벽안 금발의 미녀들에 반해 날마다 공원으로 나갔다는 얘기를 적은 것. "이것이야말로 절대 비밀"이라 풍을 치고 있지요.

또, 여자관계를 털어놓아보라는 모윤숙, 최정희의 등쌀에 이렇게 적었더군요.

"시베리아에서 바로 이르쿠츠크에서였는데, (……) 마침 백화나무에 물이 오르려고 하는 초하 5월 (……) 상해나 시베리아의 어여쁘다는 서양 여자들도 많이 보

았지만 내가 본 이 중에는 이분이 가장 미인이었지요."(『이광수 전집』 제8권, 628쪽)

객 혹시 치타의 기억을 이르쿠츠크로 착각한 것인지도 모르겠는데요?

주 무엇이 소원이냐고 묻는 기자의 질문에 42세 이광수의 대답은 이러하지요. "방랑이지요"라고. "아직 가보지 못한 곳으로 아무 근심 없이 자꾸자꾸 돌아다니는 것이 좋아요. 원래 나에게는 방황성의 피가 흘러 있는가보아요"라고.

객 그야말로 '히스테리아 시베리아카' 이군요. 시베리아 농부가 지평선 저쪽으로 지는 해를 따라 저도 모르게 괭이를 그 자리에 놓고 끊임없이 걷다가 쓰러져 죽기가 그것. 그렇다면 혹시 그 '헛것'에 들려(憑)버리기란 바로 예술의 속성이 아닐까요.

주 ……

객 그 끝에 죽음이 놓여 있고.

주 죽음의 초월로서의 '헛것'이 아니었을까.

객 그 지독한 사치스러움.

주 ……

객 ……

관념과 감각 사이

호치민 시, 「몰개월의 새」, 그리고 위다푸

너무 커서 잘 보이지 않는 나라

베트남은 너무 커서 잘 보이지 않았다. 인구 7천4백만. 길이도 너무 길었다. 이웃 캄보디아나 라오스 따위와는 비교도 안 될 만큼 대국이었다.

베트남 사람들은 너무 복잡하였다. 다수를 이룬 킨 족을 비롯 54개 종족의 집합체였다. 베트남이 잘 보이지 않는 것은 이 때문만도 아니었다. 우선 너무 어두웠다. 일곱시 반에 김포공항을 출발, 탄손누트 공항에 닿자 밤 열한시. 몇 개의 조명밖에 없는, 사이공 최후의 날의 그 유명한 비행장. 활주로에 닿은 비행기가 용케도 어둠 속을 헤매어 겨우 주저앉는 것이었다. 공항 대합실도 역시 어두웠다. 밖으로 나와도 어두웠다. 우리 기아의 프라이드와 마즈다의 택시 몇 대가 서 있었다. 공항 주변엔 의외로 사람들이 붐볐다. 주뼛주뼛 서 있자니 안내원이 손을 흔들었다. 이곳 경력 이 년째인 삼십대 여자.

DAEWOO 마크도 뚜렷한 버스에 실려 호텔로 향하는 길은 너무 어두웠다. 호텔 '밧닷'. 제5구 중국인 거리였다.

1996년 8월 15일. 태양이 눈부셨다. 어둠은 어디에도 없었다. 자귀나무 가로수의 초록, 하늘에 박힌 청색, 아스팔트의 흑색이 그럴 수 없이 강렬하였다. 습하지도 않았다. 무덥지도 않았다. 그렇다면 알맞았던가. 그렇지도 않았다. 이 기묘한 감정을 어떻게 표현하면 적절할까. 작가도 시인도 말을 잃었다. 일종의 어긋남이라고나 할까. 관념과 감각의 갈등이라고나 할까. 관념만이라면 관념으로 돌파할 수 있으리라. 감각만이라면 또 그것으로 돌파할 수 있으리라. 그렇지만 이처럼 관념과 감각의 충돌은 썩 난처한 법. 현명한 사람이라면 양쪽 모두를 버릴 것이다. 그렇지 못한 사람은 어떠할까. 관념이거나 감각 어느 한쪽에 기울면 그만이 아닐까. 내게 열려진 곳은 감각 쪽 뿐이었다.

어째서 감각 쪽 뿐인가. 누군가가 묻는다면 잘 설명할 수 없긴 하나, 다음처럼 말해볼 수는 있을 것도 같다. 이 나라 정식 국명은 베트남 사회주의 공화국이다. 우리나라와 국교를 맺은 것은 1992년. 이 나라 최고 권력자인 도모이 공산당 서기장이 방한했을 때(1995. 4) 그는 우리나라 국립묘지에 헌화하지 않았다. 만일 우리 대통령이 이 나라를 방문한다면 어떻게 될까. 호치민 묘소나 무명용사탑에 헌화할까. 이는 두 나라 사이에 걸친 역사의 무게, 그러니까 일종의 관념이다. 이 관념의 무게를 감당할 힘이 내겐 없었다.

이렇게 말하면 누군가 뒤에서 입을 삐쭉일지도 모르긴 하다. 역사에서 도피하고자 하는 음모가 아닌가, 라고. 그럴지도 모를 일이긴 하나 정작 이 나라에 와보니 나를 에워싸는 직접적인 것은 감각 쪽이었다. 이 나라는 관념을 강력히 거부하고 있었다. 적어도 내게만은 어떤 관념도 용납하지 않는 것처럼 보였다.

관념의 표상이란 무엇인가. 문자도 그중의 하나이다. 혹은 문자가 그 으뜸 표상

수단이 아닐까. 이 나라에서 사용되는 문자 중 단 한마디도 나는 알아낼 수 없었다. 그들이 사용하는 오직 그들 말뿐이었다. 베트남이 중국 지배에서 벗어나 그 나름의 통일국가를 이룬 것은 AD 10세기. 이왕조(李王朝), 진왕조(陣王朝), 완왕조(阮王朝)를 거쳐 프랑스 식민지로 된 것이 19세기. 그 동안 한자로 그들의 말을 표기하던 관념 체계에서 이번엔 프랑스 선교사측이 내세운 로마자로 그들의 문자를 삼아 오늘에 이른 것. 중국어가 갖고 있는 4성(四聲)보다 두 개나 많은 6성(六聲)의 성조 체계를 가진 베트남어의 로마나이즈란 그만큼 복잡할 수밖에. 같은 표기라도 소리의 높낮이에 따라 글자 위에 여러 가지 부호를 거느릴 수밖에 없는 이 기묘한 표기 상식으로 그들은 프랑스와 싸웠고 일본군과 싸웠고, 다시 달려온 프랑스와 싸웠고 분단시대를 겪었고, 마침내 초대국 미국과 이른바 베트남 전쟁(1955～1975)을 치렀고, 또한 그 동안의 우방국인 중국과도 전쟁(1979)을 치러내었던 것이다.

이 나라 어느 곳도 이 로마자로 된 그들의 문자로 충만해 있었다. 거리의 간판은 물론 어떤 표지판에도 이들 언어로만 되어 있었다. 화장실도 음식점도 그러하였고 심지어 박물관도 그러하였고, 승려들이 독경하고 있는 대사원의 안내 책자도 그러하였다. 그들은 그 흔해빠진 한자도 영어도 사용하지 않았다. 관광명소인 구치 땅굴도 예외는 아니었다. 한 가지 예외가 있다면 내가 든 호텔 이름이라고나 할까(Bat Dat 호텔의 로마자 표기에다 괄호를 치고 八達이라 적혀 있었다. 중국계 호텔이었던 까닭). 요컨대 이 나라는, 나처럼 부주의한 백수건달식 관광객 나부랭이들이 감히 엿볼 수 없게끔 엄중한 무장을 하고 있었다. 이 나라의 내면(관념)을 쉽사리 엿보지 못하게끔 그들은 은밀한 장치를 해놓고 있었다.

이 나라 사람들의 자존심의 근거도 이와 분리되지 않을 것이다. 요컨대 그들은 독자적이었다.

귀머거리가 본 풍경

내게 있어 베트남은 감각적이었다.

그들이 내게 허용하는 부분이 이뿐이었던 까닭이다. 그렇다면 그 감각이란 무엇인가. 항도 붕타우로 향해 달리는 국도 51번. 이 멋진 아스팔트길은 한국 공병대의 작품이라 했다. 이를 다만 국도 51번으로 바라보기. 그것이 감각이다. 그 길은 2차선 도로였다. 2차선이되 4차선 몫을 하고 있었다. 아스팔트의 반듯함. 그 강렬한 흑색과 황토에 가까운 흙길이 나란히 달리었다. 곳곳에 공사판이 벌어져 있었다. 서울 맥주집 안주로 자주 등장하는 개심과(開心果) 과수원도 눈부셨다. 산이라곤 없었다. 언덕도 없었다. 벼가 한창 자라고 있는 한쪽엔 벼를 베어낸 공터가 뚜렷했다. 이모작을 하는 장면이었다. 물과 진흙으로 덮여 있는 논에 작은 흰 시멘트 구조물이 자주 보였다. 무덤이었다. 너무 선명하고 이질적이었다. 화장하는 대신 무덤을 만드는 풍조가 통일 후에 부쩍 늘어났다고 했다. 어떤 곳에는 제법 규모가 컸다. 가족묘지였을까. 미토의 어떤 과수원 농장에서 본 어린이의 무덤은 또 얼마나 이상했던가. 논바닥 흙을 높이어, 혹은 논두렁을 좀더 넓고 높게 돋우고 그 위에 시멘트 구조물로 만든 무덤이기에 도무지 어울리지 않는 것이었다. 그도 그럴 것이, 시체에 물이 닿지 않도록 물 위에 두어야 하는 것이니까. 문득 언젠가 뉴올리언스에 갔을 때의 그곳 관광명소의 하나로 지정되어 있는 묘지가 떠올랐다. 미시시피 강 하구에 위치한 이 도시의 지반이 워낙 낮고 또 물이 스며 무덤을 지표보다 높게 하여 만든 묘지였다. 지하에 시체를 묻는 것이 아니라 거꾸로 지상에다 시체를 두고 벽돌을 쌓아올리는 방식이었다. 붕타우 가는 길엔 또한 자주 가톨릭 성당이 보였다. 뾰족탑과 함께. 어김없이 그곳에는 공동묘지가 있었다. 프랑스 지배의 유물이라 했다. 지식층 부호들이 많이 산 증거라 했다. 이 공동묘지 또한 어색하고 그로테스크하기는 마찬가지. 논 전체에 흙을 돋우고 담장을 쳐서 구획을 분명히 해놓고 있었다. 붕타우 가는 길엔 노점상도 많았다. 운동모자를 파는 곳이 자주 눈에 띄었다. 그들의 전통모자인 삿갓은 이제 버린 것일까. 삿갓을 쓰고 혼다(오토바이)를 탈 수 없기 때문이었을까. 아오자이를 입은 여인 보기도 무척 어려웠다. 이 나라 여인의 특징이 아오자이로 표현되지 않았던가. 가느다란 몸매에 물지게 모양의 긴 지게를 양 어깨에 걸치고 그 끝에 물건을 싣고도 날렵하게 움직이는 그러한 여인상이 아오자이와 더불어 있지 않았던가. 그만큼 강인하고 유연한 것이 이 나라 여인의 모습이 아니었을까. 구치 땅굴에 가보아도 이를 금방 알 수 있었다. 한 여인이 미군 1백2명을 사살했다는 기록도 그런 것이 아닐까. 이 아오자이를 한 벌 사서 가져갈 수 있을까. 안내인이 한마디로 저지하였다. 너무 품이 좁아 그들 아니고는 아무도 입지 못한다는 것이다.

붕타우 가는 길 한중간엔 제법 큰 휴게소가 있었다. 이런저런 과일들이 있었다. 이런저런 음료수도 있었다. 이런저런 조각품도 있었고, 뱀술도, 이름 모를 유리병 속의 강장제 동식물도 있었다. 그중 뚜렷한 것이 건어물. 일본 사람들이 '가이바시라'라고 부르고 우리말로는 조개관자(貝柱)라 하는 것. 그들은 물건 팔기 위해 안달하지 않았다. 가게마다 나일론 줄로 짠 색색의 해먹(나무와 나무 사이에 매달아 쉬게 만든 그네식 요람)이 즐비했다. 한여름이기에 인기 품목이었을까. 그들의 필수품이었을까.

호치민 시에서 버스로 두 시간. 붕타우에 닿자 하늘은 바다와 더불어 짙은 청색, 화염수(火炎樹)의 새빨간 꽃 때문이었을까. 프랑스 식 건물들이 뚜렷하였다. 1965년 7월 1일, 시인이자 육군 소위였던 신세훈씨는 「비둘기부대통신」에서 이렇게 썼다. "제1이동외과 병동이 자리잡은 곳은 사이공 동남방 1백23킬로미터 지점인 붕타우 해수욕장 피서지로 유명한 곳"(『세대』, 1965년 12월호)이라고. 일 년 중 해수

욕이 가능한 네 개의 해변을 지닌 이 천연 휴양지는 산으로 둘러싸여 있었다. 그 서북쪽 언덕 위에 흰빛 건물이 있었다. 지금은 관광명소. 매표소에서 받은 관광 안내 쪽지에서 처음으로 한자와 영문자를 보았다. 백궁(白宮)이라 했다. 언덕 이름이 상기산(相期山) 중턱이라 했다. 19세기에 세워졌다고 했다. 총독의 여름 관저라 했다. 마당엔 바다를 향한 녹슨 대포 몇 문. 이층으로 된 이 건물엔 이런저런 유물이 전시되어 있었다. 고딘디엠 대통령의 침실도 보였다. 무엇보다 그럴법한 것은 일층에 전시된 도자기들. 16세기경 이 앞바다에서 난파한 배에서 건져낸 중국 도자기, 동전, 기타의 유물들. 우리의 신안 앞바다 유물에 흡사한 것. 베란다에서는 바다가 한눈에 들어왔다. 눈썹까지 부풀어오른 수평선. 거기 거대한 선박들. 그중에서도 제일 큰 것이 글씨도 선명한 'HANJIN'호였다. 석유탐사선도 보였다. 석유를 품고 있는 바다. 그러고 보니 멀리 크레인선도 눈에 들어오는 것이었다. 해변엔 사람들이 붐볐다. 동네 사람들이었다. 풍경도 백궁도 길거리도 뭔가 불투명해 보였다. 진짜 관광지도 아니지만 생활 터전도 아닌 그런 해변이라고나 할까. 뭔가 안정되지 않는 그런 이질감이 스멀거렸다. 1971년에 세웠다는 열반사(涅槃寺)의 분위기도 마찬가지. 본당에는 제법 큰 석가세존 열반상이 있었다. 남방 불교의 분위기가 조금 느껴지긴 했으나, 절 바깥의 강렬한 햇빛과 바다의 청색에 비하면 자못 미미해 보였다. 몇 푼의 돈을 내고 울려보는 큰 쇠북 소리도 그 울림의 메아리는 가슴에 닿지 않았다.

호치민 시에서 1번 국도로 남서쪽으로 한 시간 거리에 미토 시가 있었다. 이른바 메콩 델타의 입구. 용안(龍眼), 망고의 산지. 흙탕물의 도도한 흐름 위로 관광용 배들이 오르내렸다. 수상시장도 있었다. 델타 중간 지점에서는 제일 큰 섬 이름이 타이손. 과수원 견학이 필수 코스였다. 농장도 보여주었다. 농장의 작은 수로를 통해 쪽배를 저어 메콩 강으로 가는 장면이 그럴 법했다. 숨막히는 더위, 황톳빛 물빛,

그 속으로 미끄러져가는 작은 목선. 아무도 입을 열지 않았다. 짧은 순간 이 무척 길게 느껴졌다.

미토 시 교외에 있는 영장사(永長寺). 야자수 속에 있는 이 절은 1849년 세워진 고찰. 불교 학교도 있는 곳. 독경 소리 요란했다. 스님들이 많았다. 특이한 건물이었다. 삼국지의 영웅을 모신 전각도 있었다. 팔만대장경전도 있었다. 절다운 절이었다.

구치 땅굴은 호치민 시에서 한 시간 반 거리. 아스팔트 4차선. 길은 넓었다. 한적했다. 잘 가꾸어진 농경지였다. 이곳만은 관광명소로 되어 있었다. 여기저기 안내소가 있었다. 흑백 비디오로 당시의 전쟁 상황을 보여주고 있었다. 특이한 것은 그 비디오의 제작연도가 아닐까. 월남전 종결(1975) 이전에 제작된 것이었다. 땅굴이 있었다. 구경꾼들이 많았다.

땅굴은 땅굴처럼 거기 있었다. 시멘트처럼 단단한 흙이었다. 무너질 수 없는 그런 견고한 토질이었다. 지휘소도 있었다. 병원도 그 속에 있었다. 작전실도 있었다. 식당도 있었다. 그들이 먹던 감자 같은 것도 있었다. 땅굴 주변엔 폭격으로 인한 구덩이가 크게 여기저기 있었다. 어떤 땅굴 입구에는 대나무가 총총했다. 그 대

구치 땅굴 입구 대나무숲의 낙서들

나무에 이런저런 관광객들의 글씨들이 적혀 있었다. 홍콩 사람의 글씨가 눈에 띄었다. 홍콩인이기에 이런 낙서도 가능했을까. 땅굴 입구 저만치 떨어진 광장에는 이 나라 정부가 최근에 세운 거대한 충혼사당이 황금빛으로 하늘에 솟아 있었다.

호치민 시의 표정

호치민 시는 혼다의 물결. 출근 시간에도 그러하였다. 대낮에도 그러하였다. 밤에도 그러하였다. 뒤를 비추게끔 한 백미러도 아예 없는 이 간단 명쾌한 혼다 오토바이의 물결이란 대체 무엇일까. 북경의 거리가 자전거의 물결이라면 이 도시는 단연 혼다의 물결. 혼다이기에 그만큼 빠른 속도, 민첩함, 날카로움을 지녔다고 할 수 없을까. 혼자 달려가는 혼다. 남녀 함께 탄 혼다, 아주머니의 혼다, 노인의 혼다가 질풍처럼 내닫는 거리. 대체 그들은 어디를 저렇게 달려가고 있는 것일까. 더욱 알 수 없는 것은 밤의 혼다 질주. 그냥 달려보는 것일까. 물어보아도 모두 우물쭈물할 뿐. 기후 탓이라고도 했다. 그저 달린다고도 했다. 볼일 때문이라 했다. 또 어떤 사람은 그냥 씩 웃어 보일 뿐이었다.

국민 칠 할이 농민이며 일인당 GNP 2백50달러(1995년 세계은행 조사)인 이 나라의 최대 도시(인구 약 4백만 명, 1995) 호치민 시는, 작은 파리로 불렸던 도시. 참으로 거대한 가로수와 서구식 건물이 아직도 여기저기 보였다. 두 탑을 가진 성모 마리아 교회도 그럴 법했다. 그 뒤에 있는 중앙우체국도 프랑스 식 건물. 내부의 반원형 천장에서는 고전적 분위기가 감돌았다. 고급 호텔이 모여 있는 동고이 거리에는 화랑이 많았다. 옛 사이공 시절 파리에서 공부한 화가들이 다시 모여들어 예술의 빛을 내고 있었다. 전쟁유물 박물관(The War Remnant Museum)도 시내 한가운데

(제3구)에 있었다(베트남 말로는 '전쟁범죄 전시관' 으로 표기되는 모양). 입구엔 탱크 두 대, 비행기 두 대, 대포 몇 문.

이색적인 것은 프랑스 식 거대한 단두대. 월남전과 무관한 이 단두대란 무엇인가. 비행기가 미국이라면 그것은 프랑스를 상징하는 것이었을까. 전시관 속에는 이런저런 장면들이 숨막히게 전시되어 있었다. 숨을 헐떡이며 돌아나온 관광객들 앞에는 당시의 메달, 탄환, 기타 표지물 등속을 파는 가게들이 기다리고 있었다. 나이든 미국인 부부의 손에 들린 기념품 메달이 저녁노을에 한순간 사금파리처럼 반짝이는 것이었다.

이 모든 것은 다 무엇인가. 시내 중심부에서 남서쪽에 있는 제5구. 이른바 차이나타운. Bat Dat이라 쓰고 괄호 속에 '八達' 이라 적어넣은 호텔에 돌아와 아픈 다리를 쉬어도 내겐 잠이 오지 않았다.

어째서 나는 진종일토록 안절부절못했을까. 문득 내 머리를 스쳐가는 것이 있었다. 감각이란 아무리 생리적이고 또 정직해도 그것이 우리에게 위안거리일 수 없다는 사실이 그것. 인간의 삶이란, 그 어떤 것도 관념이 스며 있지 않은 것이 없다는 사실이 그것. 실상 나는 그 동안 나를 속여온 것이 아니었던가. 관념으로만 살아온 인간이라면 관념에 충실해야 하는 법. 이 기본 법칙에서 벗어남이란 자기기만이 아니었을까.

「청산댁」에서 「몰개월의 새」까지

내게 있어 관념이란 무엇인가. 조정래의 「청산댁」(1972)이 그 하나.

"비구름을 가득 안은 하늘이 낮게 드리웠다. 스산한 바람결이 흙먼지를 일구며

땅바닥을 핥고 지나간다.

'한줄금 퍼부슬랑갑다. 싸게 가자.'

청산댁(靑山宅)은 하늘을 힐끔 올려다보고 몸을 으스스 떨었다.

'아이고 내 새끼 꼬치 얼겠네웨.'

삼베 치맛자락을 걷어올려 아래는 발가숭이인 손자를 감쌌다. 그리고 바짝 추슬러 업고는 잰걸음을 쳤다."

청산댁이 손자를 감싸고 가는 곳이 어디였던가. 마을 당산나무였다. 청산댁은 무슨 소원이 있었을까. 그녀의 목소리는 이러하였다.

"비나이다. 비나이다. 용왕님전 비나이다. 우리 만득이 전장터에 나갔습네. 용왕님이 굽어살피사 총알이 우리 만득이 피해 가게, 총알이 우리 만득이 피해 가게 (……) 딴 집 자석 다 몰라도 우리 자석 만득이만 살아서 돌아오게 용왕님 굽어살펴줍시사."

청산댁이 허주사댁 머슴살이하던 남편에게 시집온 것은 19세. 남편이 주인 동생 대신으로 징용갔을 때 그녀는 주인에게 겁탈당했고 아이 낳고 쫓겨났고, 해방과 함께 돌아온 남편은 6·25때 전사했고, 불구된 큰아들 봉구와 둘째인 만득을 데리고 과부생활에 평생을 바쳤다. 그녀는 머슴과 진배없는 농부. 그 아들 만득이가 "월남이라든가 베트남이라든가 하는 사시장철 복더위보다 더한 여름뿐이라는 나라"에 베트콩들과 싸우러 간 것이었다. 지금 청산댁이 급히 가고 있는 곳은 만득의 초등학교 시절의 선생 집. 만득의 편지 때문이었다. 만득의 편지는 이렇게 시작되었다. "모친 전상서. 지독스런 더위에 고생이 얼마나 많습니까"라고.

선생이 받아적는 어미의 편지는 이러하였다. "내 자식 만득아 보거라"라고. "사루마다 갈아입을 적마동 부적 갈아 붙이는 거 잊어뿔지 말아라"라고. 어느 날 그 만득의 전사 통지를 받은 청산댁은 어떠했던가.

"전생에 무신 악헌 죄를 짓고 나서 요리 복쪼가리도 읍는고. 한평생 살기가 요리도 험하고 기구헐 수가 있당가. 이 새끼 땀에 죽어뿔지도 못허고……"

잠든 손자의 볼을 쓰다듬는 청산댁의 두 볼에 눈물이 골을 파고 내렸다.

이 작품이 불어로 번역된 것은 1981년 월남전이 끝장난 지 육 년 뒤였다. KBS 〈문예극장〉에서 이 작품을 제작했으나, 방영하느냐 마느냐, 혹은 원작을 얼마나 개변하느냐 따위의 이런저런 논란이 내 귀에도 들려왔다. 이 청산댁이 음화라면, 월남에서 돌아온 새까만 김 상사(김추자의 노래)는 양화였을까. 적어도 「청산댁」은 월남전 종전 삼 년 전의 작품. 『태백산맥』의 작가의 면모가 여기서도 여실하였다.

내게 있어 관념이란 또 무엇이었을까. 황석영의 「몰개월의 새」(1976)가 그 하나, 계간지 『세계의문학』이 간판격으로 내세운 창작이었다.

"마지막 군장 검열이 끝난 막사 안은 들뜬 병사들로 술렁거리고 있었다. 이층 침상의 위칸에는 새로 지급받은 의낭과 단독무장이 차례대로 놓여 있었고, 아래 칸에는 자정이 가까워오는데도 침구를 펴놓은 자리가 한 군데도 없었다. 그들은 모두 정글복 차림에다 수색대 모자인 붉은 전투모를 쓰고 우쭐댔다. 군화를 닦아 광을 내는 병사들, 일 년치를 앞당겨 받은 봉급을 침 발라 헤는 병사들도 있었고, 벌써 주보로 달려가 일차를 걸친 축도 있었다. 대부분은 이 마지막 밤을 잠들어 보낸다는 것이 몹시 어리석은 짓이라고 여기는 모양이었다. 내게는 이틀 전에 무단이탈로 다녀온 서울의 하룻밤이 애매하게나마 남아 있었다. 나는 침상의 위칸으로 일렬로 놓여진 의낭 위에 드러누워 있었다. 동료들의 행동 하나하나가 잘 내려다보였다."

월남전 종전 일 년 만에 씌어진 작품. 직접 참전한 군인의 작품. 그리고 『장길산』의 작가의 작품. 대체 몰개월이란 어디일까. 그리고 거기 있는 새는 어떤 새일까. 훨훨 나는 새일까. 기어다니는 새일까. 두더지 모양 땅 속을 헤매는 그런 새일까.

"불빛 보이니?"

"응, 몰개월이다."

전기도 들어오지 않는 곳. 초가 서너 채 있던 외진 곳에 하나 둘씩 주막이 들어선 곳이 바닷가에 있는 몰개월. 바라크로 된 이 엉성한 곳에 작부들이 흘러들었다. 월남 참전을 위해 설치된 특교대 교육장에서 가까운 곳. 이 몰개월의 '똥까이' 들이야말로 전국에서 '가장 깡다구가 센 년들'. 그도 그럴 것이 막판까지 밀려와 전장에 나가려는 병사들의 시달림을 받으니 그럴 수밖에. '깡다구 센 년들'의 하나에 갈매기집 빠꿈이 미자, 애란, 또 무슨 집 영자.

내일 새벽이면 월남으로 향할 그런 밤. 모두가 몰개월의 그 '깡다구 센 년들'을 향해가는 판에 혼자 잘난 척 막사에 자빠져 있는 '나'는 누구인가. 빠꿈이 미자는 '나'를 한 상병이라 불렀다. 이른바 운동권이 되고자 했던 지식 청년. 어쩐지 '나'는 그런 운동권 친구 틈에 끼어들고자 해도 잘 되지 않았다. 그들은 성공한 신사들 같았으니까. 편모슬하의 '나'. 잠시 탈영하여 찾아가보니 모친의 식료품 가게는 폐쇄되었고, 애인은 시집가고 없었다. '나' 앞에 전개된 일 년 반 만의 서울은 화냥년 같았다. '나'는 왜 입대했고 월남전(특교대)에 자원했던가. 요컨대 '나'는 자의식에 가득 찬 지식인. 앞뒤를 가로막는 이 자의식의 안개에서 벗어나고 싶었다. 그 안개는 어쩌면 60년대의 저 김승옥의 「무진기행」(1964)의 안개 그것이 아니었던가. 허무의식으로서의 안개.

월남 출발 보름 전, 술 취해 시궁창에 처박힌 미자를 둘러메고 갈매기집에 들른 한 상병 앞에다 대고 주인여자는 싸늘하게 내뱉고 있었다.

"이 쓸개 빠진 년들이 모두들 애인 하나씩 골라서는 편지질을 하는데, 어떤 년들은 열 사람 스무 사람에게 쓴다우. 한 달에 한 명씩 골라잡아두 열 달이면 열 명이 꽉 찬다구. 미자년이나 옆집 애란이나 가끔 술처먹구 지랄을 하는데. 아마 상대편이 죽었다는 소식이 들리는 모양이지. 그뿐야. 제대하구 가면서 몰개월에 찾아와 들여다보는 놈들은 한 번두 못 봤다니까."

그 미자년이 며칠 뒤 한복 차림으로 훈련장에 '나'를 찾아왔다. 기둥서방이 된 꼴. 어느 날 밤 촛불을 켜놓고 기진맥진한 미자년과 밤을 새웠다. 드디어 출발. 새벽을 가르는 군가의 연속. 병사를 태운 트럭이 연병장을 한 바퀴 돌며 헤드라이트를 켠 채 천천히 움직였다. 안개 부연 몰개월 입구에서 그들은 보았다. 여자들이 길 좌우에 늘어서 있는 것을. 모두들 제일 좋은 한복을 입고 있었다. 꽃을 들고 있었다. 손수건을 흔들고 있었다. 뛰어오는 여자들도 있었다. 빠꿈이 미자도 있었다. 한복을 펄럭이며 뛰어오는 미자가 뭐라고 외치며 손수건으로 싼 '하얀 것'을 차 속으로 던지는 것이었다.

"나는 승선해서 손수건에 싼 것을 풀어보았다. 플라스틱으로 조잡하게 만든 오뚜기 한 쌍이었다. 그 무렵에는 아직 어렸던 모양이라, 나는 그것을 남지나해 속에 던져버렸다. 그리고 작전에 나아가 비로소 인생에는 유치한 일이 없다는 것을 알았다."

몰개월의 새들이 달마다 연출하는 이 연극이란 무엇인가. 살아가는 게 얼마나 소중한 것인가를 아는 자들만이 그 연극의 의미를 알아차릴 것이다. 죽음에 직면해본 사람만이 아는 그런 의미라는 것. 참으로 딱한 것은 이러한 의미를 알아차리기까지 긴 시간이 걸렸다는 사실.

월남전이란 한 상병에게 무엇이었던가. 그리고 작가 황석영에게 과연 무엇이었던가. 자기와의 싸움터가 아니었을까. 앞뒤를 가로막는 지식인의 자의식인 그 안개의 초극 방식의 하나가 아니었을까. 어찌 「몰개월의 새」뿐이겠는가. 마이클 치미노 감독의 〈사슴 사냥꾼(디어 헌터)〉(1979)도 그러하였고 악명 높은 〈플래툰〉도 그러하지 않았을까. 그들은 한결같이 베트콩과 싸운 것이 아니라 자기 내부의 적과 싸웠던 것. 내부의 적이란 무엇인가. 자기 속의 허무의식, 그러니까 인생 자체와의 싸움이었다. 이 죽음과의 싸움에서 이길 장사가 과연 있었겠는가.

『남화경(南華經)』과의 만남

월남이란 무엇인가. 특정 국가도 아니지만 특정 지역도 아니었다. 월남을 두고 내가 관념이라 부른 것은 이 때문이다. 감각 저편에 놓인 관념만이 나를 겨우 버티게 하는 것이었다. 그렇다면 내가 한 주일을 두고 보아온 감각이란 모두 허상이었던가. 나는 헛것을 보고 있었던가. 이 점을 나는 한 번 더 확인해두고 싶었다.

호텔을 빠져나가자 거리는 어둠이었다. 여기는 차이나타운. 일방통행의 길을 혼다들의 헤드라이트가 어둠을 가르며 내는 요란한 혼다 식 폭발음. 귀청을 때렸다. 초저녁이라 아직도 여기저기 상점에는 불빛이 남아 있었다. 한 시간쯤 헤매었을까. 밤거리는 단연 살아 있었고, 활기에 충만했다. 큰 건물 광장에는 요란한 축제가 벌어져 있었다. 청소년들의 노래 잔치랄까, 떼를 지어 춤추는 그러한 난장판이었다. 귀와 눈이 멍멍해진 나는 오래 견디기 어려웠다. 길 건너 한쪽 모퉁이의 불빛을 찾아가보았다. 조금 쉴 참이었다. 한순간 나는 발을 멈추었다. 환각이었을까. 사당처럼 생긴 집이 보였다. 혼다가 서 있는 식당 옆 건물이었다. '光明寺'라는 한자가 연꽃과 더불어 불빛 속에 빛나고 있지 않겠는가. 불교와 도교가 혼합된 중국인 특유의 절이었다. 주판질을 제일 잘한다는 관운장(상인들의 신)을 모신 사당일까, 혹은 부처님일까. 그야 아무래도 상관없는 일. 요컨대 그것은 관념이었다. 그렇지 않다면 내 발길이 멈춰진 이유가 설명되지 않는다. 오랜 헤맴 끝에 옛집으로 돌아온 심정과 흡사했다.

이 절 옆에 문방구와 책을 파는 점방이 있었다. 문방구는 모두 문방구 모양을 하고 여기저기 엎드려 혹은 비스듬히 서 있었다. 책들도 책답게 잡지도 그들답게 펼쳐져 얼굴 전체를 내놓고 있었다. 단행본은 또 단행본처럼 벽에 가득 꽂혀 있었다. 내가 아는 글자는 단 한 자도 없었다. 발길을 돌리려 하는 내게 한쪽 구석의 책더미가 아는 척하지 않겠는가. 조명도 흐린 구석에 쌓인 책더미. 종이 상자 속에 가득찬 책 더미. 한문 책과 영문 책 더미였다. 너무 엄청난 만남이어서 나는 숨이 다 막혔다.

내 눈에 제일 먼저 띈 것이 장자의 『남화경(南華經)』. 중국 협서성 삼진출판사(三秦出版社, 1995. 12) 최신판 중국 고대 철학정신 시리즈의 하나. 본명 '장자'라 불리는 이 『남화경』을 대하고 있자니 내 마음은 나도 모르게 아득하게 달리는 것이었다. 내가 『이광수와 그의 시대』(1981)를 쓸 때의 일. 이광수의 작품 중에 특이한 것으로 단편 「난제오(亂啼鳥)」(1940)가 있다. 1939년에서 1940년까지 어느 하루의 이광수의 내면 풍경을 그린 작품. 일면으로 맹렬한 친일의 글을 쓰는 무렵,

호치민 시 제5구 차이나타운의 한 사원

그의 내면의 다른 일면은 어떠했을까. 선학원에 들러 SS선사를 만난 이광수는 그 선사로부터 '독남화경(讀南華經)'이라 제한 시를 듣게 된다. 오언절구.

"可惜南華子 祥麟作孼虎 寥寥天地間 斜日亂啼鳥(가석할사 장자여 / 상서로운 기린이 호랑이꼴이 되었도다 / 아득하고 가없는 천지에 / 석양에 지저귀는 까마귀꼴이로다)"

장자가 너무 요란하다는 것. 장자가 괜히 말이 많다는 것. 이광수는 SS선사가 자기를 두고 한 말임을 알아차렸다. "고맙습니다" 절을 하고 물러나온 이광수는 이렇게 적었다.

"집에 오는 길에 나는 수없이 '사일난제오'를 뇌이고 혼자 웃었다. '내야말로 석양에 지저귀는 까마귀다' 하고. 자꾸만 웃음이 나와서 견딜 수 없었다. 겨울 해는 금화산에 걸려 있었다."

『남화경』 정가는 D. 71,500이었다.(미화 7달러 정도) 나는 여기서 관념 이광수를 만나고 있었다.

차이나타운과 위다푸의 소설

『남화경』을 소중히 들고 발길을 옮기자 이번엔 다른 상자 속이 내게 알은체를 하는 것이었다. 맨 먼저 내 눈에 띈 것이 위다푸(郁達夫, 1896~1945)의 창작집 『봄바람에 몹시 취하는 밤(Night of Spring Fever and Other Writings)』이었다. 북경에 있는 팬더출판사(Panda Books, 1984)의 것. 어째서 대번에 이 책이 눈에 띄었던가. 긴 설명이 없을 수 없다.

내 전공은 한국 근대문학. 최초로 한국 신문학사를 쓰고자 덤볐고, 쓰다가 중단한 자는 시인이자 카프 서기장을 역임한 임화(林和)였다. 그가 부딪힌 방법론상의 최대 난점이 저 악명 높은 이식문학론(移植文學論)이었다. 일본 근대문학을 떠나서는 그가 구상하는 한국 신문학사를 쓸 수 없었다. 이 명제를 나도 쉽사리 초극할 수 없었다. 이광수, 김동인, 염상섭, 이상 등의 연구에서 내가 공들인 부분도 이들의 문학이 당대 일본 작품 및 작가들과 어떤 관련하에 있었는가에 있었다. 이 점에서는 나름대로의 성과를 올렸는지도 모른다. 그럼에도 내게 불안한 것은 중국 근대문학과 일본의 그것과의 관계가 어떠했는가에 대한 것이었다. 서구보다도 압도적으로 일본 유학을 택한 청(淸)나라 말기의 유학생들이 비로소 중국 근대문학을 개척했던 것. 그 첫머리에 루쉰(魯迅)이 온다는 것은 모두가 아는 일. 루쉰 다음을 잇는 세대는 어떠할까. '창조(創造, 1921)' 파의 궈모뤄(郭沫若)와 위다푸가 아니었던가. 과연 그들은 일본문학 영향, 그러니까 그들 역시 '이식문학론'으로 수렴되는 것이 아닐까. 내가 전공도 아닌 루쉰론을 여러 편 괴발개발 썼고, 북경대학을 찾아가 루쉰 전문가 젠리군(錢理群) 교수와 대담한 것도, 루쉰 고거(故居)를 찾아간 것도 이런 사정에서 말미암았다.

일본 유학 출신의 루쉰, 그리고 그 후속 부대인 궈모뤄와 위다푸의 문학은 어떠할까. 다시 말해 그들은 우리의 김동인, 염상섭과 비교하면 이식문학 면에서 과연 어떠할까. 이 물음에 제일 날카롭게 그리고 애처롭게 튀어오르는 작가, 그가 위다푸

위다푸 단편집 영역판 표지

아니었던가. 궈모뤄와 더불어 일본 유학생이었고(전자는 규슈 제대 의과대학, 후자는 도쿄 제대 경제학) 더불어 예술지상주의의 동인지 『창조』의 창간 멤버이며 함께 대학교수를 거쳐 장제스(蔣介石)의 항일투쟁에 뛰어들었고 함께 이탈하여 망명(전자는 일본으로, 후자는 싱가포르로)했으나, 전자와 결정적으로 구분되는 것은 위다푸가 순수한 문인이었다는 점. 모두가 아는 바와 같이 '창조' 파의 중심인물인 궈모뤄는 항일전선으로 뛰어들어 무한정부(武漢政府)의 요직(육군 중장)에 있었고, 일본 망명(1927년 장개석의 쿠데타에 의해)을 거쳐 학문에 몰두, 갑골문자의 대가로 큰 업적을 남겼으며 십 년 만에 귀국, 항일전에 참가하여 중경정부의 정치부 제3청장을 거쳤다. 중경정부의 문화인 탄압에 항의 「굴원」 「호부」 등의 사극을 썼고, 중화인민 공화국 성립과 더불어 정무원 부총리 과학원장의 요직을 거친 정치가. 이처럼 학자이자 정치가였던 것이다. 이에 비해 위다푸는 설사 교수 노릇, 항일전선 종사까지는 비슷할지 모르나 이를 빼면 철저한 문사요 글쟁이며 그것도 예술지상주의자요 낭만파요 자기파멸형이었다. 내가 유독 위다푸에 관심이 간 것도 이와 무관하지 않다. 김동인과 염상섭, 나도향, 이태준, 그리고 이상의 일면을 위다푸에게서 볼 수 있었던 것이다.

위다푸는 과연 누구인가. 절강성 부양현 사대부 집안 출신인 위다푸가 법률 공부 및 시찰차 일본에 간 형을 따라간 것은 1913년 17세 적. 제1고등학교 외국인 시험에 들고 제8고등학교 이과(理科)를 거쳐 도쿄 제대 경제학부에 든 것은 1919년이었다. 그의 출세작인 단편 「침륜(沈淪)」(가라앉음)이 발표된 것은 졸업하기 일 년 전인 1921년. 그해 그는 궈모뤄와 더불어 상해에서 '창조' 파를 결성하였다. 귀국한 1922년부터 그는 이곳저곳에 교원 노릇을 하는 한편 「혈루(血淚)」(1922), 「봄바람에 몹시 취하는 밤」(1923), 「가등」(1926), 「과거」(1927) 등의 중요한 작품을 썼다. 궈모뤄와 더불어 항일전선에 종사. 싱가포르로 가서 싱가포르 일보(星州

위다푸

日報) 편집인이 된 것은 42세 적인 1938년. 그가 일본 군 헌병에 사살된 것은 광복 후인 1945년 9월 17일이었 다. 그는 병약했고 폐병에 시달렸고, 또 여인관계도 복 잡했다. 어째서 싱가포르, 또 수마트라에 주저앉았고, 어떤 이유로 사살되었는지에 관해 잘 알 수 없으나 좌우 간 그의 간략한 생애는 그의 문학 그것처럼 비극적이었 다. 여기서 내가 비극적이라 함은 그의 출세작 「침륜」의 이식문학적 성격에 알게 모르게 관여되어 있다. 그것은 어쩌면 일본의 '사소설'에 알게 모르게 침윤된 것이 아 니었을까.

"그는 요사이 가련할 정도로 고독하였다"라고 시작되 는 「침륜」의 주인공은 일본 N시의 고등학교(나고야에 있 는 제8고)에 유학중인 중국 학생. 하숙생활을 하면서 워즈워드의 시구와 에머슨의 자연론, 소로의 논설들에 취해 몽환경에 빠져 있다. 공부가 손에 잡히지 않았고 형 과도 갈등을 빚고 있었다. 그러나 무엇보다 이 학생의 고민은 섹스의 눈뜸에 있었 다. 지나가는 여학생만 보아도 견딜 수 없었다. 하숙집 딸에게도 마음 졸이었다. 남 녀 정사를 목격한 뒤, 그는 드디어 결심하고 바닷가에 있는 유곽으로 달려갔다. 창 녀와 자고 난 다음날 그는 이렇게 외치며 투신자살한다. "조국이여, 조국이여, 네 가 나를 죽이는 것이다. 너는 빨리 부자가 되어라. 강해져라. 너의 품안에서는 아직 도 많은 젊은이가 괴로워하고 있단다"(이석호 역, 『위다푸 단편집』, 법조사)라고.

이 작품이 발표되었을 때 큰 반향이 있었는데, 무엇보다 퇴폐적이라는 비난 쪽 이 우세했다. 섹스의 묘사가 당시로서는 도를 지나쳤다는 것. 지금 보면, 주인공이 이불 속에서 고민하기, 타인의 정사 장면 엿보기, 그리고 창녀와 술 마시고 잔 것,

그것도 몇 줄로 스친 것에 지나지 않았으나, 당시의 중국적 문학 감각으로서는 썩 퇴폐적이었던 모양. 그러나 이 작품에서 주목되는 곳은 따로 있는데, 그 학생의 자살이 조국 때문이라 강변한 곳이 아닐까. 섹스에 대한 고민이라면 청소년다운 성향이며 더구나 퇴폐적 낭만주의가 유행하던 시대의 문학이었음을 감안하면 그 자체로서는 대수로운 것일 수 없는 것. 육체와 정신의 갈등이란 단지 통과제의와 같은 것. 일본식 자전적 사소설 수준이라면 이로써 족한 것이겠지만 위다푸의 특징은 그것이 ‘조국’과 관련되었음에 있었다. 비약이 좀 심하긴 했으나 중국 유학생의 이 육체를 주체하지 못해 걸린 우울증이 조국의 변변치 못함에 은밀히 관련되었음은 일본식 사소설과 구별되는 한 가지 지표라 볼 것이다. 수재형인 위다푸를 궈모뤄가 『창조』창간을 위해 도쿄의 그의 하숙집을 찾았을 때 그는 병원에 입원중이었다. 퇴원하면 곧 창작에 몰두하겠다는 것. 이미 「침륜」「남천」「은회색의 죽음」세 편을 썼다는 것, 소설집을 내겠다는 것이었다. 『창조』에 실린 위다푸의 「망망한 밤」에 대해 창조파의 중심인물인 궈모뤄는 이렇게 적고 있어 인상적이다.

“나는 11월 이전에 위다푸에게 모든 원고를 보냈다. 이듬해 정월 1일에 창간되기를 기대하고 있었다. 그러나 의외로 창간호는 기대한 대로는 되지 않았다. 다푸의 「망망한 밤」이 아직 완성되지 않았던 까닭이었다. 다푸는 지나치게 남에게 지지 않는 성격이어서 자기 작품이 압권으로 되지 않으면 절대로 원고를 넘기지 않았다. 그는 3월경 원고를 넘겼고, 곧바로 졸업시험차 도일했다. 5월에야 창간되었다. (……) 「망망한 밤」은 실로 놀라운 대걸작이었다.”(郭沫若, 『創造十年, 續創造十年』, 이와나미사, 1960)

창조파와 맞섰던 인생파인 저우쮀런(周作人) 중심의 ‘문학연구회’ 쪽에선 위다푸를 ‘육욕 묘사 작가’, 궈모뤄를 ‘맹목적 번역가’라 하여 예술파, 퇴폐파로 비난했으나, 궈모뤄의 회고에 따른다면, 단지 ‘투쟁상의 간판’에 불과할 뿐 같은 범주에 지나지 않았다. 요컨대 깃발이 필요했던 것. 이 사실은 실상 궈모뤄와 위다푸 두 걸출한 인물의 생애 자체가 유감없이 증명해 보였던 것. 조국이 그들 생애 한가운데를 가로질러 있었다. 여기까지가 내가 아는 위다푸였다.

위다푸의 창작집『봄바람에 몹시 취하는 밤』에는 모두 열세 편의 단편이 실려 있었지만 내가 읽어본「침륜」「망망한 밤」등은 들어 있지 않았다. 연대순으로 배열된 이 단편집의 첫번째가 표제작「봄바람에 몹시 취하는 밤」이었다. 원제「春風沈醉的晚上」(1924)은 제13번째 작품. "실업자가 되었기 때문에 상하이에 반 년 동안 있으면서 나는 세 번이나 하숙을 옮겼다"라고 시작되는 이 작품은 작가 지망의 지식인 청년이 지켜본 담배 공장 여직공의 얘기. 빈민굴과 다름없는 하숙집에 들고 보니 거기 여직공이 있었다. 그녀는 박봉에 착취당하고 있었으나 그럴 수 없이 맑고 순진한 처녀. 어느 날 투고한 작품이 뽑혀 원고료가 우편으로 왔다. 그 돈으로 멋을 내고 또 여공에게 호의를 베풀자 그녀는 '나'를 불쌍히 여기며 눈물로 훈계하는 것이었다. 도적질을 한 돈이라고 오해한 까닭이었다. 사실을 말하자 그녀는 이렇게 말하지 않겠는가. "매일 한 편씩 작품을 써서 팔면 안 되겠느냐"라고. 이 단순한 정결성 앞에 '나'가 형언할 수 없는 감동을 받는다. 지식인인 '나'란 무엇인가. 빈민굴 사람들이 잠든 거리를 '나'가 혼자 걸어본다. 애조 띤 악기 소리가 들려왔다. 돈벌기 위한 소년 소녀들의 노랫소리였다. 하늘에 가득 차 있는 회백색 엷은 구름이 썩어 문드러진 시체처럼 침침하게 드리웠다. 갈라진 구름 사이로 한두 개의 별이 보였다. 별 근처에는 검게 보이는 하늘색이 무한한 애수를 머금고 있는 것 같았다.

이상이 대충의 줄거리. 노동자를 다룬 소설이기에는 지나치게 피상적이며 또 내면적이다. 그 때문에 감상적으로 처리된 작품이 아닐까. 좌우간 계급문학의 전초에 해당되는 것.

그렇지만, 이 창작집의 표제작은 위다푸를 중국 근대문학의 체계 속에 놓기 위해서는 불가피한 선택이었는지도 모른다. 노동자를 다루었음이 그 특징. 두번째로 수록된 「초라한 제물(薄奠)」(1924)은 인력거꾼을 소재로 한 것. 1984년 현재 사회주의국가 중국의 문학적 체계가 이 창작집을 구성하고 있었다. 중국인 거리와 팔달호텔이 이 점을 내게 가르쳐주고 있었다.

메콩 강은 말이 없었다

1996년 8월 19일 0시 46분. 나는 서울행 KE642에 앉아 있었다. 기내는 이상하게도 붐볐다. 이 한밤중의 출발이란 또 무엇인가. 잠은커녕 내 정신은 은화(銀貨)처럼 빛나고 있었다. 내게 있어 베트남이란 무엇인가. 그것은 너무 커서 잘 보이지 않았다. 너무 어두워서 잘 볼 수 없었다. 베트남 패망 최후의 날의 그 수라장이었던 탄손누트 공항을 가득 채운 이 정적과 어둠 때문에 나는 지척을 구분할 수 없었다. 그럴수록 또렷해지는 것은 관념 쪽이었다. 당초 나는 감각 쪽에 승부를 걸고자 했었다. 여지없이 실패하고 말았는데, 내 감각기관이 햇빛 아래 여지없이 풍화되었고 혼다 소리에 형편없이 얇아졌기 때문. 그만큼 내 육체는 유연성이 없었다. 그럴수록 강해지는 것은 관념 쪽. 이 관념이 안개처럼 앞뒤를 가로막아 나는 꼼짝할 수 없었다. 메콩 강 선상 식당에서 술에 취해보아도, 밴드에 맞춰 짧은 바지의 이곳 여가수와 "사랑해 당신을"이라고 고래고래 외쳐보아도 사정은 마찬가지. 회색에 회색을 칠한다 해도 삶의 황금빛 녹색은 되살아나지 않는 법. 하염없이 선상 이층 난간에 기대고 있자니 누군가가 말을 걸어왔다. "어디서 왔소? 노인장"이라고. 돌아보니, 일층 식당 입구에서 내 발등을 형편없이 밟았던, 태국을 거쳐 하루의 낮과 저녁

메콩 강에서 필자

잠깐 머물며 지나가는 관광객떼 중의 그 청년이었다. 나는 잠자코 있었다. 실상 내가 먼저 묻고 있었던 것. 메콩 강에게 "이 요란한 유람선이란 대체 무엇인가?"라고. 메콩 강은 말이 없었다.

피로함의 근원을 찾아서

기노사키 문학 기행

기노사키를 향하여

1999년 1월 14일, 아침 8시. 최신식으로 개조된 교토(京都) 역을 출발, 효고 현(兵庫縣) 소재 기노사키(城崎)로 향했다. 목적은 두 가지. 온천으로 이름난 곳이기에, 이 한겨울 온천욕 겸 그곳 시골 풍물 구경이 그 하나. 교토의 세련성이랄까 고전적 성격에 알게 모르게 억눌렸던 탓일까. 혹은 다음과 같은 글을 읽었던 탓이었을까.

"신사 숙녀 여러분! 그리웁고 보고 싶고 하던 교토 平安 古都에 오고 보니 듣고 배우고 하였던 바와 같이 틀림이 없습니다. 押川도 그러하고 御所도 그러하고 三十三間堂 淸水寺 嵐山도 그러합니다. 특별히 놀라웁기는 神祠, 佛閣이 어떻게 많은지 모를 일입니다. 나중에는 여우와 소를 위하는 신사까지……"(정지용, 『문학 독본』, 박문출판사, 1947, 82~83쪽)

시가 나오야

　　다른 하나는 이 점이 좀더 유혹적이었는데, 일본 근대소설의 신이라 불리는, 『암야행로』(1921~1938)의 작가 시가 나오야(志賀直哉, 1883~1971)의 출세작 「기노사키에서」(1917)의 고장이었던 것. 일문학자 K교수가 이 점을 내게 상기시켜준 것이었다. 온천도 할 겸, 일본 근대소설의 명작 무대 감상을 겸한 여로라고나 할까. 80년도 재일중 도서관용 『시가 나오야 전집』에서 「기노사키에서」 부분에 쪽지를 끼워두었던 일이 머리를 스쳤다. 사족 출신이며 학습원을 거쳐 도쿄대 영문과를 중퇴하고 귀족 자제 중심의 인도주의자의 동인지 『시라카바(白樺)』 창간 동인인 시가 나오야에 대해서 내가 아는 것은 그가 특이한 작가라는 것, 이른바 일본적 심경소설의 전형이라는 것, 그리고 읽어본 작품으로는 「기노사키에서」와 그의 유일한 장편 『암야행로』 두 편이라는 것 등이었다. 남의 나라 문학을 조금이라도 이해하기란 지난한 일임을 모르는 바 아니지만, 시가의 문학 한 편이라도 읽어보고자 한 것은, 단지 일본적 사소설 또는 심경소설의 어떠함을 조금이나마 엿보기 위함이었다. 이러한 욕심이 얼마나 터무니없는 수작이었던가도 나이를 먹을수록 분명해지는 것이었다. 이 '터무니없는 수작'이 한 번 더 나로 하여금 K교수의 조언에 따르게 하지 않았을까. 뭔가 작품의 현장이랄까 배경 속으로 들어가보는 일이 책상 앞에 앉아 작품만을 읽거나 해설문 따위를 읽고 이해하는 방식이 지닌 한계에서 조금 벗어날 수도 있지 않겠는가. 이런 생각이 또하나의 '터무니없는 수작' 을 깨치기 위해서도 한 번쯤 시도해봄직하지 않았던가.

'한 잔의 포도주' 와 '나의 청춘은 나의 조국'

완행보다는 한 수 위인 급행이었으나 특급보다는 한 수 아래인 기차가 점점 산속으로 들어가는 듯싶었다. 한겨울이라 산비탈마다 눈이 쌓여 있었다. 작은 역을 여지없이 지나버리는 기차는 그래도 서는 곳이 많았는데, 아직도 시골 정경은 그대로 남아 있어, 「기노사키에서」가 씌어지던 1917년으로 거슬러올라가는 듯한 착각에 사로잡히게끔 분위기를 잡아나갔다.

기노사키 역에 닿은 것은 11시 조금 지나서였다. 상당히 먼 거리였다. 작은 시골 역은, 평일인데도, 썩 분주했는데, 관광객 때문이었다. K교수가 섬세히 배려해놓은 덕분에, 여관촌행 버스가 대기하고 있었다. '유도야' 라는 제법 큰 여관. 시가 나오야가 머물며 요양했던 온천장 여관 '미키야(三木屋)' 가 아니었음이 조금 실망스러웠으나, 이 역시 K교수의 뜻깊은 배려였음이 한참 뒤에 가서야 깨우쳐졌다. 너무 가까이 가서는 안 된다는 K교수의 마음 씀씀이가 차츰 이해될 만큼 이곳 온천장 동네 분위기가 몸에 스며왔다.

기노사키 마을은 제법 큰 개울을 끼고 양쪽으로 발전한 마을이었다. 집들은 2, 3층으로 되어 있고, 거개가 온천장이었다. 관광 마을답게 발전해 있었는데, 역에서 버스로 5분 거리였다. 여관에 짐을 던져두고, 막바로 나와 거리를 돌아보았다. 개울에는 물이 흐르고, 온천장이 아니랄까보아 증기가 피어올랐다. 주차장도, 산으로 오르는 케이블도 멀리 보였고 공사중인 여관들도 보였다. 산중이라 음달에는 눈이 쌓여 있었다. 요기를 하고 나오는 길목인 달보기 다리(月見橋)에는 바쇼(芭蕉)가 지나갔다는 비석이 지켜서 있었다. 하늘엔 구름이 급히 흐르고 있어, 햇빛이 보이지 않았다.

과자, 식품 따위를 파는 제법 큰 가게로 들어갔다. 팻말 때문이었다. 사설 문학관이었다. 가게 주인이 만든 이 문학관은 의외에도 대규모였고 잡지 표지 전문의 모화가에 대한 대대적인 자료 수집관이었다. 어째서 이 삽화가에 대해 이런 개인적 작업이 이루어졌는가에 대해서는 잘 알기 어려우나, 식품 가게 주인의 이러한 작업이 감동적인 것은 웬 까닭이었을까. 관광용 이상의 열정이 가게 주인을 에워싸고 있지 않았다면 이런 일이 유지되기 어렵다고 보였기 때문이다. 가게 주인은 과자를 팔던 그 손으로 입장료를 챙기고, 직접 스위치를 넣어 관람객을 안내하는 것이었다. 시가 나오야의 동네에 와서 엉뚱한 짓에 먼저 부딪혔던 것이다.

여관으로 돌아와 비로소 수속을 했다. 소나무로 장식된 이 여관은 계절이 계절인 만큼 거의 비어 있었다. 지붕에서는 눈 녹은 물이, 지붕에서 이어진 꼬아 만든 쇠줄로 흘러내리고 있었다. 물이 옆으로 튀지 않게 하기 위함이었다. 알고 보니 이 지방의 모든 곳의 물받이가 이 장치로 되어 있지 않겠는가.

산골짝 동네라 어둠이 조급했다. 배당된 방은 이 북쪽 날개의 한적한 곳. 전기난로, TV, 그리고 이불이 전부였다. 여관 특유의 분위기 그대로였다. TV에서는 일본 전통 예술극이 펼쳐져 있었고, 탕으로 안내하는 순서가 그 옆에 적혀 있었다. 공동탕이었다. 아무도 없지만 알맞은 온도로 기다리고 있었다. 몸을 담그고 밖을 보니 눈을 어깨에 맨 소나무와 또 무슨 나무가 돌자갈밭 너머로 이쪽을 바라보지 않겠는가. 그들은 눈을 입은 채, 발가벗은 이쪽을 신기한 듯 바라보지 않겠는가. 부끄러웠다. 탕 밖으로 나오자 그 부끄러움이 강도를 더해갔다. 아, 이게 아닌데? 하고 마음을 고쳐먹자 소나무는 소나무였고, 눈은 눈이었다. 그들이 함께 내게 미소하지 않겠는가. 나는 탕 속으로 다시 들어갔다.

"여보시오, 현해탄을 건너온 나그네. 몸이 비쩍 말랐군. 영양 보충도 하고, 놀러 다니기도 하고, 좀 여유를 가져봄이 어떻겠소. 인생은 길지 않은 법. 시가 나오야의 『암야행로』 따위가 뭣이겠소. 「기노사키에서」 따위가 대체 뭐란 말이오. 다 헛것이오."

"……"

"보아하니, 그대는 문학 따위가 한갓 환각의 일종임을 알 만한 나이에 이르지 않았겠소. 이양하, 정지용, 윤동주가 대체 무엇이겠소. 염상섭은 또 무엇이겠소. 그대가 찾아 헤매는 이장희, 오상순이 또 무엇이겠소."

눈을 머리에 인, 유리창 너머의 소나무가 탕 속으로 몸을 숨긴 내게 말을 거는 것이었다. 내가 이 물음에 맞서야 하는 것일까. 언뜻 생각이 나지 않았다. 탕 속에 몸을 담근 채 제법 오랫동안 머문 것은 이 때문이었다. 발가벗은 '나'가 거기 있었다. 뭔가 소나무에 몸을 드러내 보이기엔 부끄러운 '나'가 창가에 어른거리는 것이었다. 순간 뜻밖에도 정지용의 「유리창(2)」가 머리를 스쳤다.

내어다 보니

아조 캄캄한 밤,

어험스런 뜰앞 잣나무가 자꼬 커올라간다.

돌아서서 자리로 갔다.

나는 목이 마르다.

또 가까히 가

유리를 입으로 쫏다.

아아, 항안에 든 金붕어처럼 갑갑하다.

별도 없다. 물도 없다. 쉬파란 부는 밤.

小蒸汽船처럼 흔들리는 窓.

透明한 보라ㅅ빛 누뤼알 아,

이 알몸을 끄집어내라, 때려라, 부릇내라.

나는 熱이 오른다.

뺨은 차라리 戀情스레히

유리에 부빈다, 차디찬 입마춤을 마신다.

쓰라리, 알연히, 그싯는 音響─

머언 꽃!

都會에는 고흔 火災가 오른다.

정지용과는 아무 관련 없는 이러한 환각의 습격이란 대체 무엇인가.

이런 표정을 짓고 있자니, 유리창 저쪽의 소나무, 대나무가 이렇게 말하는 것이었다.

"가엾은 친구여. 그대는 정지용이 아니다. '나의 청춘은 나의 조국'의 아픔을 품에 안은 채, 헤이안 천년 고도와 마주한 정지용을 잘못 알고 있다. 그대는 선배들과 달리 당당한 한국의 남아가 아니겠는가. 탕 속에서 나와 알몸을 그대로 드러내어도 되지 않겠는가. 사해동포주의를 염두에 두어보라. 기노사키에 와서 할 일은, 단지 이곳이 '자연'이라는 사실이 아니겠는가. 얄팍한 상흔이라든가 관광객 수준을 저만큼 알아차리고, 사물의 핵심에 닿을 만한 나이에 이르지 않아서야 되겠는가. 낫살이나 한 그 값을 해야 되지 않겠는가."

탕 속에서 내가 몸을 드러낸 것은 물론 이러한 지적 사항 때문만은 아니었다. 생리적 현상 그것이 참 이유였다. 그 누구도, 아무리 탕 속이 안온하더라도 일정한 시간이 지나면 나와야 하는 법. 유카타를 입은 채 내가 탕 속에서 나왔을 땐, 어둠이 여관을 송두리째 에워싼 한참 뒤였다.

탕에서 나오자 별채에는 요란한 저녁상이 차려져 있었다. 종업원인 늙은 여인이 이것 저것에 대한 설명을 하고, 곧바로 나가는 것이었다. 어째서 이 순간 내게 한 잔의 포도주, 그것이 갈증으로 다가왔을까. 온갖 일본술을 물리치고 굳이 한 잔의 포도주가 아니면 안 되었을까. 이 순간을 위해 김포에서 사온 포도주였던가. 가방에 넣어 여기까지 가져온 한 병의 포도주. 『현해탄』(1938)의 시인이 그렇게 나로 하여금 갈증을 일으키게 만들었던 것이었을까.

찬란한 새 시대의 향연 가운데서
우리는 향그런 芳香 우에
화염같이 붉은 한 잔 포도주를 요구한다

새벽 공격의 긴 의논이 끝난 뒤 야영은
뼛속까지 취해야 하지 않느냐

命令一下!

승리란 싸움이 부르는 영원한 진리다
그러나 나는 또한 패배를 후회하지 않는다
승패란 자고로 싸움의 어찌할 수 없는 운명이 아니냐

중요한 것은 우리가

피로하지 않는 것이다.

적에 대한 미움을 늦추지 않는 것이다.

멸망을 두려워하지 않는 것이다

지혜 때문에 용기를 잃지 않는 것이다

결별에 임하여 무엇 때문에

한그릇 냉수로 흥분을 식힐 필요가 있느냐

벗들아! 결코 위로의 노래에

귀를 기울여서는 안 된다

동백꽃은 희고 해당화는 붉고 애인은 그보다도 아름답고

우리는 고향의 단란과 고요한 안식을 얼마나 그리워하느냐

아 이러한 모든 속에서 떠나온 슬픔을

나는 형언할 수가 없다

그러나 회한의 오솔길로

쓸쓸히 걸어간 일생을 돌아볼

부끄러운 먼 날을 위하느니보단

아! 차라리 내일 아침 깨어지는 꿈을 위해설지라도

꽃과 여인과 승리와 패배와 원수까지를

한 정열로 찬미할 수 있는 우리 청춘을 위하여

벗들아! 축복의 붉은 술잔을 들자.

—임화, 「한잔의 포도주를」, 1939

한 잔 포도주란 무엇이었던가. 차라리 내일 아침 깨어지는 꿈을 위해설지라도 꽃과 애인, 승리와 패배와, 그리고 원수까지를 찬미할 수 있는 것은 청춘의 정열뿐. 나는 나도 모르게 정지용과 임화를 동일시하고 있지 않았던가. 정지용이 '나의 청춘은 나의 조국' 이라 읊자 잇달아 임화는 승리와 패배를 동시에 읊어버렸던 것.

그 포도주에 취해 내 입에선 옛 벗인 김현과 자주 불렀던 밑도끝도없는 노래 한 가락이 흘러나왔다.

하나라며는

하나이면 하나이지 둘이겠느냐

둘이라며는

둘이면 둘이지 셋이겠느냐

셋이라며는

셋이면 셋이지 넷이겠느냐

아무도 나를 중단시키지 않았다.

우상의 성립 과정 — 심경소설의 성립

여관방으로 돌아와 이불을 펴고 누웠으나 잠이 오지 않았다. 잠을 청하자니 나를 이곳에 오게 한 K교수의 얼굴이 떠오르지 않겠는가. 그런데 동안인 K교수의 얼굴이 의외에도 심각해 보였다. 일본문학의 특성이랄까 그들 고유의 미학인 사소설,

심경소설이란 무엇일까. 이 미학적 과제의 이해에 K교수가 얼마나 고민해왔는가를 보여주는 그런 얼굴로 내게 육박해오는 것이었다. 지금쯤은 체험으로서의 「기노사키에서」를 음미할 수도 있지 않겠는가. 이 점을 K교수가 내게 묻고 있는 것처럼 느껴졌다. 오래 전에 한 번 읽었던 이 작품을 다시 음미해볼 수밖에. 탕 속에 있는 내 알몸을 엿보던 유리창 밖의, 눈을 어깨에 인 소나무가 이번엔 여관방의 창 밖에서 엿보는 듯한 시선을 물리치며 나는 첫 장을 펼쳤다.

(A) "시내 전차에 치어 다쳤다. 치료차 혼자서 다지마(但馬)의 기노사키 온천에 갔다. (……) 어느 아침의 일. 나는 한 마리 벌이 현관의 지붕에서 죽어 있음을 보았다. 다리를 배 아래로 쭉 뻗고 촉각이 모양 없이 얼굴로 처져 있었다. 다른 벌들은 한결같이 냉담했다."

(B) "벌의 주검이 비에 씻겨내려 내 눈에서 사라진 직후였다. (……) 다리의 기슭에 사람들이 서서 뭔가 개울 속을 보면서 떠들었다. 커다란 쥐가 개울 속에 던져졌음을 보고 있었다. 쥐는 필사적으로 도망치고자 헤엄치고자 했다. 머리에는 7촌 가량의 꼬챙이가 관통되어 있었다. 머리 위에 3촌 정도, 목에 3촌 정도 꼬챙이가 나와 있었다. 쥐가 돌담 쪽으로 오르고자 하자 아이들이 두셋, 중년의 차부가 한 사람이 돌을 던졌다."

(C) "이런 일이 있은 지 얼마 뒤 어느 저녁 무렵. (……) 나는 작은 개울을 따라 올라갔다. (……) 뜻 없이 나는 옆의 개울을 보았다. 비탈진 곳에서 물이 나오고 있는 제법 큰 돌에 검고 작은 것이 보였다. 도롱뇽이었다. (……) 나는 웅크린 채 옆에 놓은 작은 돌멩이를 들어 던졌다. 별로 도롱뇽을 겨냥한 것은 아니었다. (……) 도롱뇽은 죽어 있었다."

벌의 죽음, 쥐의 죽음, 그리고 자기가 던진 돌멩이에 맞은 도롱뇽의 죽음이 이 작품의 중심축을 이루고 있다. 이러한 죽음을 감지하는 '나' 란 무엇인가. "살아있음과 죽음이란 양극이 아니었다. 그 정도의 차이가 없는 느낌이 들었다"라는 경지에 이르기란, 주인공이 어떤 특수 상황에 있음에서 직접적으로 유래된다. 곧 병적인 상태라고나 할까. 이 경우 중요한 것은 주인공이 곧 '작가 자신'이라는 사실이 아닐 수 없다. 하녀와의 결혼 건으로 빚어진 부친과의 불화, 교통사고로 죽을 뻔한 일, 그리고 아우의 자살 등으로 상처를 입은 청년 주인공이 가출, 요양차 지금 이곳 온천장에 왔지 않았던가. 병적으로 날카로워진 정신 상태라 할 것이다. 귀족 집안 출신이자 문학을 지망한 이 주인공의 정신 상태란 정상인의 그것이 아니다.

일찍이 니체는 이런 상황을 썩 그럴 법하게 지적한 바 있다. "병자의 광학(견지)에서 한층 건전한 개념이나 가치를 보며 또 다시 거꾸로, 풍부한 생명의 넘쳐흐름과 자신감에서 퇴폐적 본능의 은밀한 움직임을 내려다보는 것, 이것이 내가 가장 오랫동안 연습한 내 특유의 경험이어서, 만약 내가 어떤 일에서 대가급이 되었다고 한다면 그것은 이 점에서이다"(『이 사람을 보라』)라고. 장기간의 연습, 고도의 정신력으로 획득된 광학(光學)이 니체의 그것이라면, 시가 나오야의 그것은 어떠할까. 장기간의 연습도 고도의 정신력 소산도 아니라는 점. 궁지에 몰린 한 청년이 처음으로 죽음에 대면했다는 최초의 체험적 사실이기에 이는 저 니체의

山の手線の電車に跳飛ばされて怪我をした、其後養生に、一人で但馬の城崎温泉へ出掛けた。背中の傷が脊椎カリエスになれば致命傷になりかねないが、そんな事はあるまいと醫者に云はれた。二三年で出なければ後は心配はいらない、兎に角要心は肝心だからといはれて、それで來た。三週間以上――我慢出來たら五週間位居たいものだと考へて來た。

頭は未だ何だか明瞭しない。物忘れが烈しくなつた。然し氣分は近年になく静まつて、落ちついたいい氣持がしてゐた。稲の穫入れの始まる頃で、氣候もよかつたのだ。

　　城の崎にて

二六七

「기노사키에서」 본문

방법론적 자각과 질적으로 구분된다. 방법이 아니기에, 주인공과 작가의 틈이란 있을 수 없다. 온몸으로 느꼈고, 처음으로 체험한 세계 인식이기에 그것은 어디까지나 논리와는 거리가 있는 것. 가령 벌 한 마리의 죽음을 보자. 사람도 언젠가 죽는다. 주인공 자신도 이 사실을 알고 있다. 그런데 벌이 벌집으로 열심히 드나드는 것은, 인간이 매일 자기 집 드나드는 것과 뭐가 다른가. 한 마리 벌이 우연히 죽었다. 다른 벌들은 그를 밀쳐놓고 자기들 일에만 열중한다. 주인공이 죽었다고 해서 친지나 세상 사람들이 누구 하나 쳐다도 보지 않는 것과 꼭 같다. 생물의 삶과 죽음에서 주인공인 인간의 그것을 대비시켰을 때, 그것이 체험으로 육박해왔을 때, 신선한 충격이 아닐 수 없다. 그것은 방법론과는 질적으로 다른, 일종의 감수성의 획득이자 동시에 모럴의 획득이 아닐 수 없다. 시가 나오야의 다음 지적이 이 사실을 말해주고 있다.

"쥐의 죽음, 벌의 죽음, 도롱뇽의 죽음. 이 모두 그때 며칠간 실제로 목격한 사실들이었다. 그리하여 그들에게서 받은 느낌은 솔직히 또 정직하게 쓸 참이다. 소위 심경소설이지만, 여유에서 생긴 심경은 아니다."(「창작 여담」)

시가나오야 박물관 문학비

주인공이 막바로 작가인 만큼, 사소설 또는 심경소설이란 명칭이 붙었는지도 모를 일. 그러나 바로 그 때문에 심경소설이란, '가장 절박한 소설'이 아닐 수 없는 것. 사회성, 시대성의 결여이긴 하지만 그것들이 아무리 대단하고 무거운 것일지라도 '나'의 이 절박한 체험적 사실에 비한다면 대체 무엇이겠는가. 궁지에 몰려 죽어 가는 쥐 한 마리, 우연히 던져진 돌멩이에 맞아 죽은 도롱뇽의 처지, 이유도 없이 죽어간 벌의 모습 등이 그대로 '나'의 문제로 되어 온몸으로 이 문제를 체험하기란, '나'에겐 가장 '절박한 것'이 아닐 수 없다. 모럴 감각이랄까 윤리 문제가 개입함은 이 때문이다. 이로써 시가 나오야 문학은 일본 근대소설의 우상이 되지 않으면 안 되었다.

우상이란 대체 무엇이뇨. 한 인간이 우상화되는 데는 두 가지 유형이 있다. 당대인과 공통성을 갖고 그것을 뛰어넘은 경우가 그 하나라면, 다른 하나는 그 반대의 경우이다. 곧 당대인이 갖지 못한 것을 갖고 그것을 신장, 발전시켜 높은 경지로 이끌어올린 경우. 시가 나오야가 후자의 경우라고 당대의 비평가 아오노 스에키치(靑野季吉)가 지적한 바 있다. 체험적 사실 자체라면 감각에서 벗어나지 못하겠으나, 감각을 통해 느껴지는 쾌, 불쾌가 곧 선악의 판단을 의미하기라면, 그리고 심경소설이나 사소설이 이러한 경지를 가리킴이라면, 그것은 특유의 윤리 문제가 아닐 수 없다. 이러한 소설적 인식이란, 당대인들의 그것과는 썩 다른 것이었다. 극소수파의 인식이라고나 할까. 근대소설이란, 그러니까 국민국가(nation-state)와 더불어, 적극적이고 정치적인 것, 요컨대 사회성을 중심으로 한 것, 곧 '사회화된 개인'(고바야시 히데오)이었다. 이와 크게 어긋나는 시가 나오야의 인식 방법이 소수의 의견이었지만, 이것을 끝까지 밀어올려 마침내 독보적 자리, 곧 우상의 위치에 오른 형국. 단 한 편의 장편 『암야행로』로도 그는 그러하였다.

하늘에 닿은 다리

아침 5시에 일어났다. 탕으로 향했다. 어둠 속에서 옷을 벗고 탕 속으로 들어가
자, 또 누군가가 내 알몸을 엿보는 듯한 느낌이 스쳤다. 외등이 비친 어젯밤의 그
소나무, 대나무가 아닌가. 눈을 어깨에 인 소나무가 내게 인사했다. 이웃 나라에서
온 친구여 잘 잤는가, 라고. 시가 나오야 때문에 잠을 설쳤다고 하자, 훅 하고 온몸
으로 웃는 것이었다. 어깨의 눈 한 무더기가 떨어지지 않겠는가. 내 어리석음을 비
웃는 것이었을까. 문학의 허망함을 비웃은 것일까. 혹은 시간이 하루 지났음을 말
해주는 것이었을까.

이 셋 중 마음에 드는 것은 세번째 것. 하루가 지났던 것이다.

태양이 안개 속 너머로 솟아올랐을 때 나는 어제 오후에 들렀던 '기노사키 문예
관'으로 가보았다. 여관에서 5분 거리. 기노사키 온천의 역사, 기노사키 지역의 밀
짚 세공품 전시에 이어, 이곳과 관련 있는 문인 묵객들을 보여주는 제3전시실이 인
상적이었다. 시가 나오야를 중심으로, 시라카바 파의 문
학사적 위치, 기타 유물 및 관련 자료들이 도표와 함께
일목요연하게 갖추어져 있었다. 이 모두가 내겐 단지 풍
물로 다가오지 않겠는가. 이곳을 떠날 때임을 나는 직감
했다.

11시 정각에 예약된 관광 버스에 올라탔다. 가이드는
20살의 이곳 출신의 처녀. 목소리가 고왔다. 다지마 지
역 관광 코스였다. 우리의 동해 쪽으로 위치한 이곳은
온천 및 해수욕장으로 이름난 곳. 마루야마(円山) 강 건

하늘에 닿은 다리, 아마노하시다테

아마노하시다테에서 필자

너에 있는, 『암야행로』에도 나오는 겐부도(玄武洞)를 보았다. 눈이 쌓여 있었고, 벽돌 모양의 지층이 볼거리였다. 눈 속에 동백이 붉었다. 광물 및 보석류의 박물관이 컸다. 다시 강을 건너 버스는 눈길을 달렸고, 험한 산길을 톺았다. 국수 전문의 집들이 즐비했다. 50그릇까지 비운 자도 있다고 가이드가 말했다. 50그릇만 비우면 평생 무료라고도 했다. 빗방울이 떨어졌다. 과연 국수집엔 무수한 손님들의 쪽지가 붙어 있어, 산골 관광지의 면모가 뚜렷했다. 쉴새없이 가이드가 이곳 역사와 풍물을 읊었으나 마음에 다가오지 않았다. 그저 그런 것이었다. 목적지는 따로 있었으니까.

오후 2시에 마침내 이른 곳이 바로 '아마노하시다테(天の橋立)'. 일본 삼대 명소의 하나인 이 명소가 바다를 사이에 두고 멀리 보였다. 구름 안개 낀 을씨년스런 겨울 날씨. 소나무 숲속에 절 관음사가 있었다. 선창으로 갔다. 20분 거리의 항해. 버

만년의 시가 나오야

스를 버린 가이드가 항해까지 동행해주었다. 닿은 곳은 건너편 선창. 과연 규격이 꽉 짜인 관광지. 케이블카로 산 정상에 올랐다. 거기서 몸을 굽혀 가랑이 사이로 내려다보는 장소가 크게 표시되어 있었다. 어째서 '아마노하시다테' 인가. 비로소 그 해답이 드러났다. 몸을 굽혀 가랑이 사이로 바라보는 경치란 기묘했다. 바다 가운데로 난 긴 소나무 길이 그대로 하늘에 닿아 있지 않겠는가. 일본 건국의 조상들이 하늘에서 지상으로 내려올 때 밟았던 다리, 곧 하늘과 땅을 잇는 다리였던 것이다.

교토 부(府) 미야지(宮津) 시 미야지 만의 모래로 된 섬. 연장 약 3km의 소나무 길. 일본의 명가도(名街道) 중의 하나.

이 곳엔 일본 천황가의 신사가 거창했다. 마을은 온통 관광 가게. 그중에서도 인상적인 것은 가게마다 비웃 모양 짚으로 엮어 걸려 있는 정어리 모양의 생선. 머리가 크고 그것도 대부분 커다란 눈으로 되어 있는 이 작은 생선이란 무엇인가. 그 생선의 두 눈이 시퍼렇게 살아 있지 않겠는가. 일종의 과메기라고나 할까. 문득 오래 전에 읽은, 이곳을 그린 수필 한 편이 머리를 스쳤다.

이곳 여관에 머물 때 이곳 바다에서 잡은 사아딘(sardine, 정어리)이 그럴 수 없이 맛있었다는 것. 그로부터 수년 뒤 다시 그곳에 갔고, 그 생선을 요구하자 주인 왈, 요즘은 이 바다에서도 그놈이 잡히지 않아 양식하고 있다는 것.

"나는 전에 왔을 때와 같이 배도 탔고, 하늘에 놓인 다리를 따라, (……) 시내 거리에는 대규모의 헬스 센터가 세워져 있었다. 게다가 케이블이 걸려 있었고 '가랑이 속으로 엿보기' 위해 배로 가는 수고도 필요 없다고 한다. 그런 설명을 듣기 싫어도 들으면서 하늘 다리의 소나무를 멍하니 바라보았다. 그것은 끊임없이 왕래하는 오토바이의 폭음으로 떨고 있는 것처럼 보였다."(고바야시 히데오, 「아마노하시다테」, 1962)

고바야시 히데오가 이렇게 개탄해 마지않은 지 37년 만에 나는 그곳에 서서 양식인지 천연인지 모를 정어리를 보았다.

다시 바다를 건너와 아마노하시다테 역에 닿으니 5시. 동화 속의 역사였다. 눈 쌓인 마당에는 가리온이 서 있었다. 어둠이 빨리 스며왔다. 6시 정각에 3량으로 된 교토행 쾌속 열차에 올랐다. 신식 관광용으로 만들어진 열차. 선반 대신 온통 유리창으로 꾸며진 열차에 실려 넓은 차창으로 명멸하는 어둠 속의 불빛을 내내 보고 있었다. 그 불빛 속에 뜻밖에도 내 모습이 어른거리곤 했다. 1박 2일의 시간, 흡사 그것이 헛것으로 느껴져 도무지 실감이 나지 않았다. "유리에 차고 슬픈 것이 어른거린다"(「유리창(1)」)라고 정지용이 읊었거니와, 내 차창에 찬 것도 슬픈 것도 아닌, 무슨 아득함 같은 것이 명멸했다. 피로했다. 이 피로함의 정체란 무엇일까. 그 아득함이 점점 형체를 갖추어지기 시작, 한 사람의 얼굴로 다가왔다. 기노사키 문학관을 가득 메운 만년의, 수염 기른 시가 나오야의 초상이었다.

피로함의 정체

시가 나오야의 작품 중 「말과 여러해살이풀」(1941)이란 소품이 있다. 어떤 산에 방목된 한 마리 암말이 머리를 높이 세우고 몇 번이나 크게 울면서 새끼말을 부른다. 산허리에서 이 소리를 들은 새끼말이 정신없이 달려온다. 서로 만난 그들은 잠시 동안 고무로 된 제기를 차듯, 한덩이가 되어 깡총거리다가는, 급히 그 짓을 멈추고 아무 일도 없었다는 듯 머리를 드리우고 풀을 뜯는 것이었다. "한편으로 기쁨을 나타낸 뒤 급히 평시의 상태로 돌아오기, 이 선명하게 변화하는 방식이란 인간의 경우엔 도리어 행하기 어려울 것으로 생각했다"고 작가는 썼다.(『시가 나오야 전집 (4)』, 이와나미 서점, 1973, 173~174쪽)

그로부터 7년 뒤 작가는 노(能) 무대에서 상연되는 〈여러해살이풀 베기〉(梅若六郎 지음)를 보고 문득 이 말의 일을 떠올린다. 유괴되었던 아이를 오랜 시간 뒤에 뜻하지 않게 찾은 노인이, 발을 벌리고 서서 말없이 양팔을 벌려 소매와 더불어 새가 날개를 펴듯 몇 번이고 그것을 되풀이하다가 그치자 빨리 아이에게 나아가 오른손을 들어 자기의 얼굴과 아이의 머리를 소매로 덮는 의젓한 동작을 취하는 것이었다.

노인의 이러한 이상한 표현이란 관객으로 하여금 저절로 눈시울을 적시게 한다는 것. 어미말과 새끼말이 만남의 기쁨에 잠시 도약하는 행위와 썩 닮았다는 것이 작가의 지적이었다. "동물이 인간을 퍽 닮았다고 생각되는 적도 있지만, 동시에 인간이 동물과 퍽 닮았다고 탄복한 일도 있다"(「나의 신조」)고 그는 말한다.

일찍이 '울트라 에고이스트'라고 시가 나오야 문학을 평가한 바 있는 비평가 고바야시 히데오는 간결하게 씌어진 이 작품을 오키나와 민속춤에다 연결시키고 있었다. 오키나와 여행 중 거기서 민속춤을 보았다는 것. 여인이 춘 춤은 〈화풍(花風)〉이라 불리는 작품이었다는 것, 애인을 바다로 떠나보내고 홀로 남으니 쓸쓸하다는 내용. 우산을 손에 든 여인의 춤이 그럴 수 없이 조용한 동작이었다는 것. 거기에는 일본 초기 풍속화에 묘사된 여성의 뚜렷하고 강한 선이 움직이고 있었다는 것. 감정은 기분 좋은 리듬으로 움직이는 흰 양말에 숨겨진 형국이라는 것.

고바야시의 이러한 감정이입은, 약간의 센티멘털리즘인지도 모를 일이다. 왜냐면 전날 오키나와 남쪽에 있는 전적지를 본 것과 무관하지 않아 보이기 때문이다.

15만 명이 희생된 공양탑 앞에 "머리를 숙였으나 내 마음은 완강히 침묵했다"(「춤」, 1965)고 한 점에서 특히 그러해 보인다. 실상 그는 피로해 있지 않았을까.

아마노하시다테에서 교토로 돌아오는 밤 열차 속에서 나를 피로케 한 것은 과연 무엇이었을까. 고바야시에게 있어이 '피로감'은 혹시 '미의식'의 다른 명칭이 아니었던가. 37세의 고바야시가 우리 석굴암 앞에 서 있었다. 그는 피로감을 느껴 마지않았다. 어째서?

"이쪽에서 결여된 것은 잘 알고 있는 것. 곧 조각가가 갖고 있던 '불(佛)'이라는 것이다. 이는 상상해서 알아차릴 그런 성질의 것이 아니다. '불'이 있고

고바야시 히데오

없음, 둘 중의 하나인 것. 그럼에도 '불'이 없는 미, 그런 것을 도대체 생각할 수 있는 일일까. 그럼에도 석굴암 속 가득 찬 기묘한 아름다움이란 무엇인가. 분명 무엇인가를 나는 똑똑히 느꼈던 것이다. 그때 나는 피로했던 것이다. 그렇다면 무엇에 피로했던가. 이쪽에는 '불'이 없다는 사실에 피로했던 것. 틀림없는 일이다. 그렇다면, 하고 앞을 생각해보고자 하다가 나는 말을 잃고 말았다. 암중모색의 생각으로 잠시 뒤에 길을 내려오자 돌연 '에스테티크'라는 말이 떠올랐다. 나는 점점 기분이 나빠졌다."(「경주」, 1939)

'미'를 두고 우리를 절망케 하는 것(릴케)이라 한 시인도 있고, 이처럼 피로케 하는 것이라 말하는 문사도 있었다. 일본인 아닌 나를 피로케 한 것이 미였을까. 종교를 떠나서도, 일본을 떠나서도 미는 여전히 미일 수밖에 없는 것. 이 지독한 피로감.

피로함의 정체를 내게 암시해준 것이 고바야시였던 것일까. 경주의 석굴암 대불 앞에서 오는 피로함의 정체를 약간의 지체 끝에 파악해내었던 것.

내 피로감은 무엇이었을까. 교토가 그것. 교토가 나를 그럴 수 없이 피로케 했던 것이다. 그것은 기요미즈데라(清水寺)도 쇼코쿠지(相國寺)도 아니었고, 니시다 철학도 히에이 산의 절들도, 오하라(大原)의 이끼 긴 절 뒷마당도 동백꽃도 아니었다. 염상섭, 이장희, 오상순, 정지용, 이양하, 그리고 윤동주 때문이었다. 그들의 문학적 감수성에 혹시 헤이안 조 천년 고도인 교토스런 감각이랄까, 뭐 그런 것이 스며 있는지도 모른다는 느낌에서 오는 피로감이 아니었을까.

석굴암 본존불

헤이안 문화와 일본 근대문학

『고도』『세설』『금각사』

석 자 여섯 치의 등꽃과 소설 『고도』

1994년 7월 21일, 놋쇠처럼 쏟아지는 햇볕 아래 서 있자니 현기증이 났다. 헤이안 신궁(平安神宮), 신원(神苑) 등나무 그늘도 안전치 않았다. 등꽃 없는 등나무 가지 늘어져 연못 잉어를 모이게 한들 그것이 햇볕을 막아내지는 않았다. 이 등꽃에서 헤이안 문화의 상징을 느낀다고 『설국(雪國)』의 작가 가와바타 야스나리(川端康成, 1899~1971)는 썼다. 나라에서 교토로 수도를 옮긴 것은 794년, 그후 가마쿠라로 조정을 옮길 때까지 수백여 년의 헤이안 시대는 이곳에서 문화의 꽃을 피웠다. 이른바 헤이안 문화가 그것. 그 문화가 어째서 등꽃으로 상징되는 것일까.

일본에서 가장 오래된 가담집(歌談集)의 하나인 『이세 이야기(伊勢物語)』(10세기)에 이런 대목이 있다. 어떤 한량이 손님을 청함에 등꽃으로 예의랄까 분위기를 갖추었다는 것. 곧 항아리 속에 기이한 등꽃이 있고, 그 휘어진 꽃 모습은 실히 석

자 여섯 치였다는 것이다. 석 자 여섯 치의 등
꽃 생화를 항아리에 담아 내놓고 손님맞기에
나아가기란 무엇인가. 우아한 꽃이 숙이고 피
어 산들바람에도 흔들거리는 풍치란 일본적
인 것이 아닐까. 그것이 석 자 여섯 치라면 그
아름다움이 지나쳐 주체하기 어려움으로 볼
수 없을까. 당나라 문화를 흡수한 나머지 그
다음 단계를 주체하지 못해 그토록 기이한 생
화 창조에 이르고 만 것이 아니었던가. 그러
한 주체하지 못함, 넘쳐흐름의 지나침의 거대
한 덩어리의 하나로『겐지 이야기(源氏物語)』
(10세기)를 들 수 있다. 10세기경에 이같이 장
대한 장편의 이야기(소설이라 부를 정도)를 창
출한 것은 가히 세계적인 기적이라 할 것이다

가와바타 야스나리

(이 작품의 영역은 명역으로 일찍이 소문나 있으며, 한국에서는 세계 네번째로 번역되었
다).『설국』의 작가는 또 이렇게 고백한 바 있어 인상적이다.

　"소년인 내가 고어를 잘 알지 못하면서 읽었던 것도 이 헤이안 문학의 고전이며
그중『겐지 이야기』가 나온 후 일본의 소설들은 이 명작에의 동경, 그래서 모작이
랑 번안이 수백 년이나 계속 되었던 것입니다. 와카(和歌)는 물론이요, 미술 공예
로부터 조원(造園)에까지『겐지 이야기』는 깊고 넓게 미의 양식 구실을 꾸준히 해
왔던 것입니다." (가와바타 야스나리, 「아름다운 일본의 나」, 1968. 12. 12. 노벨상 수상
기념 강연)

　『설국』의 작가, 그가 쓴 소설에『고도(古都)』(1961)가 있다. 1987년 한여름 나는

이 작품에 나오는 삼나무를 구경한 바 있다. "그런데 말이야, 헤이안 신궁의 벚꽃을 봤던 김에 슈 산(周山)의 벚꽃을 보러 갔으면 좋았을 것을 깜박 잊고 있었어. 그 고목 (……) 벚꽃은 아직 안 피었지만 기타야마(北山)의 삼나무가 보고 싶어"라는 대목에 감동해서였을까. 교토 대학 기계공학 전공의 학생이 모는 작은 승용차로 교토 교외를 빠져나가, 기타야마의 삼나무가 빽빽이 들어선 숲 지대를 한나절 헤맸다. 꼿꼿하게 하늘로 치솟은 삼나무란 무엇인가. 그 밋밋한 몸과 하얀 살결로 이루어진 이 삼나무는 아무 가공 없이 그대로 집 짓는 목재였다. 이렇게 밋밋하게 크기 위해서는 긴 장대로 일일이 가지를 쳐주었기 때문이다. 말하자면 산 일꾼들의 직업적인 땀의 결과였던 것.

『고도』의 줄거리는 간단하다. 산 일꾼 청년이 쌍둥이 딸을 낳았는데, 생활이 어려워 그중 하나를 시내 상인촌에 있는 비단 포목집 앞에 강보에 싼 채 버렸던 것. 포목집에선 어쩔 수 없이 그 아이를 장녀로 호적에 올려 키웠다. 세월이 흘렀다. 교토의 축제 기온 마쓰리(祇園祭, 매년 8월)가 열린 어느 날, 두 자매가 마주쳤고, 서로 출생의 비밀을 알게 되었다는 것이다. 이러한 조금 우발적인 플롯이 통속성으로 떨어지지 않고 기온 축제 그것처럼 예술적 향기랄까 기품을 획득한 것은 어떤 연유에서일까. 『겐지 이야기』의 힘이 그 정답이다. 더 자세히는 석 자 여섯 치의 등꽃이 작품에 스며들어, 어둔 틈새 없게 훤히 밝혀주고 있었던 것이다. 그 등꽃의 힘 앞에 서면 우연성이라든가 기묘한 삶의 장면도 돌연 황홀한 빛과 향기로 미의식을 띠는 것이었다.

산은 높지도 그리 깊지도 않았다. 산마루에도 가지런히 늘어선 삼나무 줄기의 그 한 그루 한 그루가 쳐다보일 정도다. 다실(茶室) 신축에 쓰이는 삼나무는 어떤 방식으로 다듬는 것일까. 개울이 있었다. 길게 자란 삼나무는 잘라서 물에 담가두었다 꺼내서 모래로 정성껏 닦는다. 이 일은 여자들의 몫이었다. 불그레한 황색의 진흙 같은 모래. 그 닦인 목재는 물에 씻어 말린다. 짚이나 종이로 감싼다. 완성품이다. 이 목재는 그러니까 가공이 완벽해진 상태이다. 이 모래를 두고 보다이(菩堤)의 모래라 부른다. 계곡의 흐름에서 생긴 모래이다.

쌍둥이 중의 하나는 목재 가꾸는 처녀로 성장한다. 그 아비는 어떻게 되었던가. 삼나무 가지를 치며 이 나무에서 딴 나무로 옮기려다 떨어져 죽었던 것. 작가는 이 대목에서 버려졌던 딸 지에코의 입을 통해 지나가는 투로 이렇게 중얼거렸다. "친아버지는 그 쌍둥이 중의 하나를 버렸던 일을 삼나무 가지 끝에서 생각하다가 얼떨결에 떨어진 것은 아닐까. 그럴 것에 틀림없다"라고.

베니시다레 벚꽃과 소설 『세설』

등꽃 없는 등나무 그늘이란 무엇이겠는가. 대륙의 삶의 감각이 최상의 형식미로만 남아버린, 그래서 주체할 수 없는 넘쳐흐름이 기괴한 형상의 덩어리를 이루고 있는 곳. 헤이안 신궁 뒤뜰이야말로 그러한 상상력의 구체화라 볼 수 없겠는가. 주체할 수 없을 만큼 넘쳐버린 기괴함이란 과연 등꽃뿐이었을까.

이 물음에 제일 민감하게 해답을 내놓은 것은 『세설(細雪)』(1944)의 작가 다니자키 준이치로(谷崎潤一郎)이다. 도쿄의 장사치 가문 출신인 그가 간사이(關西) 지방으로 옮긴 것은 1923년(관동 대지진이 일어난 해) 이후이고 『겐지 이야기』의 현대역에 착수한 것이 1935년이며, 탈고한 것은 1938년이었다. 오늘날에도 이 현대역이 거의 표준으로 되어 있을 만큼 결정적이었다. 그에 있어 장편 『세설』이란 과연 무엇일까. 일목요연한 해답이 주어진다. 『겐지 이야기』의 세계의 연장선상에 있는 그 무엇인가가 정답이다. 헤이안 문화의 그 넘쳐흐름의 기괴함의 연장선상에

다니자키 준이치로

『세설』이 추가되었던 것. "『겐지 이야기』가 나온 후 일본의 소설들은 이 명작에의 동경, 그래서 모작이랑 번안이 수백 년이나 계속되었던 것"이라고 『설국』의 작가는 단언했거니와, 결국 『설국』은 이에 대응한 모작이나 번안의 일종이라는 뜻이 아니고 새삼 무엇일까. 만일 그 모작이나 번안의 불가능에 직면하면 어떻게 될까. 절필할 수밖에 무슨 도리가 새삼 있을까. 가스 호스를 입에 문 가와바타의 자살(1972)은 이로 보면 썩 자연스럽고도 상징적이라 할 것이다. 『겐지 이야기』의 모작이거나 번안에 해당되는 『세설』이기에 거기엔 틀림없이 석 자 여섯 치의 기괴한 등꽃에 준하는 그 무엇이 등장하지 않을 수 없다. 베니시다레(紅枝華)라는 이름의 벚꽃이 그것.

헤이안 신궁 신문(神門)을 들어서 대극전(大極殿)을 정면으로 보며 서쪽 회랑에서 신원(神苑)에 첫발을 딛는 곳에 있는 이 붉게 가지 드리운 벚꽃이야말로 넘쳐흐름으로 이루어진 기괴함의 일종이 아니겠는가. 벚꽃이 아니라 가루눈이 아니겠는가. 드문드문 내리는 눈발이 아니고 무엇인가. 봄에서 초여름으로 건너뛰는 계절 속에 지금 가루눈이 흩뿌리고 있지 않겠는가.

『겐지 이야기』의 현대역에 골몰한 뒤에 쓴 다니자키의 최대 장편 『세설』은 일본 전래의 두루마리 이야기 형식으로, 전형적인 중산층 집안을 통해 파악된 일본적 아름다움의 전통과 문화를 그린 것으로 되어 있다. 곧, 이러한 일본적 미의 전통이 결정적으로 파괴되기 직전의 수년간을 그린 작품이다.

오사카의 구가 마키오카 집안엔 쓰루코(鶴子), 사치코(幸子), 유키코(雪子), 다에코(妙子) 등 네 자매가 있다. 남자 없는 가문인지라 큰딸의 사위를 맞아 양자를 삼았으나, 모두 도쿄로 이사를 해버렸다. 차녀를 시집 보내고 그 사위를 또 양자로 받아들여 그 주변에 분가시켰다. 이 사위는 그 딸 못지않게 썩 훌륭하여 두 처제를 잘 거느린다. 둘째 사위를 가운데 둔 세 자매의 아기자기한 이야기라고나 할까. 줄거리는 별로 없다. 혼기가 찬 셋째인 유키코의 다섯번째 맞선을 주축으로 하여 세 자매의 삶과 미의식에 대한 미묘한 차이 등이 여러 개로 겹치는 에피소드를 통해 부각되고 있을 뿐이다. 때는 1931년에서 1941년까지. 이른바 태평양전쟁이 터지는 그 해의 봄까지이다. 그 동안 둘째의 유산이 있었고 대홍수 사건이 있었을 뿐.

이런 사건을 빼고 남는 것은 무엇인가. 꽃구경놀이, 반딧불잡기놀이, 달맞이하기, 극장구경하기 등 농경 사회의 유습인 연중행사에 참여하기가 그 해답이다. 곧, 헤이안 천년의 세련된 문화 행사에 대한 세 자매의 반응에 다름아니다. 세 자매의 감각으로 그려진 헤이안 천년의 문화 체험기라고나 할까. 『세설』이 『겐지 이야기』의 모방이거나 번안이라 말해지는 근거란 여기서 말미암는다. 그것을 상징하는 등꽃 같은 것이 바로 베니시다레이다.

석가당 앞 정류장에서 전차를 갈아타고 와서 잠깐 쉰 뒤에 택시에서 내려 세 자매는 헤이안 신궁을 향한다. 대극전 정면을 보며 서쪽 회랑에서 신원 바로 앞에 있는 베니시다레는 금년엔 어떠할까. 매년 그들은 이맘 때면 두근거리며 찾아왔다.

"금년도 같으리라 생각하며 저녁 하늘에 펼쳐져 있는 붉은 구름꽃을 보자 모두 함께 '아!' 하는 감탄사가 튀어나왔다. 이 한순간이야말로 이틀간의 행사의 절정이며 이 한순간의 기쁨이야말로 지난 봄 이래 지금껏 기다렸던 것이 아닌가. 그들은 아아, 잘 왔어. 이로써 금년도 이 꽃의 만개에 꼭 맞추었다는 생각이 들자 뭔가 가슴 뭉클해짐과 동시에 내년 봄에도 또 이 꽃보기를 바라는 것이지만 쓰루코 한 사람만은 내년 다시 꽃이 드리우는 때쯤엔 아마도 유키코는 시집간 뒤가 아닐까 생각했다. 그렇다면 설사 꽃의 화려함이 내년에 되돌아올지라도 유키코의 활짝 핀 아름다움은 금년이 최후가 아닌가. 생각이 여기까지 미치자 쓰루코로서는 쓸쓸하지만 유키코를 위해서라면, 제발 그렇게 되기를 바랬다.”

부르주아 집안이자 딸부잣집에서 이들 세 자매의 일상적 삶의 감각의 넘쳐흐름은 석 자 여섯 치의 등꽃 생화만큼 기이함에 해당되는 것은 아닐까. ‘등꽃’과 ‘베니시다레’를 등가로 보지 않는다면 어째서 『세설』이라 불렀겠는가.

가짜 금각사 ― 2천만 엔 건축

3층의 금각사(金閣寺)는 7월의 땡볕 속에서 번쩍거렸다. 온통 금빛으로 번쩍거려 도무지 금각사 같지 않았다. 금빛이란 번쩍거리기에 앞서 은은하고 온화한 법. 빛을 반사하기보다는 반사하면서도 오히려 흡수하는 까닭. 그렇다면 저 염치도 없이 번쩍거리기만 하는 금각사란 무엇인가. 가짜가 아니고 새삼 무엇이겠는가.

미시마 “교토 사람은 썩 창피스럽게 생각하지만요, 저 같은 사람이 보기엔 괜찮았어요.”

고바야시 “아마도 이전의 것과 진배없이 만들었겠지.”

미시마 “예, 금빛 찬란하며 석양빛에 보면 눈이 부실 것 같아요.”

고바야시 “그게 진짜 금일까.”

미시마 “진짜 금인 모양이에요. 어떤 학자의 설에 따르면 위의 일층인가 이층만이 금칠된 것이었고 나머지는 금칠하지 않았다는데요. 그럼에도 재건하는 도중 그 학설이 오류로 판명되어, 계획을 변경, 모두 금칠하기에 이른 것이라는군요, 중간에 흰 벽이 없지는 않으나 온통 금빛 찬란하기에 이른 것입니다."

고바야시 "누구에게 들었는데, 건축비 2천만 엔이 들었다더군."

미시마 "예, 2천만 엔."

고바야시 "싸구나."

미시마 "참으로 싸지요, 오늘날 자기 집 한 채 짓기 위한 비용 정도지요. 온냉방 장치를 한다면 2천만 엔 족히 들지 않습니까. 그러니, 옛 사람들의 사치란 기껏해야 그 정도지요."(「인간의 진보에 대하여」, 『고바야시 히데오 대담집 Ⅱ』, 문예춘추, 1981, 161~162쪽)

여기 나오는 미시마는 소설 『금각사』(1956)의 작가 미시마 유키오(三島由紀夫). 고바야시는 저명한 비평가 고바야시 히데오(小林秀雄)이다. 이들의 대담이 이루어진 것은 1957년이니까 소설 『금각사』 출간 1년 뒤이며 진짜 금각사가 회진된 지 7년 뒤의 시점이다.

도쿄 대학 법과 출신인 31세의 신예 작가 미시마와 완숙기에 접어든 55세의 대비평가 고바야시의 대담에서 드러나는 금각사의 이미지란 천격이며 가짜이다. 기껏 2천만 엔의 지폐 조각으로 환산되는 수준이라고나 할까. 교토 토박이들이 이 가짜 금각사를 창피스러워하고 있다는 미시마의 지적이 이를 새삼 증거한다. 그 창피스러움은, 실상은 교토 타워라는 볼썽사나운 건물을 높이 뽑아올려 관광용으로 만들어놓은 교토 시청의 행정력으로 뻗어간 것은 아니었을까. 이 타워에 올라가면, 한눈에 교토의 전경이 들어온다. 전형적인 분지임이 판명된다. 지질학자의 지적에 따르면 교토란 호수 바닥의 융기에 의해 생겨났다 한다. 이 분지가 일본사의 무대에 크게 떠오른 것은 5세기 이후, 한반도 도래인의 정주터가 된 때부터이다.

나라에서 이곳으로 수도를 옮긴 헤이안 조정 이래의 천 년에 걸친 이 섬세한 도시의 형성은 이른바 형식미의 극치에 이른 것으로 알려져 있다. 기요미즈테라(清水寺)의

미시마 유키오

고바야시 히데오

건축, 히가시혼간지(東本願寺)의 마당, 쇼코쿠지(相國寺)의 정원에 이어진 이 도시의 스카이라인 하나에도 신경을 써야 했던 교토인의 처지에서 보면 교토타워란 심히 못마땅하지 않았을까. 2차 세계대전 때 미군조차도 폭격을 삼갔던 도시가 아니었던가.

내가 오상순, 이양하, 윤동주 다음으로 염상섭의 행적을 찾아 이곳에 두번째로 머문 것이 1987년 여름이었다. 기요미즈테라에 기묘한 일이 벌어지고 있었다. 입장료를 받지 않은 것까지는 좋으나, 입구에서 돈 넣을 봉투를 따로 주는 것이었다. 입장료만큼의 돈을 넣어, 일정한 곳에 넣고 들어가게 되어 있었다. 시청과 절 사이의 싸움 탓이라 했다. 수입이 있는 한 누구나 똑같이 조세 부담의 의무가 있다는 행정적 명령에 사찰이 거부하고 맞선 것이었다. 참배객들의 성금이라면 그만이 아니겠느냐. 이 싸움에서 시청 쪽이 패배하게 되어 있었다. 관광으로 먹고사는 많은 시민들이 시청 편을 들지 않기 때문이다. 교토타워도 그와 같은 존재물이 아니었을까. 금각사도 그러할까. 이 물음에도 고개를 저을 수밖에 없을 것 같다. 당초 있었던 그대로 복원할 수는 없지만 없어진 것의 원촌대로의 복원은 유산 보호에 대한 시민의 의무의 일종인 까닭이다. 호류지 금당벽화의 복원에서도 이 사정을 읽을 수 있다. 그렇지만 그 복원이란 과연 무엇이겠는가. 아무리 원촌대로 복원한다 해도 일종의 가짜이며 따라서 허상이 아닐 수 없다. 미란, 일회성이기에 그것은 그러하다. 고바야시와 미시마의 저러한 빈정댐의 근거도 이에서 말미암지 않았을까.

행위 : 인식과 미 ― 소설 『금각사』

어떤 말더듬이 중이 금각사를 불태운 것이 1950년 7월이며, 이 엄청난 사건의 방화 동기에 대한 추측 기사의 난무 속에서 미시마가 소설을 쓴 만큼 소설『금각사』는 일종의 모델 소설이라 볼 수 있다. 1950년이라면 6·25로 표상되기도 한다는 점에서, 전후 지속된 평화적 무드에 대한 종말론적 감각조차 이 소설의 배경에 작용했는지도 모를 일이다. 찬란한 문화랄까 미의식에 대한 파멸감이 미시마에겐 제3차 세계대전의 징후처럼 도래한 6·25에서 감지되었을 법도 한 일이었으리라. 그렇지만 이러한 배경적 설명이란 별로 중요치 않다. 문제는 '미의 일회성' 의 의미란 무엇이며, 인간에게 이것이 어떤 의의를 주고 있는가에 있다. 미의 일회성에 대한 비판이랄까 복수하기로 이 사정이 도약될 터이다.

줄거리는 이러하다. 주인공 '나' 는 시골 어떤 중의 아들로 태어나 교토에까지 와서 금각사의 중이 되었다. 말더듬이라 외로웠고, 공상 속에서 살았다. 친구 중엔 순진하고 밝은 소년도 있었으나 일찍 죽었다. 대동아 전쟁중이었다. 금각사는 단지 미의 전형에 그치지 않고 멸망의 징후처럼 느껴졌다. 비극적인 존재로 금각사가 ‘나’ 를 옭아매었다. 저 완벽한 미가 전쟁으로 타버릴지 모른다는 것과 그와 더불어 ‘나’ 도 멸망해버릴지 모른다는 공상이 그 동안 살아오면서 미에서 소외되어왔다고 여긴 ‘나’ 를 취하게 만들었다. 그러나 전쟁은 끝났고 금각사와 ‘나’ 의 관계는 불행히도 소멸되고 만다. 그후, 어떤 사립대학에 진학한 ‘나’ 는 한 친구를 사귄다. 그는 불구자였다. 그는 기묘한 신념을 갖고 있었다. 인간은 곧 결코 사랑받지 못하는 존재라는 것이다. ‘인간 존재의 근원적 양태’ 가 이러한 것이라 믿고 있는 그와 말더듬이로 소외된 삶을 이어온 ‘나’ 는 어떤 친밀감을 느낀다. 일찍이 ‘나’ 는 어떤 절에서 우연히 한 군인에게 젖을 내보이는 여자를 본 바 있는데, 전후에 그 여인을 만날 수 있었다. 젖을 보여달라 하여 보았다. 그 유방의 아름다움을 보는 순간 그것이 금각사로 변모하는 것이 아닌가. ‘나’ 는 다시 인생에서 멀어진 것이었다. 그 유방을 소유할 수 없으니까. 여기에 ‘나’ 의 증오심이 생겨난다. 곧 언젠가 ‘너’ 를 지배하리라는 소리를 금각사를 향해 외친다. 금각사란 ‘나’ 에겐 모두 무력함의 근원으로 작동하는 것이었다. 그렇다면 금각사(유방)를 지배하는 방법론이란 무엇인가.

“세계를 바꾸는 것은 행위가 아니라 인식이라고 그(가시와키)는 말했다. 그리하여 철저히 행위를 모방코자 하는 인식도 있다. 내 인식은 이런 종류의 것이다. 그리하여 행위를 참으로 무효케 하는 것도 이런 종류의 인식이다. 그렇다면 오랫동안의 주도한 나의 준비는 한마디로 ‘행위하지 않아도 좋다’ 고 하는 이 최후의 인식 때문이 아니었던가.

보라. 지금이야말로 행위란 나에겐 일종의 잉여물에 불과함을. 그것은 내 인생에서 내 의지에서 나와 별다른 차가운 쇠로 만든 기계처럼 내 앞에 있어 시동 걸기

금각사

를 기다리고 있다. 이 행위와 나와는 전혀 인연이 없는 형국이다. '여기까지'가 나이고, 이 이전은 내가 아니다. 어째서 나는 감히 내가 아니고자 하는가."(제10장)

'나'를 향해 이 세계를 변모케 하는 것은 인식(이반 모리스 Ivan Morris의 영역판엔 인식을 Knowledge로 했다)이며 이 삶을 감당키 위해서는 인간은 인식의 무기를 가져야 한다고 주장하는 친구 가시와키에 대해 "세계를 변모케 하는 것은 행위다"라고 맞섰던 '나'는 이리하여 금각사를 태우기에 이른다.

작가는 여기서 무엇을 겨냥하고 있었을까. (가) 미와 삶의 관계가 그 하나. (나) 행위와 인식의 관계가 그 다른 하나이다. 미의 배후엔 불안과 암흑 또는 죽음이 깃들이고 있음은 금각사 탄생 배후에서 밝혀진다. 본래 금각사는 1395년의 천하 대란을 배경으로 해서 창건된 것이 아닌가. 2차대전을 다시 배경으로 하여 바라보면 금각사의 비극성은 한층 뚜렷해진다. 곧 그 아름다움이란 비극과 정비례하는 것이 아닐 수 없다. 작가 미시마가 미라 부를 땐 그것을 버티고 보존하기 위해서는 그 이면엔 반드시 죽음이라든가 악의 사념이 버티고 있음은 이 까닭이다. 그렇다면 (가)의 관계란 어떠한가. 예술가치고 아무도 이 물음에서 자유로울 수 없다. 미의 영원한 완결성(일회성)을 인간의 일회성과 견주어보면 어떠할까. 인간은 자연의 일부이다. 그가 만들어낸 미와 인간의 관계는 무엇인가. 일찍이 「로댕론」에서 시인 릴케가 이에 대해 썩 그럴 법한 해석을 내린 바 있다. 사람은 그 누구도 미를 창조하지 않으며 다만 어떤 종류의 사물(노동)을 만들어낼 뿐인데, 그 사물이 완성되어 만든 자의 손을 떠나는 순간 돌연 그 사물은 영원한 자연(사물)의 질서 속으로 편입되어 자기를 만든 인간을 가련한 눈짓으로 물끄러미 바라보고 있지 않겠는가. 왜냐면 인간이란 조만간 죽을 운명에 있으니까. 이런 기묘한 순간을 체험하는 자를 두고 예술가라 일컫는다. 최초로 신을 창조한 인간의 체험이 이것이라 릴케는 적었거니와, 미시마의 경우도 사정은 비슷하다. 미의 일회성(완결성)이란 인간의 모멸에 해당되는 것. 미의 완결성이란 삶의 모멸에 속하는 것.

그렇다면 (나) 행동과 인식의 관계란 어떠한가. 세계를 바꾸는 것이 인식이며 여기서 예술이 탄생한다고 했다. 그렇다면 인식과 예술의 관계는 또 어떠한가. 작가 미시마의 태도는 이러하다. 인식의 냉철함과 행위의 뜨거움 그 한가운데 예술이 중간자, 매개자로 있어야 한다는 것. 행위로 치달아도 파멸이며 인식으로 치달아도 사멸뿐이라는 것. 그 중간자의 자리에 미가 놓일 때 비로소 안전한 것이라고 그는 말한 바 있다(「소설가의 휴가」 참조). 그렇지만 누가 이러한 중간자로 머물고자 하겠는가. 왜냐면 미란 완결성(일회성)을 그 본질로 하고 있는 만큼 중간자의 자리를 지키고자 하지 않기 때문이다. 또 다르게 말해볼 수도 있다. 인식과 행위의 중간에 예술이 놓일 때 그 예술의 존재란 불안 속에 움직이고 있다고 볼 수 없을까. 그 불안감이 행위 쪽으로 치달을 가능성이 예견될 수 없겠는가. 이 경우 중요한 것은 엄밀한 일회성이 미를 낳은 예술가 자체의 삶의 방식의 문제이다. 인간에 있어 죽음이란 행위이며 특히 자살이 삶의 완성이자 표현이라면 예술가의 표현은 작품을 창출할 때엔 그때마다 가사(假死)에 그치지 않을 수 없다. 행위의 일회성으로서의 궁극의 죽음과 예술 표현 속의 가사를 비교하면 어떠할까. 전자 쪽의 강렬성이 압도적이라 할 것이다.

『금각사』의 주인공 '나'는 친구 가시와키가 말하는 인식에도 안주할 수 없었다. 또한 금각사라는 미의 일회성에 그 자신의 삶을 모욕당했다. 인식과 예술을 일거에 '행위'로써 뛰어넘고자 덤볐던 것이다. 그 도약대로 된 것이 바로『임제록(臨濟錄)』의 시중(示衆)의 일절이다. "안팎으로 부딪히는 것 모두를 죽여라. 부처를 만나면 부처를 죽이고 조사(祖師)를 만나면 조사를 죽여라. (……) 드디어 해탈을 얻을 것이다." 그러고 보면 금각사 자체가 임제선종 상국사 파의 선사라는 사실에 생각이 미치지 않을 수 없다. 그러고 보니 또한 영역 소설『금각사』(튜틀사, 1959)의 서문을 쓴 낸시 윌슨 로스(Nancy Wilson Ross)의 다음과 같은 지적이 썩 그럴 법하게 느껴진다. "이 작품 주변에 도스토예프스키적인 폭력과 열정의 분위기가 둘러져 있다. 그럼에도 이 소설은, 본질적으로는 불교도적이다. 서구 독자에겐 이 점이 하나의 커다란 가치이다"라고.

서정시, 소설 그리고 비평

인식과 행동 사이에 예술을 놓고 그 예술의 불안한 흔들림에 안정감을 주고자 하는 자는 아무것도 얻지 못한다. 예술이 완결성(일회성)을 본질적으로 요청하고 있는 한 그럴 수밖에 없다. 인식과 행동 사이에 삶(인간)을 놓는다면 어떻게 될까. 삶이란 그 속성상 완결성을 요청하긴 하지만 예술의 그것에 비하면 철저하지 못하다. 이 점에서 예술가도 인간도 같은 운명에 있다고 할 것이다. 그러나 만일 예술가로서의 삶과 인간으로서의 삶을 견주어본다면 어떠할까.

이 견줌에서 작가 미시마는 작가 쪽을 내리고 인간 쪽에다 도박을 건 희유한 인물의 하나라 볼 것이다. 예술가로의 긴장감이란 최고도에 이르러야 겨우 '가사'에 지나지 않는다. 이에 비할 때 인간 쪽의 긴장도는 '진짜 죽음'에 해당되는 것. 1970년 미시마는 일본 자위대 속으로 뛰어들어 배를 갈라 자살함으로써 이 사실을 증명하고자 했다.

이러한 사실에 대해 고바야시의 반응은 어떠했을까. 당초부터 고바야시는 비판적이었음이 판명된다.

미시마 "『금각사』엔 고바야시 씨를 훔친 곳이 있습니다."

고바야시 "어째서."

미시마 "고바야시 씨가 어딘가 쓴 글, 곧 '미란 사람들이 생각하는 것처럼 그렇게 아름다운 것이 아니다. 결코 아름다운 것도 아무것도 아니다'라는 대목이지요."

고바야시 "그래요. 좌우간 군의 라스콜리니코프는 대단한 심미가더군. 미라는 말은 묘한 말이어서 미학자가 이 말을 사용하면 할수록 미에 종사하는 사람들은 이 말을 싫어하지. 세잔은 결코 이 말을 안 썼어."

미에 대해서 떠드는 자일수록 얼치기라는 듯이 위의 대화 속에서도 뚜렷이 감지된다. 미학자라면 모를까. 미의 창작에 종사하는 예술가라면 입 다물고 적어도 미 운운하지는 않는다는 것. 그런데 『금각사』의 작가는 어떠한가. 말 끝마다 '미'라고 떠들지 않겠는가.

다음 장면은 한층 비판적이라 볼 것이다.

미시마 "라스콜리니코프는 사회주의적 범죄다라는 설이 있지 않습니까."

고바야시 "있지. 그 사람에겐 미의 문제란 전혀 없어."

도스토예프스키 연구의 세계적인 권위자의 하나인 고바야시는 이 장면에서 『금각사』의 작가에게 일대 훈계를 하고 있었다.

당초 도스토예프스키는 주인공의 고백체로 초고까지 썼으나, 그만두지 않을 수 없었다. 고백체로 쓴다면 소설이 되지 않는다는 사실을 알아차렸기 때문이다. 『죄와 벌』의 주인공이란 무엇이겠는가. 미치광이가 아니고 무엇인가. 관념(윤리)에 들린 이 청년의 고백이 소설로 될 수 없는 이유는 어디 있는가. 고백이 아니라 외부(리얼리즘)에서 시작해야 소설이 되는 이유란 무엇인가. 살인까지 해버린 이 미친 주인공의 고백만으로는 그가 살아갈 수 없지 않겠는가. 도스토예프스키는 본능적으로 이 사실을 알아차렸다. 이에 비할 때 『금각사』의 저자는 어떠한가. 정반대가 아니고 무엇인가. 『금각사』란 고백체 곧 주관적 의미의 강조에 지나지 않는 것. 『금각사』에 설사 이런저런 인물이 등장한다 해도 모두 주인공의 고백 속의 인물들에 지나지 않는다.

미시마 "아, 아, 정말 그렇군요. 드라마가 성립되지 않는군요."

고바야시 "그렇지. 그러니까 (『금각사』란 소설이 아니고) 서정시가 될밖에. 그러기에 서정시적으로는 매우 아름다운 장면이 많이 나오지. 지나칠 정도로. 솔직히 말해 자네 속에서 두려운 것을 느꼈지. 자네의 재능 말일세."

소설 『금각사』란 한갓 서정시에 지나지 않는다는 지적만큼 모진 비판이 따로 있을까. 작가 미시마 속에서 비상한 재능을 발견하고 그 재능이 일종의 마적(魔的)인 것이라 했다고 해서 그것이 과연 칭찬이라 할 수 있을까.

문득 이 장면에서 나는 내 기억 속의 한 토막이 떠올랐다. 1970년 11월 25일 나는 도쿄의 어느 백화점 안에 있었다. 유학이랍시고 일본에 온 지 얼마 안 되던 때였다. 텔레비전을 사고자 백화점에 들렀는데, 벌여놓은 그 많은 텔레비전 화면마다 미시마 유키오의 자결사건으로 가득 차 있지 않겠는가. 그 속엔 사토(在藤) 총리의 얼굴도 보였다. 이 텔레비전을 보면서 저도 모르게 눈물이 나왔다고 고바야시가 말하고 있었다. 고바야시는 미시마의 추도회 발기위원을 거절하였다. 고바야시의 지적에 따른다면, 『금각사』의 작가와 대담했을 때 그의 대단한 재능은 인정되나, 그것이 조금 마적이랄까, 이상한 느낌이어서 자기와 기질적으로 크게 달랐다는 것, 그로부터 그의 작품을 읽지 않았다고 「감상」(『신조(新潮)』 임시증간호, 1971. 1, 139쪽)에서 적고 있었다.

이 사건으로 일본 천지가 온통 들끓었다. 이러한 소용돌이 속에서 나도 조금은 휩쓸렸다고나 할까. 일제 강점기에 유학한 우리 문인들의 족적을 더듬기 위해 유학이랍시고 온 나는 잠깐 일손을 멈추고 이 요란한 일본 문단 풍속도를 엿보았다. '미시마 유키오 고(三島由紀夫攷)'라는 부제를 단, 내가 쓴 평론 「문학적 죽음과 정치적 죽음」(『현대문학』, 1971. 5)이 그것이다.

나는 지금 놋쇠처럼 쏟아지는 7월 말의 땡볕 속에서 연못가 금각사를 바라보고 있다. 24년 전에 죽은, 소설 『금각사』의 작가 미시마의 얼굴이 그 텔레비전을 가득 채우던 장면이 주마등처럼 스쳐갔다. 24년 전의 나는 무엇이었던가. 24년 전의 나는 24년 뒤의 나를 상상할 수 없었다. 그와 꼭 마찬가지로 나는 지금 24년 전의 나를 상상할 수 없다. 나는 시인이 아니며 더구나 소설가가 아니기에 그것은 그러하다. 나는 비평가이기에 그것은 그러하다. 표현 내용과 표현 형식의 불일치에 운명처럼 괴로워하기에 그것은 그러하다.

발표문의 논리적 표정

국민국가의 문학관에서 본 이중어 글쓰기 문제

해방 전 조선 작가의 일본어에 의한 창작에 대하여

국민국가의 언어관과 문학관

1939년 무렵의 상황의 어떠함은 국민문학의 시선에서 보면 일종의 종언을 가리키임이어서 어떤 논의도 원리적으로는 성립되기 어려웠다고 볼 것이다. '문학'이 있고, 그 하위개념으로 '국민문학'이 있는 것일까. 이렇게 물을 때 이중어 글쓰기의 지평이 열릴 수 있긴 하지만, 그것은 이미 국민문학의 범주와는 거의 무관하다. (A)문학도 (B)국민문학도 동일한 문학이기에 어느 쪽이나 그 '문학적 성취'에 이르기만 하면 그만이라고 주장되기 때문이다. 이와는 달리 '국민문학=문학'의 자리에 서 있다면 사정은 크게 달라진다. 이중어 글쓰기란 그 자체가 모순이자 이율배반인 까닭이다. 여기에는 국민국가(nation-state), 곧 '근대'라는 대전제가 걸려있다고 볼 것이다. 이 철저한 자기민족 중심적 배타사상은 국가어(국어)만을 절대적인 것으로 상정하고 있는 만큼 그 어떤 논의도 스며들 틈이 없다. 진·선·미란

자기의 국어에만 깃들이고 있어야 하기 때문에 어떤 타협도 불가능하다.[1]

한일합방(1910)에서 비롯, 1939년 무렵에 와서는 일제가 국민국가의 언어적 행사를 한반도에 시행한 형국이었다. 실질상 조선어학회가 그 동안 국민국가의 대행 몫을 해온 것인데, 이 대목에 와서야 마침내 그 몫을 빼앗긴 참이었다. 조선어학회 사건이 상징적임은 이런 시선에서이다. 조선어 말살정책을 문학의 처지에서 보면 국민국가 상실의 시작이었다. 한국 근대문학이 그 동안 '상상의 국민국가' 몫을 해왔음을 이보다 더 분명히 증거한 경우는 없다고 보아도 과언이 아니리라.[2]

문학적 범주에서의 국가 상실이 실질적으로 도래한 1939년 전후의 상황에서 많건 적건, 또 알게 모르게 국민문학을 수행해온 우리 문인들은 어떻게 대처해야 했을까. 이 과제에는 다음 두 가지 문제가 선명해질 터이다.

첫째, 이른바 국민국가의 시선에서 바라보는 국민문학으로서의 근대문학, 곧 특정 국민문학의 종언을 들 것이다. 특정 문학으로서의 조선문학은 더이상 성립될 수 없으며 따라서 국민국가로서의 문학적 조선문학은 문학 이전의 상태, 이른바 '무의식'의 범주로만 가능한 처지에 놓이게 되고 마는 것일까. 혹은 그럼에도 불구하고 미래의 국민(민족)국가의 도래를 굳게 믿고 또 이를 꿈꾸며, 미래에다 발표의 장(場)을 두고 계속 창작으로 나아간 경우가 있을 수 있고, 또 실제로 있었다면 어떻게 될까. 이런 문제 영역이 뚜렷해진다.

둘째, 국민국가를 넘어선 곳에서 이루어지는 문학의 영역 창출을 들 수 있다. 조선작가들이 불가피하게 상상적인 공동체의 국적을 떠나 종주국의 언어를 배워 이로써 문학적인 행위로 나아감이 그 영역인바, 자기 본래의 모어 문학이 내면화된 상태인 만큼 넓은 뜻에서 이를 이중어 글쓰기(bilingual writing)의 범주라 할 것이다. 종주국 언어로 문학하는 행위로 나아간 경우는 제국주의적 근대가 낳은 산물이거니와, 이 영역에서 주목되는 것은 새삼 무엇인가. 특수성을 넘어선 보편적인 글쓰기, 또는 글쓰기의 새로운 한 양식일 수 있을까. 혹은 어느 쪽에도 끼지 못하는 국적 불명의 요성(妖星)과 같이 잠시 반짝이다 사라지는 그런 것의 하나일까. 혹은 이러한 요성스런 현상이 세계화 시대라 불리는 21세기적 시선에서 보면 단순한 유성(流星)에 그치지 않고, 지구나 금성처럼 태양계 주변을 도는 떠돌이별스런 존재일 수도 있을지 모른다. 이런 문제 영역이 뚜렷해질 터이다.

이 글은 위의 두 가지 문제를 음미하기 위해 씌어진다.

문화어와 문학어

1938년 10월 일본의 신협극단이 〈춘향전〉을 서울에서 공연한 바 있었고, 이를 계기로 요란한 좌담회가 벌어졌는바, 거창한 제목 「조선문화의 장래와 현재」(경성일보, 1938. 11. 29~12. 8)가 그것이다. 참석자는 극작가 무라야마 도모요시(村山知義), 평론가 하야시 후사오(林房雄), 극작가 아키타 우쟈쿠(秋田雨雀), 장혁주, 경성제대 교수 가라시마 쓰요시(辛島驍), 총독부 보안과장 후루카와 가네히데(古川兼秀), 정지용, 유진오, 임화, 이태준, 김문집, 경성일보 학예부장 데라다 아키라(寺田瑛) 등이었다. 이 좌담회는 해를 넘겨 일본 유수의 잡지에 좌담회 「조선문화의 장래」(『문학계』, 1939. 1)로 재수록된 바 있고, 이어서 「'춘향전' 비판 좌담회」(『テアトル』, 5-12)로 번져갔다.

이들 논의의 쟁점은 무엇이었을까. 조선 문인들은 민족적 표현주의를 질적으로 증거함과 동시에 '용어'에 관해서만 문제삼은 것으로 요약된다. 민족적 정서를 표현하되 그 용어는 '국어(일본어)'로 해야 한다는 것. 김용제의 시, 김문집·장혁주의 소설, 한설야의 『대륙』(국민신보 연재) 등이 현실로 나타났고, 『동양지광(東洋之

光)』의 편집이 벌써 일문으로 전화되어 있는 상황에서 하야시 후사오와 김문집은 고료를 얻기 위해서도 이런 현상의 불가피론을 들었다. 이에 대한 반론으로 구카프계 비평가 한효의 '소위 용어관의 고루성에 대하여'라는 부제로 「국문문학 문제」(경성일보, 1939. 7. 13~19)가 씌어졌으며, 그 반박문 성격의 글 「문학의 진실과 보편성」(경성일보, 1939. 7. 26~8. 1)은 김용제에 의해 씌어졌다.

로댕의 '이중의 진실' 개념을 도입한 한효의 비판의 요점은 이러했다. 예술가에겐 내적 진실과 외적 진실이 있는바, 이 두 가지의 일치 속에 참예술이 있다는 것, 이 점에 비추어보면 노벨상 작가 펄 벅의 『대지』는 중국을 그렸으나 그 외적 진실에 지나지 않지만, 루쉰의 작품은 어떠한가. 중국을 그렸으되 외적·내적 진실을 동시에 그렸기에 서로 뚜렷이 구분된다는 것이다. 한효가 설사 여기서 『대지』가 영어로 씌어졌다는 지적을 하지 않았으나, 문학적 현실이란 그 작가의 현실 속의 언어로라야 비로소 예술 작품으로 이루어질 수 있다는 것, 따라서 일본어로 쓰는 조선인의 작품이란 비현실적임을 주장한 셈이 된다.

그렇다면 누군가 있어, 가령 조선인으로서 조선 현실을 일어로 쓰는 것이 조선어로 쓰는 것만큼, 혹은 거의 버금가는 수준으로 현실적으로 자연스럽다면 어떻게 될까. 이 물음에 대해 한효의 대답은 원리적으로는 자명할 터이다. 이른바 이중어 글쓰기의 장이 열릴 수 있는 영역이 그것이다. 이효석, 유진오, 김사량 등의 일어 창작이, 어느 수준에서는, 이런 범주에 접근한 것인지 아닌지는 논의해볼 만한 성질의 것이리라.[3]

한효에 대한 김용제의 반론은 이와는 썩 다른 방향에서 전개되었는바, 그 논의의 핵심은 '일본어=문화어'에 놓여 있었다.

"국어(일본어 ─ 인용자)는 이미 문화어여서 조선어보다 우수한 언어다. 사실상 동양에 있어 국제어이며 조선에 있어서는 문자 그대로 국어다."

"조선의 말과 글은 그 자체가 조선문화는 아니다. 그렇게 생각하는 것은 민족적 감정이나 정치의식에서 오는 착각이라 생각한다. 물론 조선의 문장은 조선문화의 전통적 표현 도구였지만 그것이, 그것만이 어떤 시대에도 어떠한 문화적 환경 속에서도 유일한 것이 아님을 알아야 한다." (1939. 7. 27)

'일본어＝문화어' 라는 도식이 현시점에서는 피할 수 없는 사실이라 본 김용제의 논법은 일어로도 조선어로도 '자유자재로' 쓸 수 있는 조선작가를 전제로 한 것이다. 이 경우 '자유자재' 란 두 언어가 거의 모어 수준이거나 준모어일 때 비로소 선택의 여지가 생기기 때문이다. 조선어를 모어로 하고 중등교육에서 겨우 일어를 익힌 조선작가들에겐 아무리 일본어가 문화어이며 그로써 창작하면 고급문학이 된다고 외쳐보아도 거의 무의미한 헛소리일 터이다.[4] 문화어란 그만큼 섬세한 언어를 가리킴일 터이며 고급문학 역시 그러한 것이라면 김용제의 주장은 '문학적인 것' 을 도외시했거나 다른 의도를 겨냥했음이 금방 드러난다.

임화의 표현 원본주의

문화어와 비문화어의 구별을 설정하고 조선 작가들로 하여금 문화어인 일본어로 글쓰기를 주장하는 김용제의 논법이 문학의 진실성과는 범주가 다른 것임에 착목하고, 한효의 논법에 기울어지면서 이를 한층 심화시킨 논설이 구카프 서기장 임화에 의해 씌어진 바 있다. 「말을 의식한다」(경성일보, 1939. 8. 16~20)가 그것이다. 이 글에서 임화는 네 가지 항목으로 논의를 펼쳤는데, 이를 순서대로 살피면 다음과 같다.

(A) '좋은 말' 과 '좋지 않은 말'

작가를 목수에 비유함으로써 임화는 창작이 집짓기의 일종이라 본다. 목수가 최

선의 도구와 재료를 사용했을 때 비로소 좋은 집이 지어지듯 작가 역시 '좋은 말'
이 필수적이다. 이때 비로소 기술(技術)의 개념이 태어난다. "기술이 있고서야 의
도라든가 정신의 선악이라 할 것이다"라고 그가 말할 때, 이데올로기라든가 정신
제일주의라든가 기타 목적의식이란 아무리 대단하다 할지라도 적어도 예술에서는
이차적이거나 부차적임을 천명한 셈이 된다. 이데올로기 우선주의를 내세워 언어
에 대한 작가적 원본주의적 원리를 우습게 보았던 카프문학의 이론가 임화 자신의
통렬한 아니러니랄까, 자기반성이 선명히 드러나고 있다.

좋은 말에 대한 자의식 갖기야말로 작가의 원점임을 의심하는 일은 소리의 성질
이나 선율의 메커니즘에 열중하고 있는 음악가를 의심하는 것과 흡사하지 않겠는
가. 그럼에도 후자에 대해서는 아무도 의심치 않으면서 전자에 대해서만 의심하는
것은 웬 까닭일까. 이렇게 스스로 물은 임화는 "당연히 모순이라 할 것이다"라고
단언한다. 이런 모순을 저지르고 있는 문단을 향해 임화는 대성일갈한다.

"근자 우리 조선문단의 젊은 제군들이 이 지상(경성일보에서의 한효, 김용제의 논
쟁―인용자)에서 열린 논쟁을 나는 매우 가소로운 일의 하나로 느끼고 있는 사람
의 하나"라고 전제한 뒤, 그 이유를 이렇게 적었다. "제군들은 말을 실제로, 말만을
논의하고 있는 것처럼 보인 반면 실상은 말에 대해 가능한 한 너무도 적게 또한 논
의함이 거의 없었다고 말할 수 있기 때문"이라고. 임화가 이 글을 쓴 동기가 어디
에 있었는가를 엿볼 수 있는 대목이거니와, 문화어인 일본어냐 모어인 조선어냐를
두고 일으키는 논쟁이란 '용어'의 문제인데, 임화가 보기엔 이런 논의란 문인에겐
전혀 무의미함을 지적한 셈이었다. 작가란 어떤 경우에도 최선의 언어를 사용한다
는 것, 따라서 '좋은 말'이란 자기가 표현하기에 알맞고 타인이 읽기에 알맞은 것
이어야 한다. 그렇지 않은 부자연한 말은 좋지 않은 말이다. 창작을 일본어로 할 것
이냐 모어인 조선어로 할 것이냐에 대한 논쟁이란 이로 보면 작가에겐 있을 수 없다.

어느 쪽이든 자연스럽기만 하면 '좋은 말' 급에 속하기 때문이다. 이런 처지에 섬으로써 임화는 실상 대단한 정치적 발언을 했음이 판명된다. 조선어를 모어로 하는 조선작가들 중 그 누구도 문화어인 일본어를 '자연스럽게' 구사할 수 없다는 사실로 말미암아, 이른바 시국적인 과제인 '용어' 문제를 무화시키고자 했기 때문이다.

(B) 작가의 마음과 표현에의 의지

작가의 마음이란 무엇이뇨. 그것은 표현에의 의지가 아닐 수 없다. 집짓는 일이 정교함과 편리함을 구하듯 표현의 의지란 완벽함과 미를 의욕한다. 이것만이 전부이기에 어떤 정치적 경향성도 앞설 수 없다. 작가의 이런 의지를 충족시킬 수 있는 말은 어떤 것일까. 물을 것도 없이 자연스런 말이다. "그것은 말할 것도 없이 그 작가의 날 때부터의 말, 일상생활에서 불편과 부자유함이 없는 말"이다. 여기에 어찌 도덕상의 의무나 윤리의식이 끼어들겠는가.

(C) 완전히 아름다운 표현과 작가 심리

작가는 어떻게 하면 완벽하게 또 미적으로 표현을 완성할 수 있을까. 이 물음에 임화는 민첩하다. '기술은 언제나 윤리를 거부한다'는 명제를 내세움이 그것이다.

이러한 임화식의 기술원리주의랄까 작가만세주의적 발상이 정작 작품의 '내용'에 대해서는 어떻게 피해나갈 수 있을까. 임화는 희랍조각을 내세웠다. 제작과정 또는 기술 속에 어떤 '내용'도 나름대로 정립된다는 논법이 그것이다. "아름답지 않은 것은 형태가 없는 것이며 형태가 없는 것은 선일 수 없으며 또 진실일 수도 없다"라고.

(D) 표현수단으로서의 정신표지

임화의 이러한 기술제일주의적 발상은 작가중심주의적 처지에서 나온 것이거니와, 그렇다면 독자중심주의 쪽에서 바라본다면 어떻게 될까. 이런 물음에 임화도 역시 둔감하다. 작품의 심판자가 독자이지만 작가는 독자를 감도·교화시키고자 하는 욕망을 갖고 있다. 이 욕망이 곧바로 표현의 기원이거니와 임화는 이를 '문학의 정신'이라 본다. 이 정신과 심판자인 독자의 관계 속에 비로소 표현의 문제가 성립될 터이다. 표현의 과정에서 성립된 것이 작품이다. 표현이 이러하기에 표현의 수단인 말이 정신의 표지는 아니다. 그럼에도 말을 흡사 국경표지(國境標識) 모양 생각하는 논의는 빨리 시정되어야 한다고 그는 주장한다. 임화의 이런 주장이 겉으로는, 기술(표현)원본주의이자 작가중심주의이지만, 실상은 지극히 정치적인 발언임이 이로써 잘 드러났거니와 그는 이런 주장의 연장선상에서 「현대조선문학의 환경」(『문예』, 1940. 7)을 썼다. 이효석, 유진오, 김사량 등의 작품과 더불어 조선문학 특집호에 실린 이 글이 그의 고명한 논문 「신문학사의 방법」(동아일보, 1940. 1. 13~20)의 해설적 부분도 머금고 있다.[5]

유진오, 이효석, 김사량의 경우

일본어가 아시아의 '문화어'라는 인식이 '정치적 언어'로 군림해왔을 때, 임화의 저러한 기술원론주의는 어떤 변모를 보였을까. 민간신문인 조선일보, 동아일보의 폐간(1940. 8. 10), 순문예지인 『문장』『인문평론』의 폐간(1941. 4)이 이루어졌을 때 근대문학으로서의 조선문학은 잠정적으로 중단되었으며 이를 3·1운동에 버금가는 정치적 사건으로 조선총독부가 다룬 것이 조선어학회 사건(1942. 10)이다. 문학의 경우 일어 순문예지 『국민문학』(1941. 11)의 출현은 김용제가 제기한 '용어'의 문제가 정치적 현실문제로 다가왔음을 가리킴이 아닐 수 없었다. 이미 그것이 선택의 과제일 수 없음을 통렬히 깨달은 것은 정작 『국민문학』의 주간 최재서였다.

"용어의 문제가 해결되어 본지로서는 최대의 문제가 해결된 것이다. 조선어는 최근 조선의 문화인에 있어서는 문화의 유산이라 부르기보다 차라리 고민의 종자였다. 이 고민의 껍질을 깨뜨리지 않는 한 우리들의 문화적 창조력은 정신의 수인(囚人)이 될 터이다. 이러한 고민을 안고 잠 못 자는 밤에 문득 떠올라 다시 읽어본 것은 블레이크의 시였다."[6]

주간 최재서가 이 잡지 권두언에다 블레이크의 시 「고대시인의 목소리」 전문을 먼저 내세워놓았던 것으로 보아, 그의 고민의 종자에 대한 심도를 짚어볼 수 있거니와, 이 시와 더불어 그는 시구 한 줄을 빌려, "특히 조선의 문화인에 있어 죽은 자의 뼈에까지 굴러떨어진 위험은 많은 과거에의 집착이라는 것, 이는 오늘날 곧바로 죽은 자의 뼈에까지 떨어질 결과로 되는 데까지 이르고 있다"고 하고, 징병제 실시를 들어 벌써 논의의 여지를 남길 수 없을 정도에 이르렀다고 적었다. 이성적, 합리적 사고와는 별개인, 신비주의 시인으로 알려진 블레이크의 시를 인용한 것 자체가 지성의 포기가 아닐 수 없다. 모든 이성적 사고를 초월하여 돌연한 신비적 깨침으로 새벽을 감지한다는 저 '고대 시민의 목소리'를 온몸으로 받아들인다는 최재서의 결심은 비장한 바가 있는데 그의 개인적인 불행과도 연관되기 때문이다. '죽은 아이 강(剛)에게 준다'라는 부제를 가진 「아들이여 편안히」(『국민문학』, 1942. 1)에서, 폐렴으로 죽은 넷째아들을 미아리에 묻고 나서 최재서는 그 슬픔을 딛고 일어서는 빌미로 삼은 것이 『국민문학』이었다고 고백해놓고 있다. "나는 너라고 믿고 『국민문학』을 키우겠다는"(93쪽) 결의가 그것이다. 일어 평론집 『전환기의 조선문학』(인문사, 1943)을 망아(亡兒) 강의 영전에 바친다고 한 것도 여기 실린 글들이 『국민문학』에 발표된 것들이란 점과 무관하지 않다. 최재서의 이러한 발언이 나온 것이 일본어 상용, 창씨개명(1940. 2~8)을 거쳐 조선에서의 징병제도 실시 결정(1942. 5. 9) 직후였음에 주목할 것이다. 조선어를 '고민의 종자'로 인식하기까지 조선문학의 환경은 다음 두 가지로 나누어 살펴볼 수 있다.

현해탄 위의 고바야시 히데오(좌)와 기쿠치 간(우)

첫째는 일본 작가들의 시선. 두 가지 사례만 보인다면 『국민문학』이 주최한 「신반도문학에의 요망」(1943. 3)이 그 하나. 기쿠치 간(菊池寬), 요코미쓰 리이치(橫光利一), 가와카미 테쓰타로(河上徹太郎), 야스타카 도쿠조(保高德藏), 후쿠다 기요토(福田淸人), 유아사 가쓰에(湯淺克衛) 등이 참가한 이 좌담회에서 고바야시 히데오(小林秀雄)와 더불어 『문학계』의 중심인물인 가와카미의 발언이 제일 주목되었는 바, 그의 발언의 핵심은 '국민문학'을 해야 한다고 모두들 말하지만 "대개 개념을 정해놓고 그것에 맞추어 써내는 문학을 해서는 안 된다"[7]로 요약된다. 이와 똑같은 현상과 주장이 고바야시 히데오에게도 그대로 드러난다. 기쿠치 간을 비롯, 구메 마사오(久米正雄), 고바야시 히데오, 나카노 미노루(中野實), 오사라기 지로(大佛次郎) 등이 1940년 8월 5, 6일에 서울 부민관에서 '문예총후운동'이란 강연을 한 바 있거니와 이중 고바야시의 강연내용 일부를 이태준 주간의 문예지 『문장』은 이렇게 적었다.

"小林秀雄氏. '事變의 새로움'이란 題였는데, 文學에 관련한 결론적인 점은 소위 '事變的 作品'을 써서는 안 된다는 것이다. 한때 좌경시대에 試驗濟인 의식작품이란 차라리 일시적, 야박한 수단에 불과한 것으로 代家(원문대로—인용자)들을 초조하게만 만들 뿐, 정말 한 민족이 세계에 바치는 거대한 작품은 나올 리가 없다는 것이다. 事變時일수록 침착히 원대한 시야에 나서, 유유한 長江과 같은 步法으로 창작하지 않으면 진정한 의미에서 사변적인, 거국적인 대작이 나오지 않으리란 지당천만한 열변이었다."[8]

이처럼 일본의 일급 문인들은 초조한 조선 문인들 앞에 '문학적인 것'의 원론 강연을 망설임도 없이 일삼았음이 드러난다.

둘째, 조선 작가들의 용어에 대한 반응과 그 시선. 이중어 글쓰기의 자질을 실질적으로 발휘한 것으로 평가된 유진오, 이효석, 김사량 등의 반응은 어떠했던가.

(1) 유진오의 경우

일본의 지식인 작가 아베 도모지(阿部知二)와 닮았다고 또 하이칼라 작가라고 말해진,[9] 「남곡선생」의 작가 유진오는 로컬 컬러에 대해 비판적이었다.

"단지 로컬 컬러를 중심으로 일본 문학 바깥에 서고자 하는 지금까지의 생각은 지금부터는 아무래도 용납되지 않는다, 이제부터는 단순히 로컬 컬러의 지방문학이어서는 안 된다, 무엇인가 철학적인 새로움과 가치를 지닌 것이 아니면 안 된다, 라는 뜻이지요. 좋은 것은 살려나간다, 그런 방향이 좋다는 뜻입니다."[10]

유진오의 창작 「여름」이 로컬 컬러에 가까운 것이라면 「남곡선생」은 이를 벗어난, 뭔가 '철학적인 새로움'의 모색이라 할 것이다.[11]

이러한 유진오의 생각이 일본의 규수(九州) 문학이나 홋카이도(北海道) 문학과 조선문학이 아주 다르다는 『국민문학』 주간 최재서의 생각과 대체로 일치되는 것

月と星と（鮮語の自作より）

俞鎮午

初夏の月を浴びて丘に臥よ。

유진오의 일어 시

이다. 이런 과제란 조선에 살고 있던 일본 작가 다나카 히데미쓰(田中英光)나, 최재서의 스승인 시인 사토 기요시(佐藤淸)에게도 똑같이 제기되는 것이겠거니와, 어느 쪽이든 전제로 되어 있는 것은 '일본어', 곧 '용어' 문제를 승인한 데서 비롯된다. '고민의 종자'인 조선어를 버리고 일본어로 창작할 능력이 어느 수준에서 갖춰진 조선 작가의 고민이란 따지고 보면 일본인으로 조선에 살고 있는 작가가 부딪친 문제와 크게 구별될 수 없을 터이다. 임화의 입장에서 말한다면 이중어 글쓰기가 어느 수준에서 가능한 전제 밑에서라면, 작가는 단지 자기만의 개성적 작품을 쓰면 그만일 터이다. 임화의 시선에서 보면 유진오의 이런 발언은 전혀 불필요한 것으로 될 터이다.

  (2) 이효석의 경우

  '말을 의식한다'라는 임화의 명제에 제일 가까이 간 작가로 이효석을 들 수 있다. 그에 있어 언어 감각이란 거의 선천적인 것이었음이 초기작 「노령근해」(1930)에서 비롯, 단편 「하르빈」(1940), 장편 『벽공무한』(1940)에서 각각 확인된다. 가령 러시아의 울림이란 사라져가는 것에 대한 안타까움이 언어의 울림으로 드러난 형국이어서 여기에다 미의식의 바탕을 둔 이효석의 창작은 당초부터 탈이데올로기적이자 동시에 탈 로컬 컬러적이라 할 것이다. 이중어 글쓰기의 교육과정과 자질을 동시에 갖춘 이효석인 만큼 일어 창작 「은은한 빛」(1940), 「엉경퀴의 장」(1941), 「봄의상」(1941) 등에서 보듯 창작의 모티프 자체가 미적 감각에 놓여 있어 어떤 역사의식이나 이데올로기적 내용도 끼어들 틈이 없다.[12] '국민문학'이라든가, '고민의 종자', 혹은 조선어라든가, 유진오, 최재서 등이 그토록 가슴 태운 특수성으로서의 조선문학 개념 따위란 애초부터 초월해 있었다. 이를 두고, '반산문'이라든가, '시적인 작가'라 비판될 수 있음은 물론이다.[13] 죽기 전 한 달 앞서 발표된 '새로운 국민문예의 길' 특집(『국민문학』, 1942. 4)에서 이효석은 「나는 이렇게 생각하고 있

「봄의상」의 삽화와 이효석의 일어 시

다」라는 장문의 창작 태도를 표명한 바 있다. '문학의 역사를 성급히 규정해서는 안 된다' 는 전제하에 저널리즘에서 요란히 떠들고 있는 국민문학론은 문학 본래의 처지에서 보면 거의 무의미한 것임을 시종 주장하고 있다.

"단지 오늘날 이 제목(국민문학 — 인용자)이 크게 외쳐지고 시야 속에 크게 펼쳐져 떠오른 까닭인즉, 작가의 문학적 각오에도 한번 채찍을 쳐 정열을 환기시킴에 있음에 지나지 않는다. 이런 외침에 휩싸여 과거의 모든 문학이 부정될 리도 없지만, 또 지금부터 일찍이 없었던 희한한 새로운 문학이 일어날 이치도 없다. 작가도 역시 열심히 하라, 시대의 정열을 붙잡아 좋은 작품을 쓰도록 마음먹어라, 라는 정도의 얘기에 지나지 않는다. 마음가짐의 문제인 것이다. 마음가짐이 살아 있는 위치에서 각자의 소질에 따라 열심히 문학을 지으면 그만인 것이다." [14]

돌연 새로운 문학이 하늘에서 떨어질 이치가 없다는, 그러한 생활도 없다는 뜻이라 본 이효석에게 있어 '국민문학'이란 더이상 논의의 여지를 남기지 않는다. 문학의 길은 길고, 인생의 앞길도 역시 그러하기에 그는 조금도 흔들림이 없었던 것으로 정리된다.

(3) 김사량의 경우

"본질적인 의미에서 생각건대 역시 조선문학은 조선 작가가 조선어로써 씀에 의해 비로소 성립됨이 분명하다"[15]라고 김사량이 지적했을 때, 그가 조선을 일제의 식민지로 인식하지 않았음을 알게 모르게 표명한 것으로 될 터이다. 조선어란 국민국가로서의 조선국가의 언어인 까닭이다. "(장혁주나 하야시 후사오 모양) 조선어가 이래저래 멸망케 되어 있는 만큼 지금부터 조선어로 쓰는 것을 그만두고 일본어로 쓰지 않으면 안 된다고 하나, 이는 실제 문제로서는 될 수 없는 애기"[16]라고 김사량이 말할 때도 그는 국민국가인 조선국가의 전제 위에 서 있음을 가리킴이다. 그럼에도 그가 일본어로 소설쓰기를 조선어로 소설쓰기만큼 열정과 노력을 기울였음은 웬 까닭일까.

이 물음은 먼저 어째서 원칙적으로, 그리고 실제 문제로 조선인은 일본어로 창작할 수 없는가에서 그 실마리를 풀 수 있다. 그가 보기엔 조선 작가는 조선어의 감각에 의해서만 기쁨과 슬픔을 알아차리고 분노를 느껴왔기에 이를 창졸간에 일본어로 할 수 없기 때문이라 그가 말할 때 그는 다음 사실을 암시하고 있다. 곧, 조선인의 일부가 일본어로 자기의 '의지 발표'는 할 수 있겠으나, '감각'이나 '감정' 발표는 불가능하다는 것. 진정한 문학이란 의지의 발표로서만이 아니라 감정이나 감각까지 아울러야 한다면 조선인이 쓰는 '국민문학'이란 진정한 문학 범주에 들 수 없다.

그럼에도 불구하고 김사량 자신은 일본어로 작품을 쓴 것은 웬 까닭일까. 아주 특별한 동기, 곧 적극적 동기를 가졌던 까닭이다. '조선의 문화나 생활이나 인간을

김사량, 「풀이 깊다」의 삽화

보다 넓은 일본 독자에게 호소하기 위한 동기, 또 겸손한 의미에서 말하면 조선문화
를 동양 및 세계에 넓히기 위한 중계자의 몫을 하고자 하는 동기' 가 그것이다. 이
고귀한 동기에 뒷받침된 적극성이 없다면 조선인이 일본어로 창작할 이치가 없다.

요컨대 김사량에 있어 일어창작이란 어디까지나 작가 개인에 국한된 것이지 그
이상도 이하도 아니다. 김사량은 고상한 적극적 동기를 가졌기에 불리하기 짝이 없
는 일본어로 창작을 했거니와 그가 직면한 난점들은 과연 어떠했던가.

"가령 슬픔에 대해서나 욕지거리에 대해서도 그것을 일본어로 바꾸고자 하면 직
관이나 감정을 비상하게 굴려서 번역해가지 않으면 안 된다. 이런 것이 되지 않으
면 순전한 일본적 감각으로 바꾸어 문장을 만들게 된다. 그러기에 장혁주씨도 나도

또 많은 일본어로 쓰고자 하는 사람들은 작가가 의식하든 안 하든 일본적 감각이나 감정에의 이행에 나아갈 위험을 느낀다. 나아가 자기의 것인데도 이국적인 것으로 써보기 쉽다. 이러한 것을 나는 실지로 조선어의 창작과 일본어의 창작을 동시에 시험하면서 통렬히 느낀 한 사람이다.”[17]

이처럼 김사량의 일어창작이 놓인 장소는 어디까지나 개인적 문제로서의 글쓰기일 뿐이거니와, 굳이 그가 불리한 조건을 감수해가면서 그런 짓을 한 까닭은 앞에서 이미 살폈듯 고상한 욕망으로서의 적극적 동기에서 말미암았다.

구체적으로 이것은 어떤 욕망일까. 이 물음은 그 자체로는 현실적인 실천으로서의 의의를 갖기 때문에 무시될 수 없지만, 또하나 글쓰기 자체의 원본주의적 욕망, 곧 글쓰기 욕망의 보편성의 문제로 향한다는 점인데, 이는 먼 훗날 해방공간(1945~48)에서 다시 논의될 빌미가 된 바 있다.

문화인의 글쓰기와 문학자의 글쓰기

‘국민국가의 글쓰기냐’ ‘글쓰기냐’가 제기하는 문제성 한복판에 김사량이 놓여 있음을 보여주는 장면이 이른바 해방공간에서 벌어졌다는 것은 문화사적 사실이자 그 이상의 의의를 갖는다.

이중어 글쓰기의 앞잡이였던 김사량이 연안으로 탈출했다가 고향인 평양을 거쳐 서울에 온 것은 1945년 11월이었다.[18] 해방공간에서 벌어질 수밖에 없고, 또 벌어졌던 문학사적 좌담회가 두 가지였는바, 아서원 좌담회(1945. 12. 12)와 봉황각 좌담회(1945. 12. 그믐?)가 그것들이다. 새로운 민족문학 건설을 위한 논의 모색인 전자에 비해 후자는 훨씬 구체적이자 밀도 높은 것이었는데, 제목 그대로 ‘문학자의 자기비판'인 까닭이다.[19] 김남천의 사회로 시작된 이 좌담회 참석자로 이태준, 한설야, 이기영, 김사량, 이원조, 한효, 임화 등 8명이었는데 이들의 자기비판 중 제일 주목되는 것은 이른바 '친일적 글쓰기'였으며 이태준과 김사량 사이에서 이 점이 크게 부각되어 단연 쟁점으로 부각되었다.

이태준 "나는 8·15 이전에 가장 위협을 느낀 것은 문학보다 문화요 문화보다 다시 언어였습니다. 작품이니 내용이니 제2, 제3이요, 말이 없어지는 위기가 아니었습니까? 이 중대간두에서 문학 운운은 어리석고 우선 말의 명맥을 부지해나가야 할 터인데 어학관계에 종사하는 분들은 검거되고 예의 홍원사건 아닙니까? 학교에서 교편을 잡고 있는 분들은 직업을 잃고 조선어의 잡지 등 신문 문화 간행물은 거의 없어지게 되었습니다. 어디서 조선문화를 논할 여지조차 있었습니까? 그런데 이 점엔 소극적으로나마 관심을 갖지 않고 도리어 조선어 말살 정책에 협력해서 일본말로 작품행동을 전향한다는 것은 민족적으로 여간 중대한 반동이 아니었다고 봅니다. 그러므로 나는 같은 조선 작가로 최후까지 조선어와 운명을 같이하려 하지 않고 그렇게 쉽사리 일본말에 붓을 적시는 사람을 은근히 가장 원망했습니다. 물론 사상까지 일제에 협력한 사람과 그냥 용어만을 일어로 한 사람과 구별은 해야 할 줄 압니다만."[20]

이 장면이 면전의 김사량을 겨냥했음은 새삼 말할 것도 없다.[21]

김사량 "절망적인 구렁이에 빠졌으면서도 희망은 꼭 있다고 생각한 분들이 붓을 꺾은 후 그나마 문화인적 양심과 작가적 정열을 어디다 쓰셨는가요? 여기에 문제는 전개된다고 생각합니다. 쉽사리 갈라놓자면 문화를 사랑하고 지키는 문학자와 또 그래도 싸우려고 한 문학자, 이 두 갈래. 그러나 일언으로 말하자면 문화인이란 최저의 저항선에서 이보퇴각, 일보전진하면서도 싸우는 것이 임무라고 생각합니다. 무엇을 어떻게 썼느냐가 논의될 문제이지 좀 힘들어지니까 또 옷밥이 나오는 일도 아니니까 쑥 들어가 팔짱을 끼고 앉았던 것이 드높은 문화인의 정신이었다고 생각하는 데는 나는 반대입니다. 모두 앞날의 광명을 믿었던 처지로 만약 붓을 표면에서는 꺾었으나 그래도 골방 속으로 책상을 가지고 들어가 그냥 끊임없이 창작의 붓을 들었던 이가 있다면 우리는 그 앞에 모자를 벗지 않을 수가 없습니다." [22]

「해방전후」의 주인공 소설가 현처럼 용케도 붓을 끊은 조선 문인이 있다면, 그것은 썩 대단한 일이 아닐 수 없을 터이라고 김사량은 보았다. 절망적인 구덩이에 빠져 있으면서도 희망은 꼭 있다고 믿으면서 붓을 끊었으니까. 여기에는 희망이 없다고 생각하고 붓을 꺾은 경우는 당연히도 제외될 터이다. 그렇다면 '희망은 꼭 있다'는 신념을 가진 문사들이 붓을 꺾고 나서 무엇을 했던가. 이 물음이야말로 김사량이 제일 잘 대답할 수 있었다고 볼 것이다. '희망은 꼭 있다'고 믿었다면 문학자의 '문화인적 양심'과 '작가적 정열'을 전제하지 않을 수 없겠는데, 그는 반드시 이 두 가지에 대한 반응을 보여야 마땅했을 터이다. '희망이 꼭 있다'고 믿으면서 붓만 꺾고 가만히 있는 문인이란 있을 수 없다는 이 전제를 승인할 때, 김사량은 두 가지 조선 문인의 태도를 갈라놓을 수 있었다. 문화를 사랑하고 지키려는 문학자가 그 하나. 여기에는 「해방전후」의 작가 이태준 아닌, 그 주인공 현이 응당 포함될 터이다. 이를 두고 소극적 싸움이라 할 것이다.

다른 하나의 유형은 무엇인가. 그래도 싸우려고 한 문학자가 그것이다. 그래도 싸우려고 한 문학자란 어떤 것인가. 적극적이자 정열적인 싸움꾼을 가리킴일 터이자, '희망이 꼭 있다'를 신념으로 삼았다면 붓을 던지고 독립운동에 투신함이 이 유형에 들 것이다. 이 경우 문인은 문인이기 이전에 '문화인'의 범주에 흡수되었을 터인데, 왜냐면 문인이란 최저의 저항선에서 이보후퇴 일보전진하면서도 '싸우는 것이 임무'인 까닭이다. 이 문화인의 범주에 김사량 자신을 포함시켰음은 금방 알아차릴 수 있다. 문학자 이전에 문화인으로서 스스로를 의식한 소치로 이 발언이 분석된다.

그렇다면 '희망은 꼭 있다'의 대명제 앞에서도 문학인의 범주에 나아갈 수 있는 방도란 없는 것일까. 말을 바꾸면 '희망은 꼭 있다' 때문에 붓을 꺾지 않고도 싸우는 방도란 과연 없는 것일까. 이런 물음에 대해 김사량은 양면적이다. 발표를 먼 훗날의 그 희망에 걸어두고 골방에서 계속 창작하여 땅에 묻어두기가 그 하나이다. 김사량이 머리를 숙일 수 있는 문사란 이런 유형일 터이다.[23] 김사량의 모자를 벗게끔 하는 이런 문사란, '문화인이기에 앞서 문사'이거나 '문화인이자 동시에 문사'일 터이다. 만일 문학자의 처지에서 자기비판을 하는 마당이라면 이런 유형이 제일차적이라 할 수밖에 없다. 연안으로 달려간 김사량 자신의 처지도 이와 크게 다르지 않았음이 판명된다.

"만약 불행히도 조국 독립의 향연에 참례치 못하는 한이 있더라도 필자 대신 이 기록과 그 외 몇 편의 창작물이나마 우리 용사들이 채찍질하며 내달리는 병마의 등에 업혀 서울로 입성해주기를 바라 마지않는다."[24]

그의 연안탈출이 단순히 문화인의 처지에서가 아니라 문인의 처지임도 동시에 보여주는 대목이거니와, 이 점에 김사량은 양면적이라 할 것이다. 김사량의 양면성은 물론 여기에 멈추지 않는데, 이른바 이중어 글쓰기가 그것이다.

일본어로 창작할 수 있는 능력을 가진 자가 온갖 역경을 무릅쓰고 일어창작에 나아간다면 아주 특별한 '적극적인 동기'가 있어야 한다고 김사량이 주장했을 때, 또 실제로 「풀이 깊다」 「향수」 등을 썼을 때, 그가 지닌 적극적 동기란 무엇이었던가.

(1) 조선문학을 일본인에게 알리기, (2) 동양인에게 알리기, (3) 세계인에게 알리기라는 '고귀한 사명감(동기)'이라고 그가 말했을 때, 이런 동기 자체에 대해서 비판할 수 있는 자리는 단 한 곳뿐이다. 국민국가의 문학 쪽이 그것이다. 국민국가로

서의 문학을 표방하는 조선문학사의 처지에서 보면 일어로 쓰는 이중어 글쓰기는 용납될 수 없다. 그로써 조선문학의 존립기반이 송두리째 사라지기 때문이다. 만일 이 경우 그가 일어 아닌 영어나 슬라브어로 썼다 해도 사정은 결코 호전되지 않는데, 국민국가의 산물인 '국가어'에서 벗어나기에 그러하다. 이 사실을 작가 김사량에게 가르쳐준 것이 이른바 근대문학, 곧 국민국가의 문학관이다. 국민국가의 문학이 문학에 앞서 문화에 관련되었음은 이 때문이다. 작가 김사량을 문화인 김사량에로 자각케 한 사실이 바로 그의 연안행으로 나타났다. 그의 연안행이 '문화인 김사량'과 '작가 김사량'의 한가운데를 가로지르는 불화살인 것은 이를 가리킴이다.

작가 김사량의 글쓰기의 욕망이 일어창작을 엿보게 했다면 이를 물리치게 한 것은 국민국가의 문학관이었다. 이 양면성 속에 『노마만리』가 놓여 있다는 사실은 『노마만리』가 문학의 범주이자 조선문학의 범주에 든다는 의미이기도 하다. 이 점에서 김사량의 이중어 글쓰기가 지닌 문학사적 의의란, 하나의 실천적 모델이라 할 것이다. 이 모델이 세계화의 물결이 불어닥치는 21세기 속에서 재음미될 가능성을 얼마나 머금고 있는가의 과제는 악명 높은 국민국가의 인식변화에 달려 있다고 할 것이다.

이중어 글쓰기의 가능성과 불가능성

상상의 공동체인 국민국가가 폭력으로써 만들어낸 강제 사항 중의 하나에 '국어'가 있다. 국가어 또는 국민어의 준말인 '국어'로써 문학하는 것을 일러 국민(민족)문학이라 부를 터인데, 또 그 때문에 국민문학은 근대문학의 범주에 들 것이다. 이런 근대 국민국가의 건설에 실패하여 일제의 식민지로 편입된 한국의 경우 국민문학의 행방을 좇는 논의에서 가장 첨예한 단계가 일제말기『국민문학』및 경성일보의 지면을 통해 벌어진 용어문제였다. 일제의 조선어 말살정책이 현실적 과제로 닥쳐왔을 때, 그 동안 내면적으로 국민문학을 전개해왔고, 또 그렇게 함으로써 자기 동일성을 확보해왔던 조선 작가들은 이 사태에 어떻게 대응했던가. 이 물음에 대한 모색에는 다음 세 가지 측면이 고려될 터이다.

첫째, 조선어 말살 정책에 대한 일제 당국의 태도 분석, 둘째는 일본 문인들의 조선문학에 대한 태도 분석, 셋째로 조선 문인들의 태도 분석이 이에 해당된다. 첫번째에 대해서는 체계적이고 이론적인 과정이 생략된 매우 정치적인 결단에 의했음이 판명되었다면, 두번째 부분은 썩 다양했으며 이에 대해 조선 문인들의 반응이 썩 민감했음이 판명되었다.

가장 중요한 부분이 세번째 부분이겠는데, 국민국가의 잠정태(暫定態)로서 알게 모르게 인식되면서 전개된 조선문학의 진로가 이로써 정의되기 때문이다. 적어도 문학 분야에서의 식민지와의 비롯됨 앞에 조선 작가들이 취한 태도는 다음처럼 정의된다.

첫째, 이중어 글쓰기의 불가능성. 임화에 의해 제기된 이 명제의 핵심에 놓인 것은 문학을 언어예술로 본 데 있다. 가장 자연스런 언어로써만 예술적인 작품이 가능하다는 이 표현원본주의에 따른다면 모어 아닌 다른 언어로는 이에 이를 수 없게 된다.

둘째, 이중어 글쓰기의 가능성. 여기에 대해서는 유진오, 이효석, 김사량 등 세 문인의 경우를 분석 대상으로 삼았는데, 실제로 이들은 일어창작도 했었기 때문이다. 유진오의 경우 일본문학에 대한 조선문학의 지방성 문제를 '지방색'으로 보지 않음으로써 그 독자성을 일어창작으로 할 수 있다는 논법이었는바, 「남곡선생」을 그런 사례로 들 수 있다.

이효석의 경우는 이른바 임화의 표현원본주의에 제일 가까운 처지에 서서 그는 「은은한 빛」「봄의상」 등을 써 보였다.

가장 문제적인 작가 김사량의 경우는 어떠했던가. 그 역시 표현 원본주의 쪽에 서 있었지만 글쓰기의 욕망이 표현원본주의를 자주 넘어서기도 했던 것으로 판단된다. 그가 선 자리가 문화인과 문학인 중간이었기에 가능한 행동이었다. 그의 연안 탈출도 이 범주에서 설명될 수 있을 터이다.[25]

1) 근대국가란 일종의 '상상의 공동체'이다. 이 공동체를 만들어내기 위해 여러 가지 방법론이 동원되었는데, 그 중의 하나가 '국어'이다. '국가어'의 준말인 이것은 계층적, 지역적, 기타의 차이성을 국가의 폭력으로 획일화한 것이어서 어떤 국민국가도 원칙적으로 이런 조작을 행하고 있다.(B. Anderson, *Imagined Communities —Reflections on the Origin and Spread of Nationalism*, London : Verso, 1983)

국민국가의 형성에서 언문일치라든가 속어 혁명이란 기실 이 국가어로서의 국어의 보급에 다름아니었거니와, 이를 학문적 수준에서 명확히 자각한 경우로는 『국문학사』(1949)의 저자인 도남 조윤제였다. 그는 '국문학은 국어로써 한민족의 생활을 표현한 문학'이라는 명제 위에서 한국문학사의 기술에 비로소 임할 수가 있었는데, '국문학의 국문학됨의 필수조건은 국어로 표현될 것'이며 이것은 '움직일 수 없는 사실'이라 못박고 있다.(『국문학개설』, 동국문화사, 1955, 33쪽)

한편 근대 국민국가와 국가어로서의 '국어'를 연결시키지 않고 '일본적 성격'으로서의 국어관을 내세운 것은 『國語學史』(1940)의 저자인 경성제대 교수 도키에다 모토키(時枝誠記)이지만(子安宣邦, 「漢字と國語の事實」, 『批評空間』, 2002 Ⅲ-3, 65쪽), 그 역시 자신의 학설과는 별개로 조선에서의 '국어' 문제를 이렇게 적어 마지않았다.

"한국병합이라는 역사적인 일대 사실은 이를 바로 언어생활에까지 이르게 함으로써 완성되는 것이다. 국어적 통일이라 함은 통일국가의 한 가지 상징이라 하지 않으면 안 되거니와, 국어에의 통일이라는 것은 반도인(半島人)에 있어서는 보다 내면적 또 정신적인 하나의 복리(福利)이다. 이중언어생활을 탈각하여 단일한 국어생활에 귀착함이란 조선통치의 반도인에 주는 어떤 복리에 못지않은 것이다. 국어를 모국어화함이란 그저 일조일석에 이루어질 수 없다. 조선에 있어 국어교육에 관여하는 자들은 일제히 이 이상을 향해 매진해야 할 것으로 생각한다."(『國民文學』, 1943. 1, 12쪽)

언어 전문가 도키에다 교수는 '조선에 있어서의 국어가 일본의 그것과 달라 그 실천 및 연구에 있어 독특한 문제를 많이 머금고 있음은 지금 다시 말할 것도 없지만 이러한 문제를 한눈으로 망라하여 체계적으로 관찰하기엔 종래 등한히해왔기에 그 필요에 대해서 나로서는 크게 통감하는 바'라고 했음으로 보아 '국어상용'의 정치적 강제 사항에 대한 돌연스러움을 읽어낼 수 있다.

일본에서의 국어연구를 역사적으로 정치하게 연구한 연구서에 따르면 식민지 조선에서의 '민족어 말살정책'에 대해서는 아래와 같이 지적되어 있다.

"'민족어 말살정책'이라는 말을, 유럽 나라들에서 일어난 바도 있는 이런 종류의 정책의 구체적인 사례를 염두에 두고 생각해본다면 사람들은 아마도 일관된 원리원칙하에 숙고된 입법조치라든가 혹은 그것에 대해 세워진 일련의 작전과 같은 것을 기대하리라. 그러나 유감스럽게도 근대 일본은 식민지에 있어 언어문제에 대해서는 어떤 의미에서도 일관된 '정책'이라 부를 만한 것을 두고 이를 조직적으로 수행한 흔적은 없다."(이연숙, 『國語という思想—近代日本の言語認識』, 岩波書店, 1996, 251쪽)

한편 일본의 '국민문학'을 수용하겠으나 조선적 특색, 가령 김치 같은 것은 살려야 한다는 발상도 있었다(안함광, 「조선문학의 특질과 방향에 대하여」, 『國民文學』, 1943. 1, 42쪽). '조선어'를 포기한 자리에서 나온 그 지방색이랄까 특질을 문화적 다양성으로 보아, 이로써 '국민문학'으로 나아가겠다는 것은 결국 조선문학 자체의 종언에 다름 아니다.

이로 볼진대 신소설이나 『무정』(1917) 이래의 이른바 우리의 신문학(근대문학)이란 그것이 이른바 조선어에 의해 씌어졌다는 사실로 말미암아 의식적이든 아니든 일제 식민지 통치를 전면적으로 부정했음을 의미한다.

2) 조선어를 국어로 인식케 하고 이로써 근대문학을 형성해나갔을 때, 이 조선어를 주재하고 여기에다 기틀을 세운 단체가 있었으니 민간 학술 단체인 조선어학회이다. 조선어의 연구·발전을 위해 1921년 12월 3일에 장지영, 최현배, 김윤경, 이윤재 등이 중심이 되어 조직한 '조선어연구회'를 1931년 '조선어학회'로 고쳤다가 1948년 '한글학회'로 다시 고친 이 단체는 '한글맞춤법 통일안'(1933), '외래어 표기법 통일안'(1940), 사전 편찬 등의 업적을 남겼다. 특히 '한글맞춤법 통일안'은 전 사회적인 관심을 받은 것으로 오늘의 한글 정서법의 기초를 만들었다. 조선어 연구·발전을 위한 모임의 일종인 조선어학회의 역할의 어떠함을 대내외적으로 가장 잘 보여준 사례가 저 유명한 '한글맞춤법 통일안'이거니와 이로써 이 단체는 알게 모르게 근대국가, 곧 국민국가의 몫을 어김없이 수행한 형국을 이루었다. 이 점을 상징적으로 보여준 것이 세칭 '조선어학회 사건'이다. 1942년 10월 일제는, 일본어 강제 사용에 따른 조선어 말살을 꾀하여 조선어학회의 회원들을 민족주의자로 몰아 검거·투옥했다. 조선어학회를 학술단체를 가장한 비밀결사라고 본 증거로 이보다 분명한 일은 없다. 이 사건에 연루되어 심한 고문으로 불구자가 된 바 있고 대한민국 초대 법무장관을 역임한 이인(李仁)의 증언을 잠시 보이기로 한다.

"어학회 사건으로 저들 명단에 오른 이는 모두 33명이었다. 3·1운동의 33인과 숫자를 맞추려는 일경의 속셈인데, 이늘 가운데 권덕기, 안호상은 병원에 입원중이라 검거를 면했고, 김종철과 신윤국은 홍원까지 끌려왔다가 풀려났다. 결국 일경이 구속한 사람은 29명이나 이중 장지영, 정열모는 형무소까지 왔다가 예심에서 면소가 되고 정인섭, 안재홍, 서민호, 서승효, 권승욱, 이석린, 김선기, 이병기, 이강래, 김윤경, 이만규, 이은상, 윤병호 등 13명은 불기소가 됐다. 이렇게 하여 공판에까지 넘어간 것은 옥사한 이윤재, 한징을 빼고 나와 최현배, 정인승, 이희승, 이극로, 김도연, 김양수, 정태진, 이중화, 김법린, 장현식, 이우식 등 12명이다."(이인, 『반세기의 증언』, 명지대출판부, 1974, 34쪽)

조선어학회의 존재가 식민지 상황 속의 한국인에겐 상상의 공동체로서의 국민국가 몫을 했음이 이로써 잘 설명될 수 있겠거니와, 동시에 이 사건은 상상의 공동체로서의 식민지하 조선 국민국가의 표면상의 종언을 가리킨다. 조선어학회 사건이 3·1운동과 맞먹는 비중을 띠었다는 이 증언의 절실함은 이윤재, 한징의 옥사에서 새삼 확인될 터이다.

3) 이효석의 일어창작 「은은한 빛」(『文藝』, 1940. 7), 「엉겅퀴의 장」(『國民文學』, 1941. 12), 「봄의상」(『週刊朝日』, 1941. 5)이라든가, 유진오의 「여름」(『文藝』, 1940. 7), 「남곡선생」(『國民文學』, 1942. 1), 한설야의 「血」(『國民文學』, 1942. 1), 「影」(『國民文學』, 1942. 11) 그리고 김사량의 「빛 속으로」(『文藝首都』, 1939. 10), 「풀이 깊다」(『文藝』,

1940. 7), 「향수」(『文藝春秋』, 1941. 7) 등이 과연 그런 범주에 접근되었는지, 기껏해야 로컬 컬러(local color)의 수준에 멈추었는지는 '문학적인 것' 의 이름으로 자주 음미될 과제가 아닐 수 없다(졸고, 「조선작가의 일어 창작에 대한 고찰」, 『한일 근대문학의 관련양상 신론』, 서울대출판부, 2001). 경성 제1고보생이던 유진오의 기록에 따르면 그들이 쓰던 일어 교과서는 일본인 중학용 교과서와는 달리 총독부에서 특별히 편찬한 아주 저급한 내용의 것이어서 정말로 일본어나 일본문학을 가르치기 위한 것이 아니라, 관청용이나 상업용의 간단한 실용어를 가르치는 것이었다 (유진오, 「편편야화」, 동아일보, 1974. 3. 15).

4) 일본어가 문화어인 만큼 지금부터 조선 작가는 일본어를 배워 창작에 임하라고 김용제가 주장했더라면 적어도 형식논리적으로는 맞을 수도 있을 것이다. 그런 주장을 그가 하지 않은 것으로 미루어보면 조선 작가들은 모두 이중어 글쓰기의 자격을 충분히 갖췄다고 본 전제 위에서 논의를 펼쳤음이 드러난다. 실제로 일본어로 창작을 할 만한 자질의 작가는 이효석, 유진오, 김사량 등 제국대학 출신의 수삼 명에 지나지 않았음에도 불구하고, 모든 조선 작가들로 하여금 일어로 창작하게 해야 한다면, 그 창작물은 저절로 문화적인 창작이 되는 것이 아니라, 한갓 정치적인 창작, 곧 '신체제' 문학에 귀착될 수밖에 없을 터이다. 김용제가 말하는 '문화어＝일본어' 란 '지배자 언어＝정치적 언어' 에 다름아니었던 것이다.

5) 임화의 「현대조선문학의 환경」의 졸역은 『문예중앙』 (1992년 가을호)에 실려 있음.

6) 『국민문학』, 1942. 5 · 6 합병호 편집후기.

7) 가와카미의 이러한 발언은 그가 1년간 조선을 드나들면서 경험한 사실에 기초를 두고 있어 주목된다. 그의 경험에 따른다면 대체로 오늘의 일본문화의 상태는 중앙(도쿄)에서 활자로만 해협을 건너와 인간의 마음이나 말은 해협을 건너오지 못했다는 것이다. 그 때문에 조선 문인들은 문자로 된 '국민문학' 이란 개념에만 신경을 쓰고 있는 형국이라는 것. 그 증거로 그는 그가 조선에 와서 발언한 말들을 들었다. 이번 전쟁에 대한 문화인의 각오랄까 그런 것을 말하자 그 말이 일본에서보다 조선에서 훨씬 민감한 반응을 보이더라 했다. 늘 보던 활자가 아니라 말로써 했기 때문이다. 보통 우리의 일상적 회화도 우리의 일상적 마음속에서 그러한 전쟁에 대한 각오가 설해지고 또 설명되고 있음을 듣는 일이 비상하게 마음에 강하게 다가오기 때문이라고 그는 주장했다.(『國民文學』, 1943. 3, 11쪽)

8) 『문장』, 1940. 9, 99쪽. 자세한 것은 졸고, 「小林秀雄의 한국 체험」(『한국근대문학사상사』, 한길사, 1984) 참조.

9) 『國民文學』, 1943. 3, 11쪽.

10) 『國民文學』, 1942. 9, 93쪽.

11) 졸저, 『한일근대문학의 관련양상 신론』 참조.

12) 졸고, 「이효석 문학과 하얼빈」, 『현대문학』, 2002. 7.

13) 김동리, 「산문과 반산문」, 『문학과 인간』, 백민문화사, 1948.

14) 이효석, 「나는 이렇게 생각한다」, 『國民文學』, 1942. 4, 44쪽.

15) 『金史良 全集(4)』, 河出書房新社, 1973, 27쪽.

16) 위의 책, 10쪽.

17) 위의 책, 27쪽. 북경 체험을 수필로 쓴 것이 「에나멜 구두의 포로」(1939)이고, 작품화한 것이 「향수」이거니와, 태평양전쟁이 발발하던 해에 씌어진 이 작품은 김사량이 예비검속이 되어 유치장 신세를 50일간 치르기 전이어서 「태백산맥」에서처럼 구한말로 후퇴하여 동양 3국의 타협점 모색에 나아간 후기의 작품군과 구별된다. 김사량의 창작방법론인 정치, 이데올로기적 성향이 시니컬하지 않고 직선적으로 나타난 「향수」이지만, 이 작품에서 주목되는 것은 따로 있는데, 이중어 사용의 문제점이 그것이다. 그것은 작품 속의 한 에피소드인바, 우발적 사건의 개입에 관련되어 있다.

그 사건은 누나와 자금성 구경을 거쳐 북해공원(北海公園) 나무 그늘에 앉았을 때 일어났다. 오누이가 모처럼 휴식하며 고향을 회상하며 유년기를 얘기하고 있을 때 돌연 누나가 말을 끊고 공포의 눈빛으로 변하지 않겠는가. 저쪽에서 카메라를 어깨에 걸친 몇몇의 일본 군인 산책객을 본 까닭이었다. 군인들이 가까이 다가오자 저도 모르게 현도 일어서서 앞으로 나아갔다. 중학과 대학의 동기생이자 절실한 친구 이토(伊藤) 소위였다. 일본인 이토는 시류에 휩쓸려 군에 입대해야 했고 만세 속의 도쿄 역에서 현 역시 손을 들어 장도를 빌었던 친구가 아니겠는가. 전선에서 오른손을 잃은 이토 소위와의 만남이란 무엇인가.

"시방 현은 이 그리운 옛 벗 속에서 멋지게도 이전의 우울이나 회의를 벗어던지고 청정한, 그러니까 매미처럼 허울을 벗은 것 같은 근사한 군인으로 변신한 새로운 이토를 보자 현기증이 느껴짐과 동시에 마음 깊은 곳에서는 안도감을 느꼈다. 이토 소위는 웃으며 예전처럼 오른손으로 악수할 수 없다고 했다. 현은 놀라 눈을 크게 떴다. 과연 오른손에는 흰 장갑이 끼여 있었다. 그러나 현으로서는 마음 한구석엔 내가 시방 누나와 함께 있다는 자각이 있었기에 이번은 어쩐지 기겁한 듯 뒤를 돌아보았다. 그때 그의 눈엔 벤치를 떠나 회나무 숲속으로 토끼처럼 도망치는 푸른 중국옷의 누나가 흘낏 보였다. <u>현은 한층 놀라 퉁겨날 듯이 내달으며 외쳤다. '기다려요! 기다려요!' 라고. 하지만 지금껏 이토와 일본어로 말하고 있었던 참이어서 생각지도 않게 그것은 일본어였다. 그럼에도 현은 시방 그가 일본어로 외치고 있음을 의식하지 못했다.</u> 말뜻은 몰라도 동생의 큰 소리에 누나는 움츠러진 듯 한번 뒤돌아보자, 바로 그 순간 이토가 대체 어떻게 된 일인가고 외치며 현이 있는 쪽으로 달려오고 있지 않은가. 가야(누나의 이름 — 인용자)는 점점 망상의 공포에 노출되어 숲속으로 사라졌다. 현은 또 현대로 아무것도 생각할 여유도 없이 그녀의 뒤를 좇아 달려가며 되돌아보며 '또 만나자, 또 만나자' 라고 외치고 있었다. 이토는 어이없이 망연히 선 채 말이 없었다."(『金史良 全集(2)』, 147쪽, 밑줄은 인용자)

작품 「향수」의 한 에피소드에 지나지 않는 이 대목은, 그러나 김사량의 창작방법의 깊은 곳에 놓인 무의식에 해당된다. 이 무의식은 그대로 일제 강점기의 조선 작가의 일어창작에 대한 모종의 소명 자료이자, 나아가 이중언어문학에 대한 소명 자료의 일종일지도 모른다.

「향수」는 김사량의 경험적 사실에 걸려 있어 한층 인상적이기까지 하다. 김사량의 북경 여행 목적은 '북경 고대 문화 시찰'이었다. 여행증을 보던 순경이 "골동품상이군" 했다. 친지에게 미리 전보를 쳤으나 배달이 늦어 고생했다는 것, 도쿄 대학 동기생 范君을 만났다는 것 등도 사실이며, 더욱 놀라운 것은 안동(安東) 시장에 갔다가 동창이자 입대한 야마다(山田) 병사를 만난 사실이다. 고교는 선배이나 대학은 후배인 야마다는 미학전공이었는데 소집되어 이
곳에 주둔하고 있었다. 또 길거리마다 아편 흡입소가 즐비하다는 것, 천진 남개 대학이 공산화한 무장 부대의 소굴이
어서 폭파되었다는 것 등등이 거의 수필 「북경왕래」(『박문』, 1939. 8. 2~3쪽)에 상세히 기술되어 있다.

18) 자유신문, 1945. 12. 11.

19) 졸저, 『해방공간의 문학사론』, 서울대출판부, 1989.

20) 『인민문학』, 1946. 10, 45쪽.

21) 이러한 이태준도 이른바 친일문학 범주에 드는 창작 「第一号船の挿話」(『國民總力』, 1944. 9. 1)를 발표했음이
호테이 도시히로(布袋敏博) 씨의 「일제말기 일본어소설 연구」(서울대 석사논문, 1995)에서 밝혀졌다.

22) 『인민예술』, 1946. 10, 46쪽.

23) 김사량의 모자를 벗길 수 있는 조선 문인은 과연 있었을까. 여기에 대해서는 1941년에서 해방까지에 걸쳐 이
상로에게 보낸 편지 속에 들어 있는 박두진의 「어서 너는 오너라」, 「배암」, 「도봉」 등을 들 수 있을지 모른다(『문학사
상』, 99~100호). 또는 「기러기」, 「황노인」 등을 1942년에 써주었다는 황순원의 경우를 들 수 있을지 모른다(「연보」,
『황순원 전집(12)』, 문학과지성사, 223쪽). 그렇지만, 과연 이들이 김사량이 말하는 그러한 사명감이나 열정으로써
무장된 자각적인 행위였던가에 대해서는 논의의 여지가 있다(졸고, 「황홀경의 환각과 역사성」, 『근대시와 인식』, 시
와시학사, 1992).

24) 김사량, 『노마만리』, 이상경 편, 동광출판사, 1989, 259쪽.

25) 영국의 식민지인 아일랜드의 경우, 종주국의 언어인 영어로 창작한 J. 조이스, S. 베케트 등이 제기한 창작실
험에 준하는 그런 사례가 조선 작가에겐 있지 않았다고 조심스럽게 말해볼 수가 있다. *Finnegan's Wake*에서 조이스
는 영어로 쓰되 영어 자체를 소멸시킬 수조차 있었고, 베케트의 경우도 사정은 비슷하다. 혹시 「오감도」(1934)의 시
인 이상의 일어 창작 시편들이 이와 방불한 기능을 수행했는지도 모를 일이다(졸저, 『이상문학 텍스트 연구』, 서울대
출판부, 1998).

문학적 과제로서의 '민족 에고이즘'

「비내리는 品川驛」에 대하여

이데올로기로서의 동북아

1995년 어떤 계기로 방한중인 오에 겐자부로(大江健三郎) 씨를 만난 적이 있습니다. 묻지도 않았는데, 씨는 이렇게 말하더군요. "내 작품 속에 반한적(反韓的)인 표현이 있다고 지적하는 분이 있는데, 아마 사실일지 모르겠다. 일본인인 내 무의식 속에 그러한 요소가 있었는지 모르지 않겠는가"라고. 꼭 이런 표현은 아니지만 대강 그런 뜻으로 기억됩니다. 그때 제 머리를 스치는 것은 오래 전에 읽은 후쿠자와 유키치(福澤諭吉, 1835~1901)의 자서전인 『福翁自傳』(岩波文庫, 新訂版, 1978, 제9쇄, 1985)의 후반부에 나오는 소제목의 하나입니다. "본번(本藩)에 대해서는 그 비열함이 조선인과 같다"(258쪽)가 그것. 이 책의 초판(1897) 이래 여러 판형이 있었으며, 이런저런 곡절을 겪어 신분적 민족적 차별에 대한 대목은 한동안 ○○○으로 표기했으나, 이젠 원문대로 적기로 했다는 것입니다.

　　"인권평등의 이념과 자유독립의 정
신이란 후쿠자와의 평생을 꿰뚫는 사상
의 근간이지만 그러한 자유, 평등의 선
구자의 저작에 있어서조차 설사 의식적
은 아니지만 이와 같은 차별적 표현이
나오는 것을 볼 때 이것이 일본 사회에
있어서의 뿌리가 깊고 넓음을 알 수 있
겠다. 우리나라 근·현대사를 되돌아볼
때의 자료로서도 될 수 있는 한 원형에
가깝게 남겨놓는 쪽이 오늘날 차별이
있는 까닭을 똑바로 알 수 있게 해준다

오에 겐자부로

고 판단되기 때문이다. 이 신정판도 구판 25쇄(1954)를 따르기로 했다."

　　이로써 구판 23~24쇄에서는 ○○○으로 했으나 25쇄부터 원문대로 적었고, 현
재판도 그러함을 알 수 있습니다. 오에 씨와 관련하여 또하나 제 머릿속에 남아 있
는 것은 김지하씨와의 대담 장면입니다.

　　김지하 "내가 구태여 동북아에서 시작하는 이유는 여기에 내장돼 있는 영성적인
영육일체(靈肉一體)의 우주관이 서양에는 없기 때문입니다. 화엄경(華嚴經)의 광
대한 세계관을 서양에서는 발견할 수 없습니다."

　　오에 겐자부로 "나와는 매우 다르군요. 세계의 중심이 아시아에 다가오고 있다
고 생각하지 않습니다. 세계의 온 마을에 다 중심이 있을 뿐입니다."(동아일보,
1995. 2. 4)

　　자세한 설명이 없어 뭐라 말하기 어렵기는 하나 두 사람의 견해 차이만은 조금
느껴지더군요. 이 장면에서 문득 제 머릿속으로 30년대 저 악명 높은 대동아공영

권(大東亞共榮圈) 이론이 스쳐갔음은 웬 까닭이었을까. 또한 『오리엔탈리즘』의 저자의 인접성(contiguity) 이론이 스쳐갔음은 웬 까닭이었을까. 한동안 저는 이 두 가지 논리를 동시에 수용할 수 있는 방도가 없을까 하고 나름대로 궁리해본 바 있었습니다. 그것은 곧 제 전공 영역 안에서 궁리해볼 수밖에 없었지요. 근대문학이 썩 전공해볼 만한 그 무엇이라고 제가 믿기 때문에 어떤 해답도 이 속에서 찾아야 되지 않겠습니까. 제가 우둔하여 찾아내지 못한다는 것과 이 문제는 별개입니다.

민족 에고이즘의 시선 — 나카노 시게하루

처음으로 한국 신문학사 기술을 시도했던 어떤 문학사가가 사용한 개념 중의 하나에 '이식문학사론'(임화, 『문학의 논리』, 학예사, 1940)이 있습니다. 이에 대한 이런저런 비판이 이미 나와 있고, 또 그만큼 이 개념은 쉽사리 극복되기 어려웠음도 어느 수준에서 증명되었다고 볼 수 있습니다. 이 개념의 핵심에 놓인 것은, '제도로서의 문학'에 관한 것이겠지만, 의외에도 이 개념에서 연상되는 어떤 느낌 때문에 논의에 혼선을 가져오는 경우도 적지 않았던 것으로 보입니다. 곧 '이식'이란 한쪽에서 다른 쪽으로, 일방적인 수입으로 느껴진다는 이른바 '어감'이 그것입니다.

이 어감을 어느 수준에서 제어하는 일이 일단 필요했습니다. 왕왕 우리가 사태의 핵심을 놓치는 것은 이러한 어감의 함정이랄까 방해로 말미암는다는 사실을 염두에 둔다면 특히 그러할 것입니다. 이러한 어감을 희석시킬 수 있는 방도의 하나로 제가 제시해본 것이 나카노 시게하루(中野重治, 1902~79)의 「비내리는 品川驛」(『가이조(改造)』, 1929. 2)입니다.

두루 아는 바와 같이 이 작품은 재일교포 60만의 존재 감각과 더불어 인식되는 작품들 중에서도 으뜸가는 것의 하나입니다. 일본의 NAPF계와 한국의 KAPF계를 연결하는 문학적 고리의 몫을 하는 것으로도 널리 알려져 있습니다. 임화의 유명한 시 「우산받은 요코하마(橫濱) 부두」(『조선지광』, 1929. 9)는 바로 이 작품에 대한 화답 형식으로 씌어진 것이지요. 현해탄을 가운데 둔 두 나라 문학의 공감대랄까 친밀감이 이 장면만큼 생생한 바는 많지 않았던 것입니다. 만일 이러한 문학사적 사실이 인정된다면 그것은, 엄밀한 의미에서 조선 문인들의 개입으로 말미암았음에 주목할 것입니다.

당초 이 시가 발표되었을 때 워낙 복자가 많아서 그 누구도 전모를 파악할 수 없었던 것. 잠시 볼까요.

雨の降る品川驛

×××紀念に李北滿金浩永におくる

中野重治

辛よさやうなら

金よさやうなら

君らは雨の降る品川驛から乘車する

李よさやうなら

も一人の李よさやうなら

君らは君らの父母の國に歸る

君らの國の河は寒い冬に凍る

君らの叛逆する心は別れの一瞬に凍る

海は雨に濡れて暮れのなかに海鳴りの聲を高める

鳩は雨に濡れて煙のなかを車庫の屋根から舞ひ下りる

君らは雨に濡れて君らを○○○○○○○を思ひ出す

君らは雨に濡れて○○○○○○○○○○○○

○○○○○○○○○○○○○を思ひ出す

降りしぶく雨のなかに緑のシグナルは上がる

降りしぶく雨のなかに君らの黒い瞳は燃える

雨は敷石に注ぎ暗い海面に落らかかる

雨は君らの熱した若い頰の上に消える

君らの黒い影は改札口をよぎる

君らの白いモスソは歩廊の闇にひるがへる

シグナルは色かへる

君らは乗り込む

君らは出發する

君らは去る

おお

朝鮮の男であり女である君ら

底の底までふてぶてしい仲間

日本プロレタリアートの前だて後だて

行つてあの堅い厚いなめらかな氷お憚き割れ

長く堰かれて居た水をしてほとばしらしめよそして再び

海峡を躍りこえて舞ひ戻れ

神戸名古屋を經て東京に入り込み

○○○○に近づき

○○○○にあらはれ

○○○○

○○顎を突き上げて保ち

○○○○○○○○○○○○

○○○○○○○

温もりある○○の歡喜のなかに泣き笑へ

　일본문학사의 감각으로는, 잘 모르긴 하나 이것으로 끝났던 것이겠지요. 그렇지만 종전 뒤에 이 작품이 거의 원형대로 복원된 바 있었습니다(이전 것은 1931년 것뿐). 나카노가 (1)여벌의 원고를 보관하고 있었거나, (2)잡지사에 원고가 남아 있었다면, 복원하기란 간단하겠지요. 매우 불행하게도 (1)(2)의 경우는 아니었지요. 그렇다면 어떤 곡절을 겪어, 이 시의 복원이 가능했을까. 그 경우는 다음과 같습니다.

"나카노 시게하루 전집 제9권 월보에 「비내리는 品川驛」의 조선어역을 발견한 것이 나라고 적혀 있다. 그러나 이러한 경우 '발견'이란 말이 타당한지 어떤지 모르겠다. 조선어역의 존재를 알아차린 것은 내가 처음이 아니다.『傷痕と克服』(金允植 著, 大村益夫 譯, 朝日新聞, 1975)의 236페이지에는『무산자』에서 번역된 것이 수록되었음이 적혀 있다. 다만 나는 그것에 따라 복자를 복원하여 (……) 나카노 씨에게 보냈다. 나카노 씨는 그때까지 조선어역이 있는지 알지 못했고 매우 기뻐하면서 이것에 기대어 기억을 되살려 원시의 복원을 시도한 것이었다."(미즈노 나오키 水野直樹, 「비내리는 品川驛」의 사실조사,『三千里』, 1980. 봄, 105쪽)

카프 도쿄 지부의 기관지『예술운동』의 발전적 해소를 통해 간행된『무산자』(3권 1호, 1929)에 실린 조선어역의 전문을 보이면 다음과 같습니다.

비날이는 品川驛

×××記念으로 李北滿 金浩永의게

中野重治

辛이여 잘 가거라

金이여 잘 가거라

그대들은 비오는 品川驛에서 차에 올오는구나

李여 잘 가거라

또 한 분의 李여 잘 가거라

그대들은 그대들의 부모의 나라로 도러가는구나

그대들의 나라의 시냇물은 겨울 치위에 얼어붓고
그대들의 ××반항하는 마음은 떠나는 일순에 굿게 얼어

바다는 비에 저저서 어두어가는 저녁에 파도성을 놉히고
비닭이는 비에 저저서 연기를 헷치고 창고 집웅에서 날너날인다.

그대들은 비에 저저서 그대들을 쫏처내는 일본의 약물을 생각한다.
그대들은 비에 저저서 그의 머리털 그의 좁은 이마 그의 안경 그의 수염 그의 보기실은
꼽새등줄기를 눈압헤 글여본다.

비는 줄줄 날이는데 새파란 시그낼은 올너간다.
비는 줄줄 날이는데 그대들의 검은 눈동자가 번적인다.

그대들의 검은 그림자는 改札口를 지나
그대들의 하얀 옷자락은 침침한 푸랏트홈에 흔날녀

시그낼은 색을 변하고
그대들은 차에 올너탄다

그대들은 출발하는구나
그대들은 떠나는구나

오오!

조선의 산아이요 계집아인 그대들

머리꿋 뼈꿋까지 꿋꿋한 동무

일본 푸로레타리아―트의 압짬이요 뒷군

가거든 그 딱딱하고 듯터운 번질번질한 얼음장을 투딜여 깨ㅅ쳐라

오래동안 갓치엿든 물로 분방한 홍수를 지여라

그리고 또다시

해협을 건너뛰여 닥처오너라

神戸 名古屋을 지나 동경에 달여들어

그의 신변에 육박하고 그의 면전에 나타나

×를 사로×어 그의 ×살을 움켜잡고

그의 ×멱 바로 거기에다 낫×을 견우고

만신의 뛰는 피에

뜨거운 복×의 환히 속에서

울어라! 우서라!

　이북만, 김삼규, 김두용, 임화, 김남천 등이 『무산자』의 동인이었으니까 나카노는 이들과도 친밀했던 만큼 재일 조선인 프롤레타리아 작가 및 그 동조자들과 교유가 잦았습니다. 그들 중 누군가에 의해 번역되었을 터입니다. 이는 무엇을 의미할까요. 한국 근대문학이 주로 일본을 통해 일방적으로 수용해온 것이 사실이며 특히 KAPF는 흡사 NAPF의 지부 같은 인상을 주고 있었지만 이 경우에는 오히려 역전

관계에 있음을 알 수 있습니다(자세한 것은 졸고,「1930년대 전후의 일본 유학생층의 문학운동 연구」,『한국학보』제25호, 1981 겨울호 참조).

이로써 '한·일간 문학상에서의 주고받기'의 시선 하나가 겨우 떠올랐던 것이지요. 한국 민족주의의 한 줄기인 위정척사계가 세계 사상사에서의 반제투쟁의 선구적 업적이었다면, 그것이 일본 지식인에게 어떻게 비쳤을까를 가늠할 만한 시선도 있어야겠지만(旗田巍,『日本人の朝鮮觀』, 勁草書房, 1969, 295쪽), 이

나카노 시게하루

에 비할 때「비내리는 品川驛」은 좀더 구체적 시선의 하나라 할 것입니다. 그러나 중요한 것은 이러한 시선 뒤에 혹은 위에 또하나의 시선이 던져져 있음에 있습니다. 시구 중의 한 대목인 '일본 푸로레타리아트의 앞잡이요 뒷군'이 그것. 어째서 재일 조선인 프롤레타리아가 일본 프롤레타리아의 '앞잡이요 뒷군'일까. 시인이 이에 대한 구체적인 설명을 하지 않고 있음을 보면, 민족적 차별의식의 무의식적 발로로 볼 수가 있겠지요. 훗날 나카노는 자기의 착오를 시인, 이를 '민족 에고이즘'이라 불렀던 것입니다(졸저,『한국문학의 근대성 비판』, 문예출판사, 1993, 178쪽). 일본을 대표하는 대사상가 후쿠자와도, 노벨상의 작가 오에 씨도 극복하지 못한 이 '민족 에고이즘'이란 과연 무엇일까. 저마다의 민족 심층에 놓인 이 '무의식'의 정체란 대체 무엇일까. 만일 이를 치유하는 방도가 있을 수 있다면 먼저 그 정체를 알아보는 것이 지름길이 아닐까.

「비내리는 品川驛」의 텍스트―원시, 개작시

「비내리는 品川驛」이 한·일간에 가로놓여 있음이란 새삼 무엇인가. 그것이 시 작품인 한에서는 한·일 문학의 관련 양상 속의 논의이겠지만, 그것이 한·일 프롤레타리아에 관련된 점에서 보면 문학의 차원을 넘어서는 과제로 되지 않을 수 없습니다. 후자의 경우 논점은 일본 사회가 안고 있는 가장 예민한 부분의 하나인 천황의 존재와 관련된 정치적·사상적 과제인 까닭이지요. 1970년에서 근자에 이르기까지 이에 대한 갖가지 논란이 일본의 문단 및 사상계에서 지속적으로 논의되었음은 따라서 자연스럽다고 볼 것입니다. 천황제를 일본 사회의 가장 예민한 부분의 하나라 했거니와, 이에 대한 비판적 논의란 터부의 일종이어서 문학가나 사상가들은 이 한계 인식에서 자유로울 수 없었을 것입니다. 이른바 불경죄(不敬罪)가 그것입니다.

불경죄를 선험적으로 안고 들어가는 쪽이 마르크스주의이며 이에 이어진 것이 일본 공산당임은 새삼 말할 것도 없지요. 사세 불리해진 1933년 일본 공산당의 두목 나베야마 사타치카(鍋山貞親)와 사노 마나부(佐野學)의 옥중 전향 선언에서 그들이 사법부와 타협한 것은 천황제 수용의 공산주의 운동이었지요(R. Mitchell, *Thought Control in Prewar Japan*, 김윤식 역, 일지사, 1976, 제4장 참조). 「비내리는 品川驛」은 바로 이 불경죄목에 걸려 있어 전후에도 여전히 문학 및 사상계의 시금석 몫을 하고 있었던 것입니다.

그들 논의의 추이를 간략히 검토해보기 위해 '개작'을 보이기로 합니다.

　辛よ さようなら
　金よ さようなら

君らは雨の降る品川驛から乗車する

李よ さようなら

も一人の李よ さようなら

君らは君らの父母の國にかえる

君らの國の川はさむい冬に凍る

君らの叛逆する心はわかれの一瞬に凍る

海は夕ぐれのなかに海鳴りの聲をたかめる

鳩は雨にぬれて車庫の屋根からまいおりる

君らは雨にぬれて君らを追う日本天皇を思い出す

君らは雨にぬれて 髭 眼鏡 猫脊の彼を思い出す

ふりしぶく雨の中に緑のシグナルはあがる

ふりしきる雨のなかに君らの瞳はとがる

雨は敷石にそそぎ暗い海面におちかかる

雨は君らの熱い頬に消える

君らのくろい影は改札口をよぎる

君らの白いモスソは歩廊の闇にひるがえる

シグナルは色をかえる

君らは乗りこむ

君らは出發する

君らは去る

さようなら 辛

さようなら 金

さようなら 李

さようなら 女の李

行ってあのかたい 厚い なめらかな氷をたたきわれ

ながく堰かれていた水をしてほとばしらしめよ

日本プロレタリアートのうしろ盾まえ盾

さようなら

報復の歡喜に泣きわらう日まで

보다시피 원시와는 상당한 차이점이 드러나 있습니다.

원시와 개작시의 문제점

원시와 개작시 사이엔 많은 차이가 있음이 한눈으로 파악되거니와, 앞에서 지적했듯 개작시는 1931년에 이루어진 것입니다. 이 둘을 비교하여 그 문제점을 날카롭게 분석한 일본측 연구는 1970년대에 와서 강화되어 오늘에 이르고 있습니다. 먼저 원시와 개작시의 두 쟁점사항을 보이기로 합니다.

(A)

    원시　李よ さやうなら

           も一人の李よ さやうなら

    개작　さようなら 辛

           さようなら 金

           さようなら 李

           さようなら 女の李

(B)

    원시　日本プロレタリアートの前だて後だて

    개작　日本プロレタリアートの後だて前だて(定本 筑摩書房社版에는 だて가 盾로 바뀜)

먼저 개작시를 둘러싼 미즈노 씨의 증언을 살펴보기로 합니다. 쟁점인 '後だて 前だて'에 대해 나카노(1979년 사망)의 생전에 질문하자, '두 나라 노동자계급의 같은 레벨의 공동투쟁'을 그린다는 것이 불충분했다는 점을 스스로 시인했다는 것입니다. 나카노 자신의 견해를 그대로 보이면 다음과 같습니다.

"'일본프롤레타리아트의 後だて前だて'라는 구절이 있는데, 이것은 '猫背'와는

다른 것으로 민족에고이즘의 꼬리 같은 것을 달고 있는 느낌을 끊기 어렵습니다."
(「비내리는 品川驛」,『朝鮮文化』제25호, 1975, 76쪽)

개작 (A)(B)에 대한 날카로운 비판으로는 단연 오니시 교진(大西巨人)의 논지를 들 수 있지 않을까 합니다. 그에 따르면 (A)원시와 개작을 아울러 알 수 있는 것은 '李'가 남성이고 '또 한 사람의 李'란 여성이란 점에 주목, 원시에서는 성차별에 구애되지 않고 남녀평등주의로 되어 있으나 개작에서는 '여자인 李'라 함으로써 남존여비적 성차별이 노출되어 있다는 것입니다. 이는 나카노의 전근대적 '비혁명적 민주주의성'의 노출이 아니겠는가.

핵심사항인 (B)에 대해서는 보다 철저합니다. 곧 원시와 개작을 아울러 '前だて 後だて'와 'うしろ盾まえ盾'에서의 'うしろだて'는 'うしろみ' '後見'을 뜻함에 틀림없다고 보았습니다. 그 증거로 이 시의 중국어역을 들기도 했습니다. 문제의 구절이 '日本無産者的前衛和後盾'로 되어 있다는 것입니다. 그 결과 일본인, 일본 프롤레타리아를 소아적 금치산자적으로 인식케 했다는 것입니다. 이에 나아가 조선인, 조선 프롤레타리아에 대한 노골적인 비인간적, 민족차별적인 인식을 가져왔다는 것입니다. 그 이유로 한국전쟁 당시, 백만 명 일본인 의용군 모집을 도모한 미국의 인식방법을 사례로 들었습니다. 일본인 의용군을 '사용'해서 전쟁을 승리로 이끌겠다는 미국식 표현은 일본인을 한갓 도구로 인식했음이라는 것. 미국의 이러한 비인간적, 민족차별적 인식과 나카노의 생각이 같다는 것입니다. 기타 다른 이유 두 가지도 오니시 씨는 덧붙였습니다. 오니시 씨의 이러한 비판이 이 시를 둘러싼 '우월 열등 양복합적(優越劣等兩複合的)'인 비평가들의 핑곗거리를 무화시키기에 별로 모자람이 없어 보이기까지 합니다(「コンプレックス脱却の當爲(上)」,『みすず』, 1997. 3, 27~28쪽). 우월 열등 양복합적 비평가의 하나엔, 이 시를 '충성의 문제'로 인식한 에토 준(江藤淳) 씨도 포함됩니다(江藤淳,『昭和の文人』, 新潮社, 1989, 47쪽).

오니시 씨 다음으로 주목되는 비판은 와타나베 나오미(渡部直己) 씨에 의해 이루어졌습니다. 씨가 주목한 것은 개작 쪽이 아니고, 원시의 복원 부분(복원시)에 있었지요.

君らは雨に濡れて君らを追ふ日本の天皇を思い出す

君らは雨に濡れて 彼の髪の毛 彼の狹い額 彼の眼鏡

彼の髭彼の醜い猫背を思い出す

개작에서 삭제된 윗대목에서 씨는 머리털／이마／안경／수염／곱사등／등이 집요하게 '분단'되어 있다는 사실에 주목하고 있습니다. 시의 우열과는 상관없이 이 집요한 분단성(分斷性)이야말로 뒤에 나오는 '彼の身邊に近づき'를 가능케 한다는 논법이지요.

"대상을 집요히 분단함이 없이는, 묘사의 욕망이란 충분하지 못하다는 사실, 바로 이 한 점. 묘사가 요구하는 길이란, 너무도 자주 대상의 전체를 그 세부에로 향하여 분단함으로써 지탱하고자 하기 때문이다. 즉 거기에 끊임없이 가까이 가기와 그것을 멋대로 잘라 터지게 하는 것."(「不敬文學論序說」, 『批評空間』 제16호, 1998, 168쪽)

천황에 대한 최대의 불경이란 무엇이겠는가. '접근'과 '분단'으로 설명될 수 있다는 것이 와타나베 씨의 논점으로 보입니다. 아마도 들뢰즈의 '횡단선'에 주목한 것이 아니겠습니까.

이상의 원시와 개작을 둘러싼 논의에서 핵심적인 사항은 무엇이겠습니까. '민족 에고이즘'(나카노 자신의 말)이냐 아니냐의 과제로 요약되지 않겠습니까. 어째서 조선의 프롤레타리아가 일본의 프롤레타리아의 '앞잡이요 뒷군'이냐에 걸리는 문

제가 아닐 수 없지요. 이를 둘러싼 일본측 논의 중에는 앞에서 든 오니시 씨의 해석이 주목됩니다. 씨의 해석의 요점은 '日本プロレタリアートのうしろだてまえだて'의 'の'에 주목합니다. 여기서의 'の'를 연체수식어적 격조사(連體修飾語的格助詞)로 보지 말아야 한다는 것입니다. 시 제목 '雨の降る品川驛'에 나오는 'の'란 어떤 용법인가라고 오니시 씨는 묻습니다. 주어적 격조사(主語的格助詞)가 아니겠는가. 그러니까 '비가 내리는 品川驛'이 되듯, '일본 프롤레타리아트가 뒷군이며 앞잡이'로 읽어야 된다는 것입니다. 다시 말해 '일본 프롤레타리아트가 조선 프롤레타리아트의 뒷군이자 앞잡이'라는 것이지요. 사회주의 운동의 본질상에서 '일본 프롤레타리아트와 조선 프롤레타리아트의 분리 불가능성'이라는 관점에서 그렇다는 것입니다.

"나는 앞의 'の'의 주어적 격조사로서의 읽기 쪽의 정신, 그 정당성을(내 개인적으로도 일반 보편적으로도) 확신한다."(「コンプレックス脱却の當爲(下)」, 『みすず』, 1997. 4, 64쪽)

물론 오니시 씨는 기타 여러 가지 당시의 시대성에 대한 깊은 통찰과 방증을 아울러 검토한 결과 그러한 확신에 이르고 있습니다.

그렇다면 나카노 자신이 '민족 에고이즘'이라고 자기비판한 이 마당에서도 이런 해석이 유효할까. 시란 다양한 해석이 가능하니까 면책특권이라도 있다는 것일까. 물론 오니시 씨는 이 점도 넘어서고 있어 보입니다. '일본 프롤레타리아트가 조선 프롤레타리아트의 앞잡이요 뒷군이다'라는 명제는 동시에, 당연히, 또 자연적 및 필연적으로 '조선 프롤레타리아트가 일본 프롤레타리아트의 앞잡이요 뒷군이다'로 된다는 것입니다. 공산주의 운동의 본질상 그렇다는 오니시 씨의 통찰은 시의 다의성(ambiguity)의 과제를 넘어선 경지라 할 것입니다.

이 시의 텍스트가 위에서 자세히 살폈듯, 원시(1929), 개작(1931), 그리고 원시

에서 복원한 것인지도 모를 복원시(1977)가 있다는 사실과 그것들이 지닌 각각의
문제점들도 어느 수준에서 드러난 셈입니다.

임화의 화답 방식 —「우산받은 橫濱 부두」

조선어역 「비내리는 品川驛」으로 말미암아, 원시의 복자 부분에 대한 복원이 가
능했음이란 그 자체로 보아 한·일간의 문학적 관련 양상의 한 가지 사례로 볼 것
이지만, 사정이 이에 멈추지 않음이야말로 유의할 점이 아닐까 합니다. 곧 임화의
「우산받은 橫濱 부두」(『조선지광』, 1929. 9)가 그것입니다.

港口의 게집애야! 異國의 게집애야/ '독크' 를 뛰어오지 마러라. '독크' 는 비에 저젓고/
내 가슴은 떠나가는 서러움과 내어쫏기는 분함에 불이 타는데/오오 사랑하는 港口 '요코
하마' 의 게집애야! / '독크' 를 뛰어오지 마러라 난간은 비에 저저 잇다.

그남아도 天氣가 조흔 날이엇드라면?⋯⋯/아니다 아니다 그것은 所用업는 너만에 불상
한 말이다/네의 나라는 비가 와서 이 '독크' 가 떠나가거나/불상한 네가 울고 울어서 좁드
란 목이 미켜지거나/異域의 반역 靑年인 나를 머물너 두지 안으리라/불상한 港口의 게집
애야 울지도 말어라.

追放이란 標를 등에다 지고 크나큰 이 埠頭를 나오는 네의 산아희도 모르지는 안는다/
네가 지금 이 길로 도라가면/勇敢한 산아희들의 우슴과 아지 못할 情熱 속에서 그 날마다
를 보내이든 조그만 그 집이/인제는 구두발이 들어 나간 흙발자국박게는 아무것도 너를 마

즐 것이 업는 것을/나는 누구보다도 잘 알고 생각하고 잇다.

그러나 港口의 게집애야! 너는 모르지 안으리라/지금은 '새장 속'에 자는 그 사람들이 다 네의 나라의 사랑 속에 사랏든 것도 안이엇스며/귀여운 네의 마음속에 사랏든 것도 안이엇섯다.

그러치만/나는 너를 爲하고 너는 나를 爲하야/그리고 그 사람들은 너를 爲하고 너는 그 사람들을 爲하야/엇재서 목숨을 맹서하엿으며/엇재서 눈오는 밤을 멧 번이나 街里에 새엇든가.

거긔에는 아모 까닭도 업섯스며/우리는 아모 因緣도 업섯다/덕우나 너는 異國의 게집애 나는 植民地의 산아희/그러나 오즉 한 가지 理由는/너와 나 우리들은 한낫 勤勞하는 兄弟이엇든 때문이다.

그리하여 우리는 다만 한 일을 爲하야/두 개 다른 나라의 목숨이 한 가지 밥을 먹엇든 것이며/너와 나는 사랑에 사라왓든 것이다.

오오 사랑하는 '요꼬하마'의 게집애야/비는 바다 우에 나리며 물결은 바람에 이는데/나는 지금 이 땅에 남은 것을 다 두고/어머니 아버지 나라로 도라갈려고/太平洋 바다 우에 떠서 잇다/바다에는 긴 날개의 갈매기도 올은 볼 수가 없으며/내 가슴에 날든 '요코하마'의 너도 오늘노 없어진다.

그러나 '요꼬하마'의 새야/너는 쓸쓸하여서는 아니 된다. 바람이 불지 안느냐/한아뿐어서 드러가거라/인제는 네의 '게다' 소리도 빗소리 파돗소리에 무처 사라젓다/가보아라 가보아라/내야 쫓기어 나가지만은 그 젊은 勇敢한 녀석들은/땀에 저즌 옷을 입고 쇠창살 미테 안저 잇지를 안을 게며/네가 잇는 工場엔 어머니 누나가 그리워 우는 北陸의 幼年工이 잇지 안느냐/너는 그 녀석들의 옷을 빠라야 하고/너는 그 어린것들을 네 가슴에 안아주어야 하지 안켓느냐/ '가요' 야! '가요' 야 너는 드러가야 한다/벌써 '싸이렌' 은 세 번이나 울고/검정 옷은 내 손을 맷 번이나 잡어다녓다/인제는 가야 한다 너도 가야 하고 나도 가야 한다.

異國의 게집애야!/눈물을 홀리지 말어라/街里를 홀너가는 '데모' 속에 내가 없고 그녀석들이 빠젓다고/섭섭해하지도 마러라/네가 工場을 나왓슬 때 電柱 뒤에 기다리든 내가 없다고/거기엔 또 다시 젊은 勞動者들의 물결로 네 마음을 굿세게 할 것이 잇슬 것이며/사랑의 주린 幼年工들의 손이 너를 기다릴 것이다.

그리고 다시 젊은 사람들의 演說은/勤勞하는 사람들의 머리에 불가치 쏘다질 것이다.

드러가거라! 어서 드러가거라/비는 '독크' 에 나리우고 바람은 '데기' 에 부되친다/雨傘이 부서질라/오늘 쫓겨나는 異國의 靑年의 보내주든 그 雨傘으로 來日은 나오는 그녀석들을 마주러/ '게다' 소리 높게 京濱街道를 거러야 하지 안켓느냐.

오오 그럼은 사랑하는 港口의 어린 동무야/너는 그냥 나를 떠내보내는 서러움 사랑하는 산아희를 離別하는 작은 생각에 주저안질 네가 아니다/네 사랑하는 나는 이 땅에서 좃겨나

지를 안는가/그 녀석들은 그것도 모르고 가치 잇지를 안는가 이 생각으로 이 慣한 事實로/
비달기 가튼 네 가슴을 발가게 물들려라/그리하야 하얀 네 말이 뜨거서 못 견딜 때/그것을
그대로 그 얼골에다 그 대가리에다 마음것 메다 처버리어라.

　　그러면 그때면 지금은 가는 나는 벌서 釜山 東京을 거처 동모와 가치 '요꼬하마'를 왓슬
때다/그리하여 오랫동안 서러웁든 생각 慣한 생각에/疲困한 네 귀여운 머리를/네 가슴에
파뭇고 울어도 보아라 우서도 보아라/港口의 내의 게집애야!/그만 '독크'를 뛰어오지 마러
라/비는 연한 네 등에 나리우고 바람은 네 雨傘에 불고 있다.

임화의 이 작품이 나카노의 것에 대한 화답 형태임은 의심의 여지가 없습니다
(임화는 이 무렵 이북만의 조직 속에 있었고 1930년 귀국시에 이북만의 누이 이귀례와 결
혼한 상태였다. 졸저, 『임화 연구』, 1989 참조). 한·일 근대문학사의 관련 양상의 한
가지 사례로 이를 부각시킬 수 있을 것입니다. 일방적 '이식문학'이 아니라 쌍방적
관계의 한 가지 가능성의 열어 보임이라 평가되어도 큰 무리는 아닐 터입니다.
　이러한 평가의 근거는 무엇인가. 이 물음에 한국문학 측은 민첩할 필요가 있지
않을까 싶습니다. 그것은 나카노에의 '화답'이 가능한 조건이랄까 자질을 임화가
갖고 있음에 관련됩니다. 나카노와 맞설 수 있는 임화의 '자질'이란 무엇인가. 일
본의 대표적인 '자질'과 조선의 대표적 '자질'이라 할 때 '자질'이란 물을 것도 없
이 '시적 자질'을 가리킴이 아닐 수 없지요.
　'시적 자질'을 문제삼는 일은 「비내리는 品川驛」과 「우산받은 橫濱 부두」의 비
교에 막바로 이어집니다. 두 작품의 비교에서 드러나는 사항 중, 나카노에 화답한
부분을 지적한다면, (1) 驛에 대한 항구(조선인의 실제 귀국과는 맞지 않는 시적 대응)
(2) '비둘기'에 대한 시적 반응(이는 나카노 쪽도 의외였지만, 임화는 이를 놓치지 않았

음) (3) 일본에 다시 쳐들어오라는 나카노에 대한 임화의 대응 방식 등이 될 터입니다. 그러나 이러한 대응 방식들은 외관상의 현상에 지나지 않습니다. 시적 자질을 문제삼을진댄, 임화의 「우산받은 橫濱 부두」는 단연 임화 독자성에 기초를 두고 있음이 확인되기 때문입니다. 그것은 바로 'sister-complex'로 말해질 수 있는 임화 특유의 시적 자질입니다. 여기에는 상당한 설명이 요망됩니다.

임화

조선의 발렌티노인 주연급 영화 배우이자 카프 시인 임화가 그 나름의 시적 성취를 이룬 것으로 평가된 것은 「우리 오빠와 화로」 (1929)와 이에 이어진 「네거리의 순이」(1929)에서입니다. 김기진이 '단편서사시' (1929)로 규정, 카프시의 새로운 지평이라 평가된 임화의 이러한 시 형식의 창출은 한국 근대시사에서 획을 긋는 것이었습니다. 임화의 이러한 시 형식에 막바로 이어진 것이 「우산받은 橫濱 부두」입니다. 「우리 오빠와 화로」에서의 '누이'의 시선이 그대로 우산받고 나와 있는 이국의 근로 여성으로 전이되었을 뿐이며, 남자 동생 영남이를 돌보는 누이의 심정이 그대로 옮아간 것이 일본 근로 여성의 심성이었습니다. 「네거리의 순이」의 근로하는 여성이 그대로 근로하는 일본 여성이었고, 따라서 임화에겐 당초부터 두 나라 근로 여성에 대한 일체감이 존재하고 있었지요. 이 점에서 임화의 시적 자질엔 그 지독한 '민족 에고이즘'이 부재하고 있었습니다(임화의 '네거리의 순이' 콤플렉스에 대해서는 졸저, 『임화 연구』 참조).

남은 과제 세 가지

이 글에서 제 논점은, 서두에 밝혔듯, 민족 에고이즘의 깊이에 있었습니다. 오에 나 후쿠자와 모양 무의식 속에까지 침투되어 있는 이 민족 에고이즘을 논의하는 시 금석의 하나로 「비내리는 品川驛」을 살펴보았던 것이지요. 그 결과 일본 측에서는 '불경의 문제'와 '민족 에고이즘'의 두 갈래 과제로 논의되었음이 조금은 밝혀졌 습니다. 필자의 견해를 포함한 한국 측의 견해를 별도로 친다면, 재일교포 일세들 의 견해가 뚜렷했는데, 그들이 실상 문제제기의 핵심에 놓여 있었던 까닭입니다.

여기에도 두 가지 견해가 있었는데, 윤학준(尹學準)씨의 「中野重治の自己批判」 (『新日本文學』, 1979. 12)이 그 하나. 윤씨는 작가 김달수(金達壽)씨와 함께 나카노 를 방문, 녹음 대담을 가진 바도 있었고, '민족 에고이즘'의 고백도 이 기록 속에 포함되어 있습니다. 다른 하나는, 교포인 기록영화 제작자 신기수(辛基秀)씨의 견 해입니다. 필자가 1986년도 AKSE(유럽 한국학회) 발표회(레이덴 대학)에서 발표 한 논문이 「나카노 시게하루와 임화의 관계」였습니다. 「비내리는 品川驛」이 그 중 심에 놓여 있었고, 또 '민족 에고이즘'의 부각을 고조시킨 것이었지요. 질의 토의 가 이어졌을 때, 신기수씨가 강렬히 반대의견을 표명했는데, 그 요지는 간단명료했 습니다. 자기의 경험에 의하면 재일 조선노동자와 일본인 노동자 사이엔 그야말로 형제지간의 인간관계로 일관되어 있었다는 것입니다. '민족 에고이즘'이란 당치도 않다는 요지였지요(훗날 신씨는 『아리랑 고개를 넘어서』, 解放出版社, 1992 제5장에서 필자의 견해를 집중적으로 비판하고 있다). 이 사실은 다음 두 가지로 향합니다. 나카 노에 대한 비판이 그 하나라면, 윤씨를 포함한, 그리고 필자를 포함한 '민족 에고 이즘'을 지적한 쪽에 대한 비판이란 점.

금년은 그토록 힘겨웠던 일본의 대중문화 전면 개방이 이루어진 해가 아닙니까. 이 시점에서 바라볼 때 「비내리는 品川驛」이란 새삼 무엇일까요. 원시든 개작이든 이 시가 한일 양국 사이에 여전히 시금석으로 놓여 있을까. 단지 과거의 한 사례로 남아 있고 말 것인가. 일본 측의 경우는 예단하기 어려우나, 한국 측의 경우는 다음 몇 가지로 그 시금석의 의의가 고려될 수 있지 않을까 합니다.

첫째, 『무산자』에 발표된 조선어역의 역자 문제. 김두용, 임화, 김남천 등이 『무산자』의 동인이자 카프 동경지부(책임자 이북만)의 멤버였음을 염두에 둔다면 이들 네 명 중 한 사람이겠고, 그중에서도 임화일 가능성이 크다고 할 것입니다. 동인 중 시인으로서는 임화가 뚜렷했다는 점, 번역의 어휘 사용이나 호흡이 임화의 것과 닮아 있다는 것 등이 고려될 수 있겠고, 더욱 중요한 점은 그가 이 시에 화답했다는 사실입니다. 「우산받은 橫濱 부두」가 그것입니다. 그렇다고 임화가 막바로 역자라는 확정이 되지 못하는 만큼, 이에 대한 탐색이 과제로 남아 있습니다.

둘째, 한·일 양국의 시 번역상의 문제점. 번역은 반역이라 하거니와, 이중에서도 시 번역은 많은 문제점을 안고 있습니다. 그러나 문법체계가 같고, 근대적 역사 경험이 비슷한 주제인 무산계급에 관한 시의 번역에는 어떤 또다른 문제점은 없을까요. 이 점을 고려케 하는 것이 임화가 개발한 단편 서사시 형식입니다.

셋째, 한·일 두 나라의 이해 증진을 위한 문학적 시금석으로서의 문제점. 여기에는 다음 세 가지 범주가 깃들여 있습니다. 배제의 원리를 기본항으로 하는 민족주의적 범주, 평등주의를 기본항으로 하는 계급주의적 범주, 그리고 이를 매개하는 미학적 범주가 그것들입니다.

끝으로 제 개인적 희망 사항을 적어봄으로써 이 발표를 마무리하고자 합니다. '민족 에고이즘' 또는 '집단무의식'이 현해탄을 사이에 두고 놓여 있는 것일까가 그것.

이러한 문제점들을 검토하는 일이 한국측의 과제이지만, 한·일 공동의 과제일

수도 있다는 생각을 떨치기 어렵습니다. 오니시 씨의 'の'에 대한 해석과 비판도 그러한 과제 속에 응당 포함될 것입니다. 곧 한·일 양국의 과제로 논의된다면, 좀 더 논의의 유연성이랄까 탐구상의 풍요로움이 얻어지지 않을까 혼자 생각해봅니다.(2002. 10. 7 오후 4:20~ 6:20, 早稻田大學 22号館 203号)

한국 근대문학사의 시선에서 본 카프문학

보편성과 특수성의 도식에서 본 근대

'한국 근대문학'을 설명하는 모델은 논자에 따라 여러 가지일 수 있습니다. 이 문제에 대해 먼저 나 자신이 고안한 설명 모델을 제시하려 합니다. 무엇보다 저는 '한국'보다 '문학'보다 '근대'에 주목합니다. 인류사의 진행과정을 근대 이전과 근대 이후로 나눌 수 있다면, 근대란 그 중간에 놓이는 단계입니다. 이 단계를 정치사적으로는 (A) 국민국가(nation-state), 사회·경제사적으로는 (B) 자본제 생산양식(mode of capitalist production)의 전개과정이라 한다면, 그리고 이러한 단계를, 시기적으로는 늦고 빠름이 있긴 하지만, 인류사가 어차피 경험해가는 것이라면, 이를 두고 보편성이라 불러볼 수도 있을 터입니다. 한편 지역적으로 그러한 현상이 늦게 혹은 파행적으로 나타날 수도 있었는데, 이 지역성을 보편성에 대한 특수성의 범주로 정리할 수 있습니다. 근대를 이렇게 물은 다음에 오는 것이 한국의 근대이겠습니다. 그것은 보편성으로서의 근대와 지역적 특수성으로서의 근대를 동시에 묻는 것이어야 합니다. 보편성이 국민국가와 자본제 양식의 전개라면, 이를 저해하거나 지연케 하는 방해 요인들에 대한 검토가 뒤따르게 되는바, 이를 논의하는 범주로 특수성을 내세울 수 있습니다. (C) 반제 투쟁과 (D) 반봉건 투쟁 기타 등이 이에 상당할 터인데, 보다시피 이들 특수성은 종종 보편성을 가리거나 보편성을 잠시 몰각케 할 만큼 첨예했던 만큼, 경우에 따라서는 이 특수성이 보편성을 압도할 지경이었습니다. 엄밀히 말해, 이러한 첨예성이 한국적 근대의 특수성에 대한 인식을 가져왔던 것입니다.

근대를 먼저 문제삼고, 그 다음에 한국의 근대를 문제삼은 결과가 이러하다면, 문학을 문제삼는 단계에 오면 어떻게 될 것인가. 한국 근대문학사 서술을 처음으로 시도한 한 논자는 '내용을 근대인 것으로, 형식을 서양의 문학 장르로 한 조선의 문학'이라 한 바 있습니다. 근대를 먼저 인식하고, 그 다음에 문학을 문제삼은 그런 규정이었음이 분명합니다. 특수성을 문제삼되, 그것이 아무리 첨예하고 또 절박한 문제일지라도, 보편성에 대한 인식과 동시적으로 작용되는 그러한 장(場)을 고려해야 하는 것이 한국 근대문학사일 터입니다. 그때그때의 상황에 따라, 그 동시성의 무게중심이 때로는 보편성 쪽으로 혹은 특수성 쪽으로 기울게 될 것입니다. 반제 투쟁이 제일 첨예하게 인식되는 시기와 장소가 있을 터이며 때로는 그 반대 현상도, 혹은 양쪽이 서로 균형을 이루는 경우도 있을 터입니다. 황매천, 육사, 만해, 윤동주에 대한 높은 평가에 기울어질 순간도 있지만, 『삼대』나 『고향』에 보다 큰 비중이 주어질 때도 있습니다. 이 순간을 알아차리는 감각을 두고 문학사적 감각이라 부를 터입니다.

이러한 도식과 감각을 작동 가능케 하는 시기가 1920년대 중반이며, 그 중심부에 놓인 것이 이른바 카프문학이라는 관점에서 이 논문이 씌어집니다.

낯선 신으로서의 계급 사상

주지하듯 한국 근대문학의 머리에 오는 것이 이광수의 『무정』(1917)입니다. 그가 2·8 독립 선언문의 필자이자 상해 임시정부의 각료급이자 기관지 독립신문의 책임자이기도 했다는 사실에서 드러나듯, 민족주의적 이데올로기가 그의 작가의식을 규정했음이 한눈에 들어옵니다. 이 국민국가에의 지향성을 문학으로 드러낸다는 점에서는 공리성문학이자 계몽주의문학 범주이겠지만, 국권상실기이기에 반제 투쟁과의 동시성이 내재된 형국이 아닐 수 없었지요. 국민국가 수립과 반제 투쟁의 동시성이 지닌 모순성을 중요 모순과 기본 모순으로 나누어 인식할 만큼 여유를 가질 수 없었던 곳에 그 절박성이 깃들여 있겠지요. 한편 이러한 문학행위를 '독립운동'이라 보고 그와 버금가는 운동을 내세운 한 무리가 등장했는바, 김동인 중심의 『창조』가 그것입니다. 이들의 자기 규정인 '참예술운동'에서 드러나는 것은 이른바 특수성에 대한 철저한 몰각입니다. 근대도 아니고, 조선의 근대도 아닌, 문학의 근대를 내세움으로써 그것이 독립운동에 버금가는 운동이라 인식했던 것입니다. 탈이데올로기, 반계몽주의, 또는 문학주의 등으로도 규정될 수 있는 이 운동이 '독립운동'과 대립적 관계에 놓인다는 것은 쉽게 지적할 수 있겠습니다. 한편 이러한 탈이데올로기적 문학주의가 가치 중립성과는 무관한 또다른 이데올로기의 일종임을 폭로함으로써, 새로운 눈뜸을 가져온 것이 바로 카프문학입니다. 카프문학이 등장했을 때, 이광수류의 민족주의와 김동인류의 문학주의가 함께 결속하여 카프문학에 맞섰던 사실이 이를 증명하고 있습니다.

어째서 이들은 카프문학의 출현에 위기감을 느껴 결속하지 않으면 안 되었을까.

몇 가지 대답이 있을 수 있겠는데, 그중에서도 뚜렷한 것은 카프문학이 지닌 타자성 때문입니다. 이광수의 계몽주의도, 이에 맞선 김동인의 문학주의도 당초엔 강력한 타자성이라는 괴물이었지요. 그것이 어느새 낯익은 것으로 길들여져 바야흐로 그 타자성의 인식이 지닌 효능을 상실하여 현상유지의 수준에 접어들었습니다. 3·1운동의 실패가 가져온 당대 사회의 나아갈 지평 상실이 새로운『무정』을 낳지 못하고『재생』(1924) 같은 것으로 타락한 것도,『장미촌』『백조』등을 비롯한 동인지들이 시적, 수필적 장르에 기울어진 것도 이로써 설명될 수 있지요.[1] 요컨대 민족적 응전력을 상실하여 현상유지 수준에서 벗어날 수 없게 되었는데, 바로 이 점을 일깨우며 등장한 것이 카프문학[2]이었던 것입니다.

이 강력한 낯선 신의 등장은 두 가지 점에서 특이했는데, 그 국제주의적 성격이 그 머리에 옵니다. 주지하듯, 카프문학은 KAPF 조직을 그 모체로 하는데 이는 저 소련의 RAPP, 일본의 NAPF와 직접 간접으로 연결되어 있습니다.[3] 코민테른의 존재와 결코 무관하지 않지요. 이러한 국제적 연계성은 종래의 민족주의라든가 문학주의에서는 상상도 못 할, 낯설고도 강력한 구원의 신처럼 군림하기에 모자람이 없었습니다. 한국문학이 근대 그것으로 말미암아 세계문학의 일원으로 편입될 수 있는 계기가 이처럼 주어졌다는 것은 전무후무한 경우이겠지요.

다른 하나는, KAPF라는 단일한 조직체의 등장과 그 지속성이 가져온 파장 때문입니다. 카프문학이란 '작품으로서의 문학' 범주와는 썩 다른 '운동으로서의 문학' 범주였기에, 이 낯섦을 두고 혼란을 거듭하는 단계를 거치지 않을 수 없었지요. '작품으로서의 문학'이란 작가가 있고 그가 작품을 쓰는 것입니다. 이는 근본적으로 개인주의적이며 그들이 동인지 중심의 유파성을 이루어 연대성을 갖는다 할지라도 사정은 크게 변하지 않습니다. 반면, '운동으로서의 문학'은 극단적으로 말하면 작품이 없어도 성립되는 그런 범주여서, 일찍이 한 번도 경험해보지 않은 영역이었던 것입니다. 조직과 그 구성원들 위에 군림하며 이를 움직이게 하는 힘이 이데올로기라면, 이데올로기의 활성화가 바로 운동으로서의 문학일 터입니다. 그 정점에 놓인 이데올로기가 계급 이데올로기이며 그것이 국제주의적인 보증을 받았다는 사실만큼 난해하고도 놀라운 일은 없었지요. 작품 이전의 문학성이 유발된 이러한 구조는 카프문학이 가져온 굉장한 사건성의 핵입니다.

이 낯선 신의 등장으로 말미암아 한국 근대문학사는 어떻게 변모되었을까. '근대문학사'인 한도에서라면 한국의 경우에도 보편성으로의 국민국가와 자본제 생산양식의 구도에서 원리적으로는 벗어날 수 없겠지만, 특수성으로서의 반제 투쟁, 반봉건 투쟁 등을 인식하는 방식에는 지대한 영향을 미쳤다고 볼 것입니다. 그 이전의 반제 투쟁이나 반봉건 투쟁이란 어디까지나 방편적이며 따라서 상대적인 적을 상정하는 수준이었습니다. 국민주의 곧 제국주의였기에 그것은 그러하지요. 그것을 거의 절대적 적으로 인식케 한 것이 낯선 신으로서의 카프문학이 가져온 변화입니다. 더구나 그것이 일제와의 관계에서는 직접성으로 작동하기도 했음은 특기할 사항이겠습니다.[4] 그것은 국권상실기의 경사가 깊어질수록 현저하게 작동되었고, 그럴수록 과격하게 인식될 수밖에 없었지요. 그 결과는 어떻게 되었던가. 보편성으로서의 두 기둥이 특수성으로서의 두 기둥 아래 종속되는 현상을 빚기에 이르렀지요. 반제 투쟁과 반봉건 투쟁이야말로 흡사 근대문학 자체인 듯 혹은 근대문학의 본질인 듯한 착각을 일으키기에 모자람이 없었던 것입니다. 카프문학이 문학이긴 하나, 그 이전에 운동으로서의 이데올로기였고, 또 그것도 문학의 이름으로 가능했음을 보여준 점에서 카프문학은 단연 문학이자 그 이상이었습니다.

사회과학의 문학화, 대범하게 말해 정치의 문학화의 단계를 거칠 여유가 없었던 만큼, 막바로 정치 곧 문학, 이데올로기 곧 문학의 폭력성이 가져온 갖가지 충격은 참으로 컸던 것이지요. 이러한 충격의 양상을 분석, 검토해보는 작업이 이른바 문학사적 과제일 터입니다. 리얼리즘문학이 한국 근대문학의 근간을 이루었다는 점에서 볼 때, 이 과제 해명을 통해 한국 근대문학사의 특질이 드러날 수도 있기 때문입니다.[5]

사회주의운동과 민족주의운동의 이동(異同)점

낯선 신으로서의 카프문학이 가져온 충격은 두 가지 유형으로 갈라서 고찰할 수 있겠는데, 대외적인 측면과 자체 내부의 측면이 그것입니다.

대외적인 측면이란 카프문학의 자기 동일성 확보를 방해하는 기존 문학적 세력 일체와의 관계를 가리킴이어서 카프문학처럼 자명한 용어는 아닙니다. 카프문학이 등장하자, 이에 대한 대타의식으로 생긴 개념이 '민족주의문학'인 만큼 거기에는 문학주의, 통속적 모더니스트, 심리주의적 리얼리스트, 인도주의적인 작가 등 넓은 뜻의 자유주의자들이 모두 포함됩니다. "좌익적 문예운동의 출발이 우익파를 규정해주었고, 그들이 선전포고를 함으로 말미암아 소극적으로 또는 간접적으로 그 대립을 느꼈을 따름이지 집단적 단결로서의 의식적 깃발을 가지지 않은 것"[6]이었다는 사실은 강조될 필요가 있습니다. 이런 사실은 이 관계가 문학뿐 아니라 사상사 전반에도 걸쳐 있는 현상임을 말해줍니다. 그만큼 계급사상은 그 관념성으로 야기되는 시대적 충격성이랄까 폭파력을 지녔음을 의미하고 있었다고 볼 수 있지요.[7]

이데올로기로서의 민족문학은 이른바 조선주의(조선적인 것)를 바탕으로 한 심정주의적 태도에서 대두되고, 이것이 발전하여 절충주의적 민족주의문학으로 되며, 이것은 카프문학이 존속되는 1935년까지 의식적이든 무의식적이든 한국 문학계 및 사상계를 양분하는 한 축을 이룹니다.

문학계의 과제를 넘어선 사상사적 과제라 했거니와, 이는 곧 사회사적 과제임을 또한 말해주는 것인데, 이를 확실히 보여주는 것이 저 유명한 좌우합작 단체인 신간회의 성립과 그 존속 및 해체 과정에서입니다.

신간회 발족 직전인 1926년 9월 현재, 경무국에서 발표한 조선 사상 단체 수는 청년 단체 1092, 정치사상 단체 339, 노동 단체 192, 형평 단체(백정 계급 단체) 130 등으로 되어 있습니다. 이러한 많은 단체들은 민족운동과 계급운동의 일치점과 차이점에 대한 논의를 불러일으켰는바 그 경위를 잠시 살펴볼 필요가 있습니다.

계급사상과 민족주의사상, 두 운동이 일제하의 조선 민족의 사회운동의 두 바퀴임은 새삼 말할 필요도 없습니다. 이 양자의 제1차 목표가 조선 민족 해방인 만큼 각각의 이념이나 방법이 다를지라도 공동의 적을 향한 투쟁에 합치점을 발견할 수 있다는 전제하에, 민족지로 자처한 동아일보는 '사회운동과 민족운동의 일치점과 차이점'(1925. 1)에 대한 한용운·주종건·최남선·조봉암 등의 앙케트를 실었고, 그 사설 '민족 의식과 계급 의식의 논점'(1926. 6. 19)에서 구별 무용임을 선언했으며, 한편 같은 민족지 조선일보는 사설 '국가·민족·계급'(1926. 6. 19)에서 국가, 민족은 계급에 대립한다는 견해를 내놓고 있습니다. 신간회의 탄생은 이러한 사정을 반영한 사회사상사적 사건이라 하겠지요. 광범위한 합법적 사회단체인 신간회(1927. 3. 2~1931. 5. 6)의 탄생 및 그 존속·해체과정은 한국에서의 민족운동과 계급운동의 가능성과 한계성을 보여주는 대표적 사례입니다.

신간회의 해체과정을 에워싸고 여러 논의가 벌어졌거니와, 양자의 이데올로기의 상극성과 그 위에 일제의 간계까지 작용하여 끝내 분열되고 말았는데, 민족주의 문학과 카프문학의 관계도 신간회의 이러한 절충주의적 성격과 그 한계점을 공유한 것으로 볼 수 있습니다. 실제로 문학계에서는 절충주의론이 등장했는데 이 논의의 유효성도 신간회 존속과 나란히 가는 것이어서 체계적인 이론을 갖춘 것이 못되었지요. 여기서 주목되는 것이 사상이 지닌 '체계'입니다. 앞에서 이미 지적했듯 민족주의파란 계급파의 등장으로 인해 자각된 존재에 지나지 않는 만큼 심정적 상태에서 벗어난 것이 못 되었으며 계급파와의 대립 상태에 놓일 때에도 자체 내의 논리를 구축해낼 여유도 능력도 모자랐기에 절충주의적 관계를 만들어낼 수 없었던 것입니다. 이에 비해 계급파 쪽에서는 사정이 크게 달랐는데, 그것이 자체 내의 전술·전략을 엄밀하게 갖춘 사상 체계였기 때문이지요. 그렇다고 해서 신간회의 존재가 문학상에 끼친 영향을 과소평가할 수 없겠는데, 문학적인 것의 존재 방식의 일면이 심정적인 것에도 놓여 있음으로 해서 특히 그러합니다. 심퍼사이저(Sympathizer)론이 그러한 사례일 수 있겠지요. 민족파문학이란 존재하지 않지만 민족파 쪽에 선 무수한 작가들이 있다는 지적이 나올 수 있었던 것도 이러한 정황의 반영으로 볼 수 있습니다.[8]

아나키즘과 계급주의의 이동점

카프문학이, 체계화된 전술, 전략을 갖춘 이데올로기로 무장한 상태에서 출발했고, 따라서 심정적 수준인 민족주의적 문학파를 쉽사리 물리쳤다고는 하나, 그것을 당시의 한국적 현실 속에 적용시킴에는 많은 문제점이 드러났습니다. 따라서, 이를 넘어서지 않으면 안 되었는데 그 결과로 이른바 리얼리즘의 확립이라는 어려운 과제를 자체 내의 힘으로 어느 수준에서 이루어냈습니다. 이 점은 강조되어 마땅한데, 여러 현실적 시행착오를 거쳐 이른바 사회과학과 문학의 구체적 연계성을 확보해낸 귀중한 성과이기 때문입니다. 문학이 한갓 정서적 위안에 멈추지 않고 한 단계 넘어선 자리 곧 과학으로서의 세계관에까지 고양되었다는 자부심을 가리킴입니다. 단순한 오락에 문학을 묶어두지 않고 사회 역사 속에 참여시킴으로써 한층 높은 단계의 사명감에 동참케 하는 것, 이를 일러 '인간의 위엄에 어울리는 문학'이라 규정할 수 있겠지요. 그러한 문학의 전통이 그후 전개된 한국문학에 이어졌다고 보는 것이 일반적 견해이기도 합니다.[9] 자체 내부의 문제점에 깊은 관심과 주의를 기울인 까닭도 이와 관련됩니다. 자체 내의 문제점으로 먼저 조직 내부적 과제인 아나키즘과의 논쟁을 살펴보기로 합니다.

카프문학이 그 깃발을 선명히 하고 '카프'를 독자적 용어로 과시하기 시작한 시기가 제1차 방향 전환기인 1927년 이후이거니와 아나키즘과 카프문학의 논쟁이 벌어진 것도 이 무렵입니다. 제1차 방향 전환기(목적의식기)를 맞아 자연발생적 단계에서 벗어나 조직적인 이론 투쟁으로 전환한 카프의 내부에서, "프로 문예 중에 아나키즘 문예와 볼셰비즘 문예의 대립을 상상할 수 있다"[10]라는 주장이 나왔을 때, 자연 이 논쟁은 진영 내의 강경파와 온건파의 대립의 양상을 보였던 것입니다. 카프는 목적의식기의 여세를 몰아 아나키즘을 공격했습니다. 이때 기묘한 현상이 일어났는바 조직체의 힘을 빌려온 점이 그것입니다. 곧 아나키스트들을 조직에서 제외함이 그것인데, 이는 한편으로는 카프문학이 가진 이론적 힘이 조직과 무관하지 않음을 드러냄이며 그만큼 아나키즘론이 지닌 예술상의 강점을 말해주는 것이기도 합니다.

잠시 여기서 당시 아나키즘이 지닌 본질적 의미를 엿볼 필요가 있겠지요. 이 무렵 사회주의 사상 속에는 마르크스주의, 아나키즘, 니힐리즘을 위시하여 포이어바흐주의, 후쿠모토주의(福本主義) 등이 잡거해 있었습니다. 이중 마르크스주의를 중심사상으로 하여 카프문학이 보다 선명한 자기 동일성 확인에 나아가는 단계 곧 방향 전환을 시도하자마자 이들과의 변별성이 응당 요망되었습니다. 이 논쟁은 이러한 사실과 무관하지 않습니다. 이 점은 카프문학의 등장으로 말미암아 잡다한 민족주의문학파들이 상당한 자각 상태에 이르는 현상을 방불케 합니다. 아나키즘

『예술운동』표지

과의 관계에서는 그것이 지닌 이론상의 선명함으로 말미암아 당연히 구분되는 터입니다.

아나키즘의 방법상의 강점이라 했거니와 그것은 예술상의 선명함을 주로 가리킵니다. 사회주의의 일파로서 국가 없는 분산적 소생산 사회의 건설을 목표로 하는 아나키즘은 국민국가 타도를 목표한다는 점에서는 마르크스주의와 일치하나 그 방법이나 내용에 있어서는 판이합니다. 프롤레타리아의 독재도 완전히 부정함에서 그 판이성이 선명하거니와, 이 점은 문학 쪽에서 한층 뚜렷합니다. 아나키즘 문학이 낡은 문학의 부정, 파괴를 강조하는 그 혁명적 성격에서 카프문학과 동일하나 그 방법은 대립적인데, 전자가 개인적 자유주의를 기반으로 한다면 후자는 절대를 신봉한다는 점에서 특히 그러합니다. "아나키스트는 극단의 개인주의자이다. 고로 부르주아이다"라는 비난에 대해, 아나키스트 측은, 혁명을 중앙 조직의 명령에 의해, 또 정해진 방법에 의해서가 아니라 "가장 자연적인 내부 법칙에 의한 자유 연합을 형성코자 함"[11]에 있다는 주장으로 맞섰거니와, 중요한 것은 이러한 맞섬의 지속이 결코 길지 못했다는 사실입니다.

아나키즘이 지닌 방법상의 강점이, 개인의 자각에 기초한 그 철저성에 있는바, 그 철저성은 국가는 물론 어떤 조직체도 거부함에서 엿볼 수 있습니다. 이 철저성이 많은 경우 비현실적이라 할지라도 어떤 영역에서는 가장 현실적일 수도 있다면 어떠할까. 그런 영역이 바로 예술이라면 어떠할까요.

카프문학이 자체 내의 정비를 위해 아나키즘을 물리쳤음은 그 운동으로서의 성격상 당연한 순서였지만, 그것이 카프문학 자체의 빈혈증을 가져온 빌미가 되었음도 사실일 터입니다. 같은 무렵, 카프문학 내부에서 일어난 '내용·형식 논쟁'은 이 점에서 성격상 유사하다고 할 것입니다. 내용 우위의 일방적 강요 사항이 카프문학의 빈혈증을 가져온 것이기 때문입니다. 한국 근대문학사 및 사상사에서 이 아나키즘이 놓인 자리는 이 밖에도 따로 있는데, 크게는 민족주의운동과 프롤레타리아운동을 동시에 비판하며 두 운동을 재는 잣대 구실을 한 것이 그것입니다. 가령 단재의 「조선혁명선언」(1923)에서 이 점은 선명히 드러납니다. 민중 개개인의 직접 봉기론을 주축으로 한 아나키즘론이, 제3의 개념인 '민중 문학'이라는 큰 잣대로, 근대문학 전반의 성과를 재는 몫을 한 점도 이로 보면 우연일 수 없겠지요.[12]

'내용·형식 논쟁'과 소설의 내적 구조 문제

카프 자체 내 논쟁의 의의는, 그 논쟁 추이가 사상사 또는 정신사의 문맥에서 문학사적 문맥 쪽으로 향하려는 어떤 노력의 자각이 보인다는 점에 있습니다. 이러한 노력의 자각은 민족주의문학에서도 일찍이 겪었던 자연스런 추세이겠으나, 비교컨대 그 차이점 역시 확연하지요. 계몽적 성격을 띤 민족주의문학에서는 『무정』에서 보듯 민족주의 자체가 지닌 심정적인 측면으로 말미암아 문학사적 문맥에로 기울어짐에 큰 저항이 없었지만, 카프문학의 경우엔 그 강도가 매우 심했지요. 낯선 신이라 비유되듯 계급성이 지닌 타자성의 강도가 좀처럼 문학의 본령인 형상화에로 전환되기 어려웠던 것입니다. 카프문학이 지닌 이러한 타자성의 강도야말로, 카프문학이

『무산자』 표지

문학사에 던진 충격의 강도 그것에 비례하는 것이기에 자체 내 논쟁은 단연 실험적인 의의를 띠게 됩니다. 그 실험의 성공이나 실패와는 관계없이, 실험 그 자체가 단연 의의를 갖는 것입니다. 단번에 해결될 수 없고 따라서 문제적 성격을 지닌 것으로 계속 남는 이러한 논쟁들을 일러 문학사적 사건이라 한다면, 그러한 사건급에 드는 사례들을 발생 순서별로 몇 개 항목으로 나누어 검토해볼 필요가 있습니다.

초기 카프 진용의 최고 이론가인 박영희와 김팔봉 사이에 벌어진 '내용·형식 논쟁'이 지닌 의의는, 그것이 창작과 직결되었다는 점에 있습니다. 박영희의 소설 「철야」(1926), 「지옥순례」(1926)에 대해 김팔봉이 가한 비판에서 발단된 이 논쟁은, "소설이란 한 개의 건축이다. 기둥도 없이 서까래도 없이 붉은 지붕만 입혀놓은 건축이 있는가"[13]라는 지적에서 보듯 매우 직접적이며 따라서 이론과는 거리를 둔 비유에 속하지만, 그것이 구체적인 작품을 문제삼았다는 점에서 단연 문학사적입니다.

계급적 이데올로기가 낯선 신으로 군림하여 모든 것을 규정하는 단계가 있을 수 있겠지요. 이 관념성은 참으로 충격적인 것이어서 그 앞에서는 문학이나 예술 따위가 감히 얼굴을 내밀 수도 없었을 터입니다. 그러나 이에 대한 반성이랄까 저항이 처음으로 논쟁적으로 문학 쪽에서 제기되었습니다. 구체적인 작품을 매개로 논쟁이 제기되었다는 점은 주목해 마땅합니다. 이 사실은 강조되어야 하는데, 이후에 벌어질 카프문학 자체의 논쟁이 많건 적건 작품을 기반으로 하는 계기를 마련해준 것으로 보이기 때문입니다. 이 논쟁이 조직의 강요에 의해 '소설 비건축설'로 비논

리적인 차원에서 수습되었다는 사실은 일종의 아이러
니이기도 하지만 이에 앞서 이 논쟁은 이데올로기와 작
품 사이의 균형 잡기로 볼 수도 있습니다.[14]

　자연발생적 단계에서 목적의식적 단계로 카프문학이
제1차 방향전환한 것은 1927년경입니다. 최서해의 「기
아와 살육」(1925)에서 보이듯 자연발생적 단계에서의
카프문학은 그 소재를 궁핍에서, 구성을 대립성에서,
결말을 살인, 방화에서 찾았습니다. 작품자체를 문제삼
을진댄 기둥도 서까래도 없이 붉은 지붕만 있는 사이비
건축으로 보이지요. 그러나 참으로 유치한 수법, 졸렬
한 취재, 미숙한 문장, 초보적인 자각에서 썼을지라도
이런 경향의 작품들이 이광수, 김동인 등의 세련된 작
품보다 우위에 서는 근거는 무엇일까. 이런 물음에 응

『카프시인집』 표지

당 나오는 대답은 사회적 개조운동과의 관련에서 찾아질 터이지요. "문학 속에 반
영되어 있는 계급적 현실 및 그 계급의 사회적 실천"[15]이 작품의 내용을 이룬다는
점에서도 드러나듯, 사회적 모순을 현실의 으뜸 조건으로 파악함에서 작품 평가의
기준을 세울 수 있을 터입니다. 그 사회적 모순을 직선적으로 제시했다는 점에서
자연발생적 작품군의 출현은 일정한 성과를 보였던 것입니다.

　이런 단계가 조만간 목적의식기로 진전되기 마련인데, 현실 속에 그 근거가 있
겠지요. 그러나 중요한 것은 그러한 목적의식이 작품의 내적 구조의 변화를 가져왔
다는 사실에 있습니다. 이른바 속류 문학사회학과는 다른, 과학으로서의 구조적 문
학사회학의 성립 근거가 여기에서 도출됩니다. 구체적 사례로 이기영의 「농부 정
도룡」(1926)을 들 수 있겠는데, 농민과 지주 사이의 계급 대립에서 이질적 인물인

제3인물의 등장으로 생긴 소설의 내적 구조의 새로운 형식 창출이 이에 해당됩니다. 과학으로서의 문학사회학이 말하는 상동성이론(Homologie)도 이와 무관하지 않겠지요.[16] 요컨대 「농부 정도룡」을 분수령으로 하여 카프문학은 자연발생적 단계를 넘어섰을 뿐 아니라, 그후에 전개될 어떤 작품도 이 이질적 인물, 곧 문제적 개인(problematishe Individuum)의 도입 없이는 씌어지기 어려웠습니다. 이질적 인물이 의식화된 지식인으로 등장함으로써 카프 소설은 기둥과 서까래를 갖춘 건축이 될 수 있었는데, 「서화」(1933), 「고향」(1934) 등이 거둔 성과는 이를 대표합니다. 「과도기」(1929)에서 보듯, 주인공 스스로가 외지에서 견문을 쌓아 귀향하여 스스로가 '문제적 개인'으로 되는 경우도 많지만 이 역시 큰 테두리에서 보면 일종의 변종이라 할 것입니다. 계급 모순에 대처하기 위한 전술, 전략의 형상화 단계로 이런 현상을 바라보면 문득 관념으로서의 낯선 신인 타자는 어느새 작가의 얼굴에 닮아 있음이 판명됩니다.

'물 논쟁'이 보여준 이론과 실천의 과제

자체 내의 논쟁으로, 표면상 요란했던 대중화론을 들 수도 있겠지만, 깊이 따져 보면 이 논쟁은 공허할 수밖에 없었지요. 카프문학이 노동자 농민에게 읽히기 위해서는 어떻게 해야 할 것인가. 이런 물음은 그 자체로서는 썩 시급한 당면 과제로 보이지만, 이는 현실을 고려치 않은 데서 나온 것이었음이 금방 판명됩니다. 작품과는 연결되지 않았기에 실효성이 거의 없었음이 이를 증거하고 있습니다. 이런 정황은 카프문학이 원리적으로는, 민중과 무관한 데서 출발했고 또 진행되었다는 사실로써 이를 설명할 수 있겠지요. 지식인의 독점적 현상이었기에 그러합니다. 지식인 중심의 카프문학이었기에 그리고 그 때문에 카프문학은 그만큼 혁명적이자 소시민적인 당대 지식인의 고민을 대변할 수 있었겠는데, 이런 현상을 문학적 수준에서 보여준 사례로 이른바 '물 논쟁'과 방대한 전향론에서 잘 엿볼 수 있겠습니다.

'내용·형식 논쟁'과는 차원이 다른 '물 논쟁'이란 무엇인가. 여기에는 상당한 설명이 따르지 않을 수 없습니다. 카프는 두 차례의 검거 사건을 거쳐 해체에 이릅니다. 카프맹원에 대한 제1차 검거는 재건공산당 사건에 카프 맹원이 연루되었음에서 말미암았지요. 이를 일명 재건공산당 사건이라 부릅니다. 카프 맹원 중 기소당한 사람은 김남천 한 사람이었는바, 그는 2년의 복역을 마치고 석방된 직후 작품 「물!」(1933)을 발표했지요. 이 작품을 둘러싸고 김남천과 당시 카프 서기장 임화 사이에 대논쟁이 일어났습니다. 이 논쟁은 이후 카프문학의 창작방법론에 커다란 그림자를 드리우게 됩니다. 그렇다면 대체 「물!」은 어떤 작품이었을까. "두 평 칠합(二平七合)이 얼마나한 넓은 면적을 가지고 있는지 나는 알지 못하였다"로 시작되는 이 작품은 이 좁은 방에 90도를 오르내리는 한여름, 13명의 수인들이 지내고 있는 감방의 열악한 체험을 내용으로 하고 있습니다. 작가는 이 체험기에서 제일 시급하고 절실한 것이 '물'(갈증)이었음을 강조해놓았습니다. 한 대목을 잠시 음미해볼까요.

"사실 오랫동안의 경험은 나에게 어느 정도까지 이것을 가능케 하였다. 나의 눈은 명백히 활자 하나하나를 세었다. 꼬박꼬박 활자를 줍듯이 나의 정신은 그것에 집중하였다. '미, 네, 루, 바, 의, 올, 뱀, 이, 는, 닥, 처, 오, 는, 황, 혼, 을, 기, 대, 려, 서, 비, 로, 소, 비, 상, 하, 기, 시, 작, 한, 다'

그러나 십 분도 못 계속하여 나는 내가 글을 읽고 있는 것이 아니라 활자를 읽고 있는 것을 깨닫는다. 나는 그 활자가 무엇을 말하고 있는지를 모르고 읽고 있는 것이다."[17]

감방 체험에서 제일 절실한 것이 생리적 조건인 갈증임을 작가의 경험적 사실로써 제시한 이 작품을 두고 서기장의 처지에 있는 임화가 방관할 수 없었는데, 이는 그 동안 무수히 논의되어온 카프문학의 창작방법론에 대한 도전으로 간주되었던 까닭입니다.

창작방법론은 종주국 소련에서도 그렇듯이 상당히 많이 논의되고 또 혼선을 일으켰지만, 그만큼 심도 있는 성과를 거둔 것이기도 합니다. 이 이론을 통해 비평가도 작가도 이른바 이론적 실천으로 스스로를 훈련시킬 수 있었다는 점에서도 크게 평가될 성질의 것입니다. 한설야의 「변증법적 사실주의의 길로」, 신유인의 「창작의 고정화에 대하여」, 안함광의 「사회주의적 리얼리즘과 혁명적 로맨티시즘의 제창에 대하여」, 추백의 「창작 방법 문제의 재토의를 위하여」 등등은 그 논리의 혼란에 비례하여 열정적이고도 진지한 것으로 평가됩니다.[18] 현실 자체란 역사적, 사회적으로 규정되기에 변증법적이며, 그것을 내용으로 하는 작품이기에 그 창작과정은 형식과의 관계에서 변증법적인 만큼 이런 현상을 알아차리지 않으면 참된 현실 반영인 리얼리즘에 이를 수 없다는 점을 창작방법론이란 이름 아래 카프문학에서 비로소 자각적으로 강조했던 것입니다. 카프문학이 비로소 과학으로서의 리얼리즘을 논의케 할 수 있는 발판을 구축하였다 평가됨은 이를 가리킴입니다.

이러한 변증법적 창작방법론이 관념성을 넘어서 차원 높게 구체화된 계기를 마련한 데 '물 논쟁'의 의미가 놓여 있습니다. 감방 생활에서 제일 절실한 것이 생리적 조건인 갈증이며 이른바 관념으로서의 이데올로기란 이차적임을 「물!」에서 작가가 드러내었을 때, 이는 카프문학 전체에 대한 모종의 도전으로 인식될 수도 있었던 것입니다. 설사 생리적 조건이 직접적이더라도 작가는 이를 물리치고 어디까지나 투사답게 이데올로기를 전면으로 내세워야 한다는 임화의 비판은 이를 가리킴이었던 것입니다. 이에 대해 작가도, 그 작품이 '끊임없는 투쟁의 포화' 속에서

정화되어야 한다는 점에 동의하면서도 이론과 실천의 문제를 제시함으로써 이론가와 맞선 형국을 보였지요. 카프 문인 중, 유일하게 기소되어 복역까지 한 김남천이 당당히 「물!」을 발표했지만 그리고 그것을 실천 우위성으로 내세웠지만 과연 그것이 리얼리즘이 요구하는 이론과 실천의 변증법적 창작방법론에 이른 것인가에 대해서는 논란의 여지를 남깁니다. 아무튼 이를 계기로 비평가도 작가도 한 단계 나아갔으며, 그 결과로 드러난 것이 1930년대 창작계를 실질적으로 양분케 한 임화의 '주인공－성격－사상' 노선과 김남천의 '세태－사실－생활' 노선입니다.[19] 이 두 노선이 새로운 변증법적 전개를 보여주지 못한 데 카프문학의 한계가 있겠거니와, 더욱이 객관적 정세 악화로 인한 카프의 해산(1935)은 그러한 시간적 여유를 남기지 않았지요.

전향문학과 생리적 저항

카프문학을 논의할 때, 빠뜨릴 수 없는 영역이 있는바, 바로 전향론이 그것입니다. 카프문학의 남다른 측면은 '조직'에 있었지요. 창작방법론의 근거도, 당파성에 준하는 조직론에서 찾을 수밖에 없었던 만큼 조직체인 카프는 비록 속이 알찬 것은 아니라 해도 실체로 군림할 수 있었다고 볼 것입니다. 이러한 조직체 카프가 송두리째 기소되어 실형을 선고받고 최소한 1년 반의 옥살이를 한 사건은 한국 근대문학사상 미증유의 일이 아닐 수 없지요. 제2차 카프 사건(1934. 6～1936. 12) 즉 신건설사 사건 혹은 전주 사건이라 부르기도 하는 이 검거 사건엔 카프 문사 23명이 포함되어 있습니다.[20] 카프의 이러한 구속과 재판과정에서 드러난 사실 중에 주목되는 것은 맹원 모두 한결같이 전향을 수락했다는 점입니다. 공산주의를 규제하기

KAPF 제2차 검거 사건 공판을 다룬 신문 기사

위한 일제의 사상 통제의 일환으로 벌어진 공산주의자 검거 및 재판과정과 이들의 전향 수용을 위해 사상보호관찰법이 마련되었거니와, 이 법률이 카프사건에도 그대로 적용되었다는 사실은 강조될 필요가 있습니다.[21]

전향론에 대해서는 사상사적으로 또는 정신사적으로 여러 논의가 있을 수 있겠으나, 문학상에서라면 이른바 '전향문학론'이란 범주를 설정할 수 있을 만큼 심각한 과제입니다. 심각함이란 전향의 내면화를 가리킴이거니와, 이를 보여주는 영역이 작품들입니다.

전향문학을 문제삼을진댄, 전주 사건 복역자 한설야의 「이녕」(1939), 이기영의 「설」(1939), 백철의 「전망」(1940)을, 전주 사건과 무관한 작가 김남천의 「맥」(1940), 「경영」(1940) 등이 각각 문제적이었다 하겠으나, 일관된 맥락으로는 전향을 수락함에 놓여 있습니다. 수락이라 했거니와 이는 붓을 꺾는 것이 아니고 일제의 신체제(新體制)에로 나아감을 뜻한다는 점이지요. 이 점을 직선적으로 드러낸 것이 「전망」이며, 비판적으로 보여준 것이 「맥」입니다. 또한 「이녕」과 「설」은 일상적 삶을 다룬 작품입니다. 후자 중에서도 「이녕」이 지닌 작품상의 의의는 매우 문제적이었는데, 어쩔 수 없는 전향에 대한 저항을 보여주었기 때문입니다. 생리적 저항이 그것인데, 이는 이데올로기 자체를 포기하지 않은 소극적 저항의 문학적 방식의 하나로 평가될 수 있을 터입니다. 잠시 이 점을 분석해 보이기로 하지요.

한설야의 「이녕」은 주인공이 작가라는 점, 보호관찰소가 중요한 작품 배경을 이룬다는 점에서 이기영의 「설」보다는 훨씬 구체성을 띱니다. 신문기자 출신으로 5년 만에 출옥하여 집에 돌아온 주인공 민우는 세 아이의 아버지요 가장이지만 집안을 다스릴 힘이 없습니다. 보호관찰소에서 직장을 알선해줄 때까지 기다리며 이른바 삶의 진창 속에 빠져 있는 형국이지요. 「이녕」에는 자질구레한 가정생활 얘기가 대부분입니다. 출옥한 남편을 가진 아내들의 신세 타령이나 남편 자랑, 자라는 아이들 걱정 따위가 그것인데, 이런 것들을 삶의 진창이라 불렀다면 그럴 법한 일입니다. 그러나 이 작품에서 작가가 드러내고자 하는 것은 주인공 민우가 어떻게 진창에서 벗어나느냐는 것입니다. 다른 말로 하면 민우가 별 수 없이 보호관찰소 마에무라(前村) 씨의 알선으로 창고회사에 취직을 하지만 그것으론 진창에서 빠져나올 수 없고, 정신적 삶의 진창을 빠져나올 또다른 방도가 고안되어야만 합니다. 정신적 진창에서 벗어나는 길은 인간으로서의 품격이랄까 자존심을 되찾는 일에 관련됩니다. 그 자존심 회복이 이 작품의 결말인 족제비 사건입니다. 자기 집 닭을 훔쳐가는 족제비를 잡을 때 주인공은 "손아귀에 기운이 번쩍 솟았고" "손이 떨렸다"는 사실이 기실은 주인공이 자존심을 회복하는 대목에 해당됩니다.[22] 이러한 미물과의 싸움이나마 치르지 않고는 주인공은 보호관찰소에서 알선해주는 창고회사에 갈 수가 없었던 것입니다.

이러한 전향문학이 끼친 소설사적 의의를 문제삼을진댄, 문학이 제일 잘 할 수 있는 인간 내면묘사의 영역 개척을 내세울 수 있지 않을까 싶습니다. 내면묘사라 했지만, 당시의 수준으로 하면 심리소설을 가리킴이겠는데, 이는 지식인을 다룸에 매우 유효한 것이었지요. 카프의 전주 사건 기간 중 카프문학을 대표한 작품이 바로 유진오의 「김강사와 T교수」(1935)이거니와, 이러한 계보를 높은 수준에서 계승, 발전시킴으로써 보다 성숙한 전향문학의 범주를 가능케 한 것이 바로 최명익의 「심문」(1939), 허준의 「야한기」(1938), 「습작실에서」(1941) 등일 것입니다.[23]

이렇게 보아올 때 선명해지는 문학사적 사실의 하나는, '내용·형식 논쟁'에서 일방적으로 과도하게 노출된 이데올로기가 지닌 외부성 즉 이데올로기적 성향이 '물 논쟁'을 거치면서 조금씩 창작 내부로 녹아들었음이 판명됩니다. 그러한 과정의 지속이 전향론을 거치면서 한층 내면화되어, 마침내 심리묘사라는 데에다 스스로를 제약하는 형국을 빚었던 것입니다. 이데올로기의 과도한 외부성과 심리묘사의 과도한 내면성이 지닌 각각의 한계를 인식할 때, 비로소 이 과제는 해방공간(1945~48)을 거치면서 새로운 조정과정의 회오리 속으로 들어가 마침내 이 나라 문학 판도를 뒤흔들게 되지요. 카프문학이란 무엇이뇨. 이 물음은, 해방공간 이후 양극체제 속에 놓인 한반도에서 전개되는 문학적 물음으로 이어지는 곳에서 그 참된 의의를 느낄 수 있는 그런 성질의 것입니다.

20세기와 21세기 사이에서

카프문학이란 무엇인가. 이런 물음이 현재적이자 미래적이라는 점을 지금껏 제가 논의해왔거니와, 이런 논법을 두고 제가 굳이 문학사적 시각이라 부른 까닭은 무엇일까요. 이 물음에 나름대로 반응해 보임으로써 이 논의를 마칠까 합니다.

첫째, 20세기에 있어서의 과학이란 무엇인가에 대하여.

근대를 가운데 놓고 이를 보편성과 특수성으로 도식화한 것은 일종의 날조된 분류법인지도 모른다는 의문에 어떻게 변명할 것인가. 이런 질문이란 20세기적인 것이 못 된다고 제가 말한다면 어떨까요. 기법이나 형상화에 있어 현저히 치졸한 카프문학이 그래도 세련된 민족주의적 문학보다 우위에 섰다고 판단된 것은 과학성에 있었거니와, 이를 변증법적인 관점이라 했던 것이지요. 그렇다면 역사적, 사회적 발전의 과학의 사상적 근거인 유물변증법이란 과연 과학적일까. 프로이트의 이론과 더불어 마르크스주의자들은 그들의 이론에 관계하는 분야에서 일어나는 일이면 설사 그것이 전혀 상반되는 인간 행동이라 할지라도 무엇이든지 설명할 수 있다고 호언했습니다. 그러나 그들의 이런 이론에서 모순적 관찰이 용납되지 않는다거나 경험에 의해 반증될 수 없다고 하여 이들을 싸잡아 신화 또는 점성술의 일종이

라 비판한다면 어떻게 될까요. 경험에 의한 반증 불가능성이 과학일 수 없다고 함이
란 또 무엇인가. 이론의 과학적 자격의 기준은 그 이론의 반증 가능성(falsifiability),
반박 가능성(refutability), 혹은 테스트 가능성(testability)에 있다는 주장에 비추어
볼 때, 유물변증법은 일종의 역사주의(historicism)에 지나지 않겠지요.[24] 시민사회
의 이념을 실현하기에 낙관적인 견해도 있을 수 있었겠지요. 노사 대립의 계급 투쟁
에선 국가가 중재자로 군림할 것이라는 견해가 그것입니다. 그러나 지나간 20세기
는 과연 어떠했던가. 중재는커녕 국가가 노동자 탄압에 일방적으로 나아갔음이 현
실이었던 것입니다. 설사 유물변증법이 한갓 신화요 점성술이라도, 현실적으로는
과학 이상으로 박진성을 띨 수 있지 않았겠는가. 전향문학으로 나아감에서도 카프
문인들의 저토록 당당한 생리적 반응도 이와 결코 무관하다고 하기 어렵지요. 일제
의 지배하라는 조건까지 감안한다면 이 신화 또는 점성술의 박진성은 과학을 능가
했다고 보아질 수 있을 터입니다.[25]

둘째, 냉전(양극)체제의 확립과 그 지속에 대하여.

역사의 종언을 헤겔주의자들이 제2차 세계대전 직후로 보았다면, 그리고 구소련
붕괴(1989)를 두고 또 한 번 역사의 종언을 외쳤다면, 그 중간에 놓인 것이 이른바
양극체제이겠지요.[26] 이 기간 동안 국가사회주의 체제 쪽에서의 문학예술이 비판
적 리얼리즘을 거쳐 사회주의적 사실주의(socialist realism)로 정립되었거니와, 이
러한 실제 흐름이 카프문학에 후광을 제공하고 있었다고 볼 것입니다. 뿐만 아니
라, 양극 체제가 한반도에서는 유일하게 아직도 존속하고 있지 않겠습니까. 이른바
'분단 문학'이 한국 근대문학사에 커다란 그림자를 드리우고 있음이 어찌 우연이
겠습니까. 카프문학이 아직도 현대적이자 미래적이라고 하는 까닭이 여기에 있습
니다. 주체문예사상에 짓눌려 한동안 소홀했던 카프문학을 두고, 비판적 사실주의
와 사회주의적 사실주의 작품도 있다고 하고, 방향 전환 이후의 작품은 '기본적으

로 사회주의적 사실주의 작품'[27]이라고 북한문학사가 새로이 평가하고 있음도 더불어 지적될 만하지요.

카프문학 연구에 대한 전망은 어떠할까요. 이 물음을 잠시 끝에다 적어두고 싶습니다. 점쟁이가 아닌 이상, 부러지게 말해볼 수 없다 해도, 그 전망은 21세기의 정황 속에 들어 있을 터입니다. 사회, 역사적 상상력이 20세기적인 유물이라면 21세기의 그것은 무엇일까요. 혹시 생물학적 상상력이라면 어떠할까. DNA에 대한 상상력 말입니다. '인간은 벌레가 아니다!' 라는 명제가 알게 모르게 한국 근대문학사의 은밀한 부분이었다면 이번엔 '인간은 연어, 메뚜기, 철새다!' 의 명제로의 방향전환이라면 어떠할까요.[28] '역사의 끝장' 이후의 인간의 상상력 앞이라면 카프문학은 커녕, 한국 근대문학사도 그 설 자리를 잃지 않을까 싶습니다. 어서 그런 날이 오기를 멋대로 상상해봅니다.(시카고 대학 동아시아연구소 주최 '동아시아에서의 프롤레타리아문학' 심포지엄 발표 논문, 2002. 11. 1)

1) 졸저, 『한국근대문학양식논고』, 아세아문화사, 1980, 제2장 「서정양식」 참조.

2) 1920년대 초반에 나타난 신경향파문학, 무산파문학, 계급문학, 프롤레타리아문학 등등의 용어가 사용되고 있으나, 이를 통틀어 카프문학이라 부르기로 한다. 이 용어가 선명해진 것은 1927년 방향 전환 이후이거니와, 이 용어의 강점은 그 포괄성에 있다.

3) Korea Artista Proletaria Federatio(에스페란토)의 약칭. 1925년 8월 23일에 발족, 1935년 5월 21일에 공식적으로 해체됨. 단일 명칭으로는 RAPP나 NAPF보다 오래 존재됨. 조직론에 관해서는 졸저, 『한국근대문예비평사연구』(한얼문고, 1973) 참조. 이 단체 속에 당원으로는 ML당 소속의 김복진, 일본 공산당 소속의 이북만 두 명으로 추정됨.

4) 조선 노동자에 부쳐 읊은 中野重治(NAPF)의 시 「비내리는 品川驛」(1929)과 이에 화답한 임화(KAPF)의 「우산 받은 요코하마 부두」가 그러한 사정을 보여준다.

5) 문학이 일종의 미적 달성이라든가 존재론적 고통에 대한 탐구이기에 앞서 역사, 사회적 조건에서 오는 고통을 인식케 함으로써 인간의 위엄을 지키는 그런 경향성을 주류로 하고 있다.

6) 정인섭, 「조선 문단에 호소함」, 조선일보, 1931. 1. 3~15.

7) 일본의 경우 계급 사상으로 말미암아 자유주의자들의 의식화가 이루어졌음이 지적되어 있다. 丸山眞男, 『日本의 思想』, 岩波書店, 1961, 78쪽.

8) 염상섭은 sympathizer(동조자)의 처지에 섰음을 고백한 바 있다(「횡보 문단 회상기(1)」, 『사상계』, 1962. 12, 260~261쪽). 「민족주의 문학은 어디로」(동아일보) 설문 특집에서 한설야는 이 유파에도 우수한 작가들이 있음을 시인하나, 그것이 '운동으로서의 공민권' 을 갖지 못한다고 지적했다.

9) 4·19 이래 한국문학의 주류가 분단 문제, 노사 문제에 기울어져 있었고, 그로 인한 성과가 평가되었음을 가리킴이다.

10) 김화산, 「계급 예술론의 신전개」, 『조선문단』 제4권 3호, 1927, 16쪽.

11) 김화산, 「뇌동성 문예론의 극복」, 『현대평론』, 1927. 6, 3쪽.

12) '민중문학' 이란 1980년대에 큰 세력을 확보한 리얼리즘계 문학을 말한다. '민족문학' 과 더불어 사용된 이 개념이 기댈 수 있었던 자생적인 이론은 아나키스트 단체의 주장인 단재의 「조선 혁명 선언」(1923)에 있었다.

13) 김팔봉, 「문예시평」, 『조선지광』, 1926. 12, 94쪽.

14) 이 논쟁은 ML당원인 카프 조직의 중심 분자인 김팔봉의 친형의 다음과 같은 강요로 끝냈다고 말해지기도 한다. "이번 회월과의 논쟁에 있어서는 네가 무조건하고 사과해라! 그래야 되겠다. 전체 무산 계급 전선에 너의 주장이 해롭다."(김팔봉, 「나의 회고록」, 『세대』, 1964. 9, 158쪽)

15) 콤 아카데미 문학부 편, 백효원 역, 『문학원론』, 신학사, 1947, 19쪽.

16) 정호웅, 「1920~1930년대 한국 경향소설의 변천과정 연구」, 서울대 석사논문, 1983.

17) 『대중』, 1933. 6, 56쪽.

18) 졸저, 『한국근대문예비평사연구』, 제1부 제2장.

19) 졸저, 『임화 연구』, 문학사상사, 1989, 제11장.

20) 판결문에 대한 자료는 권영민, 『한국 계급문학 운동사』(문예출판사, 1998)를 볼 것.

21) R. H. Mitchell, 『일제의 사상통제(Thought Control in Prewar Japan)』, 졸역, 일지사, 1982.

22) 「이녕」, 『문장』, 1939. 5, 31쪽.

23) 졸저, 『한국근대문학사상사』, 한길사, 1984, 제4장.

24) K.R. Popper, 『역사주의의 빈곤(The Poverty of Historicism)』, 이석윤 역, 지학사, 1975, 167쪽.

25) 해방공간(1945~48)에 이르러, 남북한의 문학적 이데올로기 대결과정에서 민족과 계급 문제를 일원적으로 파악하는 방도가 큰 과제였는바, '민족 해방 없이 계급 해방 없다'는 논리로 돌파해나갔음을 볼 수 있다(임화, 「민족문학의 이념과 문학운동의 사상적 통일을 위하여」, 『문학』 제3호, 1947. 4, 14~15쪽).

26) 나폴레옹의 예나 공격에서 헤겔이 역사의 종언을 보았다면, 제2차 세계대전의 연합국의 승리에서 A. 코제브는 역사의 종언을 보았고, 구소련 해체에서 역사의 종언을 본 것은 F. 후쿠야마였다(A. Kojève, 『역사와 현실변증법Hegel, eine Vergegenwärtigung seines Dendens』, 설현영 역, 한벗, 1981 ; F. Fukuyama, 『역사의 종말The End of History and The Last Man』, 이상훈 역, 한마음사, 1992).

27) 김정일, 『주체문학론』, 조선노동당출판사, 1992, 77쪽. 이 연장선상에서 프롤레타리아문학사를 전면적으로 다룬 류만의 『조선문학사(9)』(1995)와 김학렬의 『조선 프롤레타리아문학운동 연구』(김일성종합대학출판사, 1996)가 나왔다.

28) 생물학적 상상력의 징후가 소설사적 의의로서 등장한 것은 윤대녕의 『은어낚시통신』(1994)에서로 볼 수 있다.

한국 근대문학사의 한 시선에서 본 김소운

'마을 앞 시내'와 '동네 우물'

제 전공이 한국 근대문학이기에 수필가 김소운도 이 범주 속에 놓여 있음에 틀림없지만, 게으르게도 그의 존재에 대한 공부가 제겐 없었습니다. 그런데 우연히도 지난해 모 세미나에서 하가 도루(芳賀徹) 씨의 「金素雲, 『乳色の雲』の意味」(한국예술원, 1999. 10. 14)라는 발표를 경청했습니다. 하가 씨의 열정적인 발표를 듣고 있자니, 한편으로는 놀랍기도 하고 다른 한편으로는 조금 어색하기도 했습니다. 하가 씨는 『젖빛 구름(乳色の雲)』의 평가 여하가 "한일관계의 과거, 현재뿐 아니라 미래에 걸치는 긴급과제(key issue)의 하나"라 하지 않겠습니까. 대체 시집 『젖빛 구름』이 어떠했기에 "朝鮮がかういふ方法で我々に酬いようとは!"(佐藤春夫)라고까지 말할 수 있었을까. 일 개인 김소운이 아니라 '朝鮮'이라 했을 정도로 그것이 조선 대 일본의 대결 국면으로 제겐 느껴졌습니다. 이 순간 김소운은, 흡사

도쿄 대학에서 열린 김소운 기념 일한 국제 심포지엄. 왼쪽에서 두번째가 필자

조선을 대표하는 거인으로 떠오르지 않겠습니까. 문학이 그러한 비중을 가졌다는 사실이 놀라움과 관련되었다면, 이에 대한 제 무지가 어색함의 근거를 이루었던 것입니다.

조금 따져보면 저 자신도 김소운에 대한 글을 한 편 쓴 적이 있긴 합니다. 「한국 근대시 번역의 문제점 — 김소운과 異河潤의 경우」(『현대문학』, 1983. 1)가 그것입니다. 이 글에서 제가 문제삼은 것은 도마 세이타(藤間生大)와 김소운의 논쟁에 관련된 것이었지요.

일본사 관계의 사학자인 씨가 「고향 조선시에 대한 노트」(『일본문학』, 1954. 3), 「시와 민요 — 조선시에 대한 감상」(『문학』, 1954. 7), 「어떤 시인의 생애」(『일본문학』, 1954. 6~7) 등의 일련의 평론을 쓰고, 그것을 단행본 『민족의 시』(東大新書)로 간행한 것은 1955년 2월이었지요. 『일본 민족의 형성』(岩波書店)이란 저서를 가진 도마 씨의 한국시에 대한 이해의 깊이나 안목에 대해서는 간단히 논평하기 어려우나 그가 한국어를 모르는 수준에서 행해졌다는 점만은 명백해 보입니다.

그가 작품의 텍스트로 삼은 것은 자신이 밝힌 바와 같이 김소운의 번역 『조선시집』이었고, 식민지 치하에서의 한국 민족의 투쟁에 관해 그가 기댄 책은 『조선민족해방투쟁사』였지요.

이중 박용철의 시에 대한 번역상의 문제점을 제가 조금 문제삼은 바 있습니다. 번역은 반역이라든가 제2의 창작이란 말이 있지만, 김소운의 박용철 시의 번역의 경우는 조금 심하지 않은가, 그런 느낌을 떨치기 어려웠고 지금도 그러합니다. 도마 씨와의 논쟁이 이와 결코 무관하지 않았던 까닭에 그런 느낌이 강했던 것으로 회고됩니다. 박용철의 원시 제목은 '고향(故鄕)'이며, 그 첫 연을 보이면 이러합니다.

고향은 찾어 무얼 하리

일가 흩어지고 집흐너진데

저녁 가마귀 가을풀에 울고

마을앞 시내도 넷자리 바뀌었을라.

김소운의 번역은 'ふるさとを戀ひて何せむ'라는 제목이며, 그 첫 연은 이러합니다.

ふるさとを戀ひて何せむ

血緣絶え 吾家の失せて

夕鴉ひとり啼くらむ

村井戸も遷されたらむ.

‘마을앞 시내도 넷(옛)자리 바꿔었을라’가 ‘村井戶も遷されたらむ’로 번역되어 있지 않겠습니까. 물론 이러한 번역은 원시의 분위기를 적절히 살리기 위한 특출한 감각의 작동의 결과이고 또 이는 역자의 권리일지 모릅니다. 번역이 제2창작이라 함은 이런 문맥에서일 터입니다. 그럼에도 이 대목이 희극적으로 느껴지는 것은 그 때나 지금이나 마찬가지입니다. 도마와 김소운 사이의 논쟁의 핵심 중의 하나가 그 ‘잃어진 무덤’과 ‘村井戶’에 걸려 있었던 까닭입니다. 일제가 무덤도 파헤쳤을 뿐 아니라 ‘마을 우물’도 옮기게 했다는 것으로 해석한 도마 씨가 이에 멈추지 않고, 이광수론으로 옮아갔던 것입니다. 이에 대해 김소운은 ‘황당무계한 억측과 독단’ 이라 비판, 자기의 번역시가 이러한 해석에 도움을 주고 있음을 알고 소름이 끼쳤 다고 했지요(「억측과 독단의 미로」, 『문학』, 1956. 6). 원시에는 없는 ‘村井戶’로 빚어 진 이 논쟁의 성격을 어떻게 이해해야 적절할까. 한갓 해프닝이었을까. 혹은 번역 구절과는 무관한 본질적인 그 무엇이 박용철, 이하윤뿐 아니라, 이른바 ‘조선시(朝 鮮詩)’ 자체 속에 장전되어 있었던 까닭이었을까. 이 물음을 둘러싼 문제점들을 조 금 알아보고자 함이 이 글의 취지입니다.

이중어 글쓰기와 김소운스런 현상

거듭 말하지만 제 전공은 한국 근대문학입니다. 도식적으로 말해 (A)국민국가 (B)자본제 생산양식을 보편성으로 (C)반제 투쟁 (D)반봉건 투쟁을 특수성으로 전제한 내용상의 범주와, 이에 대응되는 언어적 형상화를 형식상의 범주로 한 것이 그 논의 대상입니다. 한국 근대사의 문학적 투영인 까닭에 썩 단순하지만, 현장 속 에서 작업을 하노라면 복잡상 또한 헤쳐나가지 않으면 안 되는데, 그중에서도 어려운 것이 보편성과 특수성의 동시성에 대한 점입니다. 역사, 사회적 어느 순간에서는 (C)가 제일 첨예하게 인식되는가 하면, 어떤 경우엔 (D)가 그러하며, 또 어느 경우에는 (A)나 (B)가 그러한 자리에 놓이곤 하지요. 이에 대한 균형감각을 두고 문학사적 감각이라 부르거니와, 난점은 이 감각이 항시 유동적, 가변적이라는 점입니다.

　한 가지 사례를 들겠습니다. 8·15 해방 직후(1945. 12), 김남천 사회로 이기영, 한설야, 임화 등이 참석한 좌담 「문학자의 자기비판」이 있었지요. 연안서 갓 귀국한 김사량을 면전에 두고 작가 이태준이 이렇게 쏘아붙이고 있었지요. "나는 8·15 이전에 가장 위협을 느낀 것은 문학보다 문화요, 문화보다 다시 언어였습니다. 작품이니 내용이니 (하는 것 따위는) 제2, 제3이요 말이 없어지는 위기가 아니었습니까"(『인민문학』 창간호)라고. 조선 작가라면 조선어와 운명을 같이해야 한다는 게 지상 명제인데도 불구하고 '그리 쉽사리 일본말에 붓을 적시는 사람'으로 김사량이 지목되고 있습니다. 김사량의 반박은 이러합니다. 조선 작가 중 그 암흑기에서도 광복을 믿고 '골방에서 창작에 몰두한 작가'가 있다면 그 앞에 모자를 벗겠다는 것입니다. 그렇지 않고 침묵한 작가들이란, 일본어로 창작을 하되 '이보후퇴 일보전진하면서도 싸우는' 작가보다 좀더 훌륭하다고는 할 수 없다는 것입니다. 민족적 생존(양심)이냐 문화적, 작가적 열정이냐의 대립으로 이 장면이 요약될 수 있을지 모르거니와, 또 전자가 개별 민족적 특수성이라면 인간 또는 인류적 보편성에 후자가 접근되었다고 볼 수 있을지 모르거니와, 요컨대 이 두 가지의 동시적 인식에 난점이 깃들이고 있었던 것이지요. 문화적 작가적 열정이 김사량으로 대표되는 이른바 '이중어 글쓰기(bilingual writing)'의 근거를 이룬다고 볼 수도 있겠지요. 이태준식의 광의의 친일문학 속엔 이 이중언어 글쓰기도 포함되겠지만, 협의로 볼 때 그것은 김사량에서 보듯 친일문학과는 관련 없는 별개의 영역일 수도 있을 것입니다.

이태준식의 친일문학관에 따른다면 20여 권의 일본어 저술을 가진 김소운은 어떠할까. 김사량식의 ‘이중어 글쓰기’의 시선에서 보면 김소운은 어떠할까. 이 물음이 한동안 제 머릿속을 오르내린 적이 있었습니다. 그때의 잠정적 결론은 이러했지요. 전자의 처지에서 김소운은 김사량과 비슷하고 후자의 범주에서도 김사량과 닮았다는 것이었지요. 문제는 그 다음인데, 김소운과 김사량의 변별점이 그것입니다. 두 문인의 글쓰기의 핵심에 놓인 생각이 조선 민족에 ‘관해서’라는 점에서는 일치되나, 김사량이 창작에서 그 재능을 발휘했다면, 김소운에 있어서는 번역 쪽이라는 점에서 구별되고 있습니다. 조선의 동요, 민요의 번역에서 조선의 민담, 전설 번역을 거쳐 조선 근대시의 번역에 이르기까지 이러한 김소운의 작업은 그의 많은 수필 및 약간의 시 작품에 비해 압도적 의미를 갖추고 있습니다. 여기에는 설명이 조금 없을 수 없지요. 시인이라 하나, 한국에서도 일본에서도 그의 시를 논의하는 일은 드물지요. 수필가라 하나, 이 역시 사정은 마찬가지입니다. 제가 아는 한, 한국의 경우 수필은 물론 문학의 한 범주로 인식되고 있긴 하나, 이때 수필이란 시적 형상에 그 무게중심이 놓여 있습니다. 이양하, 김진섭, 피천득 등으로 표상되는 자연과 인간에 대한 관조적, 서정적 태도를 짧은 형식으로 표현하는 글쓰기가 수필이라 인식되고 있습니다(황필호, 『우리 수필 평론』, 집문당, 1997, 제3장 참조). 옳고 그름을 떠나, 이 주류적 흐름에서 볼 때 김소운의 글쓰기는 특이하다 할 것입니다. ‘이중어 글쓰기’라 하나, 창작의 김사량과 김소운의 경우는 이 점에서 확연히 구분되고 있습니다. 김사량에 있어 글쓰기의 주체가 직접적으로는 조선 쪽에 있었다면, 김소운의 그것은 간접적이라는 점도 지적될 수 있겠지요(김소운의 친일문학 부분에 대해서는 임용택의 『金素雲 ‘朝鮮詩集’の世界』, 中公新書, 2000. 10, 218쪽 이하 참조).

이상 논의에서 볼 때 ‘이중어 글쓰기’의 간접성을 대표하는 것이 김소운스런 점이라 규정될 수 있을 것입니다.

『조선시집』에 대한 일본인의 어떤 시각

이중어 글쓰기의 계보는 이인직, 이광수 등에서 비롯되었고 '일본어로 구상하고 조선어로' 번역한다는 초기의 김동인, 염상섭식의 글쓰기도 이에 포함될 수 있겠고(졸저, 『김동인 연구』, 증보판, 민음사, 2000 참조), 「오감도」의 이상(李箱)에 오면 그 절정에 이르지만, 시 분야에서 이 방면의 선구적 사례로는 주요한(1900~1979)을 들 수 있습니다. 일고(一高) 중퇴의 조숙아가 가와지 류코(川路柳虹)와의 교제로 일본 시단에 등장, 그 역량을 과시했으며, 이는 조선어의 「불놀이」(1919)와 병행되는 작업이었지요. 김소운의 일본 시단에의 진출이 이에 이어져 있습니다. 시라토리 세이고(白鳥省吾) 주재의 『지상낙원(地上樂園)』을 비롯한 김소운의 전기적 편력이 이를 증거하고 있지요. 또한 기타하라 하쿠슈(北原白秋)가 주재한 『근대풍경(近代風景)』(1927)을 통해 등장한 화려한 정지용의 활약도 일본 시단은 기억할 것입니다.

여기까지는 주요한과 김소운이 비슷하나 그 다음 단계는 썩 달라지는데, 그것은 3·1 운동과 알게 모르게 관련됩니다. 일고(一高)를 버리고 상해 임시정부로 달려간 주요한은 그 동안의 서구편향적 자기의 시적 인식을 과감히 버리고, '노래' 쪽으로 기울어져 '조선적 노래'인 동요, 민요의 탐구로 나아갑니다. '민중시'의 과제가 그것입니다. 김소운의 조선 동요, 민요 수집 및 이를 일역하는 작업 또한 이와 병행된 흐름으로 볼 수 있습니다.

그 다음 단계에 이르면 두 사람의 길이 썩 달라집니다. 주요한의 흥사단(興士團)행은 마침내 그로 하여금 '민중시'에서 「채석장」(1932)의 세계로 향하게 했다면,

김소운은 이런저런 곡절을 겪고 민요 번역을 넘어 마침내 번역시의 세계로 향하게 됩니다. 이육사의 「청포도」 「광야」에 처음으로 손을 댄 김소운은 노천명 시 번역을 거쳐 마침내 『젖빛 구름』에로 나아갔던 것으로 보입니다. 시를 포기한 주요한이 흥사단의 살림꾼으로, 화신백화점 지배인으로 나아갔음과 김소운의 이러한 진로 변경의 비교도 흥밋거리라 하겠지요. 막다른 골목에 부딪힌 두 사람의 출구 방식의 차이겠지만 문제는 그 막다른 골목의식에 있지 않겠습니까.

김소운의 『젖빛 구름』(1940)이 얼마나 대단한가에 대해 잘 알지 못하나, 기타하라 하쿠슈(北原白秋), 사토 하루오(佐藤春夫) 등의 평가를 비롯, 이마미치 도모노부(今道友信)(「나의 반생의 애독기」, 『アジア公論』, 1982. 11), 앞에서 말한 하가 도루(芳賀徹) 등의 평가를 저는 그대로 믿을 수밖에 없습니다(이마미치 씨에 관해서는 유종호, 「『조선시집』 읽기」, 『말의 만남 만남의 말』, 나남, 1993에 상세함). 이들의 평가 요점은 아마도 다음 지적 속에 있어 보입니다.

"일본의 문학자는 영미의 문학을 일본어로 번역하고 있습니다. 중국, 프랑스, 러시아 등의 그 훌륭한 문학작품을 일본어로 옮긴 것은 일본의 문인들입니다. 일본의 문화인은 타국의 말을 진실되게 공부해서 그것들을 일본어로 자국의 문화로 이끌어들였습니다. 그런데 이웃 한민족의 문학작품만은 일본인의 손을 거치지 않고 그대(김소운―인용자)의 나라의 사람들의 신세를 지게 되었다는 것은 조선에 관심을 가진 우리들(일본인)이 깊이 반성하지 않으면 안 되는 것입니다. 조선어를 공부하지 않은 일본인의 성의 부족의 결과입니다."(沐治夫, 「『木槿通信』을 읽고」, 김소운, 『恩讐三十年』, ダヴィッド社, 1954, 210쪽에서 재인용)

우에다 빈(上田敏), 호리구치 다이가쿠(堀口大學) 등의 서구시 번역을 비롯, 『노신 전집』까지도 모조리 일본인의 손으로 번역되었지요. 선진 서양문명을 배워 세계적인 국가를 만들고자 하는 일본인의 피나는 노력의 결과로 이 사정이 설명되지 않겠습니까. 이것은 근면하고 총명한 일본인의 커다란 저력을 보여주는 사례라 할 것입니다.

이 장면에서 저는 혼자 망상을 해봅니다. 그들의 목표가 선진국 문화 공부에 있었던 만큼 조선에 대해 무관심한 것은 별로 이상하지 않다. 그런데 어느새 서양과 대등한 위치에 이르고, 그들과 대결하는 마당(제1차대전 직후 일본은 세계 4대 강국이었다)에 이르자 사정이 달라지지 않았을까. 탈아론(脫亞論)의 또다른 변형인 대동아공영권의 모색이 그것. 이 논의에서 일본 낭만파의 논지란 선명했을 터.『만요슈(万葉集)』가 빛나기 위해서는『시경(詩經)』이 있어야 했고 그 연장선상에『삼대목(三代目)』(향가)이 있어야 했을 터이지요. 조선의 시에 대한 인식이 서서히 의식의 표층으로 떠올랐을 수도 있습니다. 그때 일본인들은 아마도 조선시에 대한 자각이 싹텄을지도 모르지요.『젖빛 구름』이 놀랍게도 그들 옆에 놓여 있지 않았겠는가.

이 장면에서 다시 감히 저는 혼자서 상상해봅니다. 이 무렵 그들의 심리 속에는 혹시 우월감과 수치심의 복합적 감정이 형성되지 않았을까. 자기들이 조선어를 공부해서 번역해야 할 조선시를 김소운에 의해 놓쳤다는 것에 대한 아쉬움과, 조선시 따위란 김소운 같은 '도구'를 사용해서 이루어내었다는 자부심의 복합적 정서가 생겨나지 않았을까. 혹은 식민지인인 김소운이 일본의 밑바닥까지 알아버린 것에 대한 모종의 일본인다운 수치와, 김소운을 통해 자기들도 모르고 있는 모종의 것을 발견함에 대한 반가움과 부끄러움의 복합 심리가 작동하지 않았을까.『젖빛 구름』이 명역이면 그에 비례하여 이 복합적 감정은 더욱 첨예하지 않았을까.『젖빛 구름』을 통해 일본인은 자기들의 언어에 대한 우수성을 새삼 인식할 수 있지 않았을까. 김소운의 천재성을 칭송하기란 따지고 보면 부메랑 모양 일본인 자신의 칭송이 아니었던가. 분라쿠(文樂)나 가부키(歌舞伎)의 대사조차도 연회장과 가부키좌(座)를 찾아다니며 암송할 만큼 일본문화 및 일본어 실력을 갖춘 조선인 김소운을 칭송

함이란 오청원의 바둑 급수나 왕정치의 야구 실력과는 비견할 성질이 아니었음을 누구보다 일본인 자신들이 잘 알고 있지 않았던가(김소운은 라쿠고落語의 사쓰라 분라쿠桂文樂까지 들고 있었다. 『恩讐三十年』, 130쪽).

「사라져가는 조선의 한 건축을 위하여」(1922)에서 소리 높이 외친 야나기 무네요시(柳宗悅)의 조선예술 예찬론(『조선과 그 예술』, 한국 정부는 씨에게 보관(寶冠)문화훈장을 수여했음, 1994. 9)과 『젖빛 구름』예찬론의 인식 구조엔 모종의 공통점이 깃들이고 있지 않았을까. 과학적으로는 저질의 조선인을 미학적으로는 자기들과 동등하다고 우기면서, 스스로는 그 사실조차 인식하지 못하는 오만한 무식함. 사이드의 『오리엔탈리즘』(1985)에서 지적된 그 오리엔탈리즘의 정확한 일본판이라 할 수 없겠는가(竹內實, 「內鮮一體의 小說」, 『文學』, 1970. 11; 柄谷行人, 「美學의 效用」, 『批評空間』 Ⅱ-14, 1997). 『젖빛 구름』의 평가 여하가 '한일관계의 과거, 현재뿐 아니라 미래에 걸치는 긴급 과제'라는 뜻의 바른 의미가 이 일본식 오리엔탈리즘을 새삼 확인하는 것이 아니라면 대체 무엇이어야 한단 말일까. 이러한 일들이, 『조선시집』이 일본어의 정수에까지 이르렀음이, 일본식 천황제 정치 질서에 가장 은밀히 봉사함이었음을 눈치챈 일본인이 나오기까지 김소운의 신화는 계속되고 있지 않았던가(四方田犬彥, 『われらが'他者'なる韓國』, Heibonsha Library, 273쪽). 제 망상의 일부입니다.

「잠자리」가 놓인 위치 측정

민망스럽긴 하나 다시 한번 제 전공 분야를 들먹거리고자 합니다. 김소운에 대한 제 관심은 수필도 번역시도 아닌, 그러니까 제 전공에 관련된 김소운일 뿐입니다.

『김소운수필선집(5)』(亞成出版社, 1978)을 잠시라도 검토해본 사람이라면, 글의 대부분이 인간에 대한 것이며 그것도 자기 자신을 중심으로 한 사람과의 ‘만남’ 으로 이루어져 있음에 마주칠 것입니다. 세간에서 이를 두고 흔히 ‘신변잡기’ 라 부르고 있지요. 인과법칙이라든가 필연성으로는 설명되지 않은 것이 ‘만남’ 속에 잠복되어 있지 않겠습니까. 흔히 우연성이라 부르는 것 말입니다. 필연성, 가능성, 우연성과의 관계에서 우연성이 지닌 놀라움이 미학적 근거를 이룬다고 볼 수도 있겠지요. 구키 슈조(九鬼周造)의『우연성의 문제』(1935)에 힘입어 우연성에 주목한 김동리, 조연현의 소설론은 한국 소설미학사에서 소중한 대목입니다(졸저,『사반과의 대화』, 민음사, 1997, 제9장 참조). 사람과의 만남에 개입되는 필연성, 가능성, 우연성의 관계항을 정밀히 분석한다면 김소운식 글쓰기의 구조가 조금은 드러나지 않을까요. 김소운은 자기의 글쓰기는 인생이란 피사체(被寫體)에 초점 맞추기라 했습니다. 아직 자연이나 한 그루 매화 향기에 대한 글을 써보지 못했다고도 했습니다. 그럴 겨를이 없었다는 것입니다(「수필의 눈」). 이 점에 주목하면서 김소운식 만남(우연성)의 성격을 조금 엿본다면 어떠할까요. 명사와의 만남과 서민층의 만남으로 대별되어 있음이 발견됩니다. 전자의 경우, 시라토리 세이고(白鳥省吾), 기타하라 하쿠슈(北原白秋), 시가 나오야(志賀直哉), 가와바타 야스나리(川端康成), 이와나미 시게오(岩波茂雄) 등이 그 한쪽 축을 이루었다면 이광수, 이육사, 조포석, 유치환, 마해송, 공초, 이상 등 한국 근대문학사의 중요 문사들이 다른 한쪽 축을 이루고 있습니다. 이들 명사들과의 만남에서 드러나는 문제점이 지닌 효용성을 분석해 본다면 (A)이들이 지닌 인간미의 풍요로움 (B)문학사적 사건으로서의 이면사의 일부를 이룬다는 것 (C)김소운의 개성 등이 아닐까 합니다. 당연히도 제 관심사가 (B)에 있으며 그것도 조선 문사들의 그것에 국한되어 있습니다.

　　주지하는 터이거니와, 문학사적 시각이란 작품과 그 작가의 관계항을 떠날 수 없을 뿐 아니라 시대성과도 결코 분리되지 않습니다. 아무리 사소한 것일지라도 작가에 대한 이면사는 참조 사항이 아닐 수 없지요. 더구나 중요한 문사로서 그 전기적 사실이 매우 불투명한 경우엔 그 의의가 증대되게 마련 아니겠습니까. 이 점에서 김소운 수필집들은 제겐 여간 소중한 것이 아닙니다. 이를 두고 조선 속담에 '개 눈엔 ×만 보인다'고 하지요. 그 한 가지 사례를 들어보겠습니다.

한국 근대문학사에서 「오감도」(1934)의 시인이자 「날개」(1936)의 작가이며 7개 국어를 배운다는 핑계로 제국의 수도 동경에서 27세로 죽은 이상만큼 문제적 문사는 많지 않습니다. 90년대 이래 이상 연구의 붐

왼쪽부터 이상, 박태원, 김소운

이 일어나고 있음도 그 한 가지 증거가 될 수 있습니다. 이상의 짧은 생애에 대한 증언은 별로 많지 않으며 그 대부분이 풍문으로 이루어져 있어 이상 연구에 상당한 난점으로 작동하고 있지만, 김소운의 「李箱異常」은 상당히 투명할 뿐 아니라 이상 문학 연구에서 빠뜨릴 수 없는 증언 한 가지를 포함하고 있어 주목되는 문건입니다. 이상과의 초대면을 위시, 화가로서의 이상의 면모라든가 교제 범위, 삶의 현장

등이 드러나 있을 뿐 아니라, 이상의 사인이 결핵성뇌매독(結核性腦梅毒)이라는 것도, 이상의 데스마스크 뜨는 장면도 생생히 드러나 있습니다. 또한 김소운 자기는 친우를 위해 사업까지 희생하는 인정주의자인데, 이상은 자기 사업을 위해서는 몰인정한 인간이라는("이상을 이 순간 나는 '개자식' 으로 보았다"라는 대목) 지적도 이 기록 속에 들어 있습니다(이러한 씨의 태도는 후기(1980)에도 그대로 남아 일본 청년이 찾아와 김동리의 「사반의 십자가」에 대해 질문하자, 한마디로 '무대를 역사에다 빌린 통속 소설' 이라 단언하고 있다. 四方田犬彦, 앞의 책, 250쪽). 자기는 사람을 기쁘게 하지 못하고 초조한 문자를 나열하고 어느새 적으로 둘러싸였다고 했으나(『恩讐三十年』후기), 자기야말로 제일 인간적이며 다른 놈들은 '개자식' 이라 인식하는 것은 인간 누구나 갖는 편향성이어서 그 자체로는 비난의 대상도 칭찬의 대상도 될 수 없겠지요. 그 '개자식' 은 막바로 일어로 쓴 시 「오감도」에서 일본 건축학과의 간판격 작도법의 일종인 '鳥瞰圖' 를 '烏瞰圖' 로 비틀어 일본어에 모욕을 주었고, '개자식' 아닌 김소운은 순정 일본어 유지 및 발굴에 재능을 보였지요(北原白秋가 '일본의 표준적인 가요 어조에 대한 번역'이라 말한 대목을 들고 이것이 김소운의 『조선민요』(1929)와 관련이 있다는 지적이 있어 흥미롭다. 坪井秀人, 「國語 · 國詩 · 國民詩」, 『文學』, 1998. 10; 한국어역, 『한국문학평론』, 2000, 가을 참조). 문제는, 문학사적 사건성에 걸려 있습니다. 곧 『조선시집』 속에 이상의 시 「잠자리」와 「하나의 밤」의 번역에 관련된 것입니다.

"병세가 날로 짙어가서 李箱은 어느 시골로 정양을 가게 되고 나는 『兒童世界』社와 같이 西大門으로 옮겼다. 日譯 『朝鮮詩集』 속에 있는 李箱의 시 「青蛉」과 「하나의 밤」 두 편은, 정양간 시골에서 箱이 내게 보낸 편지를 사후에 原文에서 추려 詩形으로 고친 것이다."(『하늘 끝에 살아도』, 東亞出版公司, 1968, 293쪽)

여기서 나오는 시골이란, 평남 성천(成川)을 가리킴입니다. 경성고공(京城高工) 동창생 원용석(元容奭)이 거기 있었던 까닭입니다(원용석, 「李箱의 回顧」, 大韓日報

1966. 8. 25). 이 성천 체험을 이상이 작가 鄭氏(仁澤?)에게 편지로 보낸 글이 저 유명한 명문 '成川紀行中의 몇 節'이란 부제를 단 「산촌여정(山村餘情)」(매일신보 1935. 9. 27~10. 11)입니다. 이런 정황으로 미루어보면 이상이 김소운에게도 편지를 보냈을 터입니다. 그 편지를 시형으로 바꾼 것이 위의 두 편의 시라는 사실은 어떻게 이해해야 적절할까.

편지 원본이 없는 이 마당에서 문학사가가 할 수 있는 몫은 그리 많지는 않지만, 그렇다고 아주 없는 것은 아닙니다. 그 원본이 「산촌여정」과 크게 다르지 않으리라는 가능성을 점검해보는 것도 그중의 하나일 수 있겠지요. 다음 대목을 잠시 볼까요.

그리고 備忘錄을 꺼내어 머루빛 잉크로 山村의 詩情을 起草합니다.

그저께新聞을찢어버린

때묻은흰나비

鳳仙花는아름다운愛人의귀처럼생기고

귀에보이는지난날의記事

얼마 있으면 목이 마릅니다. 자리물—深海처럼 가라앉은 冷水를 마십니다. 石英質 鑛石 내음새가 나면서 肺腑에 寒暖計 같은 길을 느낍니다. 나는 白紙 위에 그 싸늘한 曲線을 그리라면 그릴 수도 있을 것 같습니다. (……) 아침에 볕에 시달려서 마당이 부스럭거리면 그 소리에 잠을 깨입니다. 하루라는 '짐'이 마당에 가득한 가운데 새빨간 잠자리가 病菌처럼 活動입니다. 끄지 않고 잔 石油燈盞에 불이 그저 켜진 채 消失된 밤의 痕跡이 낡은 조끼 '단추'처럼 남아 있습니다. 昨夜를 訪問할 수 있는 '요비링'입니다. 지난밤의 體溫을 房 안에 내어던진 채 마당에 나서면 마당 한 모퉁이에는 花壇이 있습니다. 불타오르는 듯한 맨드라미꽃 그리고 鳳仙花.

—「산촌여정」의 일절

觸れば手の先につきさうな紅い鳳仙花

ひらひらと今にも舞ひ出さうな白い鳳仙花

もう心持ち南を向いてゐる忠義一遍の向日葵

この花で飾られてゐるといふゴッホの墓はどんなに美しいでせうか.

—김소운이 편집한 시 「잠자리」 일절

건드리면손끝에묻을듯이빨간鳳仙花

너울너울하마날아오를듯하얀鳳仙花

그리고어느틈엔가南으로고개를돌리는듯한 — 片丹心의해바라기—

이런꽃으로꾸며졌다는고호의무덤은참얼마나美로우리까.

—한국어역 「잠자리」

    시형으로 바뀐 「잠자리」는 이상의 면모가 여실히 드러난 시의 하나라고 저는 생각합니다. 포플러가 실바람에도 포물선으로 굽어가면서 진공과 같은 대기 속에서 원경(遠景)을 축소(縮小)하고 있다는 기하학적 사고라든가, 대기 속에 날고 있는 잠자리를 두고, 진공 속에서 누군가 눈에 띄지 않는 줄을 이리저리 당기고 있다는 고압적 사고는 과연 이상의 정신세계를 드러낸 것임에 틀림없고, 이로 말미암아 이상 문학의 한 부분이 어떤 수준에서 복원되었다고 볼 수도 있겠습니다. 「잠자리」「하나의 밤」엔 인간이 등장하지 않는데, 이 역시 앞의 「산촌여정」에 견주어볼 때 이상의 편지 자체가 그러했던 것으로 볼 것입니다.

    이 장면에서 제 머리를 스치는 것은 다름이 아닙니다. 김소운의 시 번역상에 놓인 모종의 무의식에 관한 것입니다. 앞에서 제가 도마 세이타와 김소운의 논쟁을 조금 문제삼지 않았겠습니까. 그때 제가 주목한 것이 '마을 시내'(원시) '村井戸' (역시)였습니다. '시내'와 '우물'의 차이란 새삼 무엇일까. '시내'란 자연이랄까 자연친화적 성향이라 볼 수 있다면 '우물'은 단연 인공적이지요. 동네 우물이란 마을 공동체의 대화의 광장이란 점을 염두에 둔다면 그것은 인정주의적인 장소를 가리킴이 아니겠습니까. '신변잡기적 장소'이자 그 지향성이지요. 김소운의 무의식 속에 잠긴 이 인정주의 지향성이 '마을 시내' '村井戸'로 나타났던 것이 아니었을까요. 김소운 수필의 신변잡기적 성향과 이 점이 병행한다고 볼 수 있지 않을까요. 이 신변잡기적 성향의 반대편에 놓인 것이 「오감도」 「잠자리」로 대표되는 이상의 시편들입니다. 이 둘의 한가운데 놓인 것은 무엇이었을까. 이하윤의 「나는 들에 핀 菊花를 사랑합니다」(김소운 역의 제목은 '野菊')라 할 수 있을지 모릅니다.

   (원시)

나는 들에 핀 국화를 사랑합니다.

빛과 향기 어느것이 못하지 안흐나

너른들에 가엽게 피고지는 꽃일내

나는 그꽃을 무한이 사랑합니다

나는 이땅의 시인을 사랑합니다

외로우나 마음대로 피고지는 꽃가치

빛과 향기 조금도 거짓 업길내

나는 그들이 읊은 시를 사랑합니다

(역시)

　愛ほしや野に咲く菊の

　色や香やいづれ劣らね

　野にひとり咲いては枯るる

　花ゆゑにいよよ香はし.

　野の花のこころさながら

　この郷土に生へる詩人

　ひとり咲き ひとり朽ちつつ

　僞らぬうたぞうれしき.

　인정주의적 성향도, 기하학적 사고도 감히 기웃거릴 수 없는 모종의 영역이 여기 숨쉬고 있습니다. 『젖빛 구름』을 두고 "자그맣고 다소곳하고 절절한 애처로움은 마치 서리 맞은 한 떨기 들꽃과도 같고 또 그 뿌리에 꺼져가는 소리를 내는 여치의 노래로도 들린다"(佐藤春夫)라 한 것도 이와 무관하지 않아 보입니다. 그러나 한번 더 곱씹어보면 어떠할까요. 조선의 근대시란 과연 이러한 애상적인 것으로 대표될 수 있겠는가. 거칠고 대담하며 또 우락부락함도 큰 흐름으로 작동한 다양성의 시편들이 아니었던가.

鄕歌와 『朝鮮詩集』의 고리 찾기

지금껏 김소운에 대한 제 개인적 소감을 두서없이 떠들었거니와 이 알맹이 없는

잡설도 끝을 맺어야 될 순서에 이르렀습니다. 제가 이 글에서 말하고자 한 것은 다음 한 가지를 겨냥했을 뿐입니다. 한국 근대문학 전공자인 '나'에 있어 김소운이란 무엇인가가 그것. 그 대답은 김소운 자신이 六堂, 이광수를 평가할 때 사용한 비유인 '種痘' 론에 귀착됩니다. 김소운의 존재란, 육당이나 이광수와는 다른 차원에 속하는 한·일간에 놓인 또하나의 '種痘'에 비유될 수 있다는 뜻입니다(『天の涯に生くるとも』, 新潮社, 1983, 231쪽).

이 자리를 빌려 제 개인적 생각의 하나를 덧붙이면 안 될까요. 오구라 신페이(小倉進平) 교수의 「鄕歌及吏讀의 硏究」(1929)가 있습니다. 중국의 『시경』, 일본의 『만요슈』에 대응되는 조선의 시가집 『삼대목』은 불행히도 일실되었습니다. 그 일부에 해당되는 '향가'가 25수 남아 있었지만, 향찰(鄕札)식 표기법이어서 아무도 해석하지 못한 형편에 있었지요. 이를 해독한 것이 오구라 씨였는데, 이것은 동양사적 사건이라고 할 것입니다. 조선 고대시가의 복원이 비로소 이루어진 사실은 강조될 필요가 있습니다. 일본인에 있어 김소운의 존재만큼의 비중이 조선인에 있어서는 오구라 씨에 있다고 저는 생각합니다. 이 사실의 의의 중의 하나로 저는 오구라 씨 쪽엔 저 '고약한 오리엔탈리즘의 발상법'이 끼어들지 않았다는 점을 들고자 합니다. 미학이 아니라 과학인 까닭입니다(졸저, 『한국근대문학사상연구(1)』, 1984, 제1장 참조). 조선엔 고시가인 향가가 있습니다. 일본엔 김소운 역 『조선시집』이 있습니다. 이 둘을 연결하는 길은 없을까요. 고맙습니다.(졸고는 2000. 11. 12. 도쿄 대학 교양학부에서 열린 '김소운 기념 한일 국제 세미나' 발표 원고인바, 여기다 몇 줄을 덧붙였다.)

김윤식 학술기행
아득한 회색, 선연한 초록
ⓒ 김윤식 2003

초판인쇄 | 2003년 3월 28일
초판발행 | 2003년 4월 7일

지 은 이 | 김윤식
책임편집 | 김현정 조연주 이상술
펴 낸 이 | 강병선
펴 낸 곳 | (주)문학동네
출판등록 | 1993년 10월 22일 제22-188호

주   소 | 136-034 서울시 성북구 동소문동4가 260번지 동소문빌딩 6층
전자우편 | editor@munhak.com
전화번호 | 927-6790~5, 927-6751~2
팩   스 | 927-6753

ISBN 89-8281-657-7 03810

www.munhak.com